RAMSÈS

★ ★ ★

La Bataille de Kadesh

DU MÊME AUTEUR

Romans

Le Moine et le Vénérable, Robert Laffont.
Champollion l'Égyptien, Éditions du Rocher et Pocket.
La Reine Soleil, Julliard (prix Jeand'heurs 1989) et Pocket.
Maître Hiram et le Roi Salomon, Éditions du Rocher et Pocket.
Pour l'amour de Philae, Grasset et Pocket.
L'Affaire Toutankhamon, Grasset (prix des Maisons de la Presse 1992) et Pocket.
Le Juge d'Égypte, Plon et Pocket.
    * *La Pyramide assassinée.*
    ** *La Loi du désert.*
    *** *La Justice du vizir.*
Barrage sur le Nil, Robert Laffont.
La Prodigieuse Aventure du lama Dancing (épuisé).
L'Empire du pape blanc (épuisé).

Roman pour la jeunesse

La Fiancée du Nil, Magnard (prix Saint-Affrique 1993).

Essais sur l'Égypte ancienne

L'Égypte des grands pharaons (couronné par l'Académie française), Perrin.
Pouvoir et Sagesse selon l'Égypte ancienne, Éditions du Rocher.
Le Monde magique de l'Égypte ancienne, Éditions du Rocher.
Les Grands Monuments de l'Égypte ancienne, Perrin.
L'Égypte ancienne au jour le jour, Perrin.
Le Voyage dans l'autre monde selon l'Égypte ancienne, Éditions du Rocher.
Néfertiti et Akhénaton, le couple solaire, Perrin.
La Vallée des Rois. Histoire et découverte d'une demeure d'éternité, Perrin.
L'Enseignement du sage égyptien Ptahhotep. Le plus ancien livre du monde, Éditions de la Maison de Vie.
Initiation à l'égyptologie, Éditions de la Maison de Vie.
Le Petit Champollion illustré, Les hiéroglyphes à la portée de tous ou Comment devenir scribe amateur tout en s'amusant, Robert Laffont.
Rubrique « Archéologie égyptienne », dans le *Grand Dictionnaire encyclopédique*, Larousse.
Voyages dans l'Égypte des Pharaons (aquarelles de David Roberts), Robert Laffont.
Les Égyptiennes, Perrin.

Autres essais

Le Message des bâtisseurs de cathédrales (épuisé).
Le Message des constructeurs de cathédrales, Éditions du Rocher.
Saint-Bernard-de-Comminges (épuisé).
Saint-Just-de-Valcabrère (épuisé).
La Confrérie des sages du Nord (épuisé).
Le Livre des Deux Chemins, symbolique du Puy-en-Velay (épuisé).
Le Voyage initiatique, ou les Trente-Trois Degrés de la sagesse, Éditions du Rocher.
Le Message initiatique des cathédrales, Éditions de la Maison de Vie.

Albums

Le Voyage sur le Nil, Perrin.
Sur les pas de Champollion, l'Égypte des hiéroglyphes, Trinckvel.
Le Voyage aux Pyramides, Perrin.
Karnak et Louxor, Pygmalion.
La Vallée des Rois. Images et mystères, Perrin.

CHRISTIAN JACQ

RAMSÈS

★ ★ ★

La Bataille de Kadesh

Roman

ROBERT LAFFONT

RAMSÈS

* *Le Fils de la lumière*
** *Le Temple des millions d'années*
*** *La Bataille de Kadesh*

À PARAÎTRE :

La Dame d'Abou Simbel : septembre 1996.
Sous l'acacia d'Occident : janvier 1997.

© Éditions Robert Laffont, S.A., Paris, 1996
ISBN 2-221-08155-2

CARTE DE L'ÉGYPTE

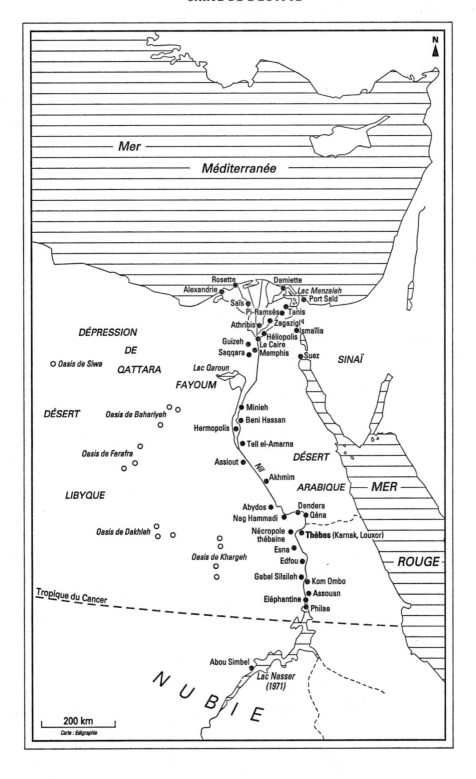

N

Mer Méditerranée

Mer

Rosette
Damiette
Alexandrie
Lac Menzaleh
Port Saïd
Saïs
Pi-Ramsès
Tanis
Athribis
Zagazig
Ismaïlia
Héliopolis
Guizeh
Le Caire
Saqqara
Memphis
Suez

DÉPRESSION
DE
QATTARA
○ Oasis de Siwa
SINAÏ

Lac Qaroun
FAYOUM

DÉSERT
Oasis de Bahariyeh
Minieh
Beni Hassan
Hermopolis
Tell el-Amarna
Oasis de Farafra
Assiout
Akhmim
Nil
DÉSERT

LIBYQUE
ARABIQUE
MER

Abydos
Dendera
Nag Hammadi
Qéna
Oasis de Dakhleh
Nécropole
thébaine
Thèbes (Karnak, Louxor)
Esna
Oasis de Khargeh
Edfou
ROUGE
Gebel Silsileh
Kom Ombo
Éléphantine
Assouan
Philae

Tropique du Cancer

Abou Simbel
Lac Nasser
(1971)

N U B I E

200 km

Carte : Edigraphie

CARTE DE L'ANCIEN PROCHE-ORIENT
au Nouvel Empire

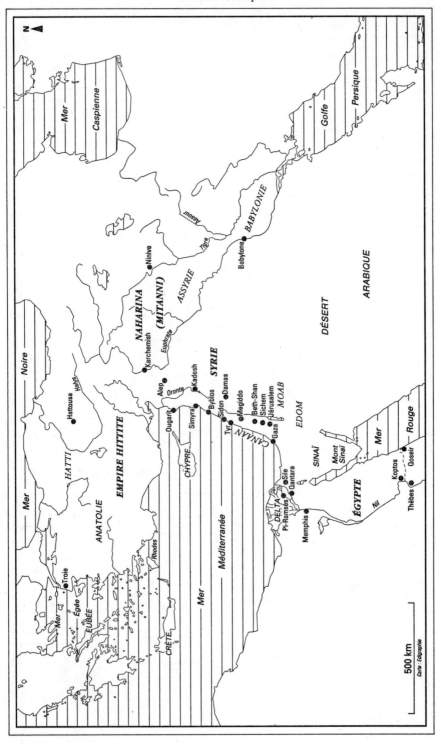

Carte : Édigraphie

500 km

1

Le cheval de Danio galopait sur la piste surchauffée menant à la Demeure du Lion, une bourgade de Syrie du Sud, fondée par l'illustre pharaon Séthi. Égyptien par son père et Syrien par sa mère, Danio avait embrassé l'honorable profession de facteur et s'était spécialisé dans l'acheminement des messages urgents. L'administration égyptienne lui offrait le cheval, la nourriture et les vêtements ; Danio bénéficiait d'une demeure de fonction à Silé, ville frontière du Nord-Est, et logeait gratuitement dans les relais de poste. Bref, une belle vie, des voyages incessants et la rencontre de Syriennes peu farouches, mais parfois désireuses d'épouser un fonctionnaire, lequel s'enfuyait à vive allure dès que la liaison prenait un tour trop sérieux.

Danio, dont les parents avaient décelé la vraie nature grâce à l'astrologue du village, ne supportait pas d'être enfermé, même dans les bras d'une maîtresse délurée. Rien ne comptait davantage, pour lui, que l'espace à dévorer et la piste poussiéreuse à parcourir.

Scrupuleux et méthodique, le facteur était bien noté par ses supérieurs. Depuis le début de sa carrière, il n'avait pas égaré une seule lettre et avait souvent dépassé les horaires imposés afin de satisfaire un expéditeur pressé. Distribuer le courrier aussi vite que possible était son sacerdoce.

Lors de l'avènement de Ramsès, après la mort de Séthi,

Danio avait craint, comme beaucoup d'Égyptiens, que le jeune pharaon ne fût un foudre de guerre et qu'il ne lançât son armée à la conquête de l'Asie, avec l'espoir de reconstituer un immense empire dont l'Égypte eût été le centre. Pendant les quatre premières années de son règne, le fougueux Ramsès avait agrandi le temple de Louxor, achevé la gigantesque salle à colonnes de Karnak, commencé la construction de son temple des millions d'années sur la rive ouest de Thèbes et bâti une nouvelle capitale dans le Delta, Pi-Ramsès; mais il n'avait pas modifié la politique étrangère de son père, qui consistait à observer un pacte de non-agression avec les Hittites, les redoutables guerriers d'Anatolie. Ces derniers semblaient avoir renoncé à attaquer l'Égypte et respectaient son protectorat de Syrie du Sud.

L'avenir eût été souriant, si la correspondance militaire entre Pi-Ramsès et les forteresses du Chemin d'Horus ne s'était accrue dans des proportions inhabituelles.

Danio avait interrogé ses supérieurs et questionné des officiers; personne ne savait rien, mais l'on parlait de troubles en Syrie du Nord et même dans la province d'Amourrou *, placée sous influence égyptienne.

À l'évidence, les courriers que transportait Danio avaient pour but de préparer les commandants des forteresses du Chemin d'Horus, la ligne de fortifications du Nord-Est, à se mettre bientôt en état d'alerte.

Grâce à l'action vigoureuse de Séthi, Canaan **, l'Amourrou et la Syrie du Sud formaient une vaste zone tampon qui protégeait l'Égypte d'une invasion brutale. Certes, il fallait sans cesse surveiller les princes de ces régions agitées et souvent les ramener à la raison; l'or de Nubie calmait vite les velléités de trahison qui renaissaient à chaque changement de saison. La présence de troupes égyptiennes et les parades militaires associées à de grandes fêtes, comme celle des mois-

---

* À peu près le Liban actuel.
** Canaan comprenait la Palestine et la Phénicie.

sons, étaient d'autres moyens efficaces de préserver une paix fragile.

À plusieurs reprises, dans le passé, les forteresses du Chemin d'Horus avaient fermé leurs portes et interdit le franchissement de la frontière à tout étranger; les Hittites ne les avaient jamais attaquées, et la crainte de durs combats s'était évanouie.

Aussi Danio demeurait-il optimiste; les Hittites connaissaient la valeur de l'armée égyptienne, les Égyptiens redoutaient la violence et la cruauté des Anatoliens. Les deux pays, qui risquaient de sortir exsangues d'un conflit direct, avaient intérêt à camper sur leurs positions en se contentant de défis oraux.

Ramsès, engagé dans un programme de grands travaux, n'avait pas l'intention de provoquer un affrontement.

Danio passa au grand galop devant la stèle qui marquait la limite du domaine agricole appartenant à la Demeure du Lion. Soudain, il stoppa son cheval, puis revint en arrière. Un détail anormal l'avait frappé.

Le facteur mit pied à terre devant la stèle.

Indigné, il constata que le cintre était abîmé et que plusieurs hiéroglyphes avaient été martelés. L'inscription magique, devenue illisible, ne protégeait plus le site. Le responsable de cette destruction serait sévèrement châtié; détériorer une pierre vivante était un crime passible de la peine de mort.

Sans nul doute, le facteur était le premier témoin de ce drame qu'il se hâterait de signaler au gouverneur militaire de la région. Lorsque ce dernier apprendrait la catastrophe, il rédigerait un rapport circonstancié à l'intention du pharaon.

Une enceinte de briques entourait l'agglomération; de part et d'autre de la porte d'accès, deux sphinx couchés. Le facteur s'immobilisa, stupéfait: la majeure partie de l'enceinte avait été dévastée, les deux sphinx gisaient sur le côté, éventrés.

On avait attaqué la Demeure du Lion.

Pas un bruit n'émanait de la bourgade. D'ordinaire, elle était animée : exercices des fantassins, entraînement des cavaliers, discussions sur la place centrale, près de la fontaine, cris des enfants, braiments des ânes... Le silence inhabituel prit le facteur à la gorge. La salive brûlante, il déboucha sa gourde et but une grande rasade.

La curiosité l'emporta sur la peur. Il aurait dû rebrousser chemin et alerter la garnison la plus proche, mais il voulut savoir. Danio connaissait presque tous les résidents de la Demeure du Lion, du gouverneur à l'aubergiste ; certains étaient de bons amis.

Le cheval hennit et se cabra ; en lui flattant l'encolure, le facteur le calma. Mais l'animal refusa d'avancer.

C'est à pied que Danio pénétra dans la bourgade silencieuse.

Des silos à blé éventrés, des jarres brisées. Des réserves de nourriture et de boisson, il ne restait rien.

Les petites maisons à deux étages n'étaient plus que ruines ; pas une seule n'avait échappé à l'assaillant, pris d'une folie de destruction, qui n'avait même pas épargné la demeure du gouverneur.

Pas un mur du petit temple n'était resté debout. La statue divine avait été brisée à coups de masse et décapitée.

Et toujours ce silence épais, oppressant.

Dans le puits, des cadavres d'ânes. Sur la place centrale, les restes d'un brasier où avaient brûlé meubles et papyrus.

L'odeur.

Une odeur poisseuse, âcre, écœurante, qui envahit ses narines et l'attira vers la boucherie, située à l'extrémité nord de l'agglomération, sous un large portique à l'abri du soleil. C'était là que l'on découpait les bœufs égorgés, que l'on cuisait les quartiers de viande dans un grand chaudron et que l'on rôtissait les volailles à la broche. Un endroit bruyant où le facteur déjeunait volontiers, une fois son courrier distribué.

Quand il les vit, Danio cessa de respirer.

Ils étaient tous là : soldats, commerçants, artisans, vieillards, femmes, enfants, nourrissons. Tous égorgés, empilés les uns sur les autres. Le gouverneur avait été empalé, les trois officiers du détachement pendus à la poutre qui supportait la toiture de la boucherie.

Sur une colonne en bois, une inscription en caractères hittites : « Victoire de l'armée du puissant souverain du Hatti, Mouwattali. Ainsi périront tous ses ennemis. »

Les Hittites... Selon leur habitude, ils avaient mené un raid d'une extrême violence, n'épargnant aucun de leurs adversaires ; mais, cette fois, ils étaient sortis de leur zone d'influence pour frapper non loin de la frontière nord-est de l'Égypte.

Une peur panique envahit le facteur. Et si le commando hittite rôdait dans les parages ?

Danio recula, incapable de détacher son regard de l'horrible spectacle. Comment pouvait-on être assez cruel pour massacrer ainsi des êtres humains et les laisser sans sépulture ?

La tête en feu, Danio se dirigea vers la porte des sphinx.

Son cheval avait disparu.

Angoissé, le facteur scruta l'horizon, redoutant de voir apparaître des soldats hittites. Là-bas, au pied de la colline, un nuage de poussière.

Des chars... Des chars se dirigeaient vers lui !

Fou de terreur, Danio courut à perdre haleine.

2

Pi-Ramsès, la nouvelle capitale de l'Égypte créée par Ramsès au cœur du Delta, comptait déjà plus de cent mille habitants. Ceinte de deux branches du Nil, les eaux de Râ et les eaux d'Avaris, elle jouissait d'un climat agréable, même l'été ; de nombreux canaux la traversaient, un lac de plaisance permettait de délicieuses promenades en bateau, des étangs poissonneux offraient de belles pièces aux amateurs de pêche à la ligne.

Approvisionnée en aliments variés provenant d'une campagne luxuriante, Pi-Ramsès était surnommée « la cité de turquoise », en raison de l'omniprésence des tuiles vernissées bleues, d'une luminosité exceptionnelle, qui ornaient les façades des maisons.

Étrange ville, en vérité : elle unissait un monde harmonieux et paisible à une cité guerrière, pourvue de quatre grandes casernes et d'une manufacture d'armes, située près du palais. Depuis quelques mois, les ouvriers travaillaient nuit et jour, fabriquant chars, armures, épées, lances, boucliers et pointes de flèches. Au centre de la fabrique, une vaste fonderie disposait d'un atelier spécialisé dans le travail du bronze.

Un char de combat, à la fois solide et léger, venait de sortir de la manufacture. Il se trouvait au sommet de la rampe menant à la grande cour à portique où étaient remisés les véhicules du même type, lorsque le contremaître tapa sur l'épaule du menuisier qui examinait les finitions.

– Là-bas, au bas de la rampe... C'est lui!

– Lui?

L'artisan regarda.

Oui, c'était bien lui, le pharaon, maître de la Haute et de la Basse-Égypte, le Fils de la lumière, Ramsès.

Âgé de vingt-six ans, le successeur de Séthi régnait depuis quatre ans et bénéficiait de l'amour et de l'admiration de son peuple. Athlétique, mesurant plus d'un mètre quatre-vingts, le visage allongé et couronné d'une magnifique chevelure blond vénitien, le front large et dégagé, les arcades sourcilières saillantes et les sourcils fournis, le nez long, mince et un peu busqué, le regard lumineux et profond, les oreilles rondes et finement ourlées, les lèvres charnues, la mâchoire affirmée, Ramsès possédait une force que d'aucuns n'hésitaient pas à qualifier de surnaturelle.

Longuement formé à l'exercice du pouvoir par un père qui l'avait initié à la fonction de roi au prix de rudes épreuves, Ramsès avait hérité de l'autorité rayonnante de Séthi, son glorieux prédécesseur. Même lorsqu'il ne portait pas ses habits rituels, sa seule présence imposait le respect.

Le roi gravit la rampe et examina le char. Pétrifiés, le contremaître et le menuisier redoutaient son jugement. Que Pharaon en personne inspectât cette fabrique à l'improviste, prouvait l'intérêt qu'il portait à la qualité des armes qu'on y produisait.

Ramsès ne se contenta pas d'une analyse superficielle. Il scruta chaque pièce de bois, tâta le timon et s'assura de la solidité des roues.

– Beau travail, estima-t-il, mais il faudra vérifier la robustesse de ce char sur le terrain.

– C'est prévu, Majesté, précisa le contremaître. En cas d'incident, le charrier nous indique la pièce défaillante, et nous procédons à une réparation immédiate.

– Les incidents sont-ils nombreux?

– Non, Majesté, et l'atelier en profite pour rectifier les erreurs et améliorer le matériel.

– Ne relâche pas ton effort.

– Majesté... Puis-je vous poser une question?

– Je t'écoute.

– La guerre est-elle... pour bientôt?

– En aurais-tu peur?

– Nous fabriquons des armes, mais nous redoutons un conflit. Combien d'Égyptiens mourront, combien de femmes seront veuves, combien d'enfants seront privés de père? Que les dieux nous évitent un tel conflit!

– Puissent-ils t'entendre! Mais quel serait notre devoir si l'Égypte était menacée?

Le contremaître baissa la tête.

– L'Égypte est notre mère, notre passé et notre avenir, rappela Ramsès. Elle donne sans compter, elle est offrande à chaque seconde... Lui répondrons-nous par l'ingratitude, l'égoïsme et la lâcheté?

– Nous voulons vivre, Majesté!

– S'il le faut, Pharaon donnera sa vie pour que vive l'Égypte. Travaille en paix, contremaître.

Comme sa capitale était riante! Pi-Ramsès était un rêve réalisé, un moment de bonheur que le temps confortait jour après jour. L'ancien site d'Avaris, cité maudite des envahisseurs venus d'Asie, avait été transformé en une ville charmeuse et élégante, où acacias et sycomores dispensaient leur ombre aux riches comme aux humbles.

Le roi aimait à se promener dans la campagne aux herbages abondants, parcourue de sentiers bordés de fleurs, et de canaux propices à la baignade; il dégustait volontiers une pomme au goût de miel, appréciait un oignon doux, parcourait la vaste oliveraie fournissant une huile aussi abondante que le sable sur le rivage, respirait le parfum émanant des jardins. La promenade du monarque s'achevait sur le port intérieur, à l'activité grandissante, entouré d'entrepôts où s'accumulaient les richesses de la cité, métaux précieux, bois rares, réserves de blé.

Ces dernières semaines, Ramsès ne déambulait ni dans la campagne ni dans les rues de sa cité de turquoise, mais passait le plus clair de son temps dans les casernes, en compagnie des officiers supérieurs, des soldats de la charrerie et de l'infanterie, lesquels appréciaient leurs conditions d'hébergement dans des locaux neufs.

Les membres de l'armée de métier, dont faisaient partie de nombreux mercenaires, se réjouissaient de leur solde et de la qualité de la nourriture. Mais beaucoup se plaignaient de l'entraînement intensif et regrettaient de s'être engagés quelques années plus tôt, alors que la paix semblait bien établie. Passer de l'exercice, même rigoureux, au combat contre les Hittites n'enchantait personne, pas même les professionnels les mieux aguerris. Tous redoutaient la cruauté des guerriers anatoliens qui n'avaient encore essuyé aucune défaite.

Ramsès avait senti la peur s'insinuer peu à peu dans les esprits et tentait de lutter contre le mal en visitant tour à tour chaque caserne, et en assistant aux manœuvres des différents corps d'armée. Le roi devait se montrer serein et maintenir la confiance parmi ses troupes, alors que le tourment rongeait son âme.

Comment être heureux dans cette ville que Moïse, son ami d'enfance, avait fuie après avoir dirigé les équipes de briquetiers hébreux qui avaient édifié palais, villas et maisons ? Certes, Moïse était accusé du meurtre d'un Égyptien, Sary, le beau-frère du roi. Mais Ramsès continuait à douter, car Sary, son ancien précepteur, avait comploté contre lui et s'était comporté de façon ignoble envers les ouvriers placés sous ses ordres. Moïse n'était-il pas tombé dans un traquenard ?

Lorsqu'il ne songeait pas à son ami disparu et toujours introuvable, le roi passait de longues heures en compagnie de son frère aîné, Chénar, ministre des Affaires étrangères, et d'Âcha, le chef de ses services d'espionnage. Chénar avait tout tenté pour empêcher son cadet de devenir Pharaon, mais ses échecs semblaient l'avoir assagi, et il prenait son rôle au sérieux. Quant à Âcha, diplomate intelligent et brillant, il était l'un des camarades d'université de Ramsès et de Moïse, et avait toute la confiance du roi.

Chaque jour, les trois hommes examinaient les messages en provenance de Syrie et tentaient d'apprécier la situation avec lucidité.

Jusqu'à quel point l'Égypte pourrait-elle tolérer l'avancée hittite ?

Ramsès était obsédé par la grande carte du Proche-Orient et de l'Asie exposée dans son bureau. Au nord, le royaume du Hatti * avec sa capitale, Hattousa, au cœur du plateau d'Anatolie. Plus au sud, la vaste Syrie, allongée le long de la Méditerranée et traversée par l'Oronte. Principale place forte du pays : Kadesh, sous contrôle hittite. Au sud, la province d'Amourrou et les ports de Byblos, de Tyr et de Sidon, sous obédience égyptienne, puis Canaan, dont les princes étaient fidèles à Pharaon.

Huit cents kilomètres séparaient Pi-Ramsès, la capitale égyptienne, d'Hattousa, la résidence de Mouwattali, le souverain hittite. En raison de l'existence d'un glacis allant de la frontière nord-est à la Syrie centrale, les Deux Terres paraissaient à l'abri de toute tentative d'invasion.

Mais les Hittites ne se contentaient pas du *statu quo* imposé par Séthi. Sortant de leur territoire, les guerriers anatoliens avaient fait une percée en direction de Damas, la principale ville de Syrie.

C'était du moins la conviction d'Âcha, fondée sur les rapports de ses agents de renseignements. Ramsès exigeait une certitude avant de prendre la tête de son armée, avec la ferme intention de repousser l'adversaire vers le nord. Ni Chénar ni Âcha ne s'autorisaient à formuler un avis péremptoire ; c'était au pharaon, et au pharaon seul, de peser sa décision et d'agir.

_____

* La Turquie.

18

Impulsif, Ramsès avait eu envie de contre-attaquer dès l'instant où il avait eu connaissance des menées hittites ; mais la préparation de ses troupes, dont l'essentiel avait été transféré de Memphis à Pi-Ramsès, exigerait encore plusieurs semaines, sinon plusieurs mois. Ce délai, que le roi supportait avec quelque impatience, avait peut-être permis d'éviter un conflit inutile : depuis une dizaine de jours, aucune nouvelle alarmante en provenance de Syrie centrale.

Ramsès se dirigea vers la volière du palais où vivaient, choyés, des colibris, des geais, des mésanges, des huppes, des vanneaux et une multitude d'autres oiseaux bénéficiant de l'ombre des sycomores et de l'eau des bassins, couverts de lotus bleus.

Il était persuadé de la trouver là, égrenant sur son luth les notes d'une ancienne mélodie.

Néfertari, la grande épouse royale, la douce d'amour, la seule femme qui emplissait son cœur. Bien qu'elle ne fût pas de noble lignage, elle était plus belle que les belles du palais et sa voix, douce comme du miel, ne prononçait pas de paroles inutiles.

Alors que la jeune Néfertari se destinait à une existence consacrée à la méditation comme prêtresse recluse dans un temple de province, le prince Ramsès était tombé éperdument amoureux d'elle. Ni l'un ni l'autre ne s'attendaient à ce que leur union formât le couple royal, en charge des destinées de l'Égypte.

Les cheveux d'un noir brillant, les yeux vert-bleu, aimant le silence et le recueillement, Néfertari avait conquis la cour. Discrète et efficace, elle secondait Ramsès et accomplissait le miracle d'harmoniser la reine avec l'épouse.

Méritamon, la fille qu'elle avait donnée au roi, lui ressemblait. Néfertari ne pourrait plus avoir d'enfant, mais cette souffrance semblait glisser sur elle comme le vent du printemps. L'amour qu'elle bâtissait depuis neuf ans avec Ramsès lui apparaissait comme l'une des sources du bonheur de son peuple.

Ramsès la contempla sans qu'elle le vît. Elle dialoguait avec une huppe qui voletait autour d'elle, poussait quelques notes enjouées, et se posait sur l'avant-bras de la reine.

— Tu es près de moi, n'est-ce pas?

Il s'avança. Comme à l'accoutumée, elle avait perçu sa présence et sa pensée.

— Aujourd'hui, les oiseaux sont nerveux, remarqua la reine. Un orage se prépare.

— De quoi parle-t-on, au palais?

— On s'étourdit, on plaisante sur la couardise de l'ennemi, on vante la puissance de nos armes, on annonce les futurs mariages, on guette d'éventuelles nominations.

— Et que dit-on du roi?

— Qu'il ressemble de plus en plus à son père et qu'il saura protéger le pays du malheur.

— Si les courtisans pouvaient dire vrai...

Ramsès prit Néfertari dans ses bras, elle posa la tête sur son épaule.

— De mauvaises nouvelles?

— Tout paraît calme.

— Les incursions hittites ont-elles cessé?

— Âcha n'a pas reçu de message alarmant.

— Sommes-nous prêts à combattre?

— Aucun de nos soldats n'est pressé d'affronter les guerriers anatoliens. Les vétérans estiment que nous n'avons aucune chance de les vaincre.

— Est-ce ton avis?

— Mener une guerre de cette envergure requiert une expérience que je ne possède pas. Mon père lui-même avait renoncé à s'engager dans une aventure aussi risquée.

— Si les Hittites ont modifié leur attitude, c'est qu'ils croient la victoire à leur portée. Dans le passé, les reines d'Égypte ont combattu de toutes leurs forces pour maintenir l'indépendance de leur pays. Bien que la violence me fasse horreur, je serai à tes côtés, si le conflit est la seule solution.

Soudain, la volière fut le théâtre d'une bruyante agitation.

La huppe gagna la branche haute d'un sycomore, les oiseaux s'égaillèrent en tous sens.

Ramsès et Néfertari levèrent les yeux et aperçurent un pigeon voyageur, au vol lourd; épuisé, il semblait chercher en vain son point d'arrivée. Le roi tendit les bras, dans un geste d'accueil. Le pigeon se posa devant le monarque.

À la patte droite était fixé un petit papyrus roulé, long de quelques centimètres. Écrit en hiéroglyphes minuscules mais lisibles, le texte était signé d'un scribe de l'armée.

Au fur et à mesure de sa lecture, Ramsès eut la sensation qu'une épée s'enfonçait dans sa chair.

— Tu avais raison, dit-il à Néfertari : l'orage menaçait... Et il vient d'éclater.

3

La grande salle d'audience de Pi-Ramsès était l'une des merveilles de l'Égypte. On y accédait par un escalier monumental, orné de figures d'ennemis terrassés. Ils incarnaient les forces du mal, sans cesse renaissantes, que seul Pharaon pouvait soumettre à Maât, la loi d'harmonie, dont la reine était le visage vivant.

Autour de la porte d'accès, les noms de couronnement du monarque, peints en bleu sur fond blanc, et placés dans des cartouches, formes ovales évoquant le cosmos, le royaume de Pharaon, fils du créateur et son représentant sur terre. Quiconque franchissait le seuil du domaine de Ramsès en découvrait, émerveillé, la sereine beauté.

Le sol se composait de tuiles de terre cuite vernissées et colorées, sur lesquelles se déployaient des figurations de bassins et de jardins fleuris. On y voyait un canard posé sur un étang vert-bleu et un poisson *boulti* se faufilant entre des lotus blancs. Sur les murs, la féerie de vert pâle, de rouge profond, de bleu clair, de jaune or et de blanc cassé animait des oiseaux s'ébattant dans les marais. Et le regard se laissait captiver par les frises florales représentant des lotus, des pavots, des coquelicots, des marguerites et des bleuets.

Pour beaucoup, le chef-d'œuvre de cette salle, qui chantait la perfection d'une nature maîtrisée, était le visage d'une jeune femme en méditation devant un massif de roses trémières. La ressemblance avec Néfertari était si frappante que nul ne doutait de l'hommage ainsi rendu par le souverain à son épouse.

Quand il grimpa l'escalier menant à son trône d'or, dont la dernière marche était décorée d'un lion refermant sa gueule sur l'ennemi venu des ténèbres, Ramsès accorda un bref regard à ces roses, importées de Syrie du Sud, le protectorat égyptien dont les épines lui perçaient le cœur.

La cour, au grand complet, fit silence.

Étaient présents les ministres et leurs adjoints, les ritualistes, les scribes royaux, les magiciens et leurs experts en sciences sacrées, les responsables des offrandes quotidiennes, les gardiens des secrets, les grandes dames occupant des fonctions officielles, et ceux et celles qu'avait laissés entrer Romé, l'intendant du palais, jovial mais scrupuleux.

Il était rare que Ramsès convoquât une assistance aussi nombreuse qui se ferait aussitôt l'écho de son discours, dont la teneur serait vite connue dans le pays entier. Chacun retint son souffle, redoutant l'annonce d'un désastre.

Le roi portait la double couronne, union du rouge et du blanc, de la Basse et de la Haute-Égypte, et symbole de l'indispensable unité du pays. Sur sa poitrine, le sceptre-puissance, le *sekhem*, qui manifestait la maîtrise de Pharaon sur les éléments et les forces vitales.

— Un commando hittite a détruit la Demeure du Lion, un village créé par mon père. Les barbares ont massacré tous les habitants, y compris les femmes, les enfants et les nourrissons.

Un murmure d'indignation s'éleva. Aucun soldat d'aucune armée n'avait le droit d'agir ainsi.

— C'est un facteur qui a découvert cette ignominie, poursuivit le roi. Devenu fou de terreur, il a été ramené par l'une de nos patrouilles qui m'a communiqué l'information. À cette tuerie les Hittites ont ajouté la destruction du sanctuaire de la bourgade et la profanation de la stèle de Séthi.

Bouleversé, un beau vieillard, chargé de veiller sur les archives du palais et portant le titre de « chef des secrets », sortit de la masse des courtisans et s'inclina devant Pharaon.

– Majesté, possède-t-on la preuve que les Hittites sont bien les auteurs du crime ?

– Voici leur signature : « Victoire de l'armée du puissant souverain du Hatti, Mouwattali. Ainsi périront tous ses ennemis. » Je vous informe également que les princes d'Amourrou et de Palestine viennent de faire allégeance aux Hittites. Des résidents égyptiens ont été abattus, les survivants se sont réfugiés dans nos forteresses.

– Mais alors, Majesté, c'est...

– La guerre.

Le bureau de Ramsès était vaste et lumineux. Des fenêtres, dont l'encadrement était recouvert de carreaux vernissés bleu et blanc, permettaient au roi de goûter la perfection de chaque saison et de s'enivrer du parfum de mille et une fleurs. Sur des guéridons dorés, des bouquets de lys. Une longue table en acacia servait de support aux papyrus déroulés. Dans un angle de la pièce, une statue en diorite représentait Séthi, assis sur son trône, les yeux levés vers l'au-delà.

Ramsès avait réuni un conseil restreint, qui se limitait à Améni, son ami et fidèle secrétaire particulier, à son frère aîné Chénar et à Âcha.

Le teint pâle, les mains longues et fines, petit, fluet, maigre et presque chauve à vingt-quatre ans, Améni avait voué son existence à servir Ramsès. Inapte à toute pratique sportive, le dos fragile, Améni était un travailleur infatigable. Jour et nuit à son bureau, il dormait peu et assimilait davantage de dossiers en une heure que son équipe de scribes, pourtant qualifiée, en une semaine. Porte-sandales de Ramsès, Améni aurait pu prétendre à n'importe quel poste ministériel, mais il préférait rester dans l'ombre de Pharaon.

– Les magiciens ont fait le nécessaire, indiqua-t-il. Ils ont fabriqué des statuettes de cire, à l'image des Asiatiques et des Hittites, et les ont jetées dans le feu. De plus, ils ont inscrit leurs noms sur des vases et des coupes en terre cuite, et les ont brisées. J'ai recommandé de pratiquer chaque jour le même rite jusqu'au départ de notre armée.

Chénar haussa les épaules. Le frère aîné de Ramsès, trapu et enveloppé, avait un visage rond, lunaire, et des joues rebondies. Les lèvres épaisses et gourmandes, de petits yeux marron, la voix onctueuse et flottante, il avait rasé un collier de barbe qu'il avait laissé pousser pour porter le deuil de son père Séthi.

— Ne comptons pas sur la magie, recommanda-t-il. Moi, ministre des Affaires étrangères, je propose de révoquer nos ambassadeurs en Syrie, en Amourrou et en Palestine. Ce sont des cloportes qui ont été incapables de voir la toile d'araignée que les Hittites ont tissée dans nos protectorats.

— C'est déjà fait, révéla Améni.

— On aurait pu m'en parler, rétorqua Chénar, vexé.

— C'est fait, voilà l'essentiel.

Indifférent à cette joute oratoire, Ramsès posa l'index sur un point précis de la grande carte déroulée sur la table en acacia.

— Les garnisons de la frontière du Nord-Ouest sont-elles en état d'alerte ?

— Oui, Majesté, répondit Âcha. Nul Libyen ne la traversera.

Fils unique d'une famille noble et riche, Âcha était l'aristocrate par excellence. Élégant, raffiné, arbitre des modes, le visage allongé et fin, les yeux pétillants, le regard quelque peu dédaigneux, il parlait plusieurs langues étrangères et se passionnait pour les relations internationales.

— Nos patrouilles contrôlent la bande côtière libyenne et la zone désertique à l'ouest du Delta. Nos forteresses sont en état d'alerte et contiendraient sans peine une attaque qui semble improbable. Aucun guerrier n'est capable, à l'heure actuelle, de fédérer les tribus libyennes.

— Hypothèse ou certitude ?

— Certitude.

— Enfin une information rassurante !

— C'est la seule, Majesté. Mes agents viennent de me faire parvenir les appels au secours des maires de Megiddo, point d'arrivée des caravanes, de Damas et des ports phéniciens, destination de nombreux navires marchands. Les raids hittites et la déstabilisation de la région perturbent déjà les transactions commerciales. Si nous n'intervenons pas très vite, les Hittites nous isoleront de nos partenaires avant de les anéantir. Le monde que Séthi et ses ancêtres avaient édifié sera détruit.

— Penses-tu, Âcha, que je n'en sois pas conscient ?

— Prend-on jamais assez conscience d'un danger de mort, Majesté ?

— A-t-on vraiment utilisé toutes les ressources de la diplomatie ? demanda Améni.

— La population d'une bourgade a été massacrée, rappela Ramsès ; après une telle horreur, de quelle diplomatie pourrait-on user ?

— La guerre fera des milliers de morts.

— Améni proposerait-il une capitulation ? interrogea Chénar, l'air narquois.

Le secrétaire particulier du roi serra les poings.

— Retirez votre question, Chénar.

— Seriez-vous enfin prêt à vous battre, Améni ?

— Cela suffit, trancha Ramsès. Gardez votre énergie pour défendre l'Égypte. Chénar, es-tu partisan d'une intervention militaire immédiate et directe ?

— J'hésite... Ne vaudrait-il pas mieux attendre et renforcer nos défenses ?

— L'intendance n'est pas prête, précisa Améni. Partir en campagne de manière improvisée nous conduirait à la catastrophe.

— Plus nous temporisons, estima Âcha, plus la révolte s'étendra en Canaan. Il faut la mater très vite afin de rétablir une zone tampon entre nous et les Hittites. Sinon, ils disposeront d'une base avancée pour préparer une invasion.

— Pharaon ne doit pas risquer sa vie de manière inconsidérée, affirma Améni, irrité.

— M'accuserais-tu de légèreté ? demanda Âcha, glacial.

— Tu ne connais pas l'état réel de nos troupes ! Leur équipement est encore insuffisant, même si la manufacture d'armes fonctionne à plein régime.

— Quelles que soient nos difficultés, il faut, sans délai, rétablir l'ordre dans nos protectorats. Il y va de la survie de l'Égypte.

Chénar se garda d'intervenir dans le débat entre les deux amis. Ramsès, qui accordait une égale confiance à Améni et à Âcha, les avait écoutés avec grande attention.

— Sortez, ordonna-t-il.

Seul, le roi regarda le soleil, ce créateur de lumière dont il était issu.

Fils de la lumière, il avait la capacité de contempler l'astre du jour en face, sans se brûler les yeux.

« Privilégie en tout être son rayonnement et son génie, avait recommandé Séthi, cherche en chacun ce qui est irremplaçable. Mais tu seras seul pour décider. Aime l'Égypte plus que toi-même, et le chemin se dévoilera. »

Ramsès songea à l'intervention des trois hommes. Chénar, indécis, ne voulait surtout pas déplaire ; Améni désirait préserver le pays comme un sanctuaire et refusait la réalité extérieure ; Âcha avait une vue globale de la situation et ne cherchait pas à en masquer la gravité.

D'autres soucis troublèrent le roi : Moïse avait-il été pris dans la tourmente ? Chargé de le retrouver, Âcha n'avait découvert aucune piste. Ses informateurs demeuraient muets. Si l'Hébreu était parvenu à sortir d'Égypte, il s'était dirigé soit vers la Libye, soit vers les principautés d'Édom et de Moab, soit vers Canaan ou la Syrie. Dans une période calme, un indicateur aurait fini par le repérer. À présent, si Moïse était encore vivant, il ne fallait plus compter que sur la chance pour savoir où il se cachait.

Ramsès quitta le palais et se rendit à la résidence de ses généraux. Son unique souci devait être d'accélérer la préparation de son armée.

4

Chénar tira les deux verrous en bois fermant la porte de son bureau du ministère des Affaires étrangères, puis regarda par les fenêtres pour s'assurer que personne ne se trouvait dans la cour intérieure. Précautionneux, il avait ordonné au garde présent dans l'antichambre de s'éloigner et de se poster à l'extrémité du couloir.

— Personne ne peut nous entendre, dit-il à Âcha.

— N'aurait-il pas été plus prudent de faire le point ailleurs ?

— Nous devons donner l'illusion de travailler jour et nuit à la sécurité du pays. Ramsès a ordonné que les fonctionnaires absents sans motif valable soient révoqués sur-le-champ. Nous sommes en guerre, mon cher Âcha !

— Pas encore.

— La décision du roi est prise, c'est évident ! Vous l'avez convaincu.

— Je l'espère, mais soyons circonspects. Ramsès est souvent imprévisible.

— Notre petit jeu était parfait. Mon frère a cru que j'étais hésitant et que je n'osais pas m'engager, de peur de lui déplaire. Vous, au contraire, tranchant et incisif, avez mis en relief ma veulerie. Comment Ramsès soupçonnerait-il notre alliance ?

Satisfait, Chénar remplit deux coupes d'un vin blanc de la ville d'Imaou, réputée pour ses vignobles.

Le bureau du ministre des Affaires étrangères, contrairement à celui du roi, n'était pas un modèle de sobriété. Chaises aux panneaux décorés de lotus, coussins chamarrés, guéridons aux piètements de bronze, murs ornés de peintures représentant des scènes de chasse aux oiseaux dans les marais et, surtout, une profusion de vases exotiques provenant de Libye, de Syrie, de Babylone, de Crète, de Rhodes, de Grèce et d'Asie. Chénar en était fou ; il avait payé fort cher la plupart de ces pièces uniques, mais sa passion ne faisait que croître, et il peuplait de ces merveilles ses villas de Thèbes, de Memphis et de Pi-Ramsès.

La création de la nouvelle capitale, qu'il avait ressentie comme une insupportable victoire de Ramsès, était une aubaine. Chénar se rapprochait de ceux qui avaient décidé de le porter au pouvoir, les Hittites, et aussi des centres de production de ces vases incomparables. Les voir, les caresser, se souvenir de leur provenance exacte lui procurait un plaisir ineffable.

— Améni m'inquiète, avoua Âcha. Il ne manque pas de finesse, et...

— Améni est un imbécile et un faible qui végète dans l'ombre de Ramsès. Sa servilité lui bouche les yeux et les oreilles.

— Il a pourtant critiqué mon attitude.

— Ce petit scribe croit que l'Égypte est seule au monde, qu'elle peut s'abriter derrière ses forteresses, fermer ses frontières et empêcher ainsi n'importe quel ennemi de l'envahir. Antimilitariste forcené, il est persuadé que le repli sur soi-même est la seule chance de paix. Un affrontement avec vous était donc inévitable, mais il nous servira.

— Améni est le plus proche conseiller de Ramsès, objecta Âcha.

— En période de paix, c'est certain ; mais les Hittites nous ont déclaré la guerre, et votre exposé fut tout à fait convaincant. Et vous oubliez la reine mère Touya et la grande épouse royale Néfertari !

— Pensez-vous qu'elles aiment la guerre ?

— Elles la haïssent, mais les reines d'Égypte ont toujours lutté avec la dernière vigueur pour la sauvegarde des Deux Terres et pris souvent des initiatives remarquables. Ce sont les grandes dames de Thèbes qui ont réorganisé l'armée et l'ont poussée à chasser les envahisseurs hyksôs du Delta. Touya, ma mère vénérée, et Néfertari, cette magicienne qui subjugue la cour, ne failliront pas à la règle. Elles inciteront Ramsès à passer à l'offensive.

— Puisse votre optimisme être justifié.

Âcha trempa ses lèvres dans le vin fruité et charpenté, Chénar vida goulûment sa coupe. Bien que vêtu de tuniques et de chemises coûteuses, il ne parvenait pas à être aussi élégant que le diplomate.

— Il l'est, mon cher, il l'est ! N'êtes-vous pas le chef de notre réseau d'espionnage, l'un des amis d'enfance de Ramsès, et le seul homme qu'il écoute en matière de politique étrangère ?

Âcha approuva d'un hochement de tête.

— Nous sommes proches du but, poursuivit Chénar, exalté ; ou bien Ramsès sera tué au combat, ou bien vaincu ; déshonoré, il sera contraint de renoncer au pouvoir. Dans les deux cas, j'apparaîtrai comme le seul capable de négocier avec les Hittites et de sauver l'Égypte du désastre.

— Il faudra acheter cette paix, précisa Âcha.

— Je n'ai pas oublié notre plan. Je couvrirai d'or les princes de Canaan et d'Amourrou, j'offrirai de fabuleux cadeaux à l'empereur des Hittites et me répandrai en promesses non moins fabuleuses ! L'Égypte sera peut-être appauvrie quelque temps, mais je régnerai. Et l'on oubliera vite Ramsès. La stupidité et le caractère moutonnier du peuple, qui déteste aujourd'hui ce qu'il adorait hier : voilà l'arme que je saurai utiliser.

— Avez-vous renoncé à l'idée d'un immense empire, du cœur de l'Afrique aux plateaux d'Anatolie ?

Chénar sembla rêveur.

– Je vous en ai parlé, c'est vrai, mais sous l'angle commercial... La paix revenue, nous créerons de nouveaux ports marchands, développerons les routes de caravanes et nouerons des liens économiques avec les Hittites. Alors, l'Égypte sera trop petite pour moi.

– Et si votre empire était aussi... politique ?

– Je ne vous suis pas.

– Mouwattali gouverne les Hittites d'une poigne de fer, mais l'on intrigue beaucoup, à la cour d'Hattousa. Deux personnages, l'un en vue, Ouri-Téchoup, et l'autre discret, Hattousil, prêtre de la déesse Ishtar, sont considérés comme de probables successeurs. Si Mouwattali mourait lors d'un combat, l'un ou l'autre prendrait le pouvoir. Or, les deux hommes se détestent, et leurs partisans sont prêts à s'entre-déchirer.

Chénar palpa son menton.

– Davantage que de simples querelles de palais, d'après vous ?

– Bien davantage. Le royaume hittite est menacé de décomposition.

– S'il éclatait en plusieurs morceaux, un sauveur pourrait les réunifier sous sa bannière... et joindre ces territoires aux provinces égyptiennes. Quel empire, Âcha, quel immense empire ! Babylone, l'Assyrie, Chypre, Rhodes, la Grèce et les terres nordiques seraient mes futurs protectorats !

Le jeune diplomate sourit.

– Les pharaons ont manqué d'ambition, parce qu'ils ne se souciaient que du bonheur de leur peuple et de la prospérité de l'Égypte. Vous, Chénar, êtes d'une autre nature. C'est pourquoi Ramsès doit être éliminé, d'une manière ou d'une autre.

Chénar n'avait pas le sentiment de trahir. Si la maladie n'avait pas affaibli la pensée de Séthi, c'était à lui, son fils aîné, que le pharaon défunt aurait offert le trône. Victime d'une injustice, Chénar lutterait pour reprendre ce qui lui appartenait de droit.

L'œil inquisiteur, il regarda Âcha.

— Bien entendu, vous n'avez pas tout dit à Ramsès.

— Bien entendu, mais l'ensemble des messages que je reçois, par l'intermédiaire de mes agents, est accessible au roi à tout moment. Ils sont enregistrés et classés dans ce ministère, aucun ne peut être subtilisé ou détruit, sous peine d'éveiller l'attention et de me faire soupçonner de malversation.

— Ramsès a-t-il déjà procédé à une inspection ?

— Jamais jusqu'ici, mais nous sommes à la veille d'un conflit. Je dois donc prendre des précautions et ne pas m'exposer à un contrôle inopiné de sa part.

— Comment vous y prendrez-vous ?

— Je vous le répète : aucun rapport ne manque, aucun n'est tronqué.

— En ce cas, Ramsès sait tout !

Âcha passa doucement le doigt sur le rebord de la coupe d'albâtre.

— L'espionnage est un art difficile, Chénar ; le fait brut est important, son interprétation plus encore. Mon rôle consiste à faire la synthèse des faits et à donner une interprétation au roi pour déclencher son action. Dans la situation présente, il ne pourra me reprocher ni mollesse ni indécision : j'ai insisté, afin qu'il organise au plus vite une contre-offensive.

— Vous faites son jeu, non celui des Hittites !

— Vous ne considérez que le fait brut, rétorqua Âcha ; c'est ainsi que Ramsès réagira, lui aussi. Qui le lui reprocherait ?

— Expliquez-vous.

— Le transfert des troupes, de Memphis à Pi-Ramsès, a posé quantité de problèmes d'intendance qui sont loin d'être résolus. En incitant Ramsès à se hâter, nous obtiendrons un premier avantage : un handicap insurmontable pour nos soldats, dont l'équipement est insuffisant, en qualité et en quantité.

— Et les autres avantages ?

— Le terrain lui-même et l'ampleur de la défection de nos

alliés. Tout en ne la cachant pas à Ramsès, je n'ai pas insisté sur l'ampleur du brasier. La sauvagerie des raids hittites et le massacre de la Demeure du Lion ont terrorisé les princes de Canaan et d'Amourrou, et les gouverneurs des ports côtiers. Séthi tenait en respect les guerriers hittites ; ce n'est pas le cas de Ramsès. L'ensemble des potentats locaux, craignant d'être anéanti à leur tour, préférera se placer sous la protection de Mouwattali.

— Ils sont persuadés que Ramsès ne leur viendra pas en aide et ont décidé d'être les premiers agresseurs de l'Égypte, afin de satisfaire leur nouveau maître, l'empereur du Hatti... C'est bien ça ?

— C'est une interprétation des faits.

— Et c'est... la vôtre ?

— La mienne comprend quelques détails supplémentaires. Le silence de certaines de nos places fortes signifie-t-il que l'ennemi en a pris possession ? Si telle est la vérité, Ramsès se heurtera à une résistance beaucoup plus âpre que prévue. De plus, il est probable que les Hittites ont livré une belle quantité d'armes aux révoltés.

Les lèvres de Chénar se firent gourmandes.

— Superbes surprises en perspective pour les bataillons égyptiens ! Ramsès pourrait être vaincu dès cette première bataille, avant même d'affronter les Hittites !

— C'est une hypothèse à ne pas négliger, jugea Âcha.

5

Au terme d'une journée éprouvante, la reine mère Touya se reposait dans le jardin du palais. Elle avait célébré le rituel de l'aube dans une chapelle de la déesse Hathor, le soleil féminin, puis réglé des problèmes de protocole, accordé une entrevue à des courtisans geignards et s'était entretenue avec le ministre de l'Agriculture, à la demande de Ramsès, avant de converser avec Néfertari, la grande épouse royale.

Mince, de grands yeux en amande sévères et perçants, le nez fin et droit, le menton presque carré, Touya était une autorité morale incontestée. Coiffée d'une perruque de mèches torsadées cachant les oreilles et la nuque, elle portait une longue robe de lin au plissé admirable. À son cou, un collier d'améthystes à six rangs ; à ses poignets, des bracelets d'or. Quelle que fût l'heure, la mise de Touya était impeccable.

Chaque jour, Séthi lui manquait davantage. Le temps rendait de plus en plus cruelle l'absence du pharaon défunt, et la veuve aspirait à connaître l'ultime passage qui lui permettrait de rejoindre son époux.

Le couple royal lui offrait pourtant bien des joies : Ramsès avait l'étoffe d'un grand monarque et Néfertari celle d'une grande reine. Comme Séthi et elle, ils aimaient passionnément leur pays et lui sacrifieraient leur vie si le destin l'exigeait.

Quand Ramsès se dirigea vers elle, Touya sut aussitôt que son fils venait de prendre une grave décision. Le roi donna le bras à sa mère, et ils firent quelques pas dans une allée sablée, entre deux rangées de tamaris en fleur. L'air était chaud et parfumé.

— L'été sera implacable, dit-elle. Par bonheur, tu as choisi un bon ministre de l'Agriculture ; les digues seront consolidées et les bassins de retenue des eaux d'irrigation élargis. La crue devrait être bonne, les récoltes seront abondantes.

— Mon règne aurait pu être long et heureux.

— Pourquoi ne le serait-il pas ? Les dieux t'ont favorisé et la nature elle-même t'offre ses bienfaits.

— La guerre est inévitable.

— Je sais, mon fils. Ta décision est la bonne.

— J'avais besoin de ton approbation.

— Non, Ramsès ; puisque Néfertari partage tes pensées, le couple royal est en capacité d'agir.

— Mon père avait renoncé à combattre les Hittites.

— Les Hittites semblaient avoir renoncé à combattre l'Égypte. S'ils avaient rompu la trêve, Séthi aurait lancé une offensive sans délai.

— Nos soldats ne sont pas prêts.

— Ils ont peur, n'est-ce pas ?

— Qui les blâmerait ?

— Toi.

— Les vétérans propagent des contes terrifiants à propos des Hittites.

— Seraient-ils de nature à effrayer le pharaon ?

— Le temps de dissiper les mirages...

— Ils ne se dissiperont que sur le champ de bataille, lorsque le courage sauvera les Deux Terres.

Méba, l'ancien ministre des Affaires étrangères, détestait Ramsès. Persuadé que le roi l'avait chassé sans raison de son poste, il n'attendait qu'une occasion de prendre sa revanche.

Comme plusieurs membres de la cour, il misait sur l'échec du jeune pharaon qui, après quatre années de succès, succomberait sous l'épreuve.

En compagnie d'une dizaine de notables, le riche et mondain Méba, au visage large et à l'allure martiale, échangeait quelques propos futiles sur la haute société de Pi-Ramsès. Les mets étaient de qualité, les femmes superbes ; il fallait bien passer le temps, en attendant l'avènement de Chénar.

Un serviteur murmura quelques mots à l'oreille de Méba. Aussitôt, le diplomate se leva.

— Mes amis, le roi arrive ; il nous fait l'honneur de sa présence.

Les mains de Méba tremblaient. Ramsès n'avait pas coutume d'apparaître de la sorte dans une réception privée.

Les bustes se cassèrent dans un bel ensemble.

— C'est trop d'honneur, Majesté ! Voulez-vous vous asseoir ?

— Inutile. Je suis venu annoncer la guerre.

— La guerre...

— Au milieu de ces réjouissances, auriez-vous entendu parler de la présence de nos ennemis aux portes de l'Égypte ?

— C'est notre principal souci, assura Méba.

— Nos soldats redoutent que le conflit ne devienne inévitable, déclara un scribe exprérimenté. Ils savent qu'ils devront marcher sous le soleil, lourdement chargés, et progresser sur des chemins difficiles. Impossible de boire à sa soif, car l'eau sera rationnée. Même si les jambes défaillent, il faudra continuer à avancer, oublier le dos douloureux et l'estomac dans les talons. Se reposer au camp ? Espoir déçu, à cause des corvées à accomplir avant de s'allonger sur sa natte. En cas d'alerte, on se lève, en hâte, les yeux embrumés de sommeil. La nourriture ? Médiocre. Les soins ? Sommaires. Et que dire des flèches et des javelots adverses, du danger constant, de la mort qui rôde !

— Belle rhétorique de lettré, constata Ramsès ; moi aussi, je connais ce vieux texte par cœur. Mais aujourd'hui, il ne s'agit plus de littérature.

— Nous avons confiance en la valeur de notre armée, Majesté, proclama Méba, et nous savons qu'elle vaincra, quelles que soient les souffrances à endurer.

— Émouvantes paroles, mais elles ne me suffisent pas. Je connais ton courage et celui des nobles ici présents, et suis fier de recueillir, en cet instant, vos engagements volontaires.

— Majesté... Notre armée de métier devrait suffire à la tâche !

— Elle a besoin d'hommes de qualité pour encadrer les jeunes recrues. N'est-ce pas aux nobles et aux riches de donner l'exemple ? Vous êtes tous attendus à la caserne principale, dès demain matin.

La cité de turquoise était en ébullition. Transformée en base militaire, en poste de commandement des chars, en lieu de rassemblement des régiments d'infanterie et en point de mouillage de la flotte de guerre, elle assistait aux manœuvres et aux entraînements, de l'aube au couchant. Déléguant à Néfertari, à Touya et à Améni la conduite des affaires intérieures de l'État, Ramsès passait ses journées à la manufacture d'armes et dans les casernes.

La présence du monarque rassurait et exaltait ; il vérifiait la qualité des lances, des épées et des boucliers, passait en revue les nouvelles recrues, s'entretenait aussi bien avec les officiers supérieurs qu'avec les simples soldats, et promettait aux uns comme aux autres une solde proportionnelle à leur vaillance. Les mercenaires étaient assurés de percevoir de belles primes s'ils conduisaient l'Égypte à la victoire.

Le roi accordait grande attention à l'entretien des chevaux ; de leur bonne condition physique dépendrait, en grande partie, le sort de la bataille. Au centre de chaque écurie, construite sur des pavements de galets entrecoupés de caniveaux, un réservoir d'eau servait à la fois à abreuver les animaux et à maintenir la propreté. Chaque jour,

Ramsès inspectait des stalles différentes, examinait les chevaux et sanctionnait sévèrement les négligences.

L'armée réunie à Pi-Ramsès commençait à fonctionner comme un grand corps régi par une tête à laquelle on faisait appel en toutes circonstances. Disponible, intervenant avec rapidité, le roi ne laissait subsister aucun flou et tranchait les litiges sur l'heure. Une solide confiance s'établit. Chaque soldat sentit que les ordres étaient donnés à bon escient et que les troupes formaient une véritable machine de guerre.

Voir le pharaon de si près, pouvoir parfois lui parler, étaient des privilèges qui stupéfiaient les soldats, gradés ou non. Bien des courtisans eussent aimé bénéficier d'une telle chance. L'attitude du roi donnait à ses hommes une énergie étrange, une force nouvelle. Pourtant, Ramsès demeurait lointain et inaccessible. Il demeurait Pharaon, cet être unique, animé d'une autre vie.

Quand le souverain vit Améni entrer dans la caserne où, jadis, le prince Ramsès l'avait arraché aux mains de tortionnaires, il ne manqua pas d'être étonné. Son fidèle secrétaire éprouvait de l'aversion pour ce genre d'endroit.

— Viendrais-tu manier l'épée ou la lance ?

— Notre poète est arrivé à Pi-Ramsès et il souhaite te voir.

— L'as-tu bien installé ?

— Dans une demeure identique à celle de Memphis.

Assis au pied d'un citronnier, son arbre favori, Homère dégustait un vin parfumé, corsé avec de l'anis et de la coriandre, et fumait des feuilles de sauge tassées dans une épaisse coquille d'escargot, servant de fourneau de pipe. La peau enduite d'huile d'olive, il salua le roi d'une voix bourrue.

— Restez assis, Homère.

— Je suis encore capable de m'incliner devant le maître des Deux Terres.

Ramsès s'assit sur un pliant, à côté du poète grec. Hector, son chat noir et blanc, sauta sur les genoux du monarque. Dès les premières caresses, il ronronna.

— Mon vin vous convient-il, Majesté ?

— Il est un peu rude, mais son parfum séduit. Comment vous portez-vous ?

— Mes os sont douloureux, ma vue continue à baisser, mais le climat atténue mes maux.

— Cette demeure vous plaît-elle ?

— Elle est parfaite. Le cuisinier, la femme de chambre et le jardinier m'ont accompagné ; ce sont de braves gens qui savent me choyer sans m'importuner. Comme moi, ils étaient curieux de connaître votre nouvelle capitale.

— N'auriez-vous pas été plus tranquille à Memphis ?

— Il ne se passe plus rien à Memphis ! C'est ici que se joue le sort du monde. Qui est mieux qualifié qu'un poète pour le percevoir ? Écoutez ceci : *Apollon descendra du ciel, plein de colère. Il s'avancera, semblable à la nuit, et lancera ses traits. Son arc d'argent émettra un son effrayant, ses flèches perceront les guerriers. D'innombrables bûchers s'allumeront pour brûler les morts. Qui pourra fuir le trépas ?*

— Des vers de votre *Iliade* ?

— En effet, mais parlent-ils vraiment du passé ? Cette cité de turquoise, peuplée de jardins et de plans d'eau, se transforme en camp militaire !

— Je n'ai pas le choix, Homère.

— La guerre est la honte de l'humanité, la preuve qu'elle est une race dégénérée, manipulée par des forces invisibles. Chaque vers de l'*Iliade* est un exorcisme destiné à extirper la violence du cœur des hommes, mais ma magie me paraît parfois bien dérisoire.

— Vous devez pourtant continuer à écrire, et moi, je dois gouverner, même si mon royaume se transforme en champ de bataille.

— Ce sera votre première grande guerre, n'est-ce pas ? Et ce sera même *la* grande guerre...

– Elle m'effraie autant que vous, mais je n'ai ni le temps ni le droit d'avoir peur.

– Est-elle inévitable ?

– Elle l'est.

– Qu'Apollon anime votre bras, Ramsès, et que la mort soit votre alliée.

6

De taille moyenne, les yeux marron et vivaces, le menton orné d'une barbichette taillée en pointe, Raia était devenu le marchand syrien le plus riche d'Égypte. Installé depuis longtemps dans le pays, il possédait plusieurs magasins à Thèbes, à Memphis et à Pi-Ramsès ; il vendait des conserves de viande de première qualité et des vases de luxe importés de Syrie et d'Asie. Sa clientèle, aisée et raffinée, n'hésitait pas à payer un prix élevé les chefs-d'œuvre d'artisans étrangers, exposés lors des banquets et des réceptions pour éblouir les invités.

Courtois et discret, Raia jouissait d'une excellente réputation. Grâce au développement rapide de son négoce, il avait acquis une dizaine de bateaux et trois cents ânes qui lui permettaient de transporter rapidement denrées et objets d'une ville à l'autre. Comptant de nombreux amis dans l'administration, l'armée et la police, Raia était l'un des fournisseurs de la cour et de la noblesse.

Personne ne se doutait que l'aimable commerçant était un espion au service des Hittites, qu'il recevait leurs messages codés, dissimulés à l'intérieur de certains vases marqués d'un signe distinctif, et qu'il leur faisait parvenir des informations par le biais d'un de ses agents de Syrie du Sud. L'ennemi majeur de Pharaon était ainsi renseigné de manière précise sur l'évolution de la situation politique en Égypte, l'état d'esprit de la population, les capacités économiques et militaires des Deux Terres.

Lorsque Raia se présenta à l'intendant de la somptueuse résidence de Chénar, l'employé du frère aîné de Ramsès parut gêné.

— Mon maître est fort occupé. Le déranger est impossible.

— Nous avions rendez-vous, rappela Raia.

— Je suis désolé.

— Prévenez-le quand même de ma présence et dites-lui que j'aimerais lui présenter un vase exceptionnel, une pièce unique due au talent d'un artisan qui vient de mettre fin à sa carrière.

L'intendant hésita. Connaissant la passion de Chénar pour les pièces de collection exotiques, il décida de l'informer, au risque de l'importuner.

Un quart d'heure plus tard, Raia vit sortir une jeune personne un peu trop maquillée, les cheveux libres, un tatouage sur son épaule gauche dénudée. Sans nul doute, l'une des ravissantes pensionnaires étrangères de la plus luxueuse maison de bière de Pi-Ramsès.

— Mon maître vous attend, dit l'intendant.

Raia traversa un magnifique jardin dont une vaste pièce d'eau, ombragée par des palmiers, occupait le centre.

Le visage fatigué, Chénar prenait le frais sur une chaise longue.

— Une gamine agréable, mais épuisante... De la bière, Raia ?

— Volontiers.

— Quantité de dames de la cour ne songent qu'à m'épouser, mais ce genre de folie ne me séduit pas. Lorsque je régnerai, il sera bien temps de me trouver une épouse convenable. Pour l'heure, j'apprécie des plaisirs variés. Et toi, Raia... Pas encore sous la coupe d'une femelle ?

— Les dieux m'en gardent, seigneur ! Le commerce ne m'accorde guère de loisirs.

— Tu m'as réservé une trouvaille splendide, à ce que m'a dit mon intendant.

D'un sac en toile bourré de tampons de tissu, le marchand sortit très lentement un vase minuscule en porphyre, dont l'anse était un corps de biche. Sur les flancs, des scènes de chasse.

Chénar caressa l'objet, scruta chaque détail. Il se leva et tourna autour de lui, fasciné.

— Quelle merveille... quelle merveille inégalable !

— Et son prix est modique.

— Tu te feras payer par mon intendant.

Le frère aîné de Ramsès parla à voix basse.

— Et que dire de la valeur du message de mes amis hittites ?

— Ah, Seigneur ! Plus que jamais, ils sont décidés à vous soutenir et vous considèrent comme le successeur de Ramsès.

D'un côté, Chénar se servait d'Âcha pour abuser Ramsès ; de l'autre, il préparait son avenir grâce à Raia, l'émissaire des Hittites. Âcha ignorait le véritable rôle de Raia, Raia celui d'Âcha. Chénar était le seul maître du jeu, déplaçait les pions à sa guise et maintenait des cloisons étanches entre ses alliés occultes.

La seule inconnue, mais de taille, c'étaient les Hittites.

En recoupant les informations obtenues par Âcha et celles qu'allait lui procurer Raia, Chénar se forgerait une opinion solide sans avoir pris de risques inconsidérés.

— Quelle est l'ampleur de l'offensive, Raia ?

— Des commandos hittites ont mené des raids meurtriers en Syrie centrale, en Syrie du Sud, sur la côte phénicienne et dans la province d'Amourrou, afin d'effrayer les populations. Leur plus bel exploit est la destruction de la Demeure du Lion et de la stèle de Séthi. Ils ont frappé les imaginations au point de provoquer des renversements d'alliance inespérés.

— La Phénicie et la Palestine sont-elles sous contrôle hittite ?

— Mieux encore, elles se sont révoltées contre Ramsès ! Leurs princes ont pris les armes et occupent des places fortes d'où ils ont chassé les soldats égyptiens. Pharaon ignore qu'il va se heurter à une succession de rideaux défensifs qui épuiseront ses forces. Dès que les pertes de Ramsès seront assez élevées, l'armée hittite fondra sur lui et l'anéantira. Ce sera votre chance, Chénar ; vous monterez sur le trône d'Égypte et conclurez une alliance durable avec le vainqueur.

Les prévisions de Raia étaient sensiblement différentes de celles d'Âcha. Dans les deux cas de figure, Chénar deviendrait Pharaon à la place d'un Ramsès mort ou vaincu. Mais, dans le premier, il serait le vassal des Hittites, alors que dans le second, il mettrait la main sur leur empire. Tout dépendrait de l'ampleur de la défaite de Ramsès et des dommages qu'il infligerait à l'armée hittite. La marge de manœuvre était étroite, certes, mais le succès possible, avec un but prioritaire : la prise du pouvoir en Égypte. À partir de cette base-là, d'autres conquêtes seraient envisageables.

— Comment réagissent les cités marchandes ?

— Comme d'habitude, elles se tournent du côté du plus fort. Alep, Damas, Palmyre et les ports phéniciens ont déjà oublié l'Égypte pour s'incliner devant Mouwattali, l'empereur du Hatti.

— N'est-ce pas inquiétant, pour la prospérité de l'économie égyptienne ?

— Au contraire ! Les Hittites sont les meilleurs guerriers d'Asie et d'Orient, mais de piètres commerçants. Ils vous font confiance pour réorganiser les échanges internationaux... et prélever les bénéfices qui vous sont dus. Je suis un marchand, ne l'oubliez pas, et j'ai l'intention de rester en Égypte et de m'y enrichir. Les Hittites nous apporteront la stabilité dont nous avons besoin.

— Tu seras mon ministre des Finances, Raia.

— S'il plaît aux dieux, nous ferons fortune. La guerre n'aura qu'un temps, l'essentiel est de se tenir à l'écart et de recueillir les fruits tombés de l'arbre.

La bière était délicieuse, l'ombrage rafraîchissant.

— L'attitude de Ramsès m'inquiète, confessa Chénar.

L'humeur du marchand syrien s'assombrit.

— Qu'a entrepris Pharaon ?

— Il est constamment présent dans l'une ou l'autre de ses casernes et insuffle à ses soldats une énergie qu'ils n'auraient jamais dû avoir. S'il continue, ils finiront par se croire invincibles !

— Quoi d'autre ?

— La manufacture d'armes fonctionne jour et nuit.

Raia gratta sa barbichette.

— Ce n'est pas grave... Le retard pris par rapport aux Hittites est trop important pour être rattrapé. Quant à l'influence de Ramsès, elle disparaîtra dès le premier affrontement. Lorsque les Égyptiens seront face aux Hittites, ce sera la débandade.

— Ne sous-estimes-tu pas nos troupes ?

— Si vous aviez assisté à une attaque hittite, vous ne reprocheriez à personne de mourir de peur.

— Un homme, au moins, n'éprouvera pas le moindre effroi.

— Ramsès ?

— Je veux parler du chef de sa garde personnelle, un géant sarde nommé Serramanna. C'est un ancien pirate qui a conquis la confiance de Ramsès.

— Sa réputation est parvenue à mes oreilles. Pourquoi vous gêne-t-il ?

— Parce que Ramsès l'a nommé à la tête d'un régiment d'élite, composé en grande partie de mercenaires. Ce Serramanna peut devenir un exemple gênant et susciter des actes d'héroïsme.

— Un pirate et un mercenaire... Facile à acheter.

— Justement, non ! Il s'est pris d'amitié pour Ramsès et veille sur lui avec la fidélité d'un chien. Et l'amour d'un chien ne s'achète pas.

— On peut l'éliminer.

— J'y ai songé, mon cher Raia, mais il est préférable de renoncer à une intervention brutale et voyante. Serramanna est un personnage violent et fort méfiant. Il serait capable de se débarrasser d'éventuels agresseurs. Et un assassinat intriguerait Ramsès.

— Que souhaitez-vous ?

— Une autre manière de mettre Serramanna à l'écart. Ni toi ni moi ne devrons être impliqués.

— Je suis un homme prudent, Seigneur, et j'entrevois une solution...

— J'insiste : ce Sarde a l'instinct d'un fauve.

— Je vous débarrasserai de lui.

— Pour Ramsès, ce serait un coup très dur. Tu auras une belle récompense.

Le marchand syrien se frotta les mains.

— J'ai une autre bonne nouvelle à vous apprendre, seigneur Chénar. Savez-vous comment les troupes égyptiennes stationnées à l'étranger communiquent avec Pi-Ramsès ?

— Par courriers à cheval, signaux optiques et pigeons voyageurs.

— Dans les zones infestées de révoltés, seuls les pigeons voyageurs peuvent être utilisés. Or, le principal éleveur de ces précieux oiseaux ne ressemble pas à Serramanna. Bien qu'il travaille pour l'armée, il n'a pas résisté à la corruption. Il me sera donc facile de faire détruire des messages, de les intercepter ou de les remplacer par d'autres. De quoi désorganiser les services de renseignements égyptiens à leur insu...

— Magnifique perspective, Raia. Mais n'oublie pas de me trouver d'autres vases comme celui-ci.

7

Serramanna voyait cette guerre d'un mauvais œil. Le géant sarde, en abandonnant la profession de pirate pour devenir chef de la garde personnelle de Ramsès, avait appris à apprécier l'Égypte, sa demeure de fonction, et les Égyptiennes avec lesquelles il passait des heures de plaisir. Nénofar, sa récente maîtresse, surpassait les précédentes. Lors de leur dernière joute amoureuse, elle avait réussi à l'épuiser, lui, un Sarde !

Maudite guerre, en vérité, qui l'éloignerait de tant de bonheurs, même si veiller sur la sécurité de Ramsès n'était pas une sinécure. Combien de fois le monarque avait-il dédaigné ses conseils de prudence ? Mais ce roi était un grand roi, et Serramanna l'admirait. Puisqu'il fallait tuer du Hittite pour sauver le règne de Ramsès, il en tuerait. Et il espérait même, de sa propre épée, trancher la gorge de Mouwattali, que ses soldats appelaient « le grand chef ». Le Sarde ricana : un « grand chef » à la tête d'une bande de barbares et d'assassins ! Sa mission accomplie, Serramanna parfumerait ses moustaches en spirale et prendrait d'assaut d'autres Nénofar.

Quand Ramsès l'avait nommé responsable du corps d'élite de l'armée égyptienne, chargé des missions dangereuses, Serramanna avait ressenti l'une de ces fiertés qui redonnent la vigueur de la jeunesse. Puisque le maître des Deux Terres l'honorait d'une telle confiance, le Sarde lui démontrerait, armes à la main, qu'il ne s'était pas trompé. L'entraînement qu'il imposait aux hommes placés sous son commandement avait déjà éliminé vantards et trop bien nourris ; il ne garderait que de vrais guerriers, capables de se battre à un contre dix et de supporter, sans gémir, de multiples blessures.

Nul ne connaissait la date du départ des troupes, mais l'instinct de Serramanna la sentait proche. Dans leurs casernes, les soldats devenaient nerveux. Au palais, les réunions de l'état-major se succédaient à un rythme soutenu. Ramsès voyait souvent Âcha, le chef de ses services d'espionnage.

De mauvaises nouvelles se transmettaient de bouche à oreille ; la révolte ne cessait de s'étendre, des notables fidèles à l'Égypte avaient été exécutés en Phénicie et en Palestine. Mais les messages qu'apportaient les pigeons voyageurs de l'armée prouvaient que les forteresses tenaient bon et contenaient les assauts de l'ennemi.

Pacifier Canaan ne présenterait donc guère de difficultés ; Ramsès déciderait probablement de continuer vers le nord, vers la province d'Amourrou et la Syrie. Puis ce serait l'inévitable affrontement avec l'armée hittite, dont les commandos, d'après les agents de renseignements, s'étaient retirés de Syrie du Sud.

Serramanna ne craignait pas les Hittites. En dépit de leur réputation de massacreurs, il brûlait même d'en découdre avec ces barbares, d'en abattre le maximum et de les voir s'enfuir en hurlant.

Avant de livrer de fabuleux combats dont la mémoire des Égyptiens garderait le souvenir, le Sarde avait une mission à accomplir.

En partant du palais, Serramanna n'eut qu'un court trajet à effectuer pour atteindre le quartier des ateliers, proche des entrepôts. Une activité intense régnait dans le dédale de ruelles où s'ouvraient des échoppes de menuisiers, de tailleurs et de fabricants de sandales. Un peu plus loin, en direction du port, les modestes demeures des briquetiers hébreux.

L'apparition du géant sema le trouble parmi les ouvriers et leurs familles. Depuis la fuite de Moïse, les Hébreux avaient perdu un chef exemplaire qui les défendait contre toute forme d'autoritarisme et leur redonnait une fierté oubliée. Voir surgir le Sarde, à la réputation bien établie, ne présageait rien de bon.

Serramanna agrippa par le pagne un garçon qui s'enfuyait.

– Cesse de gesticuler, petit! Où habite Abner, le briquetier?

– Je ne sais pas.

– Ne m'irrite pas.

Le garçon prit la menace au sérieux et parla d'abondance. Il accepta même de conduire le Sarde jusqu'au domicile d'Abner, qui se terrait dans un angle de la pièce d'accueil, un voile sur la tête.

– Viens, ordonna Serramanna.

– Je refuse!

– De quoi as-tu peur, l'ami?

– Je n'ai rien fait de mal.

– Tu n'as donc rien à craindre.

– Laisse-moi, je t'en prie!

– Le roi veut te voir.

Comme Abner se tassait davantage, le Sarde fut contraint de le soulever d'une seule main et de l'installer sur le dos d'un âne qui, d'un pas sûr et tranquille, prit le chemin du palais de Pi-Ramsès.

Abner était terrorisé.

Prosterné devant Ramsès, il n'osait pas lever les yeux.

– L'enquête sur le drame ne me satisfait pas, indiqua le roi. Je veux savoir ce qui s'est réellement passé; toi, Abner, tu le sais.

– Majesté, je ne suis qu'un briquetier...

– Moïse est accusé d'avoir tué Sary, le mari de ma sœur. S'il s'avère qu'il a bien commis ce crime, il devra être châtié de la manière la plus sévère. Mais pourquoi aurait-il agi ainsi?

Abner avait espéré que personne ne s'intéresserait à son rôle exact dans cette affaire; c'était négliger l'amitié qui unissait le pharaon à Moïse.

— Moïse doit être devenu fou, Majesté.

— Cesse de te moquer de moi, Abner.

— Majesté!

— Sary ne t'aimait pas.

— Des ragots, rien que des ragots...

— Non, des témoignages! Relève-toi.

Tremblant, l'Hébreu hésita. Il gardait la tête basse, incapable de supporter le regard de Ramsès.

— Serais-tu un lâche, Abner?

— Un simple briquetier qui aspire à vivre en paix, Majesté, voilà ce que je suis.

— Les sages ne croient guère au hasard. Pourquoi étais-tu mêlé à cette tragédie?

Abner aurait dû continuer de mentir, mais la voix du pharaon brisait ses défenses.

— Moïse... Moïse était le chef des briquetiers. Je lui devais obéissance, comme mes collègues, mais son autorité portait ombrage à Sary.

— Ce dernier t'a-t-il maltraité?

Abner bredouilla quelques mots incompréhensibles.

— Parle clairement, exigea le roi.

— Sary... Sary n'était pas un homme bon, Majesté.

— Il était même fourbe et cruel, j'en suis conscient.

L'approbation de Ramsès rassura Abner.

— Sary m'a menacé, avoua l'Hébreu; il m'a obligé à lui verser une partie de mes gains.

— Du chantage... Pourquoi lui as-tu donné satisfaction?

— J'avais peur, Majesté, si peur! Sary m'aurait battu, dépouillé...

— Pourquoi n'as-tu pas porté plainte?

— Sary avait de nombreuses relations dans la police. Personne n'osait s'opposer à lui.

— Personne, sauf Moïse!

— Pour son malheur, Majesté, pour son malheur...

— Un malheur auquel tu n'es pas étranger, Abner.

L'Hébreu eût aimé disparaître dans le sol, échapper à l'esprit de ce souverain qui pénétrait en lui comme un foret creusant un vase.

— Tu t'es confié à Moïse, n'est-ce pas?

— Moïse était bon et courageux...

— La vérité, Abner!

— Oui, Majesté, je me suis confié à lui.

— Comment a-t-il réagi?

— Il a accepté de me défendre.

— De quelle manière?

— En ordonnant à Sary de ne plus m'importuner, je suppose... Moïse n'était pas bavard.

— Les faits, Abner, seulement les faits.

— Je me reposais, chez moi, lorsque Sary a fait irruption, en proie à une violente colère. « Chien d'Hébreu, a-t-il hurlé, tu as osé parler! » Il m'a frappé, j'ai protégé mon visage avec mes mains et tenté de lui échapper. Moïse est entré, il s'est battu avec Sary, Sary est mort... Si Moïse n'était pas intervenu, c'est moi qui aurais succombé.

— Autrement dit, un cas de légitime défense! Grâce à ton témoignage, Abner, Moïse pourrait être acquitté par un tribunal et retrouver sa place parmi les Égyptiens.

— Je l'ignorais, je...

— Pourquoi te taisais-tu, Abner?

— J'avais peur!

— De qui? Sary est mort. Un autre contremaître te persécuterait-il?

— Non, non...

— Qu'est-ce qui t'effraie?

— La justice, la police...

— Mentir est une faute grave, Abner. Mais peut-être ne crois-tu pas à l'existence de la balance de l'autre monde qui pèsera nos actes.

L'Hébreu se mordit les lèvres.

— Tu as gardé le silence, reprit Ramsès, parce que tu craignais que les enquêteurs ne s'intéressent à toi. Aider Moïse, l'homme qui t'a sauvé la vie, ne t'intéressait guère.

— Majesté !

— Telle est la vérité, Abner : tu voulais rester dans l'ombre parce que, toi aussi, tu es un maître chanteur. Serramanna a su délier la langue des briquetiers débutants que tu exploites sans aucun remords.

L'Hébreu s'agenouilla devant le roi.

— Je les aide à trouver du travail, Majesté... C'est une juste rétribution.

— Tu n'es qu'une canaille, Abner, mais ta valeur est immense à mes yeux, car tu pourrais innocenter Moïse et justifier son geste.

— Vous... vous me pardonnez ?

— Serramanna te conduira devant un juge qui prendra ta déposition. Sous serment, tu décriras les faits sans omettre un seul détail. Que je n'entende plus parler de toi, Abner.

8

Le Chauve, dignitaire de la Maison de Vie d'Héliopolis, était chargé de vérifier la qualité des aliments que lui apportaient agriculteurs et pêcheurs. Scrupuleux, voire pointilleux, il examinait chaque fruit, chaque légume, chaque poisson. Les vendeurs le redoutaient et l'estimaient, car il payait le juste prix ; mais personne ne pouvait devenir son fournisseur agréé, car il ne sombrait pas dans la routine et n'accordait aucun privilège. Seule comptait la perfection des nourritures qui seraient sacralisées par le rite et offertes aux dieux avant d'être redistribuées aux humains.

Son choix établi, le Chauve orientait ses achats vers les cuisines de la Maison de Vie dont le nom, « la place pure », traduisait le souci d'hygiène permanent. Le prêtre n'était pas avare d'inspections impromptues, parfois suivies de lourdes sanctions.

Ce matin-là, il se rendit à la réserve de poissons séchés et salés.

Le verrou en bois de la porte, dont le mécanisme n'était connu que de lui-même et du préposé à la réserve, avait été scié.

Stupéfait, il poussa la porte.

Le silence et la pénombre habituels.

Il s'avança, inquiet, mais ne perçut aucune présence insolite. Vaguement rassuré, il s'arrêta devant chaque jarre ; des étiquettes précisaient le nom et le nombre des poissons mis en conserve, et la date de la salaison.

Près de la porte, un emplacement vide.

On avait volé une jarre.

Appartenir à la Maison de la reine était un honneur dont rêvaient toutes les dames de la cour. Mais Néfertari accordait davantage d'attention à la compétence et au sérieux qu'à la fortune et au rang. De même que Ramsès, lorsqu'il avait composé son gouvernement, elle avait provoqué quantité de surprises en choisissant des jeunes femmes d'origine modeste comme coiffeuse, tisserande ou femme de chambre.

C'était à une jolie brune, née dans un faubourg populaire de Memphis, qu'avait été attribuée la fonction enviée de lingère de la grande épouse royale ; elle consistait, notamment, à prendre soin des vêtements préférés de Néfertari qui, malgré l'étendue de sa garde-robe, éprouvait une affection particulière pour d'anciennes robes et un vieux châle qu'elle portait volontiers à la tombée du jour. Non seulement la reine redoutait la fraîcheur du couchant, mais encore se souvenait-elle de s'être couverte de ce châle, rêveuse, la nuit suivant sa première rencontre avec le prince Ramsès, ce jeune homme à la fois fougueux et délicat, qu'elle avait longtemps repoussé avant de s'avouer sa propre passion.

Comme les autres employées de la Maison de la reine, la lingère éprouvait pour la souveraine une véritable vénération. Néfertari savait gouverner avec grâce, ordonner avec le sourire ; aucune tâche ne lui semblait assez humble pour être négligée, et elle n'acceptait ni retard injustifié ni mensonge. Lorsqu'une difficulté se présentait, elle aimait en parler elle-même avec la servante mise en cause et écouter ses explications. Amie et confidente de la reine mère, la grande épouse royale avait su conquérir tous les cœurs.

La lingère parfumait les étoffes avec des essences raffinées provenant du laboratoire du palais et prenait soin d'éviter tout faux pli, lorsqu'elle rangeait les vêtements dans les coffres en bois et dans les armoires. À l'approche de la nuit, elle alla chercher le vieux châle dont la reine aimait couvrir ses épaules, tout en célébrant les derniers rites du jour.

Le sang quitta le visage de la lingère.

Le châle n'était plus à sa place.

« Impossible, pensa-t-elle, je me trompe de coffre. » Elle en fouilla un autre, puis un autre, puis les armoires.

En vain.

La lingère interrogea les femmes de chambre, la coiffeuse de la reine, les blanchisseurs... Nul ne lui procura la moindre indication.

Le châle préféré de Néfertari avait été volé.

Le conseil de guerre était réuni dans la salle d'audience du palais de Pi-Ramsès. Les généraux placés à la tête des quatre armées avaient répondu à la convocation du roi, chef suprême des troupes. Améni prenait des notes et rédigerait un rapport.

Les généraux étaient des scribes d'âge mûr, plutôt lettrés, possesseurs de grands domaines et bons gestionnaires. Deux d'entre eux avaient combattu les Hittites, sous les ordres de Séthi, mais l'engagement avait été bref et de portée restreinte. En réalité, aucun de ces officiers supérieurs n'avait connu un conflit de grande envergure dont l'issue s'annonçait incertaine. Plus la guerre totale approchait, plus ils étaient mal à l'aise.

— État de notre armement ?

— Bon, Majesté.

— La production ?

— Elle ne ralentit pas. Selon vos directives, les primes des forgerons et des fabricants de flèches ont été doublées. Mais il nous faut davantage d'épées et de poignards pour le combat rapproché.

— Les chars ?

– Dans quelques semaines, leur nombre sera suffisant.

– Les chevaux ?

– Ils sont bien soignés. Les bêtes partiront en excellente condition physique.

– Le moral des hommes ?

– C'est là que le bât blesse, Majesté, avoua le plus jeune des généraux. Votre présence est bénéfique, mais l'on continue à colporter mille et une sornettes sur la cruauté et l'invincibilité des Hittites. Malgré nos dénégations répétées, ces fables stupides laissent des traces dans les esprits.

– Même dans ceux de mes généraux ?

– Non, Majesté, bien sûr que non... Mais des doutes subsistent sur certains points.

– Lesquels ?

– Eh bien... L'ennemi sera-t-il nettement supérieur en nombre ?

– Nous commencerons par rétablir l'ordre en Canaan.

– Les Hittites s'y trouvent-ils déjà ?

– Non, leur armée ne s'est pas aventurée si loin de ses bases. Seuls des commandos ont semé le trouble avant de repartir vers l'Anatolie. Ils ont persuadé les roitelets locaux de nous trahir, afin de provoquer des conflits qui épuiseraient nos forces. Il n'en sera rien. La reconquête rapide de nos provinces donnera aux soldats l'élan nécessaire pour continuer vers le Nord et remporter une grande victoire.

– Certains s'inquiètent... pour nos forteresses.

– Ils ont tort. Avant-hier et hier, une dizaine de pigeons voyageurs sont arrivés au palais, porteurs de messages réconfortants. Aucune forteresse n'est tombée aux mains de l'adversaire ; elles disposent des vivres et de l'armement nécessaires pour résister à d'éventuels assauts, jusqu'à notre venue. Il faut néanmoins nous hâter ; nous n'avons que trop tardé.

Le vœu émis par Ramsès avait valeur d'un ordre. Les généraux s'inclinèrent et regagnèrent leurs casernes respectives, avec la ferme intention d'accélérer les préparatifs du départ.

— Des incapables, marmonna Améni, posant le roseau finement taillé qui lui servait à écrire.

— Jugement sévère, estima Ramsès.

— Regarde-les : ils sont peureux, trop riches, attachés à une existence facile ! Jusqu'à présent, ils ont passé davantage de temps à se prélasser dans les jardins de leurs villas qu'à combattre sur un champ de bataille. Comment se comporteront-ils face aux Hittites, dont l'unique raison de vivre est la guerre ? Tes généraux sont déjà morts ou en fuite.

— Préconises-tu leur remplacement ?

— Trop tard, et à quoi bon ? Tous tes officiers supérieurs sont du même acabit.

— Souhaites-tu que l'Égypte s'abstienne de toute intervention militaire ?

— Ce serait une faute mortelle... Il faut réagir, tu as raison, mais la situation est limpide : notre capacité de vaincre dépend de toi, et de toi seul.

Ramsès reçut son ami Âcha tard dans la nuit. Le roi et le chef des services d'espionnage ne s'accordaient que de rares moments de répit ; dans la capitale, la tension était de plus en plus perceptible.

À l'une des fenêtres du bureau du pharaon, côte à côte, les deux hommes contemplèrent le ciel nocturne, dont l'âme était formée de milliers d'étoiles.

— Du nouveau, Âcha ?

— La situation est bloquée : d'un côté les révoltés, de l'autre nos forteresses. Nos partisans attendent ton intervention.

— Je suis bouillant d'impatience, mais je n'ai pas le droit de risquer la vie de mes soldats. Impréparation, matériel insuffisant... Pendant trop longtemps, nous nous sommes endormis dans une paix illusoire. Le réveil est brutal, mais salutaire.

— Les dieux t'entendent.

— Douterais-tu de leur aide ?

— Serons-nous à la hauteur de l'événement ?

— Ceux qui combattront sous mes ordres défendront l'Égypte au péril de leur vie. Si les Hittites parvenaient à leurs fins, ce serait le règne des ténèbres.

— As-tu songé que tu pourrais périr ?

— Néfertari assurera la régence et, s'il le faut, elle régnera.

— Comme cette nuit est belle... Pourquoi les hommes ne songent-ils qu'à s'entre-tuer ?

— J'avais rêvé d'un règne paisible. Le destin en a décidé autrement, je ne m'y soustrairai pas.

— Il pourrait t'être hostile, Ramsès.

— N'aurais-tu plus confiance en moi ?

— J'ai peut-être peur, comme tout un chacun.

— As-tu trouvé trace de Moïse ?

— Aucune. Il semble avoir disparu.

— Non, Âcha.

— Pourquoi cette certitude ?

— Parce que tu n'as entamé aucune recherche.

Le jeune diplomate ne se départit pas de son calme.

— Tu as refusé d'envoyer tes agents sur la piste de Moïse, poursuivit Ramsès, parce que tu ne souhaites pas son arrestation et sa condamnation à mort.

— Moïse n'est-il pas notre ami ? Si je le ramène en Égypte, il sera effectivement condamné à la peine capitale.

— Non, Âcha.

— Toi, le pharaon, tu ne peux violer la loi !

— Je n'en ai pas l'intention. Moïse pourra vivre libre en Égypte, car la justice l'aura innocenté.

— Mais... N'a-t-il pas tué Sary ?

— En état de légitime défense, d'après un témoignage dûment enregistré.

— Fabuleuse nouvelle !

— Recherche Moïse et trouve-le.

— Ce ne sera pas facile... En raison des bouleversements actuels, il se terre peut-être dans un endroit inaccessible.

— Trouve-le, Âcha.

9

L'air mauvais, Serramanna pénétra dans le quartier des briquetiers. Quatre jeunes Hébreux, venus de Moyenne-Égypte, n'avaient pas hésité à accuser Abner de chantage et d'extorsion. Grâce à lui, ils avaient obtenu un poste, mais à quel prix!

La police avait mené l'enquête de manière déplorable. Sary était un personnage peu recommandable, mais encore influent, et Moïse un homme encombrant; la mort du premier et la disparition du second ne présentaient-elles pas que des avantages?

Peut-être de précieux indices avaient-ils été négligés; aussi le Sarde avait-il posé de nombreuses questions, ici et là, avant de forcer une nouvelle fois la porte d'Abner.

Le briquetier consultait une tablette couverte de chiffres, tout en dégustant du pain frotté d'ail. Dès qu'il vit Serramanna, il cacha la tablette sous ses fesses.

– Alors, Abner, on fait ses comptes?

– Je suis innocent!

– Si tu recommences ton petit trafic, tu auras affaire à moi.

– Le roi me protège!

– Ne rêve pas.

Le Sarde s'empara d'un oignon doux et le croqua.

– Tu n'as rien à boire?

– Si, dans le coffre...

Serramanna souleva le couvercle.

– Par le dieu Bès, voilà de quoi célébrer une belle fête de l'ivresse ! Amphores de vin et de bière... Ton métier te rapporte.

– Ce sont... des cadeaux.

– C'est beau d'être aimé.

– Qu'est-ce que tu me veux ? J'ai témoigné !

– C'est plus fort que moi, j'apprécie ta compagnie.

– J'ai dit tout ce que je savais.

– Ne crois pas ça. Du temps où j'étais pirate, j'interrogeais moi-même mes prisonniers ; beaucoup ne se rappelaient plus l'endroit où ils avaient caché leur butin. À force de persuasion, ils finissaient par s'en souvenir.

– Je n'ai pas de fortune !

– Ton magot ne m'intéresse pas.

Abner parut soulagé. Pendant que le Sarde débouchait une amphore de bière, l'Hébreu glissa la tablette sous une natte.

– Qu'est-ce que tu as inscrit sur ce morceau de bois, Abner ?

– Rien, rien...

– Les sommes que tu as extorquées à tes frères hébreux, je parie. Belle preuve, pour un tribunal !

Affolé, le briquetier ne protesta pas.

– On peut s'entendre, l'ami ; moi, je ne suis ni policier ni juge.

– Qu'est-ce que... Qu'est-ce que tu proposes ?

– C'est à Moïse que je m'intéresse, pas à toi. Tu le connaissais bien, n'est-ce pas ?

– Pas plus qu'un autre...

– Ne mens pas, Abner. Tu désirais obtenir sa protection, donc tu l'as épié pour savoir quel homme il était, comment il se comportait, quelles étaient ses relations.

– Il passait son temps à travailler.

– Qui rencontrait-il ?

— Les responsables des chantiers, les ouvriers, les...

— Et après son travail ?

— Il discutait volontiers avec les chefs de clan hébreux.

— De quoi parlaient-ils ?

— Nous sommes un peuple fier et ombrageux... Parfois, nous avons des velléités d'indépendance. Aux yeux d'une minorité d'exaltés, Moïse apparaissait comme un guide. La construction de Pi-Ramsès achevée, cette folie aurait été vite oubliée.

— L'un des ouvriers que tu « protégeais » m'a parlé de la visite d'un curieux personnage avec lequel Moïse se serait entretenu longuement, et seul à seul, dans sa demeure de fonction.

— C'est vrai... Personne ne le connaissait, celui-là. On a dit qu'il s'agissait d'un architecte venu du Sud pour donner des conseils techniques à Moïse, mais il ne s'est pas montré sur un chantier.

— Décris-le-moi.

— Une soixantaine d'années, grand, maigre, un faciès d'oiseau de proie, le nez proéminent, des pommettes saillantes, des lèvres très minces, un menton prononcé.

— Ses vêtements ?

— Une tunique ordinaire... Un architecte eût été mieux vêtu. On aurait juré que cet homme-là tentait de passer inaperçu. Il n'a parlé qu'à Moïse.

— Un Hébreu ?

— Certainement pas.

— Combien de fois est-il venu à Pi-Ramsès ?

— Au moins deux fois.

— Depuis la fuite de Moïse, quelqu'un l'a-t-il revu ?

— Non.

Serramanna, assoiffé, vida une amphore de bière douce.

— J'espère que tu n'as rien dissimulé, Abner. Dans le cas contraire, mes nerfs seraient à vif, et je perdrais le contrôle de moi-même.

— Sur cet homme-là, je vous ai tout dit !

– Je ne te demande pas de devenir honnête, l'effort serait trop grand ; mais tâche au moins de te faire oublier.

– Vous aimeriez... d'autres amphores comme celle que vous venez de boire ?

Le Sarde serra le nez de l'Hébreu entre le pouce et l'index.

– Et si je te l'arrachais, pour te punir ?

La douleur fut telle qu'Abner s'évanouit.

Serramanna haussa les épaules, sortit de la demeure du briquetier et prit la direction du palais, en proie à ses pensées.

Ses investigations lui avaient beaucoup appris.

Moïse complotait. Il comptait prendre la tête d'un parti hébreu, sans doute pour exiger de nouveaux avantages en faveur de son peuple, et peut-être une cité autonome dans le Delta. Et si l'homme mystérieux était un étranger, venu proposer aux Hébreux une aide extérieure ? En ce cas, Moïse était peut-être coupable de haute trahison.

Jamais Ramsès n'accepterait d'entendre de telles supputations. Avant de les évoquer et de mettre le roi en garde contre celui qu'il croyait être son ami. Serramanna devait obtenir des preuves.

Le Sarde posait la main sur un brasier.

Iset la belle, l'épouse secondaire de Ramsès et la mère de son fils Khâ, disposait d'appartements somptueux à Pi-Ramsès, dans l'enceinte du palais. Bien que son entente avec Néfertari ne souffrît d'aucune ombre, elle préférait vivre à Memphis et s'étourdir dans des banquets au cours desquels sa beauté était adulée.

Les yeux verts, le nez petit et droit, les lèvres fines, gracieuse, vive et enjouée, Iset la belle était condamnée à une existence luxueuse et vide. Malgré son jeune âge, elle ne vivait que de souvenirs. Elle avait été la première maîtresse de Ramsès, l'avait aimé à la folie et l'aimait encore avec la même passion, mais sans l'envie de lutter pour le reconquérir. Un jour, une heure, elle avait haï ce roi auquel les divinités avaient accordé tous les dons ; ne possédait-il pas aussi celui de la séduire, alors que son cœur appartenait à Néfertari ?

Si, au moins, la grande épouse royale avait été laide, stupide et odieuse... Mais Iset la belle avait succombé à son charme et à son rayonnement, et la reconnaissait comme un être extraordinaire, une reine à la mesure de Ramsès.

« Quel destin étrange, pensait la jeune femme, voir l'homme qu'on aime dans les bras d'une autre, et admettre que cette situation cruelle est juste et bonne. »

Que Ramsès apparût, et Iset la belle ne lui adresserait aucun reproche. Elle s'offrirait à lui, avec le même éblouissement que lors de leur première union, dans une cabane de roseaux, perdue dans la campagne. Eût-il été berger ou pêcheur qu'un désir aussi intense l'aurait portée vers lui.

Iset n'éprouvait aucun goût pour le pouvoir ; elle eût été incapable d'assumer la fonction de reine d'Égypte et de faire face aux obligations qui accablaient Néfertari. Envie et jalousie lui étant étrangères, Iset la belle remerciait les puissances célestes de lui accorder un bonheur incomparable : aimer Ramsès.

Ce jour d'été était un jour heureux.

Iset la belle jouait avec Khâ, âgé de neuf ans, et la fille de Néfertari, Méritamon, dont on célébrerait bientôt le quatrième anniversaire. Les deux enfants s'entendaient à merveille ; la passion de Khâ pour la lecture et l'écriture ne s'était pas démentie, il apprenait à sa sœur le tracé des hiéroglyphes et n'hésitait pas à guider la main de la fillette lorsqu'elle hésitait. Aujourd'hui, la leçon portait sur le dessin des oiseaux, qui exigeait doigté et précision.

— Venez vous baigner, l'eau est délicieuse.

— Je préfère étudier, répondit Khâ.

— Tu dois aussi savoir nager.

— Ça ne m'intéresse pas.

— Ta sœur a peut-être envie de se détendre.

La fille de Ramsès et de Néfertari était aussi jolie que sa

mère. Elle hésita, craignant de déplaire à l'un ou à l'autre. Elle aimait nager, mais ne souhaitait pas contrarier Khâ, qui connaissait tant de secrets !

– Tu me permets d'aller dans l'eau ? lui demanda-t-elle, anxieuse.

Khâ réfléchit.

– Entendu, mais ne sois pas trop longue. Tu dois refaire le dessin du poussin de caille ; la tête n'est pas assez arrondie.

Méritamon courut vers Iset la belle, heureuse de la confiance que lui accordait Néfertari, en lui permettant de participer à l'éducation de la fillette.

La jeune femme et l'enfant se glissèrent dans l'eau fraîche et pure d'un bassin, à l'ombre d'un sycomore. Oui, ce jour était un jour heureux.

10

À Memphis, la chaleur devenait étouffante. Le vent du nord était tombé, des souffles brûlants desséchaient la gorge des hommes et des animaux. Entre les toits des maisons, on avait tendu des toiles épaisses qui maintenaient les ruelles à l'ombre. Les porteurs d'eau ne savaient plus où donner de la tête.

Dans sa confortable villa, le mage Ofir ne souffrait pas de la canicule. Des ouvertures disposées au sommet des murs assuraient une circulation d'air. L'endroit était calme, reposant et propice au recueillement indispensable à la mise en œuvre de ses maléfices.

Ofir se sentait envahi par une sorte d'exaltation ; d'ordinaire, le Libyen pratiquait sa science avec froideur, presque avec indifférence. Mais il n'avait jamais entrepris une démarche aussi difficile, et son ampleur l'émoustillait. Lui, le fils d'un conseiller libyen d'Akhénaton, tenait sa vengeance.

Son illustre invité, Chénar, le frère aîné de Ramsès et ministre des Affaires étrangères, arriva au milieu de l'après-midi, alors que les artères de la cité, les grandes comme les petites, étaient désertes. Chénar avait pris soin de se déplacer dans un char appartenant à son allié Méba ; un serviteur muet conduisait le véhicule.

Le mage salua Chénar avec déférence. Ce dernier, comme lors de leur précédente rencontre, éprouva un malaise ; le

Libyen, au profil d'oiseau de proie, avait un regard glacial. Les yeux vert sombre, le nez proéminent, les lèvres très minces, il ressemblait davantage à un démon qu'à un homme. Pourtant, sa voix et ses attitudes étaient empreintes de douceur, et l'on aurait pu croire, par moments, que l'on devisait avec quelque vieux prêtre au discours rassurant.

— Pourquoi cette convocation, Ofir ? Je n'apprécie guère ce genre de procédé.

— Parce que j'ai continué à travailler pour notre cause, Seigneur. Vous ne serez pas déçu.

— Je l'espère pour vous.

— Si vous voulez bien me suivre... Ces dames nous attendent.

Chénar avait offert cette demeure au mage pour qu'il y pratique sa sorcellerie en toute tranquillité et favorise ainsi sa conquête du pouvoir. Bien entendu, le frère aîné de Ramsès avait pris la précaution de faire mettre la maison au nom de sa sœur, Dolente. Que d'alliés précieux, exploitables à souhait... Âcha, l'ami d'enfance du roi et comploteur de génie, le marchand syrien Raia, espion hittite habile entre tous, et à présent cet Ofir que lui avait présenté le naïf Méba, ex-ministre des Affaires étrangères dont il avait pris la place en lui faisant croire que l'initiative de son éviction venait de Ramsès. Ofir incarnait un monde étrange et dangereux dont Chénar se méfiait, mais dont le pouvoir de nuire ne lui semblait pas à dédaigner.

Ofir se prétendait la tête pensante d'un projet politique consistant à faire revivre l'hérésie d'Akhénaton, à instaurer le culte du dieu unique, Aton, comme religion d'État, et à placer sur le trône d'Égypte une obscure descendante du roi fou. Chénar avait laissé entendre à Ofir qu'il approuvait l'expansion de sa secte dont le message pouvait séduire Moïse. C'est pourquoi le sorcier était entré en contact avec l'Hébreu, afin de lui prouver qu'ils poursuivaient un idéal commun.

Chénar pensait qu'une opposition intérieure, même minime, serait un obstacle de plus pour Ramsès. Le moment venu, il se débarrasserait de tous ses alliés encombrants, car un homme de pouvoir ne devait pas avoir de passé.

Hélas, Moïse avait commis un meurtre et s'était enfui. Sans l'appui des Hébreux, Ofir n'avait aucune chance de rassembler un nombre suffisant de partisans d'Aton pour déstabiliser Ramsès. Certes, le mage avait prouvé ses compétences en contrariant l'accouchement de Néfertari, au point de mettre en péril son existence et celle de sa fille Méritamon. Mais l'une et l'autre étaient toujours vivantes. Bien que la reine fût dans l'incapacité de mettre au monde un autre enfant, la magie de la maison royale avait vaincu celle du Libyen.

Ofir devenait inutile, voire gênant ; aussi, lorsqu'il avait reçu son message le priant de se rendre d'urgence à Memphis, Chénar songeait-il à l'éliminer.

— Notre hôte est arrivé, annonça Ofir à deux femmes assises dans la pénombre, et se tenant par la main.

La première était Dolente, sa sœur, une brune perpétuellement lasse ; la seconde, Lita, une blonde potelée, qu'Ofir présentait comme la petite-fille d'Akhénaton. Chénar la considérait comme une attardée mentale, soumise à la volonté du mage noir.

— Ma chère sœur se porte-t-elle bien ?

— Je suis heureuse de te voir, Chénar. Ta présence prouve que nous sommes sur le bon chemin.

En vain Dolente et Sary, son époux, avaient-ils espéré que Ramsès leur accorderait une position privilégiée à la cour. Déçus, ils avaient comploté contre le roi. Il avait fallu l'intervention conjuguée de Touya, la reine mère, et de Néfertari, la grande épouse royale, pour que Ramsès se montrât clément après la découverte de leurs intrigues. Ancien précepteur de Ramsès, Sary avait été réduit à l'état de contremaître ; aigri et hargneux, il s'était acharné sur les briquetiers hébreux. À force d'injustices et de turpitudes, il avait provoqué la colère de Moïse et attiré sa propre mort. Quant à Dolente, elle était tombée sous le charme d'Ofir et de Lita.

La grande femme brune ne jurait plus que par Aton, le dieu unique, et militait pour le retour de son culte et la déchéance de Ramsès, pharaon impie.

La haine de Dolente intéressait Chénar qui lui avait promis un rôle de premier plan dans l'État futur ; d'une manière ou d'une autre, il utiliserait cette force négative contre son frère. Quand la démence de sa sœur deviendrait insupportable, Chénar l'exilerait.

— As-tu des nouvelles de Moïse ? demanda Dolente.

— Il a disparu, répondit Chénar. Ses frères hébreux l'ont sans doute assassiné et enterré dans le désert.

— Nous perdons un allié précieux, reconnut Ofir, mais la volonté du dieu unique s'accomplira. Ne sommes-nous pas de plus en plus nombreux ?

— La prudence s'impose, estima Chénar.

— Aton nous aidera ! affirma Dolente, exaltée.

— Je n'ai pas perdu de vue mon projet initial, indiqua le sorcier : affaiblir les défenses magiques de Ramsès, le seul véritable obstacle qui se dresse sur notre route.

— Votre premier assaut n'a pas été couronné de succès, rappela Chénar.

— Reconnaissez-moi cependant une certaine efficacité.

— Résultat insuffisant.

— J'en conviens, seigneur Chénar. C'est pourquoi j'ai décidé d'utiliser une technique différente.

— Laquelle ?

De la main droite, le mage libyen désigna une jarre pourvue d'une étiquette.

— Voulez-vous la lire ?

— *Héliopolis, Maison de Vie. Quatre poissons : muges.* Des conserves ?

— Pas n'importe quelles conserves : des nourritures destinées aux offrandes, choisies avec soin, et déjà chargées de magie. Je dispose aussi de cette pièce d'étoffe.

Ofir brandit un châle.

— On jurerait...

— Oui, seigneur Chénar, c'est bien le châle préféré de la grande épouse royale, Néfertari.

— L'avez-vous... volé ?

— Mes partisans sont nombreux, je vous l'ai dit.

Chénar était étonné. De quelle complicité le mage avait-il bénéficié ?

— Réunir ces deux éléments, la nourriture sacrée et le châle qui a touché le corps de la reine, était indispensable pour progresser. Grâce à eux, et grâce à votre détermination, nous parviendrons à restaurer le culte d'Aton. Lita doit régner : elle sera reine, vous serez Pharaon.

Lita leva vers Chénar des yeux émerveillés et confiants. La petite était plutôt attirante et ferait une maîtresse fort convenable.

— Reste Ramsès...

— Il n'est qu'un homme, déclara Ofir, et ne résistera pas à des assauts violents et répétés. Pour réussir, j'ai besoin d'aide.

— La mienne vous est acquise ! s'exclama Dolente, serrant plus fort les mains de Lita dont les yeux exorbités ne quittaient plus le Libyen.

— Votre plan ? interrogea Chénar.

Ofir croisa les bras sur sa poitrine.

— Votre aide m'est également indispensable, seigneur.

— Moi ? Mais...

— Tous les quatre, nous souhaitons la mort du couple royal ; à nous quatre, nous symbolisons les directions de l'espace, les bornes du temps, le monde entier. Si l'une de ces quatre forces venait à manquer, le sortilège serait inopérant.

— Je ne suis pas sorcier !

— Votre bonne volonté suffira.

— Accepte, supplia Dolente.

— Qu'aurai-je à faire ?

— Un simple geste, précisa Ofir. Il contribuera à abattre Ramsès.

— Commençons.

Le mage ouvrit la jarre et en sortit les quatre poissons salés et séchés. Comme hallucinée, Lita repoussa Dolente et s'allongea sur le dos. Ofir déposa sur sa poitrine le châle de Néfertari.

– Prenez l'un des poissons par la queue, ordonna-t-il à Dolente.

La grande brune aux formes molles obéit. De la poche de sa tunique, Ofir sortit une minuscule figurine à l'effigie de Ramsès et l'enfourna dans la gueule du muge.

– Le deuxième poisson, Dolente.

Le mage recommença l'opération.

Les quatre poissons dévorèrent quatre figurines de Ramsès.

– Soit le roi mourra à la guerre, prophétisa Ofir, soit il tombera dans le piège que nous lui tendrons à son retour. À jamais, il sera séparé de la reine.

Ofir passa dans une petite pièce, suivi de Dolente, bras tendus, portant les quatre poissons, et de Chénar, dont l'espoir de nuire à Ramsès l'emportait sur la peur.

Au milieu, un brasero.

– Jetez les poissons dans le feu, Seigneur; ainsi votre volonté sera-t-elle accomplie.

Chénar n'hésita pas.

Lorsque le quatrième poisson grésilla, un hurlement le fit sursauter. Le trio revint dans la salle d'hôte.

Le châle de Néfertari s'était enflammé de lui-même, brûlant la blonde Lita, au point de la faire défaillir.

Ofir ôta la pièce d'étoffe, la flamme s'éteignit.

– Lorsque le châle sera entièrement consumé, expliqua-t-il, Ramsès et Néfertari seront la proie des démons infernaux.

– Lita devra-t-elle encore souffrir? s'inquiéta Dolente.

– Lita a accepté ce sacrifice. Pendant toute la durée de l'expérience, elle devra rester consciente. Vous la soignerez, Dolente; dès que sa brûlure sera guérie, nous recommencerons, jusqu'à la destruction complète du châle. Il nous faudra du temps, seigneur Chénar, mais nous réussirons.

11

Supérieur des médecins du Nord et du Sud, médecin-chef du palais, le docteur Pariamakhou était un quinquagénaire alerte, aux mains longues, fines et soignées. Riche, marié à une noble Memphite qui lui avait donné trois beaux enfants, il pouvait se vanter d'avoir mené une superbe carrière qui lui valait l'estime générale.

Pourtant, en ce matin d'été, le docteur Pariamakhou faisait antichambre et ne décolérait pas. Non seulement Ramsès n'était jamais malade, mais encore faisait-il attendre l'illustre thérapeute depuis plus de deux heures.

Enfin, un chambellan vint le chercher et lui permit d'entrer dans le bureau de Ramsès.

— Majesté, je suis votre humble serviteur, mais...

— Comment allez-vous, cher docteur ?

— Majesté, je suis très inquiet ! À la cour, on murmure que vous avez songé à moi pour être le médecin de l'armée qui va partir pour le Nord.

— Ne serait-ce pas un grand honneur ?

— Certes, Majesté, certes, mais ne serais-je pas plus utile au palais ?

— Peut-être devrais-je tenir compte de cette remarque.

Pariamakhou ne cacha pas son angoisse.

— Majesté... Puis-je connaître votre décision ?

— À la réflexion, vous avez raison. Votre présence au palais est indispensable.

Le thérapeute contint à grand-peine un soupir de soulagement.

— J'ai toute confiance en mes adjoints, Majesté ; celui que vous choisirez vous donnera satisfaction.

— Mon choix est déjà fait. Vous connaissez mon ami Sétaou, je crois ?

Un homme trapu, sans perruque, mal rasé, la tête carrée, le regard agressif, vêtu d'une tunique de peau d'antilope aux multiples poches, s'avança vers l'illustre médecin qui recula d'un pas.

— Heureux de vous rencontrer, docteur ! Ma carrière n'est guère reluisante, j'en conviens, mais les serpents sont mes amis. Désirez-vous caresser la vipère que j'ai capturée hier soir ?

Le praticien recula d'un nouveau pas. Éberlué, il regarda le roi.

— Majesté, les compétences requises pour diriger un service médical...

— Soyez particulièrement vigilant pendant mon absence, docteur. Je vous tiens personnellement responsable de la santé de la famille royale.

Sétaou plongea la main dans l'une de ses poches. Craignant qu'il n'en sortît un reptile, Pariamakhou s'empressa de saluer le monarque et de s'éclipser.

— Combien de temps seras-tu entouré de semblables cloportes ? interrogea le charmeur de serpents.

— Ne sois pas si sévère ; il lui arrive parfois de guérir ses patients. À propos... Acceptes-tu d'être responsable des services médicaux de l'armée ?

— Ce poste ne m'intéresse pas, mais je n'ai pas le droit de te laisser partir seul.

Une jarre de poissons séchés de la Maison de Vie d'Héliopolis et le châle de la reine Néfertari... Deux vols, un seul coupable ! Serramanna était certain de l'avoir identifié : ce ne pouvait être que Romé, l'intendant du palais. Le Sarde le soupçonnait depuis longtemps. Ce bonhomme trop jovial trahissait le roi et avait même tenté de l'assassiner.

Ramsès avait mal choisi son intendant.

Le Sarde ne pouvait parler au roi ni de Moïse ni de Romé, sans risquer de déclencher une réaction violente qui n'entraînerait pas l'arrestation de cette crapule d'intendant, pas plus qu'elle ne briserait l'amitié que le souverain portait à l'Hébreu. À qui s'adresser, sinon à Améni? Le secrétaire particulier de Ramsès, lucide et méfiant, lui, accepterait de l'écouter.

Serramanna passa entre les deux soldats qui gardaient la porte du couloir menant au bureau qu'occupait Améni. L'infatigable scribe dirigeait un service comprenant vingt hauts fonctionnaires chargés de tous les dossiers importants. Améni en extrayait l'essentiel et le communiquait à Ramsès.

Un bruit de pas précipités derrière le Sarde.

Étonné, il se retourna. Une dizaine de fantassins pointaient leurs lances dans sa direction.

— Qu'est-ce qui vous prend?

— On a des ordres.

— C'est moi qui vous les donne, les ordres!

— On doit vous arrêter.

— Quelle est cette folie?

— Nous, on obéit.

— Écartez-vous, ou je vous assomme!

La porte du bureau d'Améni s'ouvrit, le secrétaire particulier du roi apparut sur le seuil.

— Dis à ces imbéciles de se disperser, Améni!

— C'est moi qui leur ai donné l'ordre de procéder à ton arrestation.

Un naufrage n'aurait pas impressionné davantage l'ancien pirate. Pendant quelques secondes, il fut incapable de réagir. Les soldats en profitèrent pour lui ôter ses armes et lui lier les mains derrière le dos.

— Explique-moi...

Sur un signe d'Améni, les gardes poussèrent Serramanna dans le bureau du secrétaire particulier de Ramsès. Le scribe consulta un papyrus.

— Connais-tu une certaine Nénofar ?

— Bien sûr, c'est l'une de mes maîtresses. La dernière en date, pour être précis.

— Vous êtes-vous querellés ?

— Des mots d'amoureux, dans le feu de l'action.

— L'as-tu violentée ?

Le Sarde sourit.

— Nous nous sommes rudement affrontés dans quelques joutes, mais c'était une guerre pour la conquête du plaisir.

— Tu n'as donc rien à reprocher à cette fille ?

— Si ! Elle m'épuise sans vergogne.

Améni demeurait glacial.

— Cette Nénofar a porté contre toi de graves accusations.

— Mais... Elle était consentante, je peux te le jurer !

— Je ne parle pas de vos débordements sexuels, mais de ta trahison.

— Trahison... C'est bien le mot que tu as utilisé ?

— Nénofar t'accuse d'être un espion à la solde des Hittites.

— Tu te moques de moi, Améni !

— Cette fille aime son pays. Quand elle a découvert des tablettes de bois plutôt bizarres, cachées dans le coffre à linge de ta chambre à coucher, elle a cru bon de me les apporter. Les reconnais-tu ?

Améni présenta les objets au Sarde.

— Ça ne m'appartient pas !

— Ce sont les preuves de ton crime. D'après les textes inscrits de façon plutôt grossière, tu annonces à ton correspondant hittite que tu t'arrangeras pour rendre inopérant le corps d'élite dont tu as le commandement.

— Absurde !

— La déposition de ta maîtresse a été enregistrée par un juge. Il l'a lue à haute voix, devant témoins, et elle a confirmé ses dires.

— C'est une manœuvre pour me discréditer et affaiblir Ramsès.

— D'après les dates des tablettes, tu trahis depuis huit mois. L'empereur hittite t'a promis une belle fortune dont tu disposeras après la défaite de l'Égypte.

— Je suis fidèle à Ramsès... Puisqu'il m'a fait grâce alors qu'il pouvait m'ôter la vie, elle lui appartient.

— De belles paroles que les faits démentent.

— Tu me connais, Améni ! J'ai été pirate, c'est vrai, mais je n'ai jamais trahi un ami !

— Je croyais te connaître, mais tu ressembles à ces courtisans dont l'appât du gain est le seul maître. Un mercenaire ne se propose-t-il pas au plus offrant ?

Blessé, Serramanna se tint très droit.

— Si Pharaon m'a nommé chef de sa garde personnelle et responsable d'un corps d'élite de l'armée, c'est qu'il avait confiance en moi.

— Confiance bien mal placée.

— Je nie avoir commis le crime dont tu m'accuses.

— Qu'on lui délie les mains.

Serramanna éprouva un intense soulagement. Améni l'avait interrogé avec sa rigueur habituelle, mais pour l'innocenter !

Le secrétaire particulier du roi tendit au Sarde un roseau taillé, à l'extrémité imprégnée d'encre noire, et un morceau de calcaire à la surface bien polie.

— Écris ton nom et tes titres.

Nerveux, le Sarde s'exécuta.

— C'est la même écriture que celle des tablettes de bois. Cette nouvelle preuve sera versée au dossier. Tu es coupable, Serramanna.

Fou furieux, l'ex-pirate tenta de se ruer sur Améni, mais quatre lances piquèrent ses côtes, faisant jaillir un peu de sang.

— Un bel aveu, ne crois-tu pas ?

— Je veux voir cette fille et lui faire cracher ses mensonges !

– Tu la verras lors de ton procès.

– C'est un coup monté, Améni !

– Prépare bien ta défense, Serramanna. Pour les traîtres de ton espèce, il n'existe qu'un seul châtiment : la mort. Et ne compte pas sur l'indulgence de Ramsès.

– Laisse-moi parler au roi, j'ai des révélations importantes à lui faire.

– Notre armée part en campagne demain. Ton absence surprendra tes amis hittites.

– Laisse-moi parler au roi, je t'en prie !

– Qu'on le jette en prison et sous bonne garde, ordonna Améni.

12

L'humeur de Chénar était excellente et son appétit féroce. Son petit déjeuner, « le lavage de la bouche », se composait de bouillie d'orge, de deux cailles rôties, de fromage de chèvre et de gâteaux ronds au miel. En cette belle journée qui verrait le départ de Ramsès et de son armée pour le Nord, il s'accorda une faveur, une cuisse d'oie grillée et parfumée au romarin, au cumin et au cerfeuil.

Serramanna arrêté et jeté dans un cachot, la capacité d'assaut des troupes égyptiennes serait réduite de manière significative.

Chénar trempait les lèvres dans une coupe de lait frais, lorsque Ramsès entra dans ses appartements privés.

— Que ton visage soit protégé, dit Chénar en se levant et en utilisant l'antique formule de politesse, réservée aux salutations matinales.

Le roi portait un pagne blanc et un surplis à manches courtes. À ses poignets, des bracelets en argent.

— Mon frère bien-aimé ne me semble pas prêt à prendre la route.

— Mais... Comptais-tu m'emmener, Ramsès?

— Tu n'as pas l'âme guerrière, dirait-on.

— Je n'ai ni ta force ni ton courage.

— Voici mes instructions : pendant mon absence, tu recueilleras les informations en provenance de l'étranger et tu les soumettras à l'appréciation de Néfertari, de Touya et d'Améni, qui formeront mon conseil de régence, habilité à prendre des décisions. Moi, je serai en première ligne, en compagnie d'Âcha.

– Il part avec toi ?

– Sa connaissance du terrain rend sa présence indispensable.

– La diplomatie a malheureusement échoué...

– Je le regrette, Chénar, mais il n'est plus temps de tergiverser.

– Quelle sera ta stratégie ?

– Rétablir l'ordre dans les provinces qui nous étaient soumises, puis observer une pause avant de marcher sur Kadesh et d'affronter directement les Hittites. Quand débutera cette seconde partie de l'expédition, je t'appellerai peut-être à mes côtés.

– Être associé à la victoire finale sera un honneur.

– Cette fois encore, l'Égypte survivra.

– Sois prudent, Ramsès ; notre pays a besoin de toi.

Ramsès franchit en barque le canal qui séparait le quartier des ateliers et des entrepôts de la partie la plus ancienne de Pi-Ramsès, le site d'Avaris, autrefois capitale des envahisseurs hyksôs, Asiatiques de sinistre mémoire. Là se dressait le temple de Seth, le terrifiant dieu de l'orage et des perturbations célestes, détenteur de la plus formidable puissance à l'œuvre dans l'univers, et protecteur du père de Ramsès, Séthi, seul roi d'Égypte à avoir osé porter semblable nom.

Ramsès avait ordonné d'agrandir et d'embellir le sanctuaire du redoutable Seth que Séthi, ici même, lui avait fait affronter, lorsqu'il le préparait, dans le secret, à la fonction suprême.

Dans le cœur du jeune prince s'étaient affrontées la peur et la force capable de la vaincre ; à l'issue du combat était né un feu, de la nature de Seth, que Séthi avait transcrit dans un précepte : « Croire en la bonté des humains est une faute qu'un Pharaon ne saurait commettre. »

Dans la cour précédant le temple couvert était érigée une stèle de granit rose *. Au sommet, l'étrange animal dans lequel s'incarnait Seth, un canidé aux yeux rouges, aux deux grandes oreilles dressées et au long museau courbé vers le bas. Nul homme n'avait jamais vu semblable créature, nul homme ne la verrait jamais. Dans le cintre de la stèle, le même Seth était représenté sous forme humaine. Sur sa tête, une tiare conique, un disque solaire et deux cornes. Dans sa main droite, la clé de vie ; dans sa main gauche, le sceptre « puissance ».

Le document était daté du quatrième jour du quatrième mois de l'été de l'an 400 **. Ainsi l'accent était-il mis sur la force du nombre quatre, organisateur du cosmos. Le texte hiéroglyphique gravé sur la stèle débutait par une invocation :

Salut à toi, Seth, fils de la déesse du ciel,
Toi dont la puissance est grande dans la barque des millions d'années.
Toi qui te trouves à la proue de la barque de lumière et abats
[ses ennemis,
Toi dont la voix est tonitruante !
Permets à Pharaon de suivre ton ka.

Ramsès pénétra dans le temple couvert et se recueillit devant la statue de Seth. L'énergie du dieu lui serait indispensable lors du combat qu'il allait mener.

Seth, capable de transformer quatre années de règne en quatre cents ans inscrits dans la pierre, n'était-il pas le meilleur des alliés ?

---

* Haute de 2,20 m et large de 1,30 m.
** D'où le nom de « Stèle de l'an 400 » attribué par les égyptologues à cet extraordinaire document.

Le bureau d'Améni était encombré de papyrus roulés, serrés dans des étuis de cuir, enfoncés dans des jarres ou empilés dans des coffres en bois. Partout, des étiquettes précisant le contenu des documents et leur date d'enregistrement. Un ordre strict régnait dans ce domaine où personne n'était autorisé à faire le ménage. Améni s'acquittait lui-même de cette tâche avec minutie.

— J'aurais aimé partir avec toi, confia-t-il à Ramsès.

— Ta place est ici, mon ami. Chaque jour, tu t'entretiendras avec la reine et avec ma mère. Quelles que soient les velléités de Chénar, ne lui accorde aucun pouvoir de décision.

— Ne reste pas absent trop longtemps.

— J'ai l'intention de frapper vite et fort.

— Il faudra te passer de Serramanna.

— Pour quelle raison ?

Améni relata les circonstances de l'arrestation du Sarde. Ramsès sembla attristé.

— Rédige clairement l'acte d'accusation, exigea le roi. À mon retour, je l'interrogerai ; il me donnera les motifs de son geste.

— Un pirate reste un pirate.

— Son procès et son châtiment seront exemplaires.

— Un bras de la valeur du sien t'eût été utile, déplora Améni.

— Son épée m'aurait frappé dans le dos.

— Nos troupes sont-elles vraiment prêtes à combattre ?

— Elles n'ont plus le choix.

— Ta Majesté croit-elle que nous ayons une réelle chance de vaincre ?

— Nous soumettrons les rebelles qui sèment le désordre dans nos protectorats, mais ensuite...

— Avant de t'élancer vers Kadesh, donne-moi l'ordre de te rejoindre.

— Non, mon ami. C'est ici, à Pi-Ramsès, que tu es le plus utile. Si je disparaissais, Néfertari aurait besoin de ton aide.

— L'effort de guerre se poursuivra, promit Améni ; nous

continuerons à fabriquer des armes. J'ai... J'ai demandé à Sétaou et à Âcha de veiller sur ta sécurité. En l'absence de Serramanna, tu pourrais bien commettre des imprudences.

— Si je ne marchais pas à la tête de mon armée, ne serait-elle pas vaincue d'avance?

Sa chevelure était plus noire que le noir de la nuit, plus douce que le fruit du figuier, ses dents étaient plus blanches que la poudre de gypse, ses deux seins fermes comme des pommes d'amour.

Néfertari, son épouse.

Néfertari, la reine d'Égypte, dont le regard lumineux était la joie des Deux Terres.

— Après avoir rencontré Seth, lui confia Ramsès, j'ai conversé avec ma mère.

— Qu'a-t-elle dit?

— Elle m'a parlé de Séthi, des longues méditations qu'il s'accordait avant de livrer un combat, quel qu'il fût, de sa capacité de préserver l'énergie pendant les interminables journées de voyage.

— En toi vit l'âme de ton père. Il combattra à tes côtés.

— Je remets le royaume entre tes mains, Néfertari; Touya et Améni seront tes fidèles alliés. Serramanna vient d'être arrêté, Chénar tentera certainement de s'imposer. Tiens ferme le gouvernail du navire de l'État.

— Ne compte que sur toi-même, Ramsès.

Le roi serra son épouse dans ses bras, comme s'il ne devait jamais la revoir.

De la couronne bleue pendaient deux larges bandes de lin plissé, tombant jusqu'à la taille; Ramsès portait un vêtement de cuir ouaté, combinant corselet et pagne, et formant une sorte de cuirasse couverte de petites plaques de métal. Une grande robe transparente recouvrait l'ensemble, d'une majesté incomparable.

Lorsque Homère vit apparaître le pharaon dans cette tenue guerrière, il cessa de fumer la pipe et se leva. Hector, le chat noir et blanc, se réfugia sous une chaise.

— Ainsi, Majesté, l'heure est venue.

— Je tenais à vous saluer avant de partir pour le Nord.

— Voici les vers que je viens d'écrire : *Il attelle à son char ses deux chevaux aux sabots de bronze, à la course rapide, à la crinière d'or. Il porte une tunique rayonnante, il prend en main son fouet et, d'un coup, les lance au galop pour qu'ils volent entre terre et ciel.*

— Mes deux chevaux méritent bien cet hommage ; voilà plusieurs jours que je les prépare à l'épreuve que nous allons subir ensemble.

— Ce départ, quel dommage... Je venais d'apprendre une intéressante recette. En mêlant au pain d'orge du jus de dattes que je dénoyaute moi-même, j'obtiens, après fermentation, une bière digestive. J'aurais aimé vous la faire goûter.

— C'est une vieille recette égyptienne, Homère.

— Préparée par un poète grec, elle doit avoir une saveur inédite.

— À mon retour, nous boirons cette bière ensemble.

— Quoique je devienne acariâtre, en vieillissant, je déteste boire seul, surtout quand j'ai convié un ami très cher à partager ce plaisir. La politesse vous oblige à revenir au plus vite, Majesté.

— C'est bien mon intention. De plus, j'aimerais beaucoup lire votre *Iliade*.

— Il me faudra encore de nombreuses années avant d'en entrevoir le terme ; c'est pourquoi je vieillis lentement, afin d'abuser le temps. Vous, Majesté, comprimez-le dans votre poing.

— À bientôt, Homère.

Ramsès monta sur son char, que tiraient ses deux meilleurs chevaux, « Victoire dans Thèbes » et « La déesse Mout est satisfaite ». Jeunes, vigoureux, intelligents, ils partaient joyeux à l'aventure, avec l'envie de dévorer de grands espaces.

Le roi avait confié son chien, Veilleur, à Néfertari ; Massacreur, l'énorme lion nubien, se tenait à la droite du char. D'une force et d'une beauté prodigieuses, le fauve ressentait, lui aussi, le désir de prouver ses capacités de guerrier.

Pharaon leva le bras droit.

Le char s'ébranla, les roues commencèrent à tourner, le lion régla son allure sur celle du monarque. Et des milliers de fantassins, encadrés par les unités de la charrerie, suivirent Ramsès.

13

Malgré la forte chaleur de juin, plus intense encore qu'à l'ordinaire, l'armée égyptienne crut que la guerre serait une promenade bucolique. La traversée du nord-est du Delta fut un moment enchanteur ; oubliant la menace qui pesait sur les Deux Terres, les paysans coupaient les épis d'épeautre à la faucille. Un souffle léger, venant de la mer, faisait frémir les cultures et briller le vert et l'or des champs. Bien que le roi imposât une marche forcée, les fantassins prenaient plaisir à contempler les champs que survolaient hérons, pélicans et flamants roses.

La troupe faisait étape dans des villages où elle était bien accueillie ; tout en respectant la discipline, on mangeait légumes et fruits frais, et l'on coupait l'eau avec un petit vin local, sans oublier les rasades de bière douce. Comme elle était lointaine, l'image du soldat assoiffé et affamé, ployant sous son harnachement !

Ramsès assumait le commandement en chef de son armée, divisée en quatre régiments de cinq mille hommes chacun, placés sous la protection des dieux Râ, Amon, Seth et Ptah. À ces vingt mille fantassins s'ajoutaient des réservistes dont une partie resterait en Égypte, et le corps d'élite, la charrerie. Afin d'alléger ce dispositif lourd, d'un maniement malaisé, le roi avait organisé des compagnies de deux cents hommes placés sous la responsabilité d'un porte-enseigne.

Le général de la charrerie, les généraux de division, les scribes de l'armée et le chef de l'intendance ne prenaient aucune initiative et consultaient Ramsès dès qu'une difficulté se présentait. Par bonheur, le monarque pouvait compter sur les interventions sèches et précises d'Âcha que l'ensemble des officiers supérieurs respectait.

Quant à Sétaou, il avait eu besoin d'un chariot pour y déposer ce qu'il considérait comme l'équipement d'un homme de bien partant pour les inquiétantes terres du Nord : cinq rasoirs de bronze, des pots de pommades et de baumes, une pierre à aiguiser, un peigne en bois, plusieurs gourdes d'eau fraîche, des pilons, une hachette, des sandales, des nattes, un manteau, des pagnes, des tuniques, des cannes, plusieurs dizaines de récipients remplis d'oxyde de plomb, d'asphalte, d'ocre rouge et d'alun, des jarres de miel, des sachets contenant du cumin, de la bryone, du ricin et de la valériane. Un second chariot contenait drogues, potions et remèdes, placés sous la surveillance de Lotus, épouse de Sétaou et seule femme de l'expédition. Comme l'on savait qu'elle maniait de redoutables reptiles à la manière d'une arme, personne ne s'approchait de la jolie Nubienne au corps élancé et fin.

Sétaou portait autour du cou un collier de cinq gousses d'ail qui écartaient les miasmes et protégeaient sa denture. De nombreux soldats l'imitaient, connaissant les vertus de cette plante qui, selon la légende, avait préservé les dents de lait du jeune Horus, caché dans les marais du Delta avec sa mère Isis pour échapper à la fureur de Seth, décidé à supprimer le fils et successeur d'Osiris.

Dès la première halte, Ramsès s'était retiré sous sa tente en compagnie d'Âcha et de Sétaou.

— Serramanna avait l'intention de me trahir, révéla-t-il.

— Surprenant, estima Âcha. J'ai la prétention de bien connaître les hommes, et j'avais le sentiment que celui-là te serait fidèle.

— Améni a réuni des preuves formelles contre lui.

– Bizarre, jugea Sétaou.

– Tu n'aimais pas beaucoup Serramanna, rappela Ramsès.

– Nous nous sommes heurtés, c'est vrai, mais je l'ai éprouvé. Ce pirate est un homme d'honneur qui respecte sa parole. Et cette parole, il te l'a donnée.

– Oublies-tu les preuves ?

– Améni se sera trompé.

– Ce n'est pas son habitude.

– Tout Améni qu'il soit, il n'est pas infaillible. Sois certain que Serramanna ne t'a pas trahi et qu'on a voulu l'éliminer pour t'affaiblir.

– Qu'en penses-tu, Âcha ?

– L'hypothèse de Sétaou ne me paraît pas absurde.

– Lorsque l'ordre sera rétabli dans nos protectorats, déclara le roi, et dès que le Hittite aura demandé grâce, nous éluciderons cette affaire. Ou bien Serramanna est un traître, ou bien quelqu'un a façonné de fausses preuves ; dans un cas comme dans l'autre, je veux connaître l'entière vérité.

– Voilà un idéal auquel j'ai renoncé, reconnut Sétaou. Là où des hommes vivent, le mensonge prospère.

– Mon rôle consiste à le combattre et à le vaincre, affirma Ramsès.

– C'est pourquoi je ne t'envie pas. Les serpents, eux, ne frappent pas dans le dos.

– À moins que l'on ne prenne la fuite, corrigea Âcha.

– En ce cas, tu mérites le châtiment qu'ils t'infligent.

Ramsès percevait l'horrible soupçon qui traversait l'esprit de ses deux amis. Eux savaient ce qu'il ressentait, et auraient pu discuter des heures pour repousser le spectre : et si Améni lui-même avait inventé les preuves ? Améni le rigoureux, le scribe infatigable auquel le roi avait confié la gestion matérielle de l'État, avec la certitude qu'il ne serait pas trahi. Ni Âcha ni Sétaou n'osaient l'accuser de manière directe, mais Ramsès n'avait pas le droit de se boucher les oreilles.

– Pourquoi Améni se serait-il comporté de la sorte ? interrogea-t-il.

Sétaou et Âcha se regardèrent et demeurèrent silencieux.

– Si Serramanna avait découvert des indices troublants sur le compte de mon secrétaire, poursuivit Ramsès, il m'en aurait informé.

– N'est-ce pas pour l'en empêcher qu'Améni l'a arrêté ? suggéra Âcha.

– Invraisemblable, jugea Sétaou ; nous raisonnons dans le vide. Quand nous reviendrons à Pi-Ramsès, nous aviserons.

– C'est la voie de la sagesse, estima Âcha.

– Je n'aime pas ce vent, dit Sétaou, ce n'est pas celui d'un été normal. Il est porteur de maladies et de destructions, comme si l'année allait mourir avant l'heure. Méfie-toi, Ramsès ; ce souffle pernicieux n'annonce rien de bon.

– La rapidité d'action est notre meilleur gage de succès. Aucun vent ne ralentira notre progression.

Disposées sur la frontière nord-est de l'Égypte, les forteresses formant le Mur du roi communiquaient entre elles par signaux optiques et adressaient des rapports réguliers à la cour ; en temps de paix, elles avaient pour mission de contrôler l'immigration. Depuis la mise en alerte générale, archers et guetteurs ne cessaient d'observer l'horizon, du haut des chemins de ronde. Cette grande muraille avait été bâtie, bien des siècles auparavant, par Sésostris Ier, afin d'empêcher les bédouins de voler du bétail dans le Delta et pour prévenir toute tentative d'invasion.

« Quiconque franchit cette frontière devient l'un des fils de Pharaon », affirmait la stèle législative déposée dans chacune des forteresses, entretenues avec soin et pourvues d'une garnison bien armée et bien payée. Les soldats cohabitaient avec des douaniers qui faisaient acquitter des taxes aux commerçants désireux d'introduire des marchandises en Égypte.

Le Mur du roi, renforcé au cours des âges, rassurait la population égyptienne. Grâce à ce système défensif qui avait fait ses preuves, le pays ne redoutait ni attaque surprise ni déferlement de barbares attirés par les riches terres du Delta.

L'armée de Ramsès progressait en toute sérénité. Certains vétérans commençaient à croire à une simple tournée d'inspection que le pharaon avait le devoir d'effectuer de temps à autre pour faire étalage de sa puissance militaire.

Lorsqu'ils virent les créneaux de la première forteresse garnis d'archers prêts à tirer, l'optimisme baissa d'un ton.

Mais la double grande porte s'ouvrit pour laisser passage à Ramsès ; à peine son char s'immobilisait-il au centre de la grande cour sablée qu'un personnage ventripotent, abrité du soleil par un parasol que tenait un serviteur, se précipita vers le souverain.

— Gloire à vous, Majesté ! Votre présence est un cadeau des dieux.

Âcha avait remis à Ramsès un rapport détaillé sur le gouverneur général du Mur du roi. Riche propriétaire terrien, scribe formé à l'université de Memphis, gros mangeur, père de quatre enfants, il détestait la vie militaire et avait hâte de quitter ce poste, convoité mais ennuyeux, pour devenir haut fonctionnaire à Pi-Ramsès et s'occuper de l'intendance des casernes. Le gouverneur général du Mur du roi n'avait jamais manié une arme et redoutait la violence ; mais ses comptes étaient impeccables et, grâce à son goût pour les bons produits, les garnisons des forteresses bénéficiaient d'une excellente nourriture.

Le roi descendit de son char et caressa ses deux chevaux, qui lui répondirent par un regard d'amitié.

— J'ai fait préparer un banquet, Majesté ; ici, vous ne manquerez de rien. Votre chambre ne sera pas aussi confortable que celle du palais, mais j'espère qu'elle vous plaira et que vous vous y reposerez.

— Je n'ai pas l'intention de me reposer mais de mater une révolte.

— Bien sûr, Majesté, bien sûr ! Ce ne sera l'affaire que de quelques jours.

— Pourquoi cette certitude ?

— Les rapports en provenance de nos places fortes de

Canaan sont rassurants. Les rebelles sont incapables de s'organiser et s'entre-déchirent.

— Nos positions ont-elles été attaquées?

— En aucune façon, Majesté! Voici le dernier message qu'a transporté le pigeon voyageur arrivé ce matin.

Ramsès lut le document, rédigé d'une main paisible. De fait, ramener Canaan à la raison s'annonçait comme une tâche aisée.

— Que mes chevaux soient traités avec grand soin, ordonna le monarque.

— Ils apprécieront leur séjour et leur fourrage, promit le gouverneur.

— La salle des cartes?

— Je vous y conduis, Majesté.

À force de courir pour ne pas faire perdre une seconde au roi, le gouverneur finirait par perdre du poids. Son propre porteur de parasol éprouvait beaucoup de difficulté à le suivre dans ses évolutions.

Ramsès manda Âcha, Sétaou et les généraux.

— Dès demain, annonça le monarque en montrant un itinéraire sur la carte déployée sur une table basse, nous partirons plein nord à marches forcées. Nous passerons à l'ouest de Jérusalem, longerons la côte, établirons le contact avec notre première forteresse et soumettrons les rebelles de Canaan. Puis nous résiderons à Megiddo avant de reprendre l'offensive.

Les généraux approuvèrent, Âcha resta silencieux.

Sétaou sortit de la salle, regarda le ciel et revint auprès de Ramsès.

— Que se passe-t-il?

— Je n'aime pas ce vent. Il est trompeur.

14

L'allure était vive et joyeuse, la discipline un peu relâchée. En entrant dans le pays de Canaan, soumis à Pharaon et lui payant tribut, l'armée égyptienne n'avait nullement l'impression de s'aventurer en pays étranger et d'y courir le moindre risque. Ramsès n'avait-il pas pris trop au sérieux un incident local ?

Le déploiement des forces égyptiennes était tel que les révoltés auraient hâte de rendre les armes et d'implorer le pardon du roi. Encore une campagne qui, fort heureusement, se terminerait sans mort ni blessé grave.

Au passage, le long de la côte, les soldats avaient bien noté la destruction d'un petit fortin, d'ordinaire occupé par trois hommes chargés de surveiller la migration des troupeaux, mais personne ne s'en était inquiété.

Sétaou continuait à faire grise mine. Conduisant seul son chariot, tête nue malgré le soleil ardent, il n'échangeait même pas un mot avec Lotus, point de mire des fantassins qui avaient la chance de marcher à proximité du véhicule de la belle Nubienne.

Le vent marin tempérait la chaleur, la route n'était pas trop dure aux pieds, les porteurs d'eau offraient fréquemment aux soldats un liquide salvateur. Même s'il exigeait une bonne condition physique et un goût prononcé pour la marche, l'état militaire ne ressemblait pas à l'enfer que décrivaient les scribes, prompts à dévaloriser les autres métiers.

À droite de son maître, le lion de Ramsès. Personne n'osait s'en approcher, de peur d'être déchiré de ses griffes, mais chacun se félicitait de la présence du fauve, en qui s'incarnait une force surnaturelle que seul le pharaon était capable de manier. En l'absence de Serramanna, le lion était le meilleur protecteur de Ramsès.

En vue, la première forteresse du pays de Canaan.

Impressionnant édifice, avec ses murs de briques à double pente, hauts de six mètres, ses parapets renforcés, ses remparts épais, ses tourelles de guet et ses créneaux.

— Qui est le chef de la garnison? demanda Ramsès à Âcha.

— Un commandant expérimenté, originaire de Jéricho. Il a été élevé en Égypte, y a suivi un entraînement poussé et fut nommé à ce poste après plusieurs tournées d'inspection en Palestine. Je l'ai rencontré; l'homme est sûr et sérieux.

— C'est de lui qu'émanaient la plupart des messages nous informant d'une révolte en Canaan, n'est-ce pas?

— Exact, Majesté. Cette forteresse est un point stratégique essentiel qui regroupe l'ensemble des informations de la région.

— Ce commandant ferait-il un bon gouverneur de Canaan?

— J'en suis persuadé.

— À l'avenir, nous éviterons ces troubles. Cette province doit être mieux gérée; à nous de lui ôter tout motif d'insoumission.

— Une seule possibilité, estima Âcha: supprimer l'influence hittite.

— Telle est bien mon intention.

Un éclaireur galopa jusqu'à l'entrée de la forteresse. Du haut des remparts, un archer lui adressa un signe amical.

L'éclaireur revint sur ses pas. Un porte-étendard donna l'ordre aux hommes de tête d'avancer. Fatigués, ils ne songeaient qu'à boire, à manger et à dormir.

Un déluge de flèches les cloua au sol.

Des dizaines d'archers étaient apparus sur le chemin de ronde et tiraient à cadence rapide sur des cibles rapprochées et sans défense. Morts ou blessés, une flèche fichée dans la tête, la poitrine ou le ventre, les fantassins égyptiens tombèrent les uns sur les autres. Le porte-étendard commandant l'avant-garde eut une réaction d'orgueil : avec les survivants, il voulut s'emparer de la forteresse.

La précision du tir ne laissa aucune chance aux assaillants. La gorge transpercée, le porte-étendard s'écroula au pied des remparts.

En quelques minutes, des vétérans et des soldats expérimentés venaient de succomber.

Alors qu'une centaine de fantassins, lance au poing, s'apprêtaient à venger leurs camarades, Ramsès s'interposa.

— Reculez !

— Majesté, implora un gradé, exterminons ces traîtres !

— En vous ruant à l'assaut de manière désordonnée, vous serez massacrés. Reculez.

Les soldats obéirent.

Une volée de flèches tomba à moins de deux mètres du roi, bientôt entouré de ses officiers supérieurs, en proie à la panique.

— Que vos hommes encerclent la forteresse, hors de portée du tir ; en première ligne les archers, ensuite les fantassins et derrière eux les chars.

Le sang-froid du roi apaisa les esprits. Les soldats se remémorèrent les consignes apprises à l'entraînement, les troupes manœuvrèrent en ordre.

— Il faut ramener les blessés et les soigner, exigea Sétaou.

— Impossible, les archers ennemis abattraient les sauveteurs.

— Ce vent était bien porteur de malheur.

— Je ne comprends pas, déplora Âcha. Aucun de mes agents ne m'a signalé que les rebelles s'étaient emparés de cette forteresse.

— Ils ont dû utiliser la ruse, avança Sétaou.

— Même si tu as raison, le commandant aurait eu le temps de faire partir plusieurs pigeons voyageurs, porteurs de papyrus d'alerte rédigés à l'avance.

— La réalité est simple et désastreuse, conclut Ramsès. Le commandant a été tué, sa garnison exterminée, et nous avons reçu de faux messages, envoyés par les insurgés. Si j'avais dispersé mes troupes en envoyant les régiments vers les diverses forteresses de Canaan, nous aurions subi de lourdes pertes. L'étendue de la révolte est considérable. Seuls des commandos hittites ont pu organiser un tel coup de force.

— Crois-tu qu'ils sont encore présents dans la région ? demanda Sétaou.

— L'urgence consiste à reprendre sans délai nos positions.

— Les occupants de cette forteresse ne nous résisteront pas longtemps, estima Âcha. Propose-leur de se rendre. S'il y a des Hittites parmi eux, nous les ferons parler.

— Prends la tête d'une escouade, Âcha, et propose-leur toi-même.

— Je vais avec lui, dit Sétaou.

— Laisse-le démontrer ses talents de diplomate ; qu'il nous ramène au moins les blessés. Toi, prépare les remèdes et rassemble les infirmiers.

Ni Âcha ni Sétaou ne discutèrent les ordres de Ramsès. Même le charmeur de serpents, pourtant prompt à la repartie, s'inclina devant l'autorité de Pharaon.

Cinq chars, commandés par Âcha, prirent la direction de la forteresse. À côté du jeune diplomate, un conducteur de char tenait une lance à l'extrémité supérieure de laquelle était accrochée une étoffe blanche, signifiant que les Égyptiens désiraient parlementer.

Les chars n'eurent même pas le temps de s'immobiliser. Dès qu'ils furent à portée de tir, les archers cananéens se déchaînèrent. Deux traits s'enfoncèrent dans la gorge du conducteur de char, un troisième frôla le bras gauche d'Âcha, creusant au passage un sillon sanglant.

— Demi-tour ! hurla-t-il.

— Ne remue pas, exigea Sétaou ; sinon, ma compresse au miel ne sera pas bien appliquée.

— Ce n'est pas toi qui souffres, protesta Âcha.

— Serais-tu douillet ?

— Je n'éprouve aucun attrait pour les blessures et j'aurais préféré Lotus comme médecin.

— Dans les cas désespérés, c'est moi qui interviens. Comme j'ai utilisé mon meilleur miel, tu devrais guérir. La cicatrisation sera rapide, sans risque d'infection.

— Quels sauvages... Je n'ai même pas pu observer leurs défenses.

— Inutile de demander à Ramsès la grâce des insurgés : il ne supporte pas que l'on tente de tuer ses amis, même s'ils se sont fourvoyés sur les chemins tortueux de la diplomatie.

Âcha grimaça de douleur.

— Voilà un bon prétexte pour ne pas participer à l'assaut ! ironisa Sétaou.

— Aurais-tu préféré que la flèche fût plus précise ?

— Cesse de dire des stupidités et repose-toi. Si un Hittite tombe entre nos mains, nous aurons besoin de tes talents de traducteur.

Sétaou sortit de la vaste tente qui servait d'hôpital de campagne et dont Âcha était le premier pensionnaire ; le charmeur de serpents courut vers Ramsès lui donner de mauvaises nouvelles.

Accompagné de son lion, Ramsès avait fait le tour de la forteresse, le regard rivé sur cette masse de briques dominant la plaine. Symbole de paix et de sécurité, elle était devenue une menace qu'il fallait anéantir.

Du haut des remparts, les guetteurs cananéens observaient le pharaon.

Ni cri ni invective. Subsistait un espoir : que l'armée égyptienne renonçât à s'emparer de la place forte pour se diviser et inspecter Canaan avant de décider d'une stratégie. En ce cas, les embuscades prévues par les instructeurs hittites contraindraient les troupes de Ramsès à reculer.

Sétaou, persuadé d'avoir perçu la pensée de l'adversaire, se demandait si une vue d'ensemble de la situation ne serait pas préférable à l'attaque d'une forteresse bien défendue qui risquait de coûter de nombreuses vies.

Les généraux eux-mêmes se posaient la question et, après en avoir débattu, comptaient proposer au monarque de maintenir un contingent pour empêcher les assiégés de sortir, tandis que le gros des troupes poursuivrait plus avant vers le nord afin de dresser une carte précise de l'insurrection.

Ramsès semblait si absorbé par ses réflexions que nul n'osa l'aborder avant qu'il ne caressât la crinière de son lion, immobile et digne. L'homme et le fauve vivaient une parfaite communion d'où se dégageait une puissance telle qu'elle mettait mal à l'aise qui s'approchait d'eux.

Le plus âgé des généraux, qui avait servi en Syrie sous les ordres de Séthi, prit le risque d'irriter le souverain.

— Majesté... Puis-je vous parler ?

— Je vous écoute.

— Mes homologues et moi-même avons beaucoup discuté. Nous estimons qu'il faudrait évaluer l'ampleur de la révolte. À cause des informations truquées, notre vue est brouillée.

— Que proposez-vous pour l'éclaircir ?

— Ne pas s'acharner sur cette forteresse et nous déployer sur tout le territoire de Canaan. Ensuite, nous frapperons à bon escient.

— Perspective intéressante.

Le vieux général fut soulagé ; ainsi, Ramsès n'était pas inaccessible à la modération et à la logique.

— Dois-je réunir votre conseil de guerre, Majesté, afin de recueillir vos directives ?

— Inutile, répondit le roi, car elles se résument en quelques mots : nous attaquons immédiatement cette forteresse.

15

De son arc en bois d'acacia que lui seul parvenait à tendre, Ramsès tira la première flèche. Sa corde, fabriquée avec un tendon de taureau, exigeait une force digne du dieu Seth.

Lorsque les guetteurs cananéens virent le roi d'Égypte se mettre en position, à plus de trois cents mètres de la forteresse, ils sourirent. Ce n'était qu'un geste symbolique destiné à encourager l'armée.

La flèche de roseau, à la pointe en bois dur recouvert de bronze et à la queue coupée en encoche, décrivit un arc de cercle dans le ciel pur et vint se ficher dans le cœur du premier guetteur. Éberlué, il regarda le sang jaillir de sa chair et, la tête en avant, bascula dans le vide. Le deuxième guetteur ressentit un choc violent au milieu du front, tituba, et suivit le même chemin que son camarade. Le troisième, affolé, eut le temps d'appeler à l'aide mais, en se retournant, fut frappé dans le dos et s'effondra dans la cour de la forteresse. Déjà, un régiment d'archers égyptiens s'approchait.

Les archers cananéens tentèrent de se déployer le long des créneaux mais, en face, les Égyptiens, plus nombreux et très précis, en tuèrent la moitié dès la première salve.

La relève subit le même sort. Dès que le nombre d'archers ennemis fut insuffisant pour défendre l'abord de la place forte, Ramsès ordonna aux fantassins du génie d'approcher avec leurs échelles. Massacreur, l'énorme lion, observait la scène avec calme.

Les échelles plaquées contre les murs, les fantassins commencèrent à grimper. Comprenant que les Égyptiens ne feraient pas de quartier, les Cananéens luttèrent avec la dernière énergie. Ils jetèrent des pierres du haut des remparts dégarnis et réussirent à renverser une échelle. Plusieurs assaillants se brisèrent les membres en tombant au sol. Mais les archers de Pharaon ne tardèrent pas à éliminer les rebelles.

Des centaines de fantassins grimpèrent à vive allure et se rendirent maîtres du chemin de ronde. Avec eux, des archers qui tirèrent sur les ennemis rassemblés dans la cour.

Sétaou et les infirmiers s'occupèrent des blessés qu'ils transportèrent sur des brancards jusqu'au camp égyptien. Lotus rapprocha les lèvres des blessures linéaires et nettes au moyen de bandelettes adhésives, posées en croix ; parfois, la jolie Nubienne recourut à la technique des points de suture. Elle stoppa les hémorragies en appliquant de la viande fraîche sur les plaies ; dans quelques heures, elle ferait un pansement avec du miel, des herbes astringentes et du pain moisi *. Quant à Sétaou, il mit à profit son matériel de thérapeute, composé de décoctions, de boulettes de produits anesthésiants, de pastilles, d'onguents et de potions ; il calma les souffrances, endormit les soldats gravement atteints et les installa aussi confortablement que possible dans la tente-hôpital. Ceux qui semblaient en état de supporter le voyage seraient rapatriés vers l'Égypte, en compagnie des morts dont pas un seul ne serait inhumé à l'étranger. S'ils avaient de la famille, cette dernière recevrait une pension à vie.

À l'intérieur de la forteresse, les Cananéens n'offraient plus qu'une maigre résistance. Les derniers combats se déroulèrent au corps à corps. À un contre dix, les insurgés furent vite exterminés. Pour échapper à un interrogatoire qu'il savait sans pitié, leur chef se trancha lui-même la gorge avec son poignard.

---

* L'ensemble possède des vertus antibiotiques.

La grande porte fut ouverte, Pharaon pénétra à l'intérieur de la forteresse reconquise.

— Brûlez les cadavres, ordonna-t-il, et purifiez les lieux.

Les soldats aspergèrent les murs de natron et fumigèrent locaux d'habitation, réserves de nourritures et armurerie. De doux parfums emplirent les narines des vainqueurs.

Lorsque fut servi le dîner, dans la salle à manger du commandant de la forteresse, toute trace du conflit avait été effacée.

Les généraux vantèrent l'esprit de décision de Ramsès et saluèrent le magnifique résultat de son initiative. Sétaou était resté auprès des blessés avec Lotus, Âcha semblait inquiet.

— Ne te réjouis-tu pas de cette victoire, mon ami?

— Combien d'autres combats comme celui-ci faudra-t-il mener?

— Nous reprendrons les forteresses une à une, et Canaan sera pacifié. L'effet de surprise ne jouant plus contre nous, nous ne risquons plus des pertes aussi sévères.

— Cinquante morts et une centaine de blessés...

— Le bilan est lourd, car nous avons été victimes d'un traquenard que nul ne pouvait prévoir.

— J'aurais dû y songer, admit Âcha. Les Hittites ne se contentent pas de la force brutale; chez eux, le goût de l'intrigue est une seconde nature.

— Aucun Hittite parmi les morts?

— Aucun.

— Leurs commandos se sont donc retirés vers le Nord.

— Ce qui signifie que d'autres pièges sont à redouter.

— Nous y ferons face. Va dormir, Âcha; dès demain, nous repartons en campagne.

Ramsès laissa sur place une solide garnison avec les vivres nécessaires. Plusieurs messagers étaient déjà en route pour Pi-Ramsès; ils portaient à Améni l'ordre de faire partir des convois à destination de la place forte reconquise.

Le roi, à la tête d'une centaine de chars, ouvrit la voie à son armée.

Dix fois, le même scénario se reproduisit. À trois cents mètres de la forteresse occupée par les révoltés, Ramsès sema la panique en tuant les archers postés sur les remparts. Couverts par un tir ininterrompu de flèches égyptiennes qui empêchaient les Cananéens de riposter, les fantassins dressèrent de grandes échelles, grimpèrent en se protégeant avec des boucliers et s'emparèrent des chemins de ronde. Jamais ils ne tentèrent d'enfoncer la porte d'accès principale.

En moins d'un mois, Ramsès s'était à nouveau rendu maître de Canaan. Comme les révoltés avaient massacré les petites garnisons égyptiennes, y compris les femmes et les enfants des militaires en poste, aucun d'eux ne tenta de se rendre en implorant la clémence du roi. Depuis sa première victoire, la réputation de Ramsès terrifiait les insurgés. La prise de la dernière place forte, au nord de Canaan, ne fut qu'une formalité, tant ses défenseurs cédèrent à la terreur.

La Galilée, la vallée au nord du Jourdain, les routes commerciales furent de nouveau sous contrôle égyptien. Les habitants de la région acclamèrent le pharaon, lui jurant une éternelle fidélité.

Aucun Hittite n'avait été capturé.

Le gouverneur de Gaza, la capitale de Canaan, offrit un splendide banquet à l'état-major égyptien. Avec un zèle remarquable, ses concitoyens s'étaient mis à la disposition de l'armée de Pharaon pour soigner et nourrir chevaux et ânes, et procurer aux soldats ce dont ils avaient besoin. La brève guerre de reconquête se terminait dans la liesse et dans l'amitié.

Le gouverneur cananéen avait prononcé un violent discours contre les Hittites, ces barbares d'Asie qui essayaient, sans succès, de rompre les liens indestructibles entre son pays et l'Égypte. Bénéficiant de la faveur des dieux, Pharaon avait volé au secours de ses indéfectibles alliés, certain que le monarque ne les abandonnerait pas. On pleurait, bien sûr, la mort tragique des résidents égyptiens. Mais Ramsès avait agi selon Maât, en combattant le désordre et en rétablissant l'ordre.

— Une telle hypocrisie m'écœure, dit le roi à Âcha.

— N'espère pas changer les hommes.

— J'ai le pouvoir de les muter.

Âcha sourit.

— Remplacer celui-là par un autre ? Tu le peux, en effet. Mais la nature humaine est immuable. Dès que le prochain gouverneur cananéen trouvera un avantage à te trahir, il n'hésitera pas. Au moins, nous connaissons bien l'actuel potentat : menteur, corrompu, avide. Le manipuler ne posera aucun problème.

— Tu oublies qu'il avait accepté la présence de commandos hittites sur un territoire contrôlé par l'Égypte.

— Un autre aurait agi de même.

— Tu me conseilles donc de laisser en place ce méprisable personnage.

— Menace-le de le chasser à la moindre incartade. L'effet dissuasif durera quelques mois.

— Existe-t-il un seul être digne de ton estime, Âcha ?

— Ma fonction m'amène à rencontrer des hommes de pouvoir, prêts à tout pour le conserver ou l'accroître ; si je leur accordais la moindre confiance, je serais vite balayé.

— Tu n'as pas répondu à ma question.

— Je t'admire, Ramsès, ce qui est, pour moi, un sentiment exceptionnel. Mais n'es-tu pas, toi aussi, un homme de pouvoir ?

— Je suis le serviteur de la Règle et de mon peuple.

— Et si, un jour, tu l'oubliais ?

— Ce jour-là, ma magie disparaîtrait et ma défaite serait irréversible.

— Fassent les dieux qu'un tel malheur n'advienne pas, Majesté.

— Quels sont les résultats de tes investigations ?

— Les commerçants de Gaza et quelques fonctionnaires correctement dédommagés ont accepté de se confier : ce sont bien des instructeurs hittites qui ont fomenté la révolte et conseillé aux Cananéens de s'emparer des forteresses par la ruse.

— De quelle manière ?

— Livraison habituelle de denrées... avec des hommes armés dans les chariots. Toutes nos places fortes ont été attaquées au même moment. Pour épargner la vie de femmes et d'enfants pris en otages, les commandants ont préféré se rendre. Erreur fatale. Les Hittites avaient assuré aux Cananéens que la riposte égyptienne serait dispersée et inefficace ; en exterminant nos garnisons, avec lesquelles ils étaient pourtant en excellents termes, les insurgés pensaient n'avoir rien à craindre.

Ramsès ne regrettait pas sa fermeté. C'était un ramassis de lâches que le bras armé de l'Égypte avait frappés.

— Quelqu'un t'a-t-il parlé de Moïse ?

— Aucune piste sérieuse.

Le conseil de guerre se réunit sous la tente royale. Ramsès présidait, assis sur un pliant de bois doré, son lion couché à ses pieds.

Le monarque avait invité Âcha et chaque officier supérieur à s'exprimer. Le vieux général prit la parole le dernier.

— Le moral de l'armée est excellent, l'état des bêtes et du matériel aussi ; Votre Majesté vient de remporter une éclatante victoire qui fera date dans les annales.

— Permets-moi d'en douter.

— Majesté, nous sommes fiers d'avoir participé à cette bataille, et...

— Bataille ? Garde ce mot pour plus tard ; il nous servira lorsque nous nous heurterons à une véritable résistance.

— Pi-Ramsès est prête à vous acclamer.

– Pi-Ramsès attendra.

– Puisque nous avons rétabli notre autorité sur la Palestine, puisque Canaan tout entier est pacifié, ne serait-il pas opportun de rebrousser chemin ?

– Le plus difficile reste à faire : reconquérir la province d'Amourrou.

– Les Hittites y ont peut-être massé des forces considérables.

– Aurais-tu peur de te battre, général ?

– Il nous faudrait le temps d'élaborer une stratégie, Majesté.

– Elle est élaborée : nous allons droit vers le Nord.

16

Coiffée d'une perruque courte que serrait un bandeau se terminant par deux flottants dont les extrémités reposaient sur ses épaules, portant une longue tunique moulante serrée à la taille par une ceinture rouge, Néfertari se purifia les mains avec de l'eau provenant du lac sacré et pénétra dans le naos du temple d'Amon pour y rendre effective la présence de la divinité en lui offrant les essences subtiles du repas du soir. Dans sa fonction d'épouse du dieu, la reine agissait au titre de fille de la lumière, issue de la puissance créatrice qui façonnait sans cesse l'univers.

La reine referma les portes du naos, les scella, sortit du temple et suivit les ritualistes qui la guidèrent vers la Maison de Vie de Pi-Ramsès où, en tant qu'incarnation de la déesse lointaine, à la fois mort et mère, elle tenterait de conjurer les forces du mal. Si l'œil du Soleil devenait sa propre vision, elle perpétuerait la vie et assurerait la pérennité des cycles naturels ; le tranquille bonheur des jours dépendait de sa capacité à transformer en harmonie et en sérénité la force destructrice que charriaient les vents dangereux.

Un prêtre présenta un arc à la reine, une prêtresse quatre flèches.

Néfertari banda l'arc, tira la première flèche vers l'est, la deuxième vers le nord, la troisième vers le sud et la quatrième vers l'ouest. Ainsi exterminerait-elle les ennemis invisibles qui menaçaient Ramsès.

Le chambellan de Touya attendait Néfertari.

– La reine mère souhaite vous voir au plus vite.

Une chaise à porteurs transporta la grande épouse royale.

Mince dans sa longue robe de lin finement plissée, la taille prise dans une ceinture à pans rayés, parée de bracelets d'or et d'un collier de lapis-lazuli à six rangs, Touya était d'une élégance souveraine.

– Ne sois pas inquiète, Néfertari ; un messager, en provenance de Canaan, vient d'apporter d'excellentes nouvelles. Ramsès s'est rendu maître de la totalité de la province, l'ordre est rétabli.

– Quand rentre-t-il ?

– Il ne le précise pas.

– Autrement dit, l'armée continue vers le Nord.

– C'est probable.

– Auriez-vous agi de la sorte ?

– Sans hésitation, répondit Touya.

– Au nord de Canaan, se trouve la province d'Amourrou qui marque la frontière entre la zone d'influence égyptienne et celle des Hittites.

– Séthi l'avait voulu ainsi, afin d'éviter la guerre.

– Si les troupes hittites ont franchi cette frontière...

– Ce sera l'affrontement, Néfertari.

– J'ai lancé les flèches aux quatre orients.

– Si le rite a été accompli, que craignons-nous ?

Chénar détestait Améni. Être contraint, chaque matin, de rencontrer ce petit scribe malingre et prétentieux pour obtenir des informations sur l'expédition de Ramsès, quel insupportable pensum ! Lorsque lui, Chénar, régnerait, Améni nettoierait les écuries d'un régiment de province et y perdrait le peu de santé qu'il possédait.

Seule satisfaction : jour après jour, la mine déconfite du secrétaire particulier de Pharaon ne cessait de s'allonger, signe indubitable que l'armée égyptienne piétinait. Le frère aîné du roi prenait un air navré et promettait qu'il prierait les dieux afin que le destin redevînt favorable.

Peu occupé au ministère des Affaires étrangères, mais faisant savoir qu'il travaillait avec acharnement, Chénar évitait tout contact direct avec le marchand syrien Raia. En ces temps d'inquiétude, il eût été choquant qu'un personnage de la stature de Chénar se préoccupât d'acheter des vases rares provenant de l'étranger. Aussi se contentait-il des messages elliptiques de Raia, dont la teneur était plutôt réjouissante. D'après les observateurs syriens à la solde des Hittites, Ramsès était tombé dans le piège tendu par les Cananéens. Trop présomptueux, le pharaon avait obéi à sa fougue naturelle, oubliant que ses adversaires avaient le génie de l'intrigue.

Chénar avait résolu la petite énigme qui agitait la cour : qui avait volé le châle de Néfertari et la jarre de poissons séchés de la Maison de Vie d'Héliopolis ? Le coupable ne pouvait être que le jovial intendant de la maison royale, Romé. Aussi, avant de se rendre à son obligatoire rendez-vous avec Améni, avait-il convoqué le gros homme sous un prétexte futile.

Bedonnant, les joues rebondies, affligé d'un triple menton, Romé accomplissait son travail à la perfection. Lent à se déplacer, il était un maniaque de l'hygiène et du détail, goûtait lui-même les plats servis à la famille royale et maniait son personnel avec rudesse. Nommé à ce poste difficile par le monarque en personne, il avait fait taire les critiques et imposé ses exigences à l'ensemble des serviteurs du palais. Ne pas lui obéir se traduisait sur-le-champ par une révocation.

— Que puis-je pour vous, seigneur ? demanda Romé à Chénar.

— Mon intendant ne te l'a-t-il pas dit ?

— Il a évoqué un problème de préséance lors d'un banquet, mais je ne vois pas...

— Si nous parlions de la jarre de poissons séchés volée dans un entrepôt de la Maison de Vie d'Héliopolis?

— La jarre... mais je ne sais rien...

— Et le châle de la reine Néfertari?

— J'en ai été informé, bien sûr, et j'ai déploré cet affreux scandale, mais...

— As-tu recherché le coupable?

— Ce n'est pas à moi de mener les investigations, seigneur Chénar!

— Tu es pourtant bien placé, Romé.

— Non, je ne pense pas...

— Mais si, réfléchis! Tu es l'homme clé du palais, celui auquel aucun incident ne saurait échapper.

— Vous me surestimez.

— Pourquoi as-tu commis ces méfaits?

— Moi? Vous ne supposez pas que...

— Je ne suppose pas, j'en suis sûr. À qui as-tu remis le châle de la reine et la jarre de poissons?

— Vous m'accusez à tort!

— Je connais les hommes, Romé. Et je possède des preuves.

— Des preuves...

— Pourquoi as-tu pris de tels risques?

Le visage décomposé de Romé, la rougeur malsaine qui avait envahi son front et ses joues, la flaccidité accentuée de ses chairs étaient autant d'indices révélateurs.

Chénar ne s'était pas trompé.

— Ou bien tu as été payé très cher, ou bien tu hais Ramsès. Dans un cas comme dans l'autre, un grave délit.

— Seigneur Chénar... Je...

La détresse du gros homme était presque touchante.

— Comme tu es un excellent intendant, je veux bien oublier ce déplorable incident. Mais si j'ai besoin de toi, dans l'avenir, il ne faudra pas te montrer ingrat.

Améni rédigeait son rapport quotidien à l'intention de Ramsès. Sa main était sûre et rapide.

— Puis-je vous importuner quelques instants ? demanda Chénar, affable.

— Vous ne m'importunez pas. Vous et moi obéissons au roi, qui a exigé de nous une mise au point quotidienne.

Le scribe posa sa palette sur le sol.

— Vous semblez épuisé, Améni.

— Ce n'est qu'une apparence.

— Ne devriez-vous pas vous préoccuper davantage de votre santé ?

— Seule celle de l'Égypte me préoccupe.

— Auriez-vous... de mauvaises nouvelles ?

— Au contraire.

— Pourriez-vous être plus explicite ?

— J'ai attendu d'en avoir la confirmation avant de vous parler des succès de Ramsès. Comme nous avons été abusés par de faux messages que transportaient des pigeons voyageurs, j'ai appris à me montrer prudent.

— Une idée des Hittites ?

— Elle a failli nous coûter cher ! Nos forteresses cananéennes étaient tombées entre les mains de rebelles. Si le roi avait dispersé ses forces, nos pertes auraient été désastreuses.

— Par bonheur, ce ne fut pas le cas...

— La province de Canaan est de nouveau soumise, l'accès à la côte libre. Le gouverneur a juré de demeurer le fidèle sujet de Pharaon.

— Superbe succès... Ramsès vient d'accomplir un grand exploit et de repousser la menace hittite. Je suppose que l'armée a pris le chemin du retour.

— Secret militaire.

— Comment, secret militaire ? Je suis ministre des Affaires étrangères, ne l'oubliez pas !

— Je ne dispose pas d'autres informations.

— Impossible !

— C'est pourtant ainsi.

Furieux, Chénar se retira.

Améni éprouvait des remords. Non à cause de son attitude envers Chénar, mais parce qu'il s'interrogeait sur la manière expéditive avec laquelle il avait traité le cas Serramanna. Certes, les indices accumulés contre le Sarde étaient accablants, mais le scribe n'avait-il pas été trop crédule ? En proie à l'exaltation accompagnant le départ de l'armée, Améni ne s'était pas montré aussi exigeant qu'à l'ordinaire. Il aurait dû vérifier preuves et témoignages qui avaient conduit le mercenaire en prison. Démarche probablement inutile, mais que la rigueur lui imposait.

Irrité contre lui-même, Améni reprit le dossier Serramanna.

17

Base militaire gardant l'accès de la Syrie, la forteresse de Megiddo se dressait au sommet d'une colline visible de loin. Seule éminence au milieu d'une plaine verdoyante, elle semblait imprenable : murs de pierre, créneaux, hautes tours carrées, hourds en bois, portes larges et épaisses.

La garnison se composait d'Égyptiens et de Syriens fidèles au pharaon, mais comment croire aux messages officiels affirmant que la forteresse n'était pas tombée aux mains des insurgés ?

Ramsès découvrait un paysage inhabituel : des collines élevées et boisées, des chênes aux troncs noueux, des rivières boueuses, des marécages, une terre parfois sablonneuse... Un pays difficile, hostile et fermé, loin, si loin de la beauté du Nil et de la douceur de la campagne égyptienne.

À deux reprises, un troupeau de sangliers avait foncé sur les éclaireurs égyptiens, coupables de troubler la quiétude d'une laie et de ses petits. Gênés par une végétation dense et anarchique, les cavaliers éprouvaient quelque peine à progresser dans le fouillis de buissons et à se faufiler entre les fûts des grands arbres disposés en rangs serrés. Inconvénients qui présentaient une contrepartie appréciable : l'abondance des points d'eau et du gibier.

Ramsès donna l'ordre de faire halte, mais sans dresser les

tentes. Les yeux fixés sur la forteresse de Megiddo, il attendait le retour des éclaireurs.

Sétaou en profita pour soigner les malades et leur administrer des potions. Les blessés graves rapatriés, l'armée ne comptait plus que des hommes en bonne forme physique, à l'exception de patients souffrant de chaud et froid, et de troubles gastriques. Des préparations à base de bryone, de cumin et de ricin éliminaient ces petits désagréments. On continuait à consommer, à titre préventif, de l'ail et de l'oignon, dont la variété « bois de serpent », provenant des franges du désert oriental, était la préférée de Sétaou.

Lotus venait de sauver un âne mordu à la patte par un serpent d'eau qu'elle avait réussi à capturer. Ce voyage en Syrie prenait enfin une tournure intéressante ; jusqu'à présent, elle n'avait croisé que des spécimens connus. Celui-là, malgré sa faible quantité de venin, était une nouveauté.

Deux fantassins firent appel aux talents de la Nubienne, sous prétexte qu'ils avaient été, eux aussi, victimes d'un reptile. Des gifles retentissantes sanctionnèrent leur mensonge. Lorsque Lotus fit sortir d'un sac la tête sifflante d'une vipère, les compères coururent se réfugier parmi leurs camarades.

Plus de deux heures s'étaient écoulées. Avec l'autorisation du roi, cavaliers et charriers avaient mis pied à terre, et les fantassins s'étaient assis, encadrés de plusieurs guetteurs.

— Les éclaireurs sont partis depuis bien longtemps, estima Âcha.

— Je partage ton avis, dit Ramsès. Ta blessure ?

— Guérie. Ce Sétaou est un vrai sorcier.

— Que penses-tu de cet endroit ?

— Je ne l'aime pas. Devant nous, l'espace est dégagé, mais il y a des marécages. De part et d'autre, des forêts de chênes, des buissons, des hautes herbes. Nos troupes sont trop éparses.

— Les éclaireurs ne reviendront plus, affirma Ramsès. Ou bien ils ont été abattus, ou bien ils sont prisonniers à l'intérieur de la forteresse.

— Cela signifierait que Megiddo est tombée aux mains de l'ennemi et n'a pas l'intention de se rendre.

— Cette place forte est la clé de la Syrie du Sud, rappela Ramsès. Même si des Hittites s'y sont enfermés, nous avons le devoir de la reconquérir.

— Il ne s'agira pas d'une déclaration de guerre, jugea Âcha, mais de la récupération d'un territoire qui appartient à notre zone d'influence. Nous pouvons donc attaquer à tout moment et sans avertissement préalable. Juridiquement, nous demeurons dans le cadre d'une rébellion à mater, sans nul rapport avec un affrontement entre États.

Aux yeux des pays environnants, l'analyse du jeune diplomate ne manquerait pas de pertinence.

— Avertis les généraux de préparer l'assaut.

Âcha n'eut pas le temps de tirer sur la bride de son cheval. D'un bois épais, à la gauche du roi, jaillit au grand galop une troupe de cavaliers qui se ruèrent sur les charriers égyptiens au repos. Nombre de malheureux furent transpercés par de courtes lances, plusieurs chevaux eurent les jarrets ou la gorge tranchés. Les survivants se défendirent avec leurs piques et leurs épées; quelques-uns parvinrent à monter sur leur char et à se replier vers une position où se tenaient des fantassins, abrités derrière leurs boucliers.

Ce raid inattendu et violent sembla couronné de succès. Au bandeau enserrant les cheveux épais des agresseurs, à leur barbe en pointe, à leur robe à frange tombant aux chevilles, à leur ceinture colorée recouverte d'une écharpe, il était aisé de reconnaître des Syriens.

Ramsès demeurait étrangement calme. Âcha s'inquiéta.

— Ils vont enfoncer nos rangs!

— Ils s'enivrent à tort de leur exploit.

L'avance des Syriens fut bloquée. Les fantassins égyptiens les forcèrent à reculer du côté des archers dont le tir fut dévastateur.

Le lion grogna.

— Un autre danger nous menace, dit Ramsès. C'est maintenant que se joue le sort de cette bataille.

Du même bois jaillirent plusieurs centaines de Syriens, armés de haches au manche court. Ils n'avaient qu'une faible distance à franchir pour frapper les archers égyptiens dans le dos.

— Allons! ordonna le roi à ses chevaux.

Au ton de voix de leur maître, les deux destriers comprirent qu'ils devaient déployer le maximum d'énergie. Le lion bondit, Âcha et une cinquantaine de chars le suivirent.

La mêlée fut d'une violence inouïe. De ses griffes, le fauve déchira la tête et la poitrine des audacieux qui s'attaquaient au char de Ramsès, tandis que le roi, tirant flèche sur flèche, transperçait les cœurs, les gorges et les fronts. Les chars roulèrent sur les blessés, les fantassins accourus à la rescousse mirent en fuite les Syriens.

Ramsès aperçut un curieux guerrier qui courait en direction du bois.

— Attrape-le, ordonna-t-il au lion.

Massacreur élimina deux attardés et se jeta sur l'homme qui fut précipité à terre. Bien qu'il eût tenté de contenir sa force, le fauve avait blessé à mort son prisonnier qui gisait, le dos lacéré. Ramsès examina l'homme qui portait les cheveux longs et une barbe mal taillée; sa longue robe aux rayures rouges et noires était en lambeaux.

— Qu'on fasse venir Sétaou, exigea le monarque.

Les combats prenaient fin. Les Syriens avaient été exterminés jusqu'au dernier et n'avaient infligé que de légères pertes à l'armée égyptienne.

Essoufflé, Sétaou arriva près de Ramsès.

— Sauve cet homme-là, lui demanda le roi; ce n'est pas un Syrien, mais un coureur des sables. Qu'il nous donne les raisons de sa présence.

Si loin de ses bases, un bédouin, d'ordinaire occupé à piller les caravanes, du côté du Sinaï... Sétaou fut intrigué.

— Ton lion l'a bien abîmé.

Le visage du blessé était couvert de sueur, du sang coulait

de ses narines, sa nuque était raidie. Sétaou prit son pouls et écouta la voix de son cœur, si faible que le diagnostic ne fut pas difficile à établir. Le coureur des sables agonisait.

— Peut-il parler ? questionna le roi.

— Ses mâchoires sont contractées. Il reste peut-être une chance.

Sétaou parvint à introduire dans la bouche du mourant un tube en bois, enveloppé dans une étoffe, et y versa un liquide à base de rhizome de cyprès.

— Ce remède devrait calmer la douleur. Si ce gaillard est solide, il survivra quelques heures.

Le coureur des sables vit Pharaon. Épouvanté, il tenta de se relever, brisa le tube de bois avec ses dents, gesticula comme un oiseau incapable de s'envoler.

— Du calme, l'ami, recommanda Sétaou. Je te soignerai.

— Ramsès...

— C'est bien le pharaon d'Égypte qui veut te parler.

Le bédouin fixait la couronne bleue.

— Viens-tu du Sinaï ? questionna le roi.

— Oui, c'est mon pays...

— Pourquoi combattais-tu avec les Syriens ?

— De l'or... Ils m'ont promis de l'or...

— As-tu rencontré des Hittites ?

— Ils nous ont donné un plan de combat et ils sont partis.

— D'autres bédouins avec toi ?

— Ils se sont enfuis.

— As-tu croisé un Hébreu nommé Moïse ?

— Moïse...

Ramsès décrivit son ami.

— Non, je ne le connais pas.

— As-tu entendu parler de lui ?

— Non, je ne crois pas...

— Combien d'hommes à l'intérieur de la forteresse ?

— Je... je ne sais pas.

— Ne mens pas.

Avec une brusquerie inattendue, le blessé ramassa son poignard, se redressa et tenta de tuer le roi. D'un coup sec au poignet, Sétaou désarma l'agresseur.

L'effort du bédouin avait été trop violent. Son visage se contracta, son corps se tendit en arc de cercle et il retomba, mort.

— Les Syriens ont essayé de s'allier aux bédouins, commenta Sétaou. Quelle stupidité ! Jamais ces gens-là ne s'entendront.

Sétaou retourna auprès des blessés égyptiens qui recevaient déjà les soins de Lotus et des infirmiers. Les morts avaient été enveloppés dans des nattes et chargés sur des chars. Un convoi, protégé par une escorte, partirait pour l'Égypte où les malheureux bénéficieraient des rites de résurrection.

Ramsès caressa ses chevaux et son lion dont les grognements sourds ressemblaient à un ronronnement. De nombreux soldats se rassemblèrent autour du souverain, levèrent leurs armes vers le ciel et acclamèrent celui qui venait de les conduire à la victoire, avec la maestria d'un guerrier expérimenté.

Les généraux réussirent à se frayer un passage et s'empressèrent de féliciter Ramsès.

— Avez-vous repéré d'autres Syriens dans les bois avoisinants ?

— Non, Majesté. Nous autorisez-vous à dresser le camp ?

— Il y a mieux à faire : reprendre Megiddo.

18

Revigoré par un énorme plat de lentilles qui ne le ferait pas grossir d'un gramme, Améni avait passé la nuit à son bureau, afin de gagner quelques heures sur son travail du lendemain et de pouvoir prendre du temps pour s'occuper du dossier Serramanna. Lorsque son dos le faisait souffrir, il touchait le porte-pinceaux en bois doré, en forme de colonne surmonté d'un lys, que lui avait offert Ramsès en l'engageant comme secrétaire. Aussitôt, son énergie renaissait.

Depuis l'adolescence, Améni bénéficiait de liens invisibles avec Ramsès et savait d'instinct si le fils de Séthi était ou non en danger. À plusieurs reprises, il avait senti que la mort effleurait l'épaule du roi et que seule sa magie personnelle lui avait permis de dévier le malheur; si cette barrière protectrice, édifiée par les divinités autour de Pharaon, se disloquait, l'intrépidité de Ramsès ne le conduirait-elle pas à l'échec?

Et si Serramanna était l'une des pierres de cette muraille magique, Améni avait commis une faute grave en l'empêchant de remplir sa fonction. Mais ce remords était-il justifié?

L'accusation reposait en grande partie sur le témoignage de Nénofar, la maîtresse de Serramanna; aussi Améni avait-il demandé à la police de la lui amener afin de l'interroger de manière plus approfondie. Si cette fille avait menti, il la contraindrait à dire la vérité.

À sept heures, le policier responsable de l'enquête, un quinquagénaire pondéré, se présenta au bureau du secrétaire particulier du roi.

– Nénofar ne viendra pas, déclara-t-il.

– Aurait-elle refusé de vous suivre ?

– Personne chez elle.

– Habitait-elle bien à l'endroit indiqué ?

– D'après le voisinage, oui, mais elle a quitté sa maison depuis plusieurs jours.

– Sans dire où elle allait ?

– Personne ne sait rien.

– Avez-vous fouillé le logement ?

– Aucun résultat. Même les coffres à linge étaient vides, comme si cette femme avait voulu supprimer toute trace de son existence.

– Qu'avez-vous appris sur son compte ?

– Une jeune personne très légère, semble-t-il. Les mauvaises langues prétendent même qu'elle aurait vécu de ses charmes.

– Elle devait donc travailler dans une maison de bière.

– Ce n'est pas le cas. J'ai mené les investigations nécessaires.

– Des hommes lui rendaient-ils visite ?

– Le voisinage prétend que non ; mais elle était souvent absente, surtout la nuit.

– Il faut la retrouver et identifier ses éventuels employeurs.

– Nous y parviendrons.

– Hâtez-vous.

Le policier parti, Améni relut les tablettes de bois sur lesquelles Serramanna avait écrit à son complice hittite le texte prouvant sa culpabilité.

Dans le calme de son bureau, à cette heure matinale où l'esprit était en alerte, une hypothèse se fit jour. Pour en vérifier le bien-fondé, il devait attendre le retour d'Âcha.

Dressée sur un éperon rocheux, la forteresse de Megiddo impressionna l'armée égyptienne qui s'était déployée dans la plaine. En raison de la hauteur des tours, il avait fallu fabriquer de grandes échelles qu'il ne serait pas facile de plaquer contre les murailles ; flèches et pierres risquaient de décimer les groupes d'assaut.

Âcha à ses côtés, Ramsès fit le tour de la place forte en menant son char à grande vitesse, de manière à ne pas offrir une cible facile aux archers.

Aucune flèche ne fut tirée contre lui, aucun archer n'apparut aux créneaux.

— Ils se cacheront jusqu'au dernier moment, estima Âcha. Ainsi, ils ne gâcheront aucun projectile. La meilleure solution consisterait à les affamer.

— Les réserves de Megiddo leur permettraient de tenir plusieurs mois. Quoi de plus désespérant qu'un siège interminable ?

— Lors des assauts successifs, nous perdrons beaucoup d'hommes.

— Me crois-tu assez sec de cœur pour ne songer qu'à une nouvelle victoire ?

— La gloire de l'Égypte ne passe-t-elle pas avant le sort des hommes ?

— Chaque existence m'est précieuse, Âcha.

— Que préconises-tu ?

— Nous disposerons nos chars autour de la forteresse, à distance de tir, et nos archers élimineront les Syriens qui se présenteront aux créneaux. Trois équipes de volontaires dresseront les échelles en se protégeant avec leurs boucliers.

— Et si Megiddo est imprenable ?

— Tentons d'abord de la prendre ; réfléchir avec l'échec en tête, c'est déjà échouer.

L'énergie qui émanait de Ramsès donna un nouveau dynamisme aux soldats. Les volontaires se présentèrent en foule, les archers se bousculèrent pour s'installer sur les chars qui encerclèrent la place forte, bête silencieuse et inquiétante.

Portant sur l'épaule les longues échelles, des colonnes de fantassins avancèrent d'un pas nerveux en direction des murs. Alors qu'ils les dressaient, des archers syriens apparurent sur la plus haute tour et bandèrent leurs arcs. Aucun n'eut le temps d'ajuster son tir. Ramsès et les archers égyptiens les abattirent. Une seconde vague de défenseurs aux cheveux épais, retenus par un bandeau, et à la barbe en pointe, les remplacèrent ; les Syriens réussirent à décocher quelques flèches, mais ne touchèrent aucun Égyptien. Le roi et ses tireurs d'élite les éliminèrent.

— Médiocre résistance, confia le vieux général à Sétaou. On jurerait que ces gens-là n'ont jamais combattu.

— Tant mieux, j'aurai moins de travail et pourrai peut-être consacrer une nuit à Lotus. Ces batailles m'épuisent.

Les fantassins commençaient à grimper lorsque surgirent une cinquantaine de femmes.

L'armée égyptienne n'avait pas coutume de massacrer femmes et enfants. Elles seraient emmenées en Égypte, avec leur progéniture, comme prisonnières de guerre, et deviendraient servantes dans de grands domaines agricoles. Après avoir changé de nom, elles s'intégreraient dans la société égyptienne.

Le vieux général fut consterné.

— Je croyais avoir tout vu... Ces malheureuses sont folles !

Deux Syriennes, hissant un brasero sur le faîte de la muraille, le renversèrent à l'aplomb des fantassins en train de grimper. Les charbons brûlants frôlèrent les assaillants, plaqués contre les barreaux des échelles. Les flèches des archers se fichèrent dans les yeux des femmes, elles basculèrent dans le vide. Celles qui les relayèrent, avec un nouveau brasero, subirent le même sort. Surexcitée, une jeune fille mit des braises dans sa fronde, la fit tournoyer et les lança au loin.

L'un des projectiles toucha le vieux général à la cuisse. Il s'effondra, la main crispée sur sa brûlure.

— N'y touchez pas, recommanda Sétaou ; ne bougez pas et laissez-moi faire.

118

Soulevant son pagne, le charmeur de serpents urina sur la brûlure. Comme lui, le général savait que l'urine, à la différence de l'eau de puits et de rivière, était un milieu stérile et nettoyait une plaie sans risque d'infection. Des brancardiers transportèrent le blessé à la tente-hôpital.

Les fantassins atteignirent les remparts, vides de défenseurs.

Quelques minutes plus tard, la grande porte de la forteresse de Megiddo fut ouverte.

À l'intérieur, il ne restait que quelques femmes et des enfants terrorisés.

— Les Syriens ont tenté de nous repousser en jetant toutes les forces dans une bataille à l'extérieur de la forteresse, constata Âcha.

— La manœuvre pouvait réussir, estima Ramsès.

— Ils ne te connaissaient pas.

— Qui peut se vanter de me connaître, mon ami ?

Une dizaine de soldats commençaient à piller le trésor de la forteresse, rempli de pièces de vaisselle en albâtre et de statuettes en argent.

Un grognement du lion les dispersa.

— Que ces hommes soient mis aux arrêts, décréta Ramsès. Que les locaux d'habitation soient purifiés et fumigés.

Le roi nomma un gouverneur, chargé de choisir officiers et hommes de troupe qui résideraient à Megiddo. Dans les entrepôts, il restait assez de nourriture pour plusieurs semaines. Déjà, une escouade partait à la recherche de gibier et de troupeaux.

Ramsès, Âcha et le nouveau gouverneur réorganisèrent l'économie de la région ; les paysans, ne sachant plus qui était leur maître, avaient interrompu les travaux des champs. En moins d'une semaine, la présence égyptienne fut de nouveau ressentie comme un gage de sécurité et de paix.

Le roi fit construire de petits fortins, occupés par quatre guetteurs et des chevaux, à quelque distance au nord de Megiddo. En cas d'attaque hittite, la garnison aurait le temps de se mettre à l'abri.

Du haut de la tour principale, Ramsès observa un paysage qu'il n'appréciait guère. Vivre loin du Nil, des palmeraies, des campagnes verdoyantes et du désert, était une souffrance. En cette heure apaisée, Néfertari célébrait les rites du soir. Comme elle lui manquait!

Âcha interrompit la méditation du roi.

— Comme tu me l'avais demandé, j'ai discuté avec les officiers et les soldats.

— Quels sont leurs sentiments?

— Ils éprouvent une totale confiance en toi, mais ne songent qu'à rentrer au pays.

— Aimes-tu la Syrie, Âcha?

— C'est un pays dangereux, rempli de pièges. Bien le connaître exige de longs séjours.

— La terre des Hittites lui ressemble-t-elle?

— Elle est plus sauvage et plus rude. L'hiver, sur les hauts plateaux d'Anatolie, le vent est glacial.

— Crois-tu qu'elle me séduirait?

— Tu es l'Égypte, Ramsès. Aucune autre terre ne trouvera place en ton cœur.

— La province d'Amourrou est proche.

— L'ennemi aussi.

— Penses-tu que l'armée hittite ait envahi l'Amourrou?

— Nous ne disposons pas d'informations fiables.

— Ta conviction?

— C'est sans doute là qu'ils nous attendent.

19

Étalée le long de la mer, entre les villes côtières de Tyr et de Byblos, la province d'Amourrou se situait à l'est du mont Hermon et de la cité commerçante de Damas. Elle formait le dernier protectorat égyptien avant la frontière de la zone d'influence hittite.

À plus de quatre cents kilomètres de l'Égypte, les soldats de Pharaon avançaient d'un pas lourd. Contrairement à ce que lui avaient recommandé ses généraux, Ramsès avait évité la route du littoral et suivi un sentier montagneux, éprouvant pour les bêtes comme pour les hommes. On ne riait plus, on ne conversait plus, on se préparait à un affrontement avec les Hittites dont la réputation de férocité effrayait les plus courageux.

Selon l'analyse du diplomate Âcha, reconquérir l'Amourrou ne serait pas un acte de guerre ouverte, mais combien tomberaient sous le soleil ensanglanté? Beaucoup avaient espéré que le roi se contenterait de Megiddo et reprendrait le chemin du retour. Mais Ramsès n'avait accordé qu'un bref repos à son armée avant de lui imposer ce nouvel effort.

Au grand galop, un éclaireur remonta la colonne et s'arrêta net devant Ramsès.

— Ils sont là, au débouché du sentier, entre la falaise et la mer.

— Nombreux?

— Plusieurs centaines d'hommes armés de lances et d'arcs, et cachés derrière des buissons. Comme ils épient la route du littoral, nous les prendrons à revers.

— Des Hittites ?

— Non, Majesté, des gens de la province d'Amourrou.

Ramsès était perplexe. Quel piège tendait-on à l'armée égyptienne ?

— Conduis-moi.

Le général de la charrerie s'interposa.

— Pharaon ne doit pas prendre un tel risque.

Le regard de Ramsès flamboya.

— Je dois voir, juger et décider.

Le roi suivit l'éclaireur. Les deux hommes terminèrent le trajet à pied et s'engagèrent dans un terrain pentu auquel s'accrochaient des rochers instables.

Ramsès s'immobilisa.

La mer, la piste qui la longeait, le fouillis de buissons, les ennemis embusqués, la falaise... Aucun endroit pour amasser des forces hittites placées en embuscade. Mais l'horizon était limité par une autre falaise. Des dizaines de chars anatoliens n'étaient-ils pas dissimulés à bonne distance et capables d'intervenir à grande vitesse ?

Ramsès avait entre ses mains la vie de ses soldats, eux-mêmes garants de la sécurité de l'Égypte.

— Nous nous déployons, murmura-t-il.

Les fantassins du prince d'Amourrou sommeillaient. Dès que les premiers Égyptiens arriveraient du sud par la route du littoral, ils les abattraient par surprise.

Le prince Benteshina appliquait la stratégie que lui avaient imposée les instructeurs hittites. Ces derniers étaient persuadés que Ramsès, sur le chemin duquel plusieurs pièges avaient été tendus, ne parviendrait pas jusqu'ici. Et s'il y parvenait, ses forces seraient à ce point amoindries qu'un ultime traquenard en viendrait aisément à bout.

Quinquagénaire enveloppé, doté d'une belle moustache noire, Benteshina n'aimait pas les Hittites, mais il en avait peur. L'Amourrou était si proche de leur zone d'influence qu'il n'avait pas intérêt à les contrarier. Certes, il était vassal de l'Égypte et payait tribut au pharaon ; mais les Hittites ne l'entendaient plus ainsi, exigeant qu'il se révoltât et portât le dernier coup à une armée égyptienne épuisée.

La gorge sèche, le prince demanda à son échanson de lui apporter du vin frais. Benteshina se tenait à l'abri, dans une grotte de la falaise.

Le serviteur ne fit que quelques pas.

— Seigneur... Regardez !

— Dépêche-toi, j'ai soif.

— Regardez, sur la falaise... Des centaines, des milliers d'Égyptiens !

Benteshina se leva, éberlué. L'échanson ne mentait pas.

Un homme de haute taille, coiffé d'une couronne bleue et vêtu d'un pagne aux reflets d'or, descendait le sentier qui menait jusqu'à la plaine côtière. À sa droite, un énorme lion.

D'abord un à un, puis en masse, les soldats libanais se retournèrent et découvrirent le même spectacle que leur chef. Les dormeurs furent brutalement réveillés.

— Où te caches-tu, Benteshina ? interrogea la voix grave et puissante de Ramsès.

Tremblant, le prince d'Amourrou s'avança vers Pharaon.

— N'es-tu pas mon vassal ?

— Majesté, j'ai toujours fidèlement servi l'Égypte !

— Pourquoi ton armée me tendait-elle une embuscade ?

— Nous pensions... la sécurité de notre province...

Un bruit sourd, semblable à une cavalcade, emplit le ciel. Ramsès regarda au loin, dans la direction de la falaise derrière laquelle pouvaient se cacher les chars hittites.

Pour Pharaon, le moment de vérité.

— Tu m'as trahi, Benteshina.

— Non, Majesté ! Les Hittites m'ont contraint à leur obéir.

Si j'avais refusé, ils m'auraient massacré, moi et mon peuple. Nous attendions votre venue pour être libérés de leur joug.

— Où sont-ils?

— Ils sont partis, persuadés que votre armée n'arriverait ici qu'en lambeaux, si elle avait franchi les nombreux obstacles dressés sur sa route.

— Quel est ce bruit étrange?

— Il naît de grandes vagues qui sortent de la mer, roulent sur les rochers et se fracassent contre la falaise.

— Tes hommes étaient prêts à me livrer bataille. Les miens sont décidés à combattre.

Benteshina s'agenouilla.

— Comme il est triste, Majesté, de descendre dans la terre du silence où règne la mort! L'homme éveillé s'y endort à jamais, il est assoupi le jour entier. Le séjour de ceux qui résident là-bas est si profond que leurs voix ne nous parviennent plus, car il n'existe ni porte ni fenêtre. Aucun rayon de soleil n'illumine le sombre royaume des défunts, aucun vent ne rafraîchit leur cœur. Personne ne désire se rendre dans cette affreuse contrée. J'implore le pardon de Pharaon! Que les gens d'Amourrou soient épargnés et qu'ils continuent à vous servir.

Voyant leur maître soumis, les soldats libanais jetèrent leurs armes.

Quand Ramsès releva Benteshina qui s'inclina profondément devant Pharaon, des cris de joie jaillirent de la poitrine des Égyptiens et de leurs alliés.

Lorsqu'il sortit du bureau d'Améni, Chénar était atterré.

Au terme d'une campagne militaire menée avec une incroyable rapidité, Ramsès venait de reconquérir la province d'Amourrou, pourtant passée sous influence hittite! Comment ce jeune roi inexpérimenté, conduisant pour la première fois son armée en terrain hostile, avait-il réussi à déjouer les embûches et à remporter une victoire si éclatante?

Voilà longtemps que Chénar ne croyait plus à l'existence des dieux, mais il était évident que Ramsès bénéficiait d'une protection magique que lui avait léguée Séthi, lors d'un rite secret. C'était cette force-là qui traçait sa route.

Chénar rédigea une note de service à l'intention d'Améni. En tant que ministre des Affaires étrangères, il se rendait en personne à Memphis pour annoncer l'excellente nouvelle aux notables.

— Où se trouve le mage? demanda Chénar à sa sœur Dolente.

La grande femme brune aux formes alanguies serra contre elle la blonde Lita, l'héritière d'Akhénaton, que terrorisait la colère du frère aîné de Ramsès.

— Il travaille.

— Je veux le voir immédiatement.

— Patiente un peu, il prépare une nouvelle séance d'envoûtement avec le châle de Néfertari.

— Belle efficacité! Sais-tu que Ramsès a reconquis l'Amourrou, repris toutes les forteresses cananéennes et imposé de nouveau sa loi à nos protectorats du Nord? Nos pertes sont infimes, notre frère bien-aimé n'a pas la moindre égratignure, et il est même devenu un dieu pour les soldats!

— Es-tu certain...

— Améni est une excellente source d'informations. Ce maudit scribe est si prudent qu'il doit même être en dessous de la vérité. Canaan, l'Amourrou et la Syrie du Sud ne retourneront plus dans le giron hittite. Compte sur Ramsès pour en faire une base bien fortifiée et une zone tampon que l'ennemi ne traversera plus. Au lieu d'abattre mon frère, nous avons renforcé son système défensif... Superbe résultat!

La blonde Lita contemplait Chénar.

— Notre futur règne s'éloigne, ma chère. Et si vous m'aviez berné, toi et ton mage?

Chénar arracha le haut de la robe de la jeune femme,

déchirant ses bretelles. Sa poitrine portait la trace de profondes brûlures.

Lita éclata en sanglots et se blottit dans le giron de Dolente.

— Ne la torture pas, Chénar ; elle et Ofir sont nos alliés les plus précieux.

— Magnifiques alliés, en effet !

— N'en doutez pas, seigneur, dit une voix lente et posée.

Chénar se retourna.

Le faciès d'oiseau de proie du mage Ofir impressionna, une fois encore, le frère aîné de Ramsès. Le regard vert sombre du Libyen semblait porteur de maléfices capables de terrasser un adversaire en quelques secondes.

— Je suis mécontent de vos services, Ofir.

— Vous l'avez constaté, ni Lita ni moi-même ne ménageons nos efforts. Comme je vous l'ai expliqué, nous nous attaquons à très forte partie, et il nous faut du temps pour agir. Tant que le châle de Néfertari ne sera pas complètement consumé, la protection magique ne sera pas anéantie. Si nous allons trop vite, nous tuerons Lita et n'aurons plus aucun espoir de détrôner l'usurpateur.

— Quel délai, Ofir ?

— Lita est fragile, parce qu'elle est une excellente médium. Entre chaque séance d'envoûtement, Dolente et moi soignons ses blessures et devons attendre la guérison de la plaie avant d'utiliser à nouveau ses dons.

— Ne pouvez-vous changer de cobaye ?

Le regard du mage se durcit.

— Lita n'est pas un cobaye, mais la future reine d'Égypte, votre épouse. Voilà plusieurs années qu'elle se prépare à ce combat impitoyable dont nous sortirons vainqueurs. Personne ne saurait la remplacer.

— Entendu... Mais la gloire de Ramsès ne cesse de croître !

— En un instant, le malheur peut y mettre fin.

— Mon frère n'est pas un homme ordinaire, une étrange puissance l'anime.

– J'en suis conscient, seigneur Chénar. C'est pourquoi je fais appel aux ressources les plus cachées de ma science. La précipitation serait une grave erreur. Néanmoins...

Chénar fut suspendu aux lèvres d'Ofir.

– Néanmoins, je tenterai une action ponctuelle contre Ramsès. Un homme victorieux devient trop sûr de lui et baisse sa garde. Nous profiterons d'un moment de faiblesse.

20

La province d'Amourrou était en fête. Le prince Bentes-hina avait tenu à célébrer de manière éclatante la présence de Ramsès et le retour de la paix. De solennelles déclarations d'allégeance avaient été inscrites sur papyrus, et le prince s'était engagé à livrer au plus vite, par bateau, des troncs de cèdres qui seraient dressés devant les pylônes des temples d'Égypte. Les soldats libanais débordèrent d'amitié pour leurs homologues égyptiens, le vin coula à flots, les femmes de la province reconquise surent charmer leurs protecteurs.

Ravis, même s'ils n'étaient pas dupes de cette liesse forcée, Sétaou et Lotus prirent part aux festivités et eurent le bonheur de rencontrer un vieux sorcier amoureux des serpents. Bien que les espèces locales fussent dépourvues d'une qualité particulière de venin et d'une agressivité supérieure à celles qui vivaient en Égypte, les spécialistes échangèrent quelques secrets de métier.

Malgré les attentions de son hôte, Ramsès ne se déridait pas. Benteshina mit cette attitude sur la nécessaire gravité que le pharaon, l'homme le plus puissant du monde, se devait de conserver en toutes circonstances.

Tel ne fut pas l'avis d'Âcha.

Au terme d'un banquet qui avait réuni les officiers supérieurs d'Égypte et d'Amourrou, Ramsès s'était retiré sur la terrasse du palais princier où Benteshina avait logé son hôte illustre.

Le regard du roi était fixé sur le Nord.

— Puis-je interrompre ta méditation?

— Que veux-tu, Âcha?

— Tu ne sembles guère apprécier les largesses du prince d'Amourrou.

— Il a trahi, il trahira. Mais je suis tes conseils : pourquoi le remplacer, puisque nous connaissons ses vices?

— Ce n'est pas à lui que tu penses.

— Connaîtrais-tu mes préoccupations?

— Ton regard est fixé sur Kadesh.

— Kadesh, l'orgueil des Hittites, le symbole de leur domination sur la Syrie du Nord, le danger permanent qui menace l'Égypte! Oui, je songe à Kadesh.

— Attaquer cette place forte, c'est pénétrer en zone d'influence hittite. Si tu prends cette décision, nous devons leur déclarer la guerre dans les règles.

— Ont-ils respecté ces règles, en fomentant des révoltes dans nos protectorats?

— Ce n'étaient que des mouvements d'insoumission. Attaquer Kadesh, c'est franchir la véritable frontière entre l'Égypte et l'empire hittite. Autrement dit, la grande guerre. Un conflit susceptible de durer plusieurs mois et de nous détruire.

— Nous sommes prêts.

— Non, Ramsès. Tes succès ne doivent pas te rendre euphorique.

— Te semblent-ils dérisoires?

— Tu n'as vaincu que de médiocres guerriers; ceux d'Amourrou ont rendu les armes sans combattre. Ce ne sera pas le cas des Hittites. De plus, nos hommes sont épuisés et ils ont hâte de rentrer au pays. S'engager dès à présent dans un conflit d'envergure nous conduirait au désastre.

— Notre armée serait-elle si faible?

— Les corps et les esprits étaient préparés à une campagne

de reconquête, non à l'attaque d'un empire dont les capacités militaires sont supérieures aux nôtres.

— Ta prudence n'est-elle pas dangereuse ?

— La bataille de Kadesh aura lieu, si tel est ton désir ; mais sache la préparer.

— Je prendrai ma décision cette nuit.

La fête était terminée.

À l'aube, le mot d'ordre avait circulé dans les casernements : branle-bas de combat. Deux heures plus tard, Ramsès se présenta sur son char, tiré par ses deux fidèles chevaux. Le roi portait sa cuirasse de combat.

Nombre d'estomacs se nouèrent. La rumeur insensée qui circulait était-elle fondée ? Attaquer Kadesh, marcher sur l'indestructible citadelle hittite, se heurter de front à des barbares d'une cruauté sans égale... Non, le jeune roi n'avait pu concevoir projet si insensé ! Héritier de la sagesse de son père, il respecterait la zone d'influence adverse et choisirait de consolider la paix.

Le monarque passa ses troupes en revue. Les visages étaient tendus et inquiets ; du plus jeune soldat au vétéran le plus expérimenté, les hommes se tenaient raides, les muscles presque douloureux. Des paroles que prononcerait Pharaon dépendait la suite de leur existence.

Détestant les parades militaires, Sétaou était allongé sur le ventre, dans son chariot, et se faisait masser par Lotus dont les seins nus effleuraient ses omoplates.

Le prince Benteshina se terrait dans son palais, incapable de dévorer les gâteaux crémeux dont il se gavait volontiers au petit déjeuner. Si Ramsès déclarait la guerre aux Hittites, la province d'Amourrou servirait de base arrière à l'armée égyptienne, et ses habitants seraient enrôlés comme mercenaires. Ramsès vaincu, les Hittites mettraient la contrée à feu et à sang.

Âcha tenta de percer les intentions du roi, mais le visage de Ramsès demeura impénétrable.

L'inspection terminée, Ramsès fit pivoter son char. Un instant, les chevaux semblèrent partir vers le nord, vers Kadesh. Puis Pharaon se tourna vers le sud, vers l'Égypte.

Sétaou se rasa avec un rasoir en bronze, se coiffa avec son peigne en bois aux dents inégales, s'enduisit le visage d'une pommade écartant les insectes, nettoya ses sandales et roula sa natte. Il n'était pas aussi élégant qu'Âcha, mais tenait à se montrer plus avenant qu'à l'ordinaire, malgré les rires cristallins de Lotus.

Depuis que l'armée égyptienne, enthousiaste, avait pris la route du retour, Sétaou et Lotus avaient enfin le temps de faire l'amour dans le chariot. Les fantassins ne cessaient de chanter des chansons à la gloire de Ramsès, tandis que les occupants des chars, l'arme noble, se contentaient de fredonner. La totalité des militaires partageait la même conviction : comme la vie du soldat était belle, lorsqu'il n'avait pas à combattre !

À bonne allure, l'armée avait traversé l'Amourrou, la Galilée et la Palestine dont les habitants l'avaient acclamée au passage, offrant légumes et fruits frais. Avant d'accomplir l'ultime étape qui conduirait à l'entrée dans le Delta, le campement fut établi au nord du Sinaï et à l'ouest du Negeb, dans une région surchauffée où la police du désert surveillait les déplacements des nomades et protégeait les caravanes.

Sétaou jubilait. Là abondaient des vipères et des cobras de taille superbe, au venin très actif. Avec son doigté habituel, Lotus en avait déjà capturé une dizaine, en faisant le tour du campement ; souriante, elle voyait les soldats s'écarter sur son passage.

Ramsès contemplait le désert. Il regardait vers le nord, vers Kadesh.

— Ta décision fut lucide et sage, déclara Âcha.

– La sagesse consiste-t-elle à battre en retraite devant l'ennemi ?

– Elle ne consiste ni à se faire massacrer ni à tenter l'impossible.

– Tu te trompes, Âcha ; le vrai courage est de la nature de l'impossible.

– Pour la première fois, Ramsès, tu me fais peur ; où comptes-tu entraîner l'Égypte ?

– Crois-tu que la menace de Kadesh se dissipera d'elle-même ?

– La diplomatie permet de résoudre des conflits en apparence inextricables.

– Ta diplomatie désarmera-t-elle les Hittites ?

– Pourquoi pas ?

– Apporte-moi la paix véritable que je désire, Âcha ; sinon, je la construirai moi-même.

Ils étaient cent cinquante.

Cent cinquante hommes, coureurs des sables, bédouins et Hébreux, écumant depuis plusieurs semaines la région du Negeb à la recherche de caravanes égarées. Tous obéissaient à un quadragénaire borgne qui avait réussi à s'échapper d'une prison militaire avant son exécution. Auteur de trente attaques de caravanes et de vingt-trois assassinats de marchands égyptiens et étrangers, Vargoz apparaissait comme un héros aux yeux de sa tribu.

Quand l'armée égyptienne était sortie de l'horizon, ils avaient cru à un mirage. Les chars, les cavaliers, les fantassins... Vargoz et ses hommes s'étaient réfugiés dans une grotte, décidés à ne pas en sortir avant la disparition de l'ennemi.

Pendant la nuit, un visage avait hanté les rêves de Vargoz.

Une tête d'oiseau de proie, une voix douce et persuasive, celle d'un mage libyen, Ofir, que Vargoz avait bien connu dans sa jeunesse. Dans une oasis perdue entre la Libye et l'Égypte, le mage lui avait appris à lire et à écrire, et il s'était servi de lui comme médium.

Et cette nuit-là, le visage impérieux avait resurgi du passé, la voix suave donnait de nouveau des ordres auxquels Vargoz ne pouvait se soustraire.

Les yeux fous, les lèvres blanches, le chef de bande réveilla ses complices.

— Notre plus beau coup, expliqua-t-il. Suivez-moi.

Comme d'habitude, ils obéirent. Là où les menait Vargoz, il y avait du butin.

Quand ils parvinrent à proximité du campement de l'armée égyptienne, plusieurs bandits s'insurgèrent.

— Qui veux-tu voler?

— La plus belle tente, là-bas... Elle contient des trésors.

— Nous n'avons aucune chance!

— Les sentinelles ne sont pas nombreuses et elles ne s'attendent pas à une attaque. Soyez rapides, et vous deviendrez des hommes riches.

— C'est l'armée de Pharaon, objecta un coureur des sables. Même si nous réussissons, elle nous rattrapera!

— Imbécile... Crois-tu que nous resterons dans la région? Avec l'or que nous allons voler, nous serons plus riches que des princes!

— L'or...

— Pharaon ne se déplace jamais sans une belle quantité d'or et de pierres précieuses. C'est avec ça qu'il achète ses vassaux.

— Qui t'a renseigné?

— Un rêve.

Le coureur des sables regarda Vargoz avec étonnement.

— Tu te moques de moi?

— Tu obéis ou non?

— Risquer ma peau pour un rêve... Tu délires?

La hache de Vargoz s'abattit sur le cou du coureur des sables, le décapitant à moitié. Le chef de la tribu bourra le mourant de coups de pied et l'acheva en séparant la tête du tronc.

– Qui d'autre souhaite discuter?

En rampant, les cent quarante-neuf hommes progressèrent vers la tente du pharaon.

Vargoz obéirait à l'ordre que lui avait intimé Ofir : trancher une jambe de Ramsès et le rendre infirme.

21

Plusieurs sentinelles somnolaient en montant la garde. D'autres rêvaient de leur foyer et de leur famille. Une seule aperçut une forme bizarre qui rampait vers elle, mais Vargoz eut le temps de l'étrangler avant qu'elle ne donnât l'alarme. Les membres de la tribu durent admettre que leur chef, une fois de plus, avait raison. S'approcher de la tente royale ne présentait guère de difficultés.

Vargoz ignorait si Ramsès transportait avec lui un trésor, et il ne songeait pas au moment où les pilleurs s'apercevraient qu'il les avait bernés. Seule son obsession le guidait : obéir à Ofir, être délivré de son visage et de sa voix.

Oubliant les risques, il courut vers l'officier assoupi près de l'entrée de la grande tente. La charge de Vargoz fut si violente que l'Égyptien n'eut pas le temps de dégainer son épée. Le souffle coupé par le coup de tête de son agresseur, il fut piétiné et s'évanouit.

La voie était libre.

Même si Pharaon était un dieu, il ne résisterait pas à un agresseur déchaîné.

Le tranchant de la hache déchira la porte de toile.

Arraché à son sommeil, Ramsès venait de se redresser. Son arme levée, Vargoz se rua vers le monarque.

Un poids énorme le terrassa. Une douleur intense lui déchira le dos, comme si des couteaux lui labouraient la chair. Tournant la tête, il vit, l'espace d'une seconde, un lion gigantesque dont les mâchoires se refermèrent sur son crâne et le firent éclater comme un fruit mûr.

Le hurlement de terreur du coureur des sables qui suivait Vargoz donna l'alerte. Privés de leur chef, désorientés, ne sachant plus s'il fallait attaquer ou s'enfuir, les voleurs furent transpercés de flèches. À lui seul, Massacreur en tua cinq puis, s'apercevant que les archers s'acquittaient fort bien de leur tâche, il s'en retourna dormir derrière le lit de son maître.

Furieux, les Égyptiens vengèrent la mort des sentinelles en massacrant la tribu de brigands. La supplique d'un blessé intrigua un officier qui alerta le roi.

— Un Hébreu, Majesté.

Deux flèches dans le ventre, le pillard agonisait.

— As-tu vécu en Égypte, Hébreu ?

— J'ai mal...

— Parle, si tu veux être soigné ! exigea l'officier.

— Non, pas en Égypte... J'ai toujours vécu ici...

— Ta tribu a-t-elle accueilli un nommé Moïse ? demanda Ramsès.

— Non...

— Pourquoi cette agression ?

L'Hébreu balbutia des mots incompréhensibles et mourut. Âcha s'approcha du roi.

— Tu es sain et sauf !

— Massacreur m'a protégé.

— Qui sont ces bandits ?

— Des bédouins, des coureurs des sables, et au moins un Hébreu.

— Leur attaque était suicidaire.

— Quelqu'un les a incités à prendre cette initiative insensée.

— Des manipulateurs hittites ?

— Peut-être.

— À qui songes-tu ?

– Les démons des ténèbres sont innombrables.

– Je ne parvenais pas à trouver le sommeil, avoua Âcha.

– Quelle est la cause de ton insomnie ?

– La réaction des Hittites. Ils ne resteront pas passifs.

– Me reprocherais-tu de ne pas avoir attaqué Kadesh ?

– Il faut consolider au plus vite le système de défense de nos protectorats.

– Ce sera ta prochaine mission, Âcha.

Par souci d'économie, Améni nettoyait une vieille tablette de bois afin de l'utiliser à nouveau comme surface d'écriture. Les fonctionnaires de son service savaient que le secrétaire particulier du roi ne supportait pas le gâchis et tenait au respect du matériel.

Le triomphe de Ramsès dans les protectorats et la crue parfaite dont bénéficiait l'Égypte avaient mis Pi-Ramsès en joie. Les riches et les humbles se préparaient à accueillir le roi, des bateaux livraient chaque jour nourritures solides et liquides, destinées au monumental banquet auquel prendraient part tous les habitants de la cité.

En cette période de vacances forcées, les paysans se reposaient ou allaient rendre visite en barque à des membres de leur famille, plus ou moins éloignés. Le delta du Nil était devenu une mer d'où émergeaient des îlots sur lesquels étaient bâtis les villages. La capitale de Ramsès ressemblait à un navire ancré au cœur de cette immensité.

Seule l'âme d'Améni était tourmentée. S'il avait jeté un innocent en prison, qui plus est un fidèle de Ramsès, cette injustice pèserait lourd dans la balance du jugement de l'autre monde. Le scribe n'avait pas osé rendre visite à Serramanna qui continuait à clamer son innocence.

Le policier auquel Améni avait confié l'enquête sur le témoin principal de l'accusation, Nénofar, la maîtresse de Serramanna, se présenta à son bureau en fin de soirée.

– Avez-vous obtenu des résultats ?

Le policier s'exprima avec lenteur.

— Affirmatif.

Améni se sentit soulagé ; enfin, il allait y voir clair !

— Nénofar ?

— Je l'ai retrouvée.

— Pourquoi ne pas l'avoir amenée ?

— Parce qu'elle est morte.

— Un accident ?

— D'après le médecin auquel j'ai montré son cadavre, c'est un crime. Nénofar a été étranglée.

— Un crime... On a donc voulu supprimer ce témoin. Mais pourquoi... Parce qu'elle avait menti ou parce qu'elle risquait d'en dire trop ?

— Sauf votre respect, ce drame ne jette-t-il pas un doute sur la culpabilité de Serramanna ?

Améni devint plus pâle qu'à l'ordinaire.

— J'avais des preuves contre lui.

— Des preuves, ça ne se discute pas, admit le policier.

— Eh bien si, ça se discute ! Supposez que cette Nénofar ait été payée pour charger Serramanna, qu'elle ait pris peur à l'idée de comparaître devant un tribunal, de mentir sous serment et face à la Règle. Son commanditaire n'avait plus le choix : il devait la supprimer. Bien sûr, il nous reste une preuve irréfutable ! Et si c'était un faux, si quelqu'un avait imité l'écriture du Sarde ?

— Ce n'était pas difficile : Serramanna rédigeait chaque semaine une note de service placardée à la porte de la caserne de la garde personnelle du roi.

— Serramanna victime d'une machination... C'est ce que vous croyez, n'est-ce pas ?

Le policier approuva de la tête.

— Dès le retour d'Âcha, dit Améni, je pourrai peut-être disculper Serramanna sans attendre l'arrestation du coupable... Avez-vous une piste ?

— Nénofar ne s'est pas débattue. Il est probable qu'elle connaissait son assassin.

— Où a-t-elle été tuée ?

— Dans une petite maison du quartier commerçant.

— Son propriétaire ?

— Comme elle était inoccupée, les voisins n'ont pas pu me renseigner.

— En consultant le cadastre, j'obtiendrai sans doute une indication. Et ces voisins, n'ont-ils rien remarqué de suspect ?

— Une vieille dame, à moitié aveugle, prétend avoir vu un homme de petite taille sortir de la maison, au milieu de la nuit, mais elle est incapable de le décrire.

— Une liste des relations de Nénofar ?

— Inutile d'espérer en dresser une... Et si Serramanna était son premier gros poisson ?

Néfertari savoura une longue douche tiède. Les yeux fermés, elle songea au bonheur fou dont le parfum s'approchait, minute après minute, au retour de Ramsès dont l'absence ressemblait à un supplice.

Les servantes lui frottèrent doucement la peau avec de la cendre et du natron, mélange de carbonate et de bicarbonate de sodium qui desséchait et purifiait. Après une dernière aspersion, la reine s'allongea sur des dalles chaudes, et une masseuse la frictionna avec une pommade à base de térébinthe, d'huile et de citron, qui rendrait son corps odoriférant tout au long de la journée.

Rêveuse, Néfertari se confia à la pédicure, à la manucure et à la maquilleuse qui entoura ses yeux d'une ligne de fard vert tendre, à la fois ornement et protection. Comme l'arrivée de Ramsès était proche, elle oignit la superbe chevelure de la reine d'un parfum de fête, dont les principaux composants étaient le styrax et le benjoin. Puis elle tendit à Néfertari un miroir de bronze poli dont le manche avait été sculpté en forme de jeune fille nue, évocation terrestre de la beauté céleste d'Hathor.

Restait à poser une perruque de cheveux humains, dont

deux larges mèches descendaient jusqu'aux seins, et dont l'arrière était bouclé. Une seconde fois, l'épreuve du miroir fut favorable.

— Si je peux me permettre, murmura la coiffeuse, Votre Majesté n'a jamais été aussi belle.

Les habilleuses vêtirent la reine d'une robe de lin immaculé que venait de créer l'atelier de tissage du palais.

À peine la reine était-elle assise pour vérifier l'ampleur de l'admirable vêtement qu'un chien jaune or, trapu, musclé, aux oreilles pendantes, à la queue en spirale et au museau court couronné d'une truffe noire, bondit sur ses genoux. Un chien qui venait du jardin récemment arrosé et dont les pattes maculèrent de boue la robe royale.

Horrifiée, une habilleuse s'empara d'une tapette destinée à tuer les mouches et s'apprêta à frapper l'animal.

— Ne le touche pas, ordonna Néfertari; c'est Veilleur, le chien de Ramsès. S'il agit ainsi, ce n'est pas sans raison.

Une langue rose, humide et douce lécha les joues de la reine et ôta le maquillage. Les grands yeux confiants de Veilleur lui offrirent un regard empli d'une joie indescriptible.

— Ramsès sera ici dès demain, n'est-ce pas?

Veilleur posa les pattes avant sur les bretelles de la robe et battit de la queue avec un enthousiasme qui ne trompait pas.

22

Par signaux optiques, les guetteurs des forteresses et des fortins de surveillance venaient de l'annoncer : Ramsès arrivait.

La capitale fut aussitôt en effervescence. Du quartier jouxtant le temple de Râ aux ateliers proches du port, des villas des hauts fonctionnaires aux demeures des petites gens, du palais aux entrepôts, chacun courait pour accomplir la tâche qui lui avait été confiée et se tenir prêt pour le moment exceptionnel de l'entrée du souverain dans Pi-Ramsès.

L'intendant Romé cachait sa calvitie grandissante sous une perruque courte. Privé de sommeil depuis quarante-huit heures, il harcelait ses subordonnés, tous coupables de lenteur et d'imprécision. À la seule table royale, il faudrait des centaines de quartiers de bœuf rôtis, plusieurs dizaines d'oies grillées, deux cents paniers de viande et de poissons séchés, cinquante pots de crème, une centaine de plats de poissons préparés avec des épices, sans compter légumes et fruits. Les vins devraient être d'une qualité irréprochable, de même que les bières de fête. Et mille banquets devaient être organisés dans les différents quartiers de la ville, afin que même le plus démuni participe, ce jour-là, à la gloire du roi et au bonheur de l'Égypte. À la moindre anicroche, qui montrerait-on du doigt, sinon lui, Romé ?

Il relut le dernier papyrus de livraison : mille pains de

formes variées mais de farine très fine, deux mille miches dorées et croustillantes, vingt mille gâteaux au miel, au jus de caroube et fourrés aux figues, trois cent cinquante-deux sacs de raisin à disposer dans des coupes, cent douze de grenades et autant de figues...

— Le voilà! s'exclama l'échanson.

Debout sur le toit de la cuisine, un marmiton faisait de grands gestes.

— Ce n'est pas possible...

— Si, c'est lui!

Le marmiton sauta du toit, l'échanson courut en direction de la grande allée de la capitale.

— Restez ici! hurla Romé.

En moins d'une minute, la cuisine et les dépendances du palais furent désertées. Romé s'affala sur un tabouret à trois pieds. Qui allait sortir les grappes de raisin des sacs et les présenter avec art?

Il fascinait.

Il était le soleil, le taureau puissant, le protecteur de l'Égypte et le vainqueur des pays étrangers, le roi aux victoires grandioses, celui que la lumière divine avait choisi.

Il était Ramsès.

Coiffé d'une couronne d'or, vêtu d'une armure argentée et d'un pagne au liseré d'or, tenant un arc dans la main gauche et une épée dans la main droite, il se tenait droit sur la plateforme du char orné de lys que conduisait Âcha. Massacreur, le lion nubien à la crinière flamboyante, avançait au même rythme que les chevaux.

La beauté de Ramsès unissait la puissance au rayonnement. En lui s'incarnait l'expression la plus accomplie de Pharaon.

La foule se pressait de part et d'autre de la longue voie processionnelle menant au temple d'Amon. Les bras chargés de fleurs, parfumés avec l'huile de fête, musiciens et chanteurs célébraient le retour du roi par un hymne de bienvenue. « Voir Ramsès, affirmait-il, rend le cœur joyeux »; aussi se bousculait-on sur le passage du monarque afin de l'apercevoir, ne fût-ce qu'un instant.

Sur le seuil de l'espace sacré, Néfertari, la grande épouse royale. La douce d'amour, celle dont la voix apportait le bonheur, la souveraine des Deux Terres dont la couronne aux deux hautes plumes touchait le ciel et dont le collier d'or orné d'un scarabée de lapis-lazuli celait le secret de la résurrection, tenait dans ses mains une coudée, symbole de Maât, la Règle éternelle.

Lorsque Ramsès descendit du char, la foule fit silence.

Le roi, à pas lents, se dirigea vers la reine. Il s'immobilisa à trois mètres d'elle, lâcha l'arc et l'épée, et plaça le poing droit fermé sur son cœur.

— Qui es-tu, toi qui oses contempler Maât ?

— Je suis le Fils de la lumière, l'héritier du testament des dieux, celui qui se porte garant de la justice et n'établit aucune différence entre le fort et le faible. C'est l'Égypte entière que je dois protéger du malheur, à l'intérieur comme à l'extérieur.

— As-tu respecté Maât, loin de la terre sacrée ?

— J'ai pratiqué la Règle et je dépose mes actes devant elle pour qu'elle me juge. Ainsi, le pays sera solidement établi dans la vérité.

— Que la Règle te reconnaisse comme un être en rectitude.

Néfertari éleva la coudée d'or qui resplendit sous le soleil.

Pendant de longues minutes, la foule acclama son roi. Même Chénar, subjugué, ne put s'empêcher de murmurer le nom de son frère.

Dans la première grande cour à ciel ouvert du temple d'Amon, seuls étaient admis les notables de Pi-Ramsès, impatients d'assister à la cérémonie de remise de « l'or de la vaillance ». Qui Pharaon allait-il décorer, quelles promotions accorderait-il ? Plusieurs noms circulaient, et l'on avait même engagé des paris.

Lorsque le roi et la reine se montrèrent à la « fenêtre d'apparition », chacun retint son souffle. Les généraux paradaient au premier rang, s'épiant du coin de l'œil.

Deux porte-éventail étaient prêts à amener sous la fenêtre les heureux élus. Pour une fois, le secret avait été bien gardé ; même les commères de la cour demeuraient dans l'incertitude.

– Que soit d'abord honoré le plus brave de mes soldats, déclara Ramsès, celui qui n'hésita jamais à risquer sa vie pour protéger celle de Pharaon. Avance, Massacreur.

Apeurée, l'assistance se fendit pour laisser le passage au lion qui sembla prendre quelque plaisir à voir l'ensemble des regards converger vers lui. En se déhanchant, d'un pas souple, il chemina jusqu'à la fenêtre d'apparition. Ramsès se pencha, lui caressa le front et lui passa autour du cou une mince chaîne d'or qui intronisait le fauve comme l'une des personnalités les plus en vue de la cour. Satisfait, le lion se coucha dans la position du sphinx.

Le roi murmura deux noms à l'oreille des porte-étendard. Contournant Massacreur, ils dépassèrent le rang des généraux, puis celui des officiers supérieurs, celui des scribes enfin, et prièrent Sétaou et Lotus de les suivre. Le charmeur de serpents protesta, mais sa jolie épouse lui prit la main.

Voir passer la Nubienne, à la peau dorée et à la taille fine, réjouit les plus blasés, mais l'aspect rustaud de Sétaou, engoncé dans sa peau d'antilope aux multiples poches, ne recueillit pas les mêmes suffrages.

– Que soient honorés ceux qui ont soigné les blessés et sauvé de nombreuses vies, dit Ramsès. Grâce à leur science et à leur dévouement, des hommes braves ont vaincu la souffrance et regagné leur pays.

Se penchant de nouveau, le roi passa plusieurs anneaux d'or aux poignets de Sétaou et de Lotus. La belle Nubienne était émue, le charmeur de serpents ronchonnait.

– Je charge Sétaou et Lotus de la direction du laboratoire du palais, ajouta Ramsès. Ils auront pour mission de perfectionner les remèdes à base de venin de reptiles et d'assurer leur distribution dans tout le pays.

– Je préférais ma maison dans le désert, marmonna Sétaou.

– Regrettez-vous d'être plus proche de nous? questionna Néfertari.

Le sourire de la reine désarma le bougon.

– Votre Majesté...

– Votre présence au palais, Sétaou, sera un honneur pour la cour.

Gêné, Sétaou rougit.

– Il sera fait selon les désirs de Votre Majesté.

Les généraux, quelque peu choqués, se gardèrent bien d'émettre une critique. N'avaient-ils pas fait appel, à un moment ou à un autre, à l'art de Sétaou et de Lotus, pour faciliter une digestion difficile ou soulager une respiration encombrée? Le charmeur de serpents et son épouse avaient correctement tenu leur rang pendant la campagne. Leur récompense, bien qu'excessive aux yeux des gradés, n'était pas imméritée.

Restait à savoir lequel des généraux serait distingué et accéderait au poste de commandant en chef de l'armée d'Égypte, sous les ordres directs de Pharaon. L'enjeu était d'importance, car le nom de l'heureux élu serait révélateur de la politique future de Ramsès. Choisir le plus âgé des généraux serait preuve de passivité et de repli; le chef de la charrerie, l'annonce d'une guerre imminente.

Les deux porte-éventail encadrèrent Âcha.

Racé, élégant, très à l'aise, le jeune diplomate leva un regard respectueux vers le couple royal.

– Je t'honore, mon noble et fidèle ami, déclara Ramsès, car tes conseils m'ont été précieux. Toi non plus, tu n'as pas hésité à t'exposer au danger et tu as su me convaincre de modifier mes plans lorsque la situation l'exigeait. La paix est rétablie, mais elle demeure fragile. Nous avons surpris les révoltés par notre rapidité d'intervention ; mais comment réagiront les Hittites, véritables auteurs de ces troubles ? Certes, nous avons réorganisé les garnisons de nos forteresses de Canaan et laissé des troupes dans la province d'Amourrou, la plus exposée à une revanche brutale de l'ennemi. Mais il faut coordonner nos efforts de défense dans nos protectorats, afin que n'éclate pas une nouvelle sédition. Je confie cette mission à Âcha. Désormais, la sécurité de l'Égypte repose en grande partie sur ses épaules.

Âcha s'inclina, Ramsès passa autour de son cou trois colliers d'or. Le jeune diplomate accédait au statut de grand d'Égypte.

Les généraux furent unis dans la même rancœur. Il n'appartenait pas à un dignitaire sans expérience de remplir une tâche d'une telle difficulté. Le roi venait de commettre une grave erreur ; manquer ainsi de confiance envers la hiérarchie militaire était impardonnable.

Chénar perdait son second au ministère des Affaires étrangères mais gagnait un précieux allié, aux pouvoirs étendus. En nommant son ami à ce poste, Ramsès courait à sa perte. Le regard de connivence qu'échangèrent Âcha et Chénar fut, pour ce dernier, le meilleur moment de la cérémonie.

Accompagné de son chien et de son lion, tout à la joie de se retrouver et de jouer ensemble, Ramsès avait quitté le temple et repris son char pour tenir une promesse.

Homère avait rajeuni. Assis sous son citronnier, il dénoyautait des dattes qu'Hector, le chat noir et blanc, gavé de viande fraîche, considérait avec la plus grande indifférence.

— Désolé de ne pas avoir assisté à la cérémonie, Majesté ; mes vieilles jambes sont devenues paresseuses, je ne peux plus rester debout des heures durant. Je suis heureux de vous revoir en parfaite santé.

— M'offrirez-vous cette bière à base de jus de datte, que vous avez préparée vous-même?

Dans la paix du soir, les deux hommes dégustèrent le breuvage délicat.

— Vous m'accordez un plaisir rare, Homère : celui de croire, un instant, que je suis un homme comme les autres, capable de goûter un moment de quiétude sans songer au lendemain. Votre *Iliade* a-t-elle avancé?

— Elle est parsemée, comme ma mémoire, de tueries, de cadavres, d'amitiés perdues et de manœuvres divines. Mais les hommes ont-ils d'autre destin que leur propre folie?

— La grande guerre que redoute mon peuple n'a pas éclaté; les protectorats de l'Égypte sont revenus dans son giron, et j'espère créer un glacis infranchissable entre nous et les Hittites.

— Voilà beaucoup de sagesse pour un jeune monarque animé d'un tel feu! Seriez-vous l'alliance miraculeuse de la prudence de Priam et de la vaillance d'Achille?

— Je suis persuadé que les Hittites seront ulcérés par ma victoire. Cette paix n'est qu'une trêve... Demain, le sort du monde se jouera à Kadesh.

— Pourquoi une si douce soirée est-elle porteuse d'un lendemain? Les dieux sont cruels.

— Accepterez-vous d'être mon hôte au banquet de cette nuit?

— À condition de rentrer tôt; à mon âge, le sommeil est la principale vertu.

— Avez-vous parfois rêvé que la guerre n'existait plus?

— En écrivant l'*Iliade*, mon but est de la dépeindre sous des couleurs si horribles que les hommes reculeront devant leur désir de détruire; mais les généraux entendront-ils la voix d'un poète?

23

Les grands yeux en amande de Touya, sévères et perçants, s'attendrirent à la vue de Ramsès. Hautaine, ravissante dans sa robe de lin d'une coupe parfaite que serrait à la taille une ceinture dont les pans rayés tombaient presque aux chevilles, elle contempla longuement le pharaon.

— Ne souffres-tu vraiment d'aucune blessure?

— Me croirais-tu capable de te les cacher? Tu es superbe!

— Les rides se sont creusées, sur mon front et à mon cou; les meilleures maquilleuses ne font pas de miracles.

— La jeunesse parle encore en toi.

— La force de Séthi, peut-être... La jeunesse est un pays étranger que toi seul habites. Mais pourquoi céder à la nostalgie, en ce soir de liesse? Je tiendrai ma place lors du banquet, sois tranquille.

Le roi serra sa mère dans ses bras.

— Tu es l'âme de l'Égypte.

— Non, Ramsès, je ne suis que sa mémoire, le reflet d'un passé auquel tu dois être fidèle. L'âme de l'Égypte, c'est le couple que tu formes avec Néfertari. As-tu rétabli une paix durable?

— Une paix, oui; durable, non. J'ai rétabli notre autorité sur les protectorats, l'Amourrou compris, mais je redoute une réaction violente de la part des Hittites.

— Tu as songé à attaquer Kadesh, n'est-ce pas?

— Âcha m'en a dissuadé.

— Il a eu raison. Ton père avait renoncé à cette guerre-là, sachant que nos pertes seraient élevées.

— Les temps n'ont-ils pas changé ? Kadesh est une menace que nous ne saurons longtemps tolérer.

— Nos invités nous attendent.

Aucune fausse note ne dépara les fastes du banquet que présidèrent Ramsès, Néfertari et Touya. Romé ne cessait de courir de la salle à manger aux cuisines, et des cuisines à la salle à manger, surveillant chaque plat, goûtant chaque sauce et buvant une gorgée de chaque vin.

Âcha, Sétaou et Lotus occupaient les places d'honneur. La brillante conversation du jeune diplomate avait séduit deux généraux acariâtres, Lotus s'était amusée d'entendre d'innombrables discours célébrant sa beauté, cependant que Sétaou concentrait son attention sur son plat en albâtre qu'on ne cessait de remplir de mets succulents.

L'aristocratie et la caste militaire avaient partagé une soirée de détente, loin des angoisses de l'avenir.

Enfin, Ramsès et Néfertari se retrouvèrent seuls dans leur vaste chambre du palais qu'embaumaient une dizaine de bouquets de fleurs. Un parfum de jasmin et de souchet odorant prédominait.

— Est-ce cela, la royauté, dérober quelques heures pour vivre avec la femme que l'on aime ?

— Ton voyage fut long, si long...

Ils s'allongèrent sur un grand lit, épaule contre épaule, main dans la main, savourant le plaisir de se retrouver.

— C'est étrange, dit-elle, ton absence me torturait, mais ta pensée était présente en moi. Chaque matin, en allant au temple pour célébrer les rites de l'aube, ton image sortait des murs et guidait mes gestes.

— Pendant les pires moments de cette campagne, ton visage ne m'a pas quitté. Je te ressentais autour de moi, comme si tu faisais battre les ailes d'Isis, lorsqu'elle redonne vie à Osiris.

– C'est la magie qui a créé notre union ; rien ne doit la briser.

– Qui pourrait y parvenir ?

– Parfois, je perçois une ombre froide... Elle s'approche, s'éloigne, s'approche encore, s'estompe.

– Si elle existe, je la détruirai. Mais dans ton regard, je ne vois qu'une lumière à la fois douce et brûlante.

Ramsès se redressa sur le côté et admira le corps parfait de Néfertari. Il dénoua ses cheveux, fit glisser les bretelles de sa robe et la dénuda lentement, si lentement qu'elle frissonna.

– Aurais-tu froid ?

– Tu es trop loin de moi.

Il s'allongea sur elle, leurs formes s'épousèrent, leurs désirs s'unirent.

À six heures du matin, après s'être douché et rincé la bouche avec du natron, Améni s'était fait livrer au bureau son petit déjeuner, composé de bouillie d'orge, de yaourt, de fromage frais et de figues. Le secrétaire particulier de Ramsès mangeait vite, les yeux rivés sur un papyrus.

Un bruit de sandales de cuir heurtant le dallage le surprit. L'un de ses subordonnés, si tôt ? Améni s'essuya les lèvres avec un linge.

– Ramsès !

– Pourquoi cette absence, au banquet ?

– Regarde : je suis débordé ! On jurerait que les dossiers se reproduisent entre eux. Et puis, je n'aime pas les mondanités, tu le sais bien. Je comptais te demander audience ce matin pour te présenter les résultats de ma gestion.

– Je suis sûr qu'ils sont excellents.

L'esquisse d'un sourire anima le visage sérieux d'Améni. La confiance de Ramsès était son bien le plus précieux.

– Dis-moi... Pourquoi cette visite matinale ?

– À cause de Serramanna.

– C'était le premier sujet que je voulais aborder.

– Il nous a manqué, pendant cette campagne. C'est toi qui l'as inculpé pour traîtrise, n'est-ce pas ?

– Les preuves étaient accablantes, mais...

– Mais ?

– Mais j'ai repris l'enquête.

– Pourquoi ?

– J'ai eu la sensation d'être manipulé. Et les fameuses preuves contre Serramanna me semblent de moins en moins convaincantes. Son accusatrice, une femme légère, Nénofar, a été assassinée. Quant au document qui démontre sa complicité avec les Hittites, je suis impatient de le soumettre à la sagacité d'Âcha

– Réveillons-le, veux-tu ?

Les soupçons qu'avait conçus Âcha à propos d'Améni étaient dissipés. Ce bonheur-là, le roi le garda pour lui.

Du lait frais additionné de miel réveilla Âcha qui confia sa compagne de la nuit aux mains expertes de son masseur et de son coiffeur.

– Si Sa Majesté en personne ne se trouvait pas devant moi, avoua le diplomate, je n'aurais pas le courage d'ouvrir les yeux.

– Ouvre aussi tes oreilles, recommanda Ramsès.

– Le roi et son secrétaire ne dorment-ils jamais ?

– Le sort d'un homme emprisonné à tort vaut bien un réveil brutal, souligna Améni.

– De qui parles-tu ?

– De Serramanna.

– Mais... N'est-ce pas toi...

– Regarde ces tablettes de bois.

Âcha se frotta les paupières et lut les messages que Serramanna avait rédigés à l'intention de son correspondant hittite, lui promettant qu'il n'engagerait pas ses troupes d'élite contre l'ennemi en cas de conflit.

— C'est une plaisanterie ?

— Pourquoi dis-tu ça ?

— Parce que les grands personnages de la cour hittite sont tous extrêmement susceptibles. Ils attachent un prix démesuré au formalisme, y compris dans le courrier secret. Pour que des lettres comme celles-ci parviennent à Hattousa, il existe une manière de rédiger observations et demandes que Serramanna ignore.

— Donc, on a imité l'écriture de Serramanna !

— Sans aucune difficulté : elle est assez grossière. Et je suis persuadé que ces missives n'ont jamais été envoyées.

À son tour, Ramsès examina les tablettes.

— Un indice ne vous saute-t-il pas aux yeux ?

Âcha et Améni réfléchirent.

— D'anciens élèves du *kap*, l'université de Memphis, devraient avoir l'esprit plus délié.

— C'est l'heure matinale, s'excusa Âcha. Bien entendu, l'auteur de ce texte ne peut être qu'un Syrien. Il parle bien notre langue, mais deux tournures de phrase sont caractéristiques de la sienne.

— Un Syrien, répéta Améni. Je suis convaincu que c'est le même homme qui a payé Nénofar, la maîtresse de Serramanna, pour qu'elle fournisse un faux témoignage contre lui ! Craignant son bavardage, il a estimé indispensable de la supprimer.

— Assassiner une femme ! s'exclama Âcha. C'est monstrueux !

— Il y a des milliers de Syriens en Égypte, rappela Ramsès.

— Espérons qu'il a commis une erreur, une simple petite erreur, intervint Améni ; je mène une enquête administrative et j'espère bien trouver une piste déterminante.

— Ce personnage n'est peut-être pas qu'un assassin, avança Ramsès.

— Que veux-tu dire ? demanda Âcha.

— Un Syrien lié aux Hittites... Un réseau d'espionnage se serait-il installé sur notre territoire ?

— Rien ne prouve une liaison directe entre l'homme qui a tenté de faire accuser Serramanna et notre ennemi majeur.

Améni piqua Âcha au vif.

— Tu formules cette objection, ami, parce que tu es vexé. Toi, le chef de notre service de renseignements, tu viens de découvrir une vérité qui ne te plaît guère !

— Cette journée commence mal, constata le diplomate, et celles qui suivront risquent d'être mouvementées.

— Retrouvez ce Syrien au plus vite, exigea Ramsès.

Dans sa cellule, Serramanna s'entraînait à sa manière ; tout en continuant à clamer son innocence, il tentait de démolir les murs à coups de poing. Le jour du procès, il briserait la tête de ses accusateurs, quels qu'ils soient. Affolés par la hargne de l'ex-pirate, ses geôliers lui passaient la nourriture à travers les barreaux de la grille de bois.

Lorsqu'elle fut enfin ouverte, Serramanna eut envie de se ruer sur l'homme qui osait l'affronter.

— Majesté !

— Ce méchant séjour ne t'a pas trop abîmé, Serramanna.

— Je ne vous ai pas trahi, Majesté !

— Tu as été victime d'une erreur, et je suis venu te délivrer.

— Je vais vraiment sortir de cette cage ?

— Douterais-tu de la parole du roi ?

— Avez-vous encore... confiance en moi ?

— Tu es le chef de ma garde personnelle.

— Alors, Majesté, je vous dirai tout. Tout ce que j'ai appris, tout ce que je soupçonne, toutes les vérités à cause desquelles on a voulu me faire taire.

24

Sous les regards de Ramsès, d'Améni et d'Âcha, Serramanna dévorait. Bien installé dans la salle à manger du palais, il absorbait du pâté de pigeon, des côtes de bœuf grillées, des fèves à la graisse d'oie, des concombres à la crème, du melon d'eau, du fromage de chèvre. Manifestant un appétit inextinguible, il prenait à peine le temps de boire des rasades d'un vin rouge corsé qu'il ne coupait pas d'eau.

Enfin rassasié, il regarda Améni d'un œil mauvais.

— Pourquoi m'as-tu emprisonné, le scribe ?

— Je te présente mes excuses. Non seulement j'ai été abusé, mais encore ai-je cédé à la précipitation, en raison du départ de l'armée vers le Nord. Mon unique intention était de protéger le roi.

— Des excuses... Va en prison à ma place, et tu verras! Où est Nénofar ?

— Morte, répondit Améni. Morte assassinée.

— Je ne peux pas la plaindre. Qui l'a manipulée et qui a tenté de se débarrasser de moi ?

— Nous l'ignorons, mais nous le saurons.

— Moi, je le sais !

Le Sarde vida une nouvelle coupe de vin et s'essuya les moustaches.

— Parle, exigea le roi.

Serramanna devint sentencieux.

– Majesté, je vous ai averti. Quand Améni m'a arrêté, je m'apprêtais à vous faire un certain nombre de révélations qui risquent de vous déplaire.

– Nous t'écoutons, Serramanna.

– L'homme qui a voulu m'éliminer, Majesté, c'est Romé, l'intendant que vous avez choisi. Lorsqu'on a introduit un scorpion dans votre chambre, sur le bateau, j'ai soupçonné Sétaou et je me suis trompé ; quand votre ami m'a soigné, j'ai appris à le connaître. C'est un homme droit, incapable de mentir, de tricher et de nuire. Romé, en revanche, est vicieux. Qui d'autre était mieux placé que lui pour voler le châle de Néfertari ? Et c'est lui, ou l'un de ses assistants, qui a dérobé la jarre de poissons séchés.

– Pour quelle raison aurait-il agi ainsi ?

– Je l'ignore.

– Améni estime que je n'ai rien à craindre de Romé.

– Améni n'est pas infaillible, rétorqua vivement le Sarde. Dans mon cas, il s'est trompé... Pour Romé, c'est pareil !

– Je l'interrogerai moi-même, annonça Ramsès. Continues-tu à prendre la défense de Romé, Améni ?

Le secrétaire particulier de Pharaon hocha la tête négativement.

– D'autres révélations, Serramanna ?

– Oui, Majesté.

– Qui concernent-elles ?

– Votre ami Moïse. À son sujet, ma conviction est établie ; puisque je suis toujours chargé de vous protéger, je dois être sincère.

Le regard acéré de Ramsès en eût effrayé plus d'un. S'aidant d'une nouvelle rasade de vin fort, Serramanna soulagea sa conscience.

– Pour moi, Moïse est un traître et un comploteur. Son but était de prendre la tête du peuple hébreu et de fonder une principauté indépendante dans le Delta. Peut-être éprouve-t-il de l'amitié pour vous ; mais à terme, s'il est encore vivant, il sera le plus implacable de vos ennemis.

Améni redouta une violente réaction de la part du roi. Ramsès demeura étrangement calme.

– Simple supposition ou résultat d'une enquête ?

– Une enquête aussi approfondie que possible. De plus, j'ai appris que Moïse avait eu plusieurs contacts avec un étranger qui se faisait passer pour un architecte. Cet homme est venu l'encourager, voire l'aider ; votre ami hébreu était au cœur d'un complot contre l'Égypte.

– As-tu identifié ce faux architecte ?

– Améni ne m'en a pas laissé le temps.

– Oublions ce différend, même si tu en as souffert. Nous devons allier nos forces.

Après une longue hésitation, Améni et Serramanna se donnèrent une accolade un peu bourrue. Le scribe crut étouffer sous la pression du Sarde.

– Il ne saurait exister de pire hypothèse, estima le roi. Moïse est un être têtu ; si tu as raison, Serramanna, il ira jusqu'au bout. Mais aujourd'hui, qui connaît vraiment son idéal, le connaît-il lui-même ? Avant de l'accuser de haute trahison, il faut l'entendre. Et pour l'entendre, il faut le retrouver.

– Ce faux architecte, intervint Âcha, intrigué, ne serait-il pas un manipulateur de première importance ?

– Avant de nous forger une opinion définitive, jugea Améni, bien des zones d'ombre devront être éclaircies.

Ramsès posa la main sur l'épaule du Sarde.

– Ta franchise est une qualité rare, Serramanna ; surtout, ne la perds pas.

Pendant la semaine qui suivit le retour triomphal de Ramsès, Chénar, en tant que ministre des Affaires étrangères, n'eut que de bonnes nouvelles à communiquer à son frère. Les Hittites n'avaient émis aucune protestation officielle et demeuraient sans réaction devant le fait accompli. La démonstration de force de l'armée égyptienne et sa rapidité d'exécution semblaient les avoir convaincus de s'en tenir au pacte de non-agression imposé par Séthi.

Avant qu'Âcha ne partît en tournée d'inspection dans les protectorats, Chénar organisa un banquet dont son ancien collaborateur fut l'invité d'honneur. Assis à la droite du maître de maison, dont les réceptions charmaient la haute société de Pi-Ramsès, le jeune diplomate apprécia les danses de trois jeunes filles presque nues, à l'exception d'une ceinture de tissu coloré qui ne cachait pas leur sexe de jais ; elles évoluaient avec grâce au rythme d'une mélodie tantôt vivace, tantôt langoureuse, jouée par un orchestre féminin composé d'une harpiste, de trois flûtistes et d'une hautboïste.

— Laquelle désirez-vous pour la nuit, mon cher Âcha ?

— Je vais vous surprendre, Chénar, mais j'ai vécu une semaine épuisante avec une veuve insatiable, et je n'aspire qu'à dormir une douzaine d'heures avant de prendre la route pour Canaan et l'Amourrou.

— Grâce à cette musique et aux bavardages de mes invités, nous pouvons converser en toute tranquillité.

— Je ne travaille plus au ministère, mais ma nouvelle mission ne doit pas vous déplaire.

— Nous ne pouvions espérer mieux, vous et moi.

— Si, Chénar. Ramsès aurait pu être tué, blessé ou déshonoré.

— Je n'imaginais pas qu'il ajouterait des qualités de stratège à sa puissance innée. Après réflexion, sa victoire n'est que relative. Qu'a-t-il fait, sinon reconquérir des protectorats ? L'absence de réaction des Hittites me surprend.

— Ils analysent la situation. La surprise passée, ils frapperont.

— Comment comptez-vous procéder, Âcha ?

— En me donnant les pleins pouvoirs dans nos protectorats, Ramsès m'a fourni une arme décisive. Sous couvert de la réorganisation de notre système défensif, je le démantèlerai par petites touches.

— Ne craignez-vous pas d'être démasqué ?

— J'ai déjà réussi à persuader Ramsès de maintenir les princes de Canaan et d'Amourrou à la tête de leur province. Ce sont des personnages tortueux et corrompus qui se vendront au plus offrant ; il me sera facile de les faire passer dans le camp hittite, et le fameux glacis protecteur dont rêve Ramsès ne sera qu'une illusion.

— Ne commettez pas d'imprudence, Âcha ; l'enjeu est considérable.

— Nous ne gagnerons pas la partie sans prendre quelques risques. Le plus difficile à apprécier sera la stratégie des Hittites ; par bonheur, je possède quelques dons dans ce domaine.

Un immense empire allant de la Nubie à l'Anatolie, un empire dont il serait le maître... Chénar n'osait y croire, mais voici que son rêve se transformait peu à peu en réalité. Ramsès choisissait mal ses amis : Moïse, un assassin et un séditieux ; Âcha, un traître ; Sétaou, un original sans envergure. Restait Améni, intraitable et incorruptible, mais dépourvu d'ambition.

— Il faudra entraîner Ramsès dans une guerre insensée, continua Âcha. Il apparaîtra comme le naufrageur de l'Égypte et vous, comme son sauveur : voilà la ligne directrice que nous ne devons pas oublier.

— Ramsès vous a-t-il confié une autre mission ?

— Oui, retrouver Moïse. Le roi a le culte de l'amitié. Même si le Sarde croit Moïse coupable de haute trahison, Pharaon ne le condamnera pas avant de l'avoir entendu.

— Aucune piste sérieuse ?

— Aucune. Ou bien l'Hébreu est mort de soif dans le désert, ou bien il se cache dans l'une des innombrables tribus qui sillonnent le Sinaï et le Negeb. S'il se terre en Canaan ou en Amourrou, je finirai par l'apprendre.

— S'il prenait la tête d'une tribu rebelle, Moïse pourrait nous être utile.

— Il existe un détail troublant, précisa Âcha. D'après Serramanna, Moïse a eu de mystérieux contacts avec un étranger.

— Ici, à Pi-Ramsès?

— En effet.

— L'a-t-on identifié?

— Non, on sait seulement qu'il se faisait passer pour un architecte.

Chénar joua l'indifférence.

Ainsi, Ofir n'était plus tout à fait un inconnu. Certes, le mage n'était encore qu'une ombre, mais il devenait une menace potentielle. Aucun lien d'aucune sorte ne devait être établi entre lui et Chénar. Pratiquer la magie noire contre Pharaon était passible de peine de mort.

— Ramsès exige l'identification de ce personnage, indiqua Âcha.

— Sans doute un Hébreu en situation irrégulière... C'est peut-être lui qui a emmené Moïse sur les chemins de l'exil. Je parie que nous ne les reverrons ni l'un ni l'autre.

— Probable... Comptons sur Améni pour tenter de faire la lumière sur cette affaire, surtout après sa lourde erreur.

— Croyez-vous que Serramanna lui pardonnera?

— Le Sarde me paraît plutôt rancunier.

— N'est-il pas tombé dans une sorte de traquenard? s'enquit Chénar.

— C'est un Syrien qui a acheté la complicité d'une prostituée et l'a étranglée pour l'empêcher de parler, après qu'elle eut accusé le Sarde. Et c'est le même étranger qui a imité l'écriture de Serramanna pour faire croire qu'il était un espion à la solde des Hittites. Un mensonge non dépourvu d'habileté, mais trop superficiel.

Chénar éprouva quelque difficulté à garder son calme.

— Ce qui signifierait...

— Qu'un réseau d'espionnage sévit sur notre territoire.

Raia, le marchand syrien, allié majeur de Chénar, était menacé. Et c'était Âcha, son autre allié essentiel, qui cherchait à le découvrir et à l'arrêter!

— Désirez-vous que mon ministère enquête sur ce Syrien?

— Améni et moi nous en chargerons. Il vaut mieux agir de façon discrète afin de ne pas donner l'alerte au gibier.

Chénar but une grande gorgée de vin blanc du Delta. Âcha ne connaîtrait jamais l'énormité de l'aide qu'il lui apportait.

— Un notable va avoir de sérieux ennuis, révéla le jeune diplomate, amusé.

— Qui?

— Le gros Romé, le tyrannique intendant du palais. Serramanna l'a placé sous surveillance, parce qu'il est persuadé que Romé mérite la prison.

Chénar souffrait du dos, comme un lutteur épuisé, mais parvint à faire bonne figure.

Il devait agir vite, très vite, pour dissiper les orages qui commençaient à gronder.

25

La fin de la saison de l'inondation approchait. Les paysans avaient réparé ou consolidé leurs araires qui, attelés à deux bœufs, travailleraient le limon très meuble en creusant des sillons peu profonds, avant le passage des semeurs. Comme l'inondation avait été parfaite, ni trop haute ni trop basse, les spécialistes de l'irrigation disposaient de la quantité d'eau idéale pour faire croître les cultures. Les dieux étaient favorables à Ramsès : cette année encore, les greniers seraient pleins et le peuple de Pharaon mangerait à sa faim.

Romé, l'intendant du palais, n'appréciait pas la douceur d'une fin d'octobre que rafraîchissait parfois quelque bourrasque. Lorsqu'il se faisait du souci, Romé grossissait. Comme les tracas allaient en augmentant, l'embonpoint le privait parfois de souffle et le contraignait à s'asseoir quelques minutes avant de reprendre son écrasante activité.

Serramanna le suivait partout sans lui accorder un moment de répit. Quand il ne s'agissait pas du Sarde en personne, c'était l'un de ses sbires, dont la carrure ne passait inaperçue ni au palais ni sur les marchés où l'intendant achetait lui-même les produits destinés aux cuisines royales.

Naguère, Romé aurait pris plaisir à l'idée de préparer une nouvelle recette mêlant racines de lotus, lupin amer à bouillir dans plusieurs eaux, courgettes, pois chiches, ail doux, amandes et petits morceaux de perche grillés, mais même cette perspective pourtant sublime ne parvenait plus à lui faire oublier la filature dont il était l'objet.

Depuis sa réhabilitation, le monstrueux Serramanna se croyait tout permis. Mais Romé ne pouvait émettre aucune protestation. Lorsque le cœur est étroit et la conscience grise, comment être en paix avec soi-même ?

Serramanna avait la patience d'un pirate. Il guettait une faute de sa proie, ce gros intendant au visage mou et à l'âme noire. Son instinct ne l'avait pas trompé : depuis plusieurs mois il soupçonnait Romé de veulerie, cette tare qui conduisait aux pires trahisons. Bien qu'il eût obtenu un poste d'importance, Romé souffrait d'un mal mortel : l'avidité. Il ne se contentait pas de sa position et voulait ajouter la fortune au médiocre pouvoir dont il disposait.

Grâce à une surveillance continuelle, Serramanna mettait les nerfs de l'intendant à rude épreuve. Il finirait par commettre un impair, peut-être même par avouer ses crimes.

Comme Serramanna l'avait prévu, l'intendant n'osait pas porter plainte. S'il avait été innocent, il n'aurait pas hésité à parler au roi. Dans son rapport quotidien à Ramsès, le Sarde ne manquait pas de souligner ce fait significatif.

Au terme de plusieurs jours de ce traitement, Serramanna demanderait à ses hommes de poursuivre la filature, mais en se rendant invisibles. Se croyant enfin libéré d'un carcan, Romé irait peut-être se précipiter dans le giron d'un éventuel complice, celui qui lui avait payé le produit de ses vols.

Le Sarde se rendit au bureau d'Améni, longtemps après le coucher du soleil. Le secrétaire rangeait les papyrus du jour dans une grande armoire en sycomore.

– Du nouveau, Serramanna ?

– Rien encore. Romé est plus coriace que je ne le supposais.

— Éprouves-tu encore de la rancune à mon égard?

— Eh bien... L'épreuve que tu m'as fait subir n'est pas facile à oublier.

— Renouveler mes excuses serait vain; j'ai mieux à te proposer. Acceptes-tu de venir avec moi au bureau du cadastre?

— M'associes-tu à ton enquête?

— Exactement.

— Que le reste de ma rancune s'écoule comme une humeur mauvaise! Je t'accompagne.

Les méticuleux fonctionnaires du cadastre avaient mis plusieurs mois avant d'obtenir l'efficacité dont faisaient preuve leurs collègues de Memphis. S'habituer à une nouvelle capitale, inventorier les terres et les maisons, identifier propriétaires et locataires exigeait nombre de vérifications. C'est pourquoi la demande d'Améni, quoique classée urgente, avait été longue à aboutir.

Serramanna jugea que le directeur du cadastre, un sexagénaire chauve et maigre, était encore plus sinistre qu'Améni. Sa peau blafarde prouvait qu'il ne s'exposait jamais au soleil ni au grand air. Le fonctionnaire accueillit ses visiteurs avec une politesse glacée et les guida à travers un dédale de tablettes de bois, empilées les unes sur les autres, et de papyrus rangés dans des casiers.

— Merci de nous recevoir à une heure si tardive, dit Améni.

— J'ai supposé que vous aimeriez un maximum de discrétion.

— En effet.

— Je ne vous cacherai pas que votre requête nous a imposé un surcroît de travail, mais nous avons enfin réussi à identifier le propriétaire de la maison concernée.

— De qui s'agit-il?

— D'un commerçant originaire de Memphis, un nommé Rénouf.

– Connaissez-vous son domicile principal, à Pi-Ramsès ?
– Il habite une villa, au sud de la vieille ville.

Les passants s'écartaient en toute hâte sur le passage du char à deux chevaux que conduisait Serramanna. Le cœur au bord des lèvres, Améni fermait les yeux. Le véhicule s'engagea sans ralentir sur le pont récent qui franchissait le canal séparant les nouveaux quartiers de la capitale de la vieille ville d'Avaris. Les roues grincèrent, la caisse trembla, mais le char ne versa pas.

Sur l'ancien site cohabitaient quelques belles villas entourées de jardins soignés et de maisons modestes à deux étages. En cette fraîche soirée d'automne, les frileux commençaient à chauffer leur demeure avec du petit bois ou de la boue séchée.

– C'est ici, dit Serramanna.

Améni serrait tellement fort l'une des courroies du char qu'il ne put en détacher sa main.

– Ça ne va pas ?

– Si, si...

– Eh bien, allons-y ! Si l'oiseau se trouve au nid, cette affaire sera vite résolue.

Améni parvint à se libérer ; les jambes tremblantes, il suivit le Sarde.

Le portier de Rénouf était assis devant l'entrée du mur d'enceinte en briques crues, orné de plantes grimpantes. L'homme mangeait du fromage et du pain.

– Nous voulons voir le marchand Rénouf, dit Serramanna.

– Il est absent.

– Où le trouverons-nous ?

– Il est parti pour la Moyenne-Égypte.

– Quand reviendra-t-il ?

– Je n'en sais rien.

– Quelqu'un est-il au courant ?

— Ben... je ne crois pas.

— Préviens-nous dès son retour.

— Pourquoi le ferais-je ?

L'œil mauvais, Serramanna souleva le portier en l'empoignant par les aisselles.

— Parce que Pharaon l'exige. Si tu as une heure de retard, c'est à moi que tu donneras des explications.

Chénar souffrait d'insomnie et de brûlures d'estomac. Raia étant absent de Pi-Ramsès, il lui fallait se rendre au plus vite à Memphis, à la fois pour avertir le marchand syrien du danger qui le guettait et pour s'entretenir avec Ofir. Le ministre des Affaires étrangères, cependant, devait justifier ses déplacements vers l'ancienne capitale ; par chance, il avait à préciser plusieurs dispositions administratives avec les hauts fonctionnaires memphites. Ce fut donc au nom de Pharaon que Chénar entreprit un voyage officiel à bord d'un bateau beaucoup trop lent à son goût.

Ou bien Ofir avait une solution pour réduire Romé au silence, ou bien Chénar serait contraint de se débarrasser du mage, quoique son expérience d'envoûtement ne fût pas terminée.

Chénar ne regrettait pas d'avoir dressé des cloisons étanches entre ses alliés ; ce qui venait de se produire lui démontrait le bien-fondé de sa stratégie. Un être fin et dangereux comme Âcha n'aurait pas apprécié de découvrir les liens qu'entretenait Chénar avec un réseau d'espionnage prohittite que le jeune diplomate ne contrôlait pas. Un individu retors et cruel comme Raia, qui croyait manipuler le frère aîné de Ramsès, n'aurait pas supporté qu'il jouât un jeu trop personnel en dehors de son allégeance aux Hittites. Quant à Ofir, il était préférable qu'il demeurât enfermé dans ses redoutables pouvoirs et son inéluctable folie.

Âcha, Raia, Ofir... Trois fauves que Chénar était capable de dompter pour s'assurer un avenir favorable, à condition d'écarter la menace que faisaient peser sur lui leurs imprudences.

Pendant la première journée de son séjour à Memphis, Chénar reçut les hauts fonctionnaires qu'il devait contacter et organisa dans sa villa l'une des somptueuses soirées dont il avait le secret. À cette occasion, il avait demandé à son intendant de faire venir le marchand Raia. Ce dernier lui proposerait des vases rares qui orneraient sa salle de banquet.

Quand le froid devint trop vif, les invités quittèrent le jardin et pénétrèrent dans la villa.

— Le marchand est ici, dit l'intendant à Chénar.

S'il avait cru aux dieux, le frère aîné de Ramsès les aurait remerciés. Faussement nonchalant, il se dirigea vers le portail de sa villa.

L'homme qui le salua n'était pas Raia.

— Qui es-tu ?

— Le gérant de son magasin de Memphis.

— Ah... J'ai l'habitude de traiter avec ton patron.

— Il est parti pour Thèbes et Éléphantine afin de négocier une cargaison de conserves de luxe. En son absence, j'ai néanmoins quelques beaux vases à vous présenter.

— Montre-les-moi.

Chénar examina les œuvres.

— Ce n'est pas extraordinaire... Je vais tout de même en acheter deux.

— Le prix est très raisonnable, seigneur.

Chénar discuta pour la forme et fit régler les vases par son intendant.

Sourire, bavarder et se répandre en futilités ne fut pas aisé, mais Chénar se montra à la hauteur de la tâche. Personne ne se douta que le ministre des Affaires étrangères, charmeur et disert comme à son habitude, était en proie à l'angoisse.

— Tu es en beauté, dit-il à sa sœur Dolente.

Alanguie, la grande femme brune se laissait courtiser par de jeunes nobles au discours creux.

– Ta réception est magnifique, Chénar.

Il lui donna le bras et l'entraîna sous le portique longeant la salle du banquet.

– J'irai voir Ofir demain matin. Surtout, qu'il ne sorte pas : il est en danger.

26

Dolente ouvrit elle-même la porte de sa villa.

Chénar se retourna. Personne ne l'avait suivi.

— Entre, Chénar.

— Tout est calme?

— Oui, sois tranquille. Les expériences d'Ofir progressent, assura la grande femme brune. Lita se comporte de manière admirable, mais sa santé est fragile, et nous ne pouvons hâter le processus. Pourquoi es-tu si inquiet?

— Le mage est-il réveillé?

— Je vais le chercher.

— Ne sois pas trop à sa dévotion, petite sœur.

— C'est un homme merveilleux, qui établira le règne du vrai Dieu. Il est persuadé que tu es l'instrument du destin.

— Amène-le-moi, je suis pressé.

Vêtu d'une longue robe noire, le mage libyen s'inclina devant Chénar.

— Il faut déménager aujourd'hui même, Ofir.

— Que se passe-t-il, seigneur?

— On vous a vu parler avec Moïse, à Pi-Ramsès.

— M'a-t-on décrit avec précision?

— Il ne semble pas, mais les enquêteurs savent que vous vous êtes fait passer pour un architecte et que vous êtes étranger.

— C'est bien peu de chose, seigneur. J'ai le don de passer inaperçu, lorsque c'est nécessaire.

— Vous avez été imprudent.

— Contacter Moïse était indispensable. Demain, nous nous en féliciterons peut-être.

— Ramsès est revenu en parfaite santé de son expédition dans nos protectorats, il veut retrouver Moïse et connaît à présent votre existence. Si des témoins vous identifient, vous serez arrêté et interrogé.

Le sourire d'Ofir glaça le sang de Chénar.

— Croyez-vous qu'on arrête un homme comme moi?

— Je crains que vous n'ayez commis une erreur fatale.

— Laquelle?

— Faire confiance à Romé.

— Pourquoi pensez-vous que je lui fais confiance?

— Sur votre ordre, il a volé le châle de Néfertari et la jarre de poissons de la Maison de Vie d'Héliopolis dont vous aviez besoin pour vos envoûtements.

— Remarquable déduction, seigneur Chénar, mais elle comporte une inexactitude : Romé a volé le châle, et l'un de ses amis, un livreur de Memphis, s'est chargé de la jarre.

— Un livreur... Et s'il parlait?

— Ce malheureux est décédé d'une crise cardiaque.

— Une mort... naturelle?

— Toute mort finit par être naturelle, seigneur Chénar, lorsque le cœur se tait.

— Reste le gros Romé... Serramanna est persuadé de sa culpabilité et ne cesse de le harceler. Si Romé parle, il vous dénoncera. La peine de mort frappe les envoûteurs qui s'attaquent à la personne royale.

Ofir n'avait pas cessé de sourire.

— Allons dans mon laboratoire.

La vaste pièce était remplie de papyrus, de morceaux d'ivoire inscrits, de coupelles contenant des substances colorées et de cordelettes. Aucun désordre, une agréable odeur d'encens. L'endroit ressemblait davantage à un atelier d'artisan ou à un bureau de scribe bien tenu qu'à l'antre d'un mage noir.

Ofir étendit les mains au-dessus d'un miroir de cuivre, posé à plat sur un trépied. Puis il versa de l'eau et pria Chénar de s'approcher.

Peu à peu, un visage prit forme dans le miroir.

— Romé ! s'exclama Chénar.

— L'intendant de Ramsès est un brave homme, commenta Ofir, mais faible, avide et influençable. Il n'était pas nécessaire d'être un grand sorcier pour l'envoûter. Le vol qu'il a commis, à son corps défendant, le ronge de l'intérieur comme un acide.

— Si Ramsès l'interroge, Romé parlera.

— Non, seigneur Chénar.

La main gauche d'Ofir forma un cercle au-dessus du miroir. L'eau bouillonna et le cuivre se fendilla.

Impressionné, Chénar recula.

— Ce tour de magie suffira-t-il à faire taire Romé ?

— Considérez ce problème comme résolu. Déménager ne me paraît pas indispensable ; cette maison n'est-elle pas au nom de votre sœur ?

— Si.

— Chacun la voit aller et venir. Lita et moi sommes ses serviteurs zélés et n'avons nulle envie de nous promener en ville. Tant que nous n'aurons pas détruit les protections magiques du couple royal, ni elle ni moi ne sortirons d'ici.

— Et les partisans d'Aton ?

— Votre sœur nous sert d'agent de liaison. Sur mon ordre, ils se montrent d'une discrétion exemplaire, dans l'attente d'un grand événement.

Chénar partit, à demi rassuré. Il se moquait bien de cette bande d'illuminés nostalgiques et s'inquiétait surtout de ne pas pouvoir éliminer l'intendant Romé de ses propres mains. Restait à espérer que le mage ne se vantait pas.

Une précaution supplémentaire s'imposait.

Le Nil était un fleuve merveilleux. Grâce à son puissant courant, qui propulsait un bateau rapide à plus de treize kilomètres à l'heure, Chénar parcourut en moins de deux jours la distance qui séparait Memphis de Pi-Ramsès.

Le frère aîné du roi passa à son ministère, organisa une réunion rapide avec ses principaux collaborateurs, prit connaissance des dépêches en provenance de l'étranger et des messages expédiés par les diplomates en poste dans les protectorats. Une chaise à porteurs l'emmena ensuite au palais royal, sous un ciel couvert, chargé de nuages de pluie.

Pi-Ramsès était une belle ville, à laquelle manquaient la patine de Memphis et le charme que donne le passé. Quand il régnerait, Chénar lui ôterait son statut de capitale, surtout parce que Ramsès l'avait trop marquée de son empreinte. Une population animée et joyeuse vaquait à ses occupations quotidiennes, comme si la paix était éternelle, comme si le vaste empire hittite avait disparu dans le trou sans fond de l'oubli. Un instant, Chénar se laissa attirer par le mirage de cette existence simple que rythmait la sagesse des saisons. Ne devrait-il pas, comme la totalité du peuple d'Égypte, accepter la souveraineté de Ramsès ?

Non, il n'était pas un serviteur.

Il possédait l'étoffe d'un roi dont l'Histoire se souviendrait, d'un monarque à la vision autrement plus vaste que celle de Ramsès et du « grand chef » hittite. De sa pensée naîtrait un monde nouveau dont il serait le maître.

Pharaon ne fit pas attendre son frère. Ramsès achevait de s'entretenir avec Améni dont Veilleur avait soigneusement léché le visage. Le secrétaire particulier du monarque et Chénar se saluèrent avec froideur, le chien jaune or se coucha dans un maigre rayon de soleil.

— Un voyage agréable, Chénar ?

— Excellent. Tu me pardonneras, mais j'aime beaucoup Memphis.

— Qui t'en blâmerait ? C'est une cité exceptionnelle, que

Pi-Ramsès n'égalera jamais. Si la menace hittite n'avait pas pris de telles proportions, je n'aurais pas eu besoin de créer une nouvelle capitale.

– L'administration memphite demeure un modèle de conscience professionnelle.

– Les différents services de Pi-Ramsès travaillent avec efficacité ; ton ministère n'en est-il pas une preuve ?

– Je ne ménage pas ma peine, crois-moi ; aucun message inquiétant, ni officiel ni officieux. Les Hittites sont muets.

– Pas le moindre commentaire de nos diplomates ?

– Les Anatoliens ont été assommés par ton intervention ; ils n'imaginaient pas que l'armée égyptienne saurait se montrer si rapide et si conquérante.

– Possible.

– Pourquoi douter ? S'ils étaient sûrs de leur invincibilité, les Hittites auraient au moins émis une vigoureuse protestation.

– Eux, respecter la frontière imposée par Séthi... Je n'y crois pas.

– Deviendrais-tu pessimiste, Majesté ?

– La raison d'être de l'empire hittite, c'est l'expansion territoriale.

– L'Égypte n'est-elle pas un trop gros morceau à avaler, même pour un ennemi affamé ?

– Quand une caste militaire veut l'affrontement, estima Ramsès, ni la sagesse ni la raison ne peuvent l'en dissuader.

– Seul un adversaire de taille fera reculer les Hittites.

– Prônerais-tu un armement intensif, Chénar, et une augmentation de nos effectifs ?

– Quelle meilleure solution ?

Le rayon de soleil ayant disparu, Veilleur sauta sur les genoux du roi.

– N'est-ce pas une manière de déclarer la guerre ? s'inquiéta Ramsès.

– Les Hittites ne comprendront pas d'autre langage que celui de la force ; c'est ta pensée véritable, si je ne m'abuse.

— Je tiens aussi à la consolidation de notre système défensif.

— Faire de nos protectorats une zone tampon, je sais... Lourde tâche pour ton ami Âcha, même s'il n'est pas dépourvu d'ambition.

— Te paraît-elle excessive ?

— Âcha est jeune, tu viens de le décorer et de faire de lui l'un des principaux personnages de l'État. Une promotion aussi rapide pourrait lui monter à la tête... Nul ne conteste ses immenses qualités, mais ne convient-il pas d'être méfiant ?

— La hiérarchie militaire ne s'est pas sentie suffisamment honorée, j'en suis conscient ; mais Âcha est l'homme de la situation.

— Il y a un détail sans grande importance, mais il est de mon devoir de t'en parler. Tu sais que le personnel du palais a tendance à bavarder à tort et à travers ; néanmoins, certaines confidences sont peut-être dignes d'intérêt. D'après mon intendant, qui éprouve une amitié prononcée pour l'une des femmes de chambre de la reine, cette servante prétendrait avoir vu Romé dérober le châle de Néfertari.

— Témoignerait-elle ?

— Romé la terrorise. Elle craint d'être malmenée par ton intendant, si elle l'accuse.

— Sommes-nous dans une contrée de brigands ou dans un pays gouverné par Maât ?

— Peut-être devrais-tu d'abord faire avouer Romé ; ensuite, la petite témoignera.

En esquissant une critique à propos d'Âcha, et surtout en dénonçant Romé et en précipitant l'intervention de Ramsès, Chénar jouait un jeu dangereux, mais devenait, en revanche, de plus en plus crédible aux yeux du pharaon.

Si les pratiques occultes d'Ofir se révélaient inefficaces, Chénar l'étranglerait de ses propres mains.

27

Romé n'avait trouvé qu'une solution pour calmer l'anxiété qui le rendait boulimique : préparer une marinade inédite que l'on baptiserait « délice de Ramsès » et dont les cuisiniers se transmettraient la recette de maître à disciple. L'intendant s'enferma dans la vaste cuisine du palais où il tenait à être seul. Il avait lui-même sélectionné l'ail doux, des oignons de première qualité, un grand cru de vin rouge des oasis, de l'huile d'olive d'Héliopolis, du vinaigre salé avec le meilleur sel de la terre de Seth, plusieurs sortes de fines herbes aromatiques, des filets de perche du Nil au moelleux exceptionnel et de la viande de bœuf digne d'être offerte aux dieux. La marinade donnerait au mélange de ces aliments un parfum inimitable qui réjouirait le roi et rendrait Romé irremplaçable.

Malgré les consignes impérieuses qu'il avait données, la porte de la cuisine s'ouvrit.

— J'avais exigé que... Majesté ! Majesté, votre place n'est pas ici !

— Existe-t-il un endroit du royaume qui me soit interdit ?

— Ce n'est pas ce que je voulais dire. Pardonnez-moi, je...

— M'autorises-tu à goûter ?

— Ma marinade n'est pas encore prête, je n'en suis qu'aux préparatifs. Mais ce sera un plat remarquable qui entrera dans les annales culinaires de l'Égypte !

— As-tu le goût du secret, Romé ?

— Non, non... Mais la bonne cuisine exige de la discrétion. Je suis jaloux de mes inventions, je l'avoue.

— N'aurais-tu pas d'autres aveux à me faire?

La haute stature de Ramsès écrasa Romé. Se tassant sur lui-même, l'intendant baissa les yeux.

— Mon existence ne comporte aucun mystère, Majesté; elle se déroule au palais pour vous servir, uniquement pour vous servir.

— En es-tu si sûr? Tout homme a ses faiblesses, dit-on; quelles sont les tiennes?

— Je... je l'ignore. La gourmandise, sans doute.

— Serais-tu mécontent de ton salaire?

— Non, certes non!

— Le poste d'intendant est enviable et envié, mais il ne procure pas la richesse.

— Elle n'est pas mon but, je vous l'assure!

— Qui résisterait à une offre avantageuse, en échange de quelques menus services?

— Le service de Votre Majesté est tellement plus gratifiant que...

— Ne mens pas davantage, Romé. Te souviens-tu du regrettable épisode du scorpion déposé dans ma chambre?

— Par bonheur, il vous a épargné!

— On t'avait promis qu'il ne me tuerait pas et que tu ne serais jamais accusé, n'est-ce pas?

— C'est faux, Majesté, tout à fait faux!

— Tu n'aurais pas dû céder, Romé. On a fait appel à ta veulerie une seconde fois, en exigeant que tu dérobes le châle préféré de la reine. Et tu n'es sans doute pas étranger au vol de la jarre de poissons.

— Non, Majesté, non...

— Quelqu'un t'a vu.

Romé étouffait. À son front perlèrent de grosses gouttes de sueur.

— Ce n'est pas possible...

— Ton âme est-elle mauvaise, Romé, ou bien as-tu été le jouet des circonstances?

L'intendant ressentit une violente douleur au creux de la poitrine. Il avait envie de tout révéler au roi, d'expulser le remords qui le rongeait.

Il s'agenouilla, son front heurta le rebord de la table sur laquelle étaient disposés les ingrédients de la marinade.

— Non, je ne suis pas mauvais... J'ai été faible, trop faible. Il faut me pardonner, Majesté.

— À condition de me dire enfin la vérité, Romé.

Dans le brouillard d'un malaise, le visage d'Ofir apparut à Romé. Un visage de vautour, au bec crochu, qui fouillait sa chair et dévorait son cœur.

— Qui t'a ordonné de commettre ces méfaits ?

Romé voulut parler, mais le nom d'Ofir ne franchit pas la barrière de ses lèvres. Une peur poisseuse l'étouffa, une peur qui lui enjoignait de se glisser dans le néant pour échapper au châtiment.

Romé leva un regard implorant vers Ramsès, sa main droite agrippa le plat contenant son essai de marinade et le renversa. La sauce épicée se répandit sur son visage, et l'intendant s'effondra, mort.

— Il est très gros, dit Khâ en regardant Massacreur, le lion de Ramsès.

— Le crains-tu ? demanda le roi à son fils.

À neuf ans, Khâ, le fils de Ramsès et d'Iset la belle, était sérieux comme un vieux scribe. Les jeux de son âge l'ennuyaient, il n'aimait que lire et écrire, et passait le plus clair de son temps dans la bibliothèque du palais.

— Il me fait un peu peur.

— Tu as raison, Khâ ; Massacreur est un animal très dangereux.

— Mais toi, tu n'as pas peur, parce que tu es le pharaon.

— Ce lion et moi sommes devenus amis. Tout jeune, il avait été mordu par un serpent, en Nubie ; je l'ai trouvé, Sétaou l'a guéri, et nous ne nous sommes plus quittés. À son tour, Massacreur m'a sauvé la vie.

— Avec toi, il est toujours gentil ?

— Toujours. Mais avec moi, seulement.

— Il te parle ?

— Oui, avec ses yeux, ses pattes, les sons qu'il émet... Et il comprend ce que je lui dis.

— J'aimerais toucher sa crinière.

Couché en sphinx, l'énorme lion observait l'homme et l'enfant. Lorsqu'il grogna, d'une voix grave et profonde, le petit Khâ se serra contre la jambe de son père.

— Il se fâche ?

— Non, il accepte de se laisser caresser.

Rassuré par la sérénité de son père, Khâ s'approcha. D'abord hésitante, sa main minuscule frôla les poils de la somptueuse crinière, puis s'enhardit. Le lion ronronna.

— Je peux grimper sur son dos ?

— Non, Khâ. Massacreur est un guerrier et un être fier ; il t'a accordé une grande faveur, mais il ne faut pas lui en demander davantage.

— J'écrirai son histoire et la raconterai à ma sœur Méritamon. Heureusement, elle est restée dans le jardin du palais avec la reine... Une petite fille aurait été terrorisée par un si gros lion.

Ramsès offrit à son fils une nouvelle palette de scribe et un étui à pinceaux. Le cadeau enchanta le garçonnet qui essaya aussitôt ces instruments et s'absorba dans ses travaux d'écriture. Son père ne le troubla pas, trop heureux de goûter ces moments rares, lui qui venait d'assister à la mort atroce de l'intendant Romé, dont le visage s'était aussitôt parcheminé comme celui d'un vieillard.

Le voleur était mort d'effroi, sans dévoiler le nom de celui qui l'avait amené à se détruire lui-même.

Un être des ténèbres luttait contre Pharaon. Et cet ennemi-là n'était pas moins redoutable que les Hittites.

Chénar jubilait.

La disparition brutale de Romé, consécutive à un arrêt cardiaque, coupait la piste remontant à Ofir. Le mage ne s'était pas vanté. Sa magie avait tué le gros intendant qui n'avait pas supporté l'épreuve d'un interrogatoire serré. Son décès ne surprit personne, au palais; obsédé par la nourriture, Romé ne cessait de grossir et de s'agiter. Enrobé dans la graisse, miné par une nervosité permanente, son cœur avait cédé.

À la satisfaction de voir disparaître le délicat problème que posait l'existence même de Romé, s'en ajoutait une autre : le retour à Pi-Ramsès de Raia, le marchand syrien, qui souhaitait voir Chénar afin de lui proposer un vase remarquable. Rendez-vous avait été fixé à la fin d'une matinée de novembre, douce et ensoleillée.

— As-tu fait bon voyage dans le Sud?

— Beaucoup de fatigue, seigneur Chénar, mais de beaux bénéfices.

La barbiche du Syrien était taillée en pointe, avec méticulosité; ses petits yeux marron, vivaces, scrutaient la salle de réception à colonnes où Chénar exposait ses chefs-d'œuvre.

Raia ôta le voile qui recouvrait un vase de bronze pansu, décoré de pampres et de feuilles de vigne stylisés.

— Il provient de Crète; je l'ai racheté à une riche Thébaine qui s'en était lassée. Aujourd'hui, on n'en fabrique plus de semblable.

— Admirable! L'affaire est conclue, ami.

— J'en suis heureux, seigneur, mais...

— La noble dame poserait-elle des conditions?

— Non, mais le prix est assez élevé... Il s'agit d'une pièce unique, vraiment unique.

— Pose cette merveille sur un socle, et viens dans mon bureau. Notre négociation aboutira, j'en suis sûr.

L'épaisse porte en sycomore se referma. Personne ne pouvait les entendre.

— L'un de mes assistants m'a fait savoir que vous étiez

venu à Memphis pour m'acheter un vase ; j'ai abrégé mon voyage et suis revenu au plus vite à Pi-Ramsès.

— C'était indispensable.

— Que se passe-t-il ?

— Serramanna a été libéré, il bénéficie à nouveau de la confiance de Ramsès.

— Fâcheux.

— Ce fouineur d'Améni a eu des doutes sur la validité des preuves, puis Âcha s'en est mêlé.

— Méfiez-vous de ce jeune diplomate ; il est intelligent et connaît bien l'Asie.

— Par bonheur, il ne travaille plus au ministère ; Ramsès l'a décoré et envoyé dans nos protectorats pour y renforcer les systèmes de défense.

— Une tâche bien délicate, voire impossible.

— Âcha et Améni ont abouti à des conclusions fort gênantes : quelqu'un a imité l'écriture de Serramanna pour faire croire qu'il correspondait avec les Hittites, et ce quelqu'un serait un Syrien.

— Très fâcheux, déplora Raia.

— On a retrouvé le corps de Nénofar, la maîtresse de Serramanna, que tu as utilisée pour piéger le Sarde.

— Il fallait s'en débarrasser ; cette imbécile menaçait de bavarder.

— Je t'approuve, mais tu as commis une imprudence.

— Laquelle ?

— Le choix du lieu du meurtre.

— Je ne l'ai pas choisi. Elle allait ameuter le quartier, j'ai dû agir vite et m'enfuir.

— Améni recherche le propriétaire de cette maison pour l'interroger.

— C'est un marchand qui voyage beaucoup ; je l'ai croisé, à Thèbes.

— Donnera-t-il ton nom ?

— Je crains que oui, puisque je suis son locataire.

— C'est la catastrophe, Raia ! Améni est persuadé qu'un

réseau d'espionnage prohittite s'est installé sur notre territoire. Bien qu'il ait arrêté Serramanna, les deux hommes
semblent s'être réconciliés et se prêter main-forte. La
recherche de celui qui a fait accuser à tort le Sarde et assassiner sa maîtresse est devenue une affaire d'État. Et plusieurs
indices convergent vers toi.

— Rien n'est perdu.

— Quel est ton plan?

— Intercepter le marchand égyptien.

— Et...

— Et le supprimer, bien sûr.

28

L'hiver approchait, les heures du jour diminuaient, le soleil perdait de son intensité. Le monarque préférait la puissance de l'été et l'ardeur de son astre protecteur que lui seul pouvait regarder en face sans se brûler les yeux. Mais ce jour d'automne, d'une douceur enchanteresse, lui offrait une joie rare : une fin d'après-midi dans les jardins du palais, en compagnie de Néfertari, de leur fille Méritamon et de son fils Khâ.

Assis sur des chaises pliantes au bord d'une pièce d'eau, le roi et la reine observaient le manège des deux enfants. Khâ tentait de faire lire à Méritamon un texte difficile sur la nécessaire moralité d'un scribe, Méritamon voulait apprendre à Khâ la natation sur le dos. Malgré son caractère entier, le garçonnet avait cédé, non sans affirmer que l'eau était trop froide et qu'il allait s'enrhumer.

— Méritamon est aussi redoutable que sa mère, estima Ramsès. Elle charmera la terre entière.

— Khâ est un magicien en herbe... Regarde, il l'entraîne déjà vers le papyrus. Sa sœur lira le texte, de gré ou de force.

— Leurs précepteurs sont-ils satisfaits ?

— Khâ est un enfant d'exception. D'après Nedjem, le ministre de l'Agriculture, qui continue à veiller sur son éducation, il serait déjà capable de passer l'examen de scribe débutant.

– En a-t-il le désir ?

– Il ne songe qu'à apprendre.

– Donnons-lui la nourriture qu'il demande afin que sa vraie nature s'épanouisse. Sans doute aura-t-il beaucoup d'épreuves à surmonter, car les médiocres tentent toujours d'étouffer les êtres hors du commun. Je souhaite une existence plus paisible pour Méritamon.

– Elle n'a d'yeux que pour son père.

– Et je lui accorde si peu de temps...

– L'Égypte passe avant nos enfants, telle est la Règle.

Couchés à l'entrée du jardin, le lion et le chien jaune or montaient une garde attentive. Nul n'aurait pu s'approcher sans que Veilleur réveillât Massacreur.

– Viens, Néfertari.

La jeune reine aux cheveux dénoués s'assit sur les genoux de Ramsès et posa sa tête sur son épaule.

– Tu es le parfum de la vie et tu me donnes le bonheur. Nous pourrions être un couple comme les autres, savourer de nombreuses heures comme celle-ci...

– Il est délicieux, le rêve en ce jardin ; mais les dieux et ton père ont fait de toi le pharaon, et tu as fait offrande de ta vie à ton peuple. Ce que l'on a donné, on ne saurait le reprendre.

– En cet instant, il n'existe que les cheveux parfumés d'une femme dont je suis éperdument amoureux, des cheveux qui dansent avec le vent du soir et caressent ma joue.

Leurs lèvres s'unirent dans un baiser fougueux de jeunes amants.

Raia devait agir lui-même.

C'est pourquoi il se rendit au port de Pi-Ramsès, de moindre taille que celui de Memphis, mais dont l'activité était tout aussi intense. Avec une belle autorité, la police fluviale maintenait l'ordre lors de l'accostage et du déchargement des bateaux.

Raia convierait son collègue Rénouf à un copieux déjeuner dans une bonne auberge, en présence de nombreux témoins qui, si nécessaire, certifieraient les avoir vus plaisanter et festoyer. Ainsi serait établie l'excellente qualité de leurs relations. Le soir, Raia s'introduirait dans la villa de Rénouf et l'étranglerait. Si un domestique s'interposait, il subirait le même sort. Dans les camps d'entraînement hittites de Syrie du Nord, le marchand avait appris à tuer. Bien sûr, on attribuerait ce nouveau crime à l'assassin de Nénofar. Mais quelle importance ? Rénouf supprimé, Raia serait hors de danger.

Sur les quais, de petits commerçants vendaient des fruits, des légumes, des sandales, des pièces de tissu, des colliers et des bracelets de pacotille. Les acheteurs se livraient à un troc effréné, le plaisir du palabre étant l'ingrédient indispensable d'une acquisition satisfaisante. S'il en avait eu le loisir, Raia aurait réorganisé cette activité désordonnée afin d'en tirer davantage de profit.

Le Syrien s'adressa à l'un des contrôleurs du port.

— Le bateau de Rénouf est-il arrivé ?

— Quai numéro cinq, à côté du chaland.

Raia pressa le pas.

Sur le pont du bateau de Rénouf, un marin dormait. Le Syrien emprunta la passerelle et réveilla le garde.

— Où est ton patron ?

— Rénouf... Je n'en sais rien.

— Quand êtes-vous arrivés ?

— Au petit matin.

— Vous avez voyagé de nuit ?

— Autorisation spéciale, à cause du fromage frais de la grande laiterie de Memphis. Certains nobles d'ici n'en veulent pas d'autre.

— Après les formalités de débarquement, ton patron a dû rentrer chez lui.

— Ça m'étonnerait.

— Pourquoi ?

– Parce que le géant sarde, aux grandes moustaches, l'a obligé à monter sur son char. Pas l'air commode, ce type-là.

Le ciel venait de tomber sur la tête de Raia.

Rénouf était un homme jovial, aux formes confortables, père de trois enfants, héritier d'une famille de bateliers et de commerçants. Lorsque Serramanna l'avait interpellé, dès son arrivée à Pi-Ramsès, il avait manifesté un grand étonnement. Comme le Sarde paraissait de méchante humeur, le marchand avait jugé préférable de le suivre afin de dissiper au plus vite le malentendu dont il était victime.

Serramanna le conduisit à grande allure au palais et le guida jusqu'au bureau d'Améni. C'était la première fois que Rénouf rencontrait le secrétaire particulier du roi dont la réputation ne cessait de grandir. On vantait son sérieux, sa capacité de travail et son dévouement; Premier ministre dans l'ombre, il gérait les affaires de l'État avec une probité exemplaire, et ne se souciait ni de distinctions ni de mondanités.

La pâleur d'Améni impressionna Rénouf. D'après la rumeur, le scribe ne sortait presque jamais de son bureau.

– Cette entrevue est un honneur, dit Rénouf, mais j'en saisis mal la raison. J'avoue que cette brutale interpellation me surprend.

– Veuillez me pardonner, nous enquêtons sur une affaire grave.

– Une affaire... qui me concerne?

– Peut-être.

– De quelle manière puis-je vous aider?

– En répondant franchement à mes questions.

– Posez-les.

– Connaissez-vous une certaine Nénofar?

– C'est un nom assez courant... J'en connais une bonne dizaine!

– Celle dont nous parlons est jeune, très jolie, célibataire, aguicheuse, et habite Pi-Ramsès où elle fait commerce de ses charmes.

– Une... prostituée ?

– De manière discrète.

– J'aime mon épouse, Améni. Malgré mes nombreux voyages, je ne l'ai jamais trompée. Je peux vous assurer que notre entente est parfaite. Interrogez mes amis et mes voisins, si vous ne me croyez pas.

– Sous serment et devant la règle de Maât, jurerez-vous que vous n'avez jamais rencontré la demoiselle Nénofar ?

– Je le jurerai, promit Rénouf, solennel.

La déclaration impressionna Serramanna qui, silencieux, assistait à l'interrogatoire. Le marchand semblait sincère.

– Étrange, constata Améni, irrité.

– Pourquoi étrange ? Nous, les marchands, n'avons pas bonne réputation, mais je suis un homme honnête et je m'en félicite ! Mes employés ont un bon salaire, mon bateau est bien entretenu, je nourris ma famille, mes comptes sont en règle, je paie mes impôts, le fisc ne m'a jamais rien reproché... C'est cela qui vous paraît étrange ?

– Les hommes de votre qualité sont rares, Rénouf.

– C'est regrettable.

– Ce qui me paraît étrange, c'est l'endroit où le corps de Nénofar a été retrouvé.

Le marchand sursauta.

– Le corps... Vous voulez dire...

– Elle a été assassinée.

– Quelle horreur !

– Ce n'était qu'une fille de mauvaise vie, mais tout assassinat est passible de la peine de mort. L'étrange, c'est que le cadavre se trouvait dans une maison de Pi-Ramsès qui vous appartient.

– Chez moi, dans ma villa ?

Rénouf était au bord du malaise.

– Pas dans votre villa, intervint Serramanna, mais dans cette demeure-là.

Le Sarde posa l'index sur un point précis du plan de Pi-Ramsès qu'Améni avait déroulé devant lui.

– Je ne comprends pas, je...

– Vous appartient-elle, oui ou non ?

– Oui, mais ce n'est pas une maison.

Améni et Serramanna se regardèrent ; Rénouf perdait-il la raison ?

– Ce n'est pas une maison, précisa-t-il, mais un entrepôt. Je croyais avoir besoin d'un local pour mes marchandises, c'est pourquoi j'ai acheté ces murs. Mais j'avais les yeux plus gros que le ventre ; à mon âge, je n'ai plus envie d'augmenter la taille de mon entreprise. Dès que possible, je prendrai ma retraite à la campagne, près de Memphis.

– Avez-vous l'intention de revendre ce local ?

– Je l'ai loué.

Un vif espoir brilla dans les yeux d'Améni.

– À qui ?

– À un collègue nommé Raia. C'est un homme riche, très actif, qui possède plusieurs bateaux et de nombreux magasins dans toute l'Égypte.

– Sa spécialité ?

– L'importation des conserves de luxe et des vases rares, qu'il vend à la haute société.

– Connaissez-vous son origine ?

– Il est syrien, mais installé en Égypte depuis de nombreuses années.

– Merci, Rénouf ; votre aide nous fut précieuse.

– Vous... Vous n'avez plus besoin de moi ?

– Je pense que non, mais gardez le silence sur cet entretien.

– Vous avez ma parole.

Raia, un Syrien... Si Âcha avait été présent, il aurait constaté la justesse de ses déductions. Améni n'avait pas eu le temps de se lever, le Sarde courait déjà vers son char.

– Serramanna, attends-moi !

29

Malgré l'air froid, Ouri-Téchoup n'était vêtu que d'un pagne de laine grossière. Torse nu, il galopait à vive allure, obligeant les cavaliers placés sous ses ordres à exiger un maximum d'efforts de leurs chevaux. Grand, musclé, couvert d'une épaisse toison de poils roux, les cheveux longs, Ouri-Téchoup, fils de l'empereur hittite Mouwattali, était fier d'avoir été nommé général en chef de l'armée, après l'échec du soulèvement dans les protectorats égyptiens.

La rapidité et la vigueur de la réaction de Ramsès avaient surpris Mouwattali. À en croire Baduk, l'ex-général en chef chargé de préparer cette insurrection, de la contrôler et d'occuper les territoires après la réussite de la révolte, l'opération ne présentait pourtant aucune difficulté majeure.

L'espion syrien, installé en Égypte depuis plusieurs années, avait transmis des messages moins rassurants. Selon lui, Ramsès était un grand pharaon, au caractère ferme et à la volonté inflexible ; Baduk avait objecté que les Hittites n'avaient rien à redouter de la part d'un roi inexpérimenté et d'une armée composée de mercenaires, de peureux et d'incapables. La paix imposée par Séthi avait fait l'affaire du Hatti, dans la mesure où Mouwattali devait prendre le temps d'asseoir son autorité en se débarrassant de coteries d'ambitieux qui convoitaient son trône. À présent, il régnait sans partage.

La politique d'expansion pouvait reprendre. Et s'il était un pays dont les Anatoliens voulaient s'emparer afin de devenir les maîtres du monde, c'était bien l'Égypte des pharaons.

Selon le général Baduk, le fruit était mûr. L'Amourrou et Canaan entre les mains des Hittites, il suffirait de foncer vers le Delta, de démanteler les forteresses composant le Mur du roi et d'envahir la Basse-Égypte.

Un plan magnifique, qui avait enthousiasmé l'état-major hittite.

Il n'avait négligé qu'un seul élément : Ramsès.

Dans la capitale hittite, Hattousa *, chacun se demandait quelle faute l'empire avait commise contre les dieux. Seul Ouri-Téchoup ne s'interrogeait pas : il mettait cet échec sur le compte de la stupidité et de l'incompétence du général Baduk. Aussi le fils de l'empereur parcourait-il le pays hittite non seulement pour inspecter ses forteresses, mais aussi pour rencontrer Baduk qui tardait à revenir dans la capitale.

Il pensait le trouver à Gâvur Kalési **, place forte bâtie au sommet d'une colline faisant partie des premiers contreforts montagneux, en bordure du plateau anatolien. Trois figures géantes de soldats en armes révélaient le caractère guerrier de l'empire hittite face auquel les adversaires n'avaient que deux solutions : se soumettre ou être exterminés. Le long des routes, sur les rochers proches des rivières, sur des blocs perdus en pleine campagne, les sculpteurs avaient gravé des reliefs agressifs montrant des fantassins en marche, un javelot dans la main droite, un arc suspendu à l'épaule gauche. Partout, en pays hittite, l'amour de la guerre triomphait.

Ouri-Téchoup avait parcouru à vive allure les plaines fertiles, gorgées d'eau et bordées de noyers. Il n'avait même pas ralenti en traversant les forêts d'érables séparées par des marais. Épuisant hommes et bêtes, le fils de l'empereur s'était acharné à gagner au plus vite la forteresse de Masat ***.

---

* Bogazköy, 150 km à l'est d'Ankara (Turquie).
** 60 km au sud-ouest d'Ankara.
*** Masat-Höyük, à 116 km au nord-est d'Hattousa.

C'était le dernier endroit où le général Baduk pouvait se réfugier.

Malgré leur endurance et la sévérité de leur entraînement, les cavaliers hittites arrivèrent épuisés devant Masat, édifiée sur un monticule, au milieu d'une plaine ouverte entre deux rangées de montagnes. Du haut de ce promontoire, il était aisé d'observer les environs. Jour et nuit, des archers étaient en poste aux créneaux des tours de guet. Choisis parmi les familles nobles, des officiers faisaient régner une impitoyable discipline.

Ouri-Téchoup s'immobilisa à une centaine de mètres de l'entrée de la forteresse. Un javelot se ficha profondément en terre, juste devant son cheval.

Le fils de l'empereur sauta à terre et avança.

— Ouvrez! hurla-t-il. Ne m'avez-vous pas reconnu?

La porte de la forteresse de Masat s'entrouvrit. Sur le seuil, dix fantassins pointèrent leurs lances vers l'arrivant.

Ouri-Téchoup les écarta.

— Le fils de l'empereur exige de voir le gouverneur.

Ce dernier descendit en courant des remparts, au risque de se rompre le cou.

— Prince, quel honneur!

Les soldats relevèrent leurs lances et formèrent une haie d'honneur.

— Le général Baduk est-il ici?

— Oui, je l'ai installé dans mes quartiers.

— Conduis-moi jusqu'à lui.

Les deux hommes grimpèrent un escalier de pierre aux marches hautes et glissantes.

Au sommet de la place forte, la bise tourbillonnait. De gros blocs rugueux formaient les murs de la résidence du gouverneur qu'éclairaient des lampes à huile d'où sortait une épaisse fumée, noircissant les plafonds.

Dès qu'il aperçut Ouri-Téchoup, un quinquagénaire à la forte corpulence se leva.

— Prince Ouri-Téchoup...

— Vous portez-vous bien, général Baduk ?

— L'échec de mon plan est inexplicable. Si l'armée égyptienne n'avait pas réagi avec autant de rapidité, les insurgés de Canaan et d'Amourrou auraient eu le temps de s'organiser. Mais tout n'est pas perdu... La mainmise des Égyptiens n'est qu'apparente. Les potentats qui se déclarent fidèles à Pharaon rêvent de se placer sous notre tutelle.

— Pourquoi n'avez-vous pas donné l'ordre à nos troupes, stationnées près de Kadesh, d'attaquer l'armée ennemie lorsqu'elle a envahi l'Amourrou ?

Le général Baduk parut surpris.

— Il eût fallu une déclaration de guerre en bonne et due forme... et elle ne relevait pas de ma compétence ! Seul l'empereur aurait pu prendre une telle décision.

Naguère aussi bouillant et conquérant qu'Ouri-Téchoup, Baduk n'était plus qu'un vieil homme épuisé. Ses cheveux et sa barbe étaient devenus gris.

— Avez-vous dressé un bilan de votre action ?

— C'est la raison pour laquelle je séjourne ici quelque temps... Je rédige un rapport précis et sans complaisance.

— Puis-je me retirer ? demanda le gouverneur de la forteresse qui ne souhaitait pas entendre les secrets militaires réservés au haut commandement.

— Non, répondit Ouri-Téchoup.

Le gouverneur était navré d'assister à l'humiliation du général Baduk, un grand soldat dévoué à sa patrie. Mais l'obéissance aux ordres était la première vertu hittite, et les exigences du fils de l'empereur ne se discutaient pas. Toute insubordination était punie de mort immédiate, puisqu'il n'y avait pas d'autre moyen de maintenir la cohésion d'une armée perpétuellement sur le pied de guerre.

— Les forteresses de Canaan ont bien résisté aux assauts égyptiens, indiqua Baduk ; leurs garnisons, formées par nos soins, ont refusé de se rendre.

— Cette attitude ne change rien au résultat, estima Ouri-Téchoup. Les insurgés ont été exterminés, Canaan se trouve de nouveau sous domination égyptienne. Même échec à Megiddo.

— Hélas, oui ! Nos instructeurs avaient pourtant donné une excellente formation à nos alliés. Conformément à la volonté de l'empereur, ils avaient regagné Kadesh afin qu'aucune trace de la présence hittite en Canaan et en Amourrou ne pût être constatée.

— L'Amourrou, parlons-en ! Combien de fois avez-vous affirmé que son prince mangeait dans votre main et qu'il ne se soumettrait plus à Ramsès ?

— Ma plus grosse erreur, concéda Baduk. La manœuvre de l'armée égyptienne fut remarquable ; au lieu d'emprunter la route côtière qui aboutissait au piège tendu par nos nouveaux alliés, elle est passée par l'intérieur. Pris à revers, le prince d'Amourrou n'avait d'autre possibilité que de se rendre.

— Se rendre, se rendre ! tonna Ouri-Téchoup ; vous n'avez que ces mots-là à la bouche ! La stratégie que vous préconisiez n'avait-elle pas pour but d'affaiblir l'armée égyptienne dont l'infanterie et la charrerie auraient dû être anéanties ? Au lieu de ce succès, peu de pertes parmi les soldats de Pharaon, des troupes confiantes en leur valeur et une victoire de Ramsès !

— Je suis conscient de mon échec et ne cherche pas à le minimiser. J'ai eu tort de faire confiance au prince d'Amourrou qui a préféré le déshonneur au combat.

— La défaite n'a pas de place dans la carrière d'un général hittite.

— Il ne s'agit pas de la défaite de mes hommes, prince, mais de la mauvaise application d'un plan de déstabilisation des protectorats égyptiens.

— Vous avez eu peur de Ramsès, n'est-ce pas ?

— Ses forces étaient plus considérables que nous ne l'imaginions, et ma mission consistait à fomenter des révoltes, non à affronter les Égyptiens.

— Parfois, Baduk, il faut savoir improviser.

191

– Je suis un soldat, prince, et je dois obéir aux ordres !

– Pourquoi vous être réfugié ici au lieu de revenir à Hattousa ?

– Je vous l'ai dit, je voulais prendre du recul pour rédiger mon rapport. Et j'ai une bonne nouvelle : grâce à nos alliés en Amourrou, l'insurrection va reprendre.

– Vous rêvez, Baduk.

– Non, prince... Laissez-moi un peu de temps, et je réussirai.

– Vous n'êtes plus général en chef de l'armée hittite. L'empereur a décidé : c'est moi qui vous remplace.

Baduk fit quelques pas vers la grande cheminée où brûlaient des troncs de chêne.

– Mes félicitations, Ouri-Téchoup. Vous nous conduirez à la victoire.

– J'ai un autre message pour vous, Baduk.

L'ex-général se chauffa les mains, tournant le dos au fils de l'empereur.

– Je vous écoute, prince.

– Vous êtes un lâche.

Tirant son épée du fourreau, Ouri-Téchoup la plongea dans les reins de Baduk.

Le gouverneur demeura pétrifié.

– Ce lâche était aussi un traître, affirma Ouri-Téchoup ; il a refusé d'admettre sa déchéance et m'a agressé. Tu es témoin.

Le gouverneur s'inclina.

– Mets le cadavre sur tes épaules, porte-le au centre de la cour et brûle-le sans célébrer le rituel des funérailles réservé aux guerriers. Ainsi périssent les généraux vaincus.

Pendant que le cadavre de Baduk brûlait, sous le regard de la garnison, Ouri-Téchoup enduisit lui-même, avec de la graisse de mouton, les essieux du char de guerre qui le conduirait jusqu'à la capitale pour y prôner une guerre totale contre l'Égypte.

30

Ouri-Téchoup ne pouvait rêver d'une plus belle capitale.

Bâtie sur le plateau d'Anatolie centrale où les steppes arides alternaient avec des gorges et des ravins, Hattousa, le cœur de l'empire hittite, avait la violence de ses étés brûlants et de ses hivers glacés. Cité de montagne, elle occupait une superficie de 18 000 ares sur une surface très accidentée qui avait exigé des prodiges de la part des bâtisseurs. Composée d'une ville basse et d'une ville haute dominée par une acropole sur laquelle se dressait le palais de l'empereur, Hattousa apparaissait, au premier regard, comme un gigantesque ensemble de fortifications en pierre épousant le relief chaotique. Entourée de massifs formant des barrières inaccessibles pour un éventuel agresseur, la capitale hittite ressemblait à une forteresse érigée sur des pitons rocheux et formée de blocs énormes disposés en assises régulières. Partout, à l'intérieur, la pierre avait été utilisée pour les soubassements, la brique crue et le bois pour les murs.

Hattousa, fière et sauvage. Hattousa la guerrière et l'invincible, où le nom d'Ouri-Téchoup serait bientôt acclamé.

Les neuf kilomètres de remparts, hérissés de tours et de créneaux, réjouissaient l'âme d'un soldat ; ils suivaient un terrain escarpé, escaladaient des pics, dominaient des creux de gorge. La main de l'homme avait soumis la nature, lui dérobant le secret de sa force.

Deux portes s'ouvraient dans la muraille de la ville basse, trois dans celle de la ville haute. Dédaignant la porte des Lions et celle du Roi, Ouri-Téchoup se dirigea vers le point d'accès le plus élevé, la porte des Sphinx, qui se caractérisait par une poterne de 45 mètres de long communiquant avec l'extérieur.

Certes, la ville basse s'ornait d'un édifice prestigieux, le temple du dieu de l'orage et de la déesse du soleil, et le quartier des sanctuaires ne comprenait pas moins de vingt et un monuments de tailles diverses, mais Ouri-Téchoup préférait la ville haute et le palais royal. De cette acropole, il aimait contempler les terrasses faites de pierres juxtaposées sur lesquelles avaient été construits bâtiments officiels et demeures de notables, disposés au hasard des pentes.

En pénétrant dans la cité, le fils de l'empereur avait rompu trois pains et versé du vin sur un bloc en prononçant la formule rituelle : « Que ce rocher soit éternel. » Çà et là étaient déposés des récipients remplis d'huile et de miel, destinés à apaiser les démons.

Le palais trônait sur un imposant piton rocheux composé de trois pics ; des murailles garnies de hautes tours, gardées en permanence par des soldats d'élite, isolaient la demeure impériale du reste de la capitale et empêchaient toute agression. Mouwattali, prudent et rusé, gardait en mémoire les soubresauts de l'histoire hittite et les luttes acharnées pour la conquête du pouvoir ; l'épée et le poison avaient été des arguments souvent employés, et bien peu de « grands chefs » hittites étaient morts de mort naturelle. Aussi était-il préférable que « la grande forteresse », comme l'appelait le peuple, fût inaccessible de trois côtés ; seule une entrée étroite, surveillée jour et nuit, donnait accès à des visiteurs dûment fouillés.

Ouri-Téchoup se soumit à l'examen des gardes qui, comme la plupart des soldats, avaient bien accueilli la nomination du fils de l'empereur. Jeune, valeureux, il ne serait pas aussi hésitant que le général Baduk.

À l'intérieur de l'enceinte du palais, plusieurs réservoirs

d'eau, indispensables pendant les mois d'été. Écuries, armureries, salle des gardes s'ouvraient sur une cour pavée. Le plan du logis impérial était d'ailleurs semblable à celui des autres demeures hittites, grandes ou petites, à savoir un ensemble de pièces disposées autour d'un espace central de forme carrée.

Un officier salua Ouri-Téchoup et l'introduisit dans une salle aux lourds piliers où l'empereur avait coutume de recevoir ses hôtes. Lions et sphinx de pierre en gardaient la porte, ainsi que le seuil de la salle des archives qui conservait les souvenirs des victoires de l'armée hittite. En ce lieu, affirmation de l'invincibilité de l'empire, Ouri-Téchoup se sentit grandi et conforté dans sa mission.

Deux hommes entrèrent dans la salle. Le premier était l'empereur Mouwattali, un quinquagénaire de taille moyenne, au large buste et aux jambes courtes. Frileux, il se drapait dans un long manteau de laine rouge et noir. Ses yeux marron étaient sans cesse en alerte.

Le second était Hattousil, le frère cadet de l'empereur. Petit, chétif, les cheveux retenus par un bandeau, le cou orné d'un collier d'argent, un bracelet au coude gauche, il était vêtu d'une pièce d'étoffe multicolore qui lui laissait les épaules découvertes. Prêtre de la déesse du soleil, il avait épousé la belle Poutouhépa, fille d'un grand prêtre, intelligente et influente. Ouri-Téchoup les détestait tous les deux, mais l'empereur écoutait volontiers leurs conseils. Aux yeux du nouveau général en chef, Hattousil n'était qu'un intrigant qui se cachait dans l'ombre du pouvoir afin de s'en emparer au moment propice.

Ouri-Téchoup s'agenouilla devant son père et lui baisa la main.

— As-tu retrouvé le général Baduk?

— Oui, père. Il se cachait dans la forteresse de Masat.

— Comment explique-t-il son attitude?

— Il m'a agressé, je l'ai tué. Le gouverneur de la forteresse fut témoin.

Mouwattali se tourna vers son frère.

– Un drame affreux, commenta Hattousil, mais personne ne ramènera à la vie ce général vaincu. Sa disparition apparaît comme un châtiment des dieux.

Ouri-Téchoup ne masqua pas sa surprise. Pour la première fois, Hattousil se rangeait de son côté !

– Sages paroles, estima l'empereur. Le peuple hittite n'aime pas les défaites.

– Je suis partisan d'envahir immédiatement l'Amourrou et Canaan, avança Ouri-Téchoup, puis d'attaquer l'Égypte.

– Le Mur du roi forme une solide ligne de défense, objecta Hattousil.

– Illusion ! Les fortins sont trop éloignés les uns des autres. Nous les isolerons et les emporterons tous, en une seule vague d'assaut.

– Cet optimisme me semble excessif. L'Égypte ne vient-elle pas de prouver la valeur de son armée ?

– Elle n'a vaincu que des lâches ! Quand les Égyptiens se heurteront aux Hittites, ils s'enfuiront.

– Oublierais-tu l'existence de Ramsès ?

La question de l'empereur calma son fils.

– Tu commanderas une armée victorieuse, Ouri-Téchoup, mais il faut préparer ce triomphe. Livrer bataille loin de nos bases serait une erreur.

– Mais... où lancerons-nous l'offensive ?

– À un endroit où les forces égyptiennes seront, elles, loin de leurs bases.

– Vous voulez dire...

– À Kadesh. C'est là qu'aura lieu la grande bataille qui verra la défaite de Ramsès.

– J'aimerais mieux attaquer les protectorats de Pharaon.

– J'ai étudié avec soin les rapports de nos informateurs et tiré les conclusions de l'échec de Baduk. Ramsès est un véritable chef de guerre, beaucoup plus redoutable que nous ne le supposions. Une longue préparation sera nécessaire.

– Nous perdons inutilement du temps !

— Non, mon fils. Nous devons frapper avec force et précision.

— Notre armée est largement supérieure à un ramassis de soldats égyptiens et de mercenaires! La force, nous l'avons; la précision, j'en ferai preuve en appliquant mes propres plans. Dans ma tête, tout est prêt; les palabres sont inutiles. Il me suffira de commander pour entraîner mes troupes dans un élan irrésistible!

— Je gouverne le Hatti, Ouri-Téchoup. Tu agiras sur mon ordre, et seulement sur mon ordre. À présent, prépare-toi pour la cérémonie; je m'adresse à la cour dans moins d'une heure.

L'empereur sortit de la salle à colonnes.

Ouri-Téchoup défia Hattousil.

— C'est toi qui tentes d'entraver mes initiatives, n'est-ce pas?

— Je ne m'occupe pas de l'armée.

— Te moques-tu de moi? Parfois, je me demande si ce n'est pas toi qui gouvernes l'empire.

— N'injurie pas la grandeur de ton père, Ouri-Téchoup; Mouwattali est l'empereur, et je le sers de mon mieux.

— En attendant sa mort!

— Tes paroles dépassent ta pensée.

— Cette cour n'est qu'intrigues, et tu en es le grand ordonnateur. Mais n'espère pas triompher.

— Tu me prêtes des intentions que je n'ai pas. Es-tu capable d'admettre qu'un homme puisse limiter ses ambitions?

— Ce n'est pas ton cas, Hattousil.

— Inutile d'essayer de te convaincre, je suppose.

— Tout à fait inutile.

— L'empereur t'a nommé général en chef, il a eu raison. Tu es un excellent soldat, nos troupes ont confiance en toi; mais n'espère pas que tu agiras à ta guise et sans contrôle.

— Tu oublies un fait essentiel, Hattousil : chez les Hittites, c'est l'armée qui fait la loi.

– Sais-tu ce qu'aiment la plupart des gens, dans notre pays ? Leur maison, leur champ, leur vigne, leurs têtes de bétail...

– Prônerais-tu la paix ?

– La guerre n'est pas déclarée, que je sache.

– Quiconque parlera en faveur de la paix avec l'Égypte devra être considéré comme un traître.

– Je t'interdis d'interpréter mes paroles.

– Écarte-toi de mon chemin, Hattousil. Sinon, tu le regretteras.

– La menace est l'arme des faibles, Ouri-Téchoup.

Le fils de l'empereur porta la main au pommeau de son épée. Hattousil fit face.

– Oserais-tu lever ton arme contre le frère de Mouwattali ?

Ouri-Téchoup poussa un cri de rage et quitta la grande salle en martelant le dallage d'un pas furieux.

31

Ouri-Téchoup, Hattousil, Poutouhépa, le grand prêtre du dieu de l'orage, celui de la déesse du soleil, le chef des ouvriers, l'inspecteur des marchés et tous les autres dignitaires de l'empire s'étaient rassemblés pour écouter le discours de l'empereur.

L'échec du plan de déstabilisation des protectorats égyptiens avait troublé les esprits. Que le coupable fût le général Baduk, mort de manière tragique, personne n'en doutait; mais quelle politique préconiserait Mouwattali? Le clan des militaires, animé par le bouillant Ouri-Téchoup, souhaitait un affrontement direct et rapide avec l'Égypte; celui des marchands, dont le pouvoir financier était considérable, préférait le prolongement de l'état de « ni guerre ni paix », favorable au développement des échanges commerciaux. Hattousil avait reçu leurs représentants et conseillé à l'empereur de ne pas négliger leur point de vue. Le Hatti était un pays de transit où circulaient des caravanes qui acquittaient de lourdes taxes à l'État hittite et nourrissaient ainsi la caste militaire. Un âne moyen ne transportait-il pas 65 kilos de marchandises diverses et jusqu'à 80 kilos de textiles? Dans les villes comme dans les villages, les marchands avaient établi de véritables centres commerciaux et mis en œuvre un système économique efficace, grâce aux listes de denrées, aux instructions de transport, aux contrats, aux reconnaissances de dettes et à des procédures judiciaires particulières. Si, par exemple, un marchand était convaincu d'assassinat, il évitait tribunal et prison en monnayant sa liberté au prix fort.

L'armée et le commerce : tels étaient les deux piliers du pouvoir de l'empereur. Il ne pouvait se passer ni de l'un ni de l'autre. Puisque Ouri-Téchoup devenait l'idole des militaires, Hattousil prenait soin d'être l'interlocuteur privilégié des marchands. Quant aux prêtres, ils étaient sous la coupe de son épouse Poutouhépa, dont la famille était la plus riche de l'aristocratie hittite.

Mouwattali était trop perspicace pour ne pas avoir perçu l'intensité de la lutte sournoise qui opposait son fils à son frère. En leur accordant à chacun un champ d'influence limité, il satisfaisait leur ambition et contrôlait la situation, mais pour combien de temps ? Bientôt, il lui faudrait trancher.

Hattousil n'était pas hostile à la conquête de l'Égypte, dans la mesure où elle ne consacrerait pas Ouri-Téchoup comme héros et futur empereur ; il lui fallait donc s'assurer davantage d'amitiés dans l'armée et grignoter le pouvoir d'Ouri-Téchoup. Pour le fils de l'empereur, une belle mort au combat ne serait-elle pas le sort le plus enviable ?

Hattousil appréciait la manière de gouverner de Mouwattali et se serait contenté de le servir si Ouri-Téchoup n'était pas devenu une menace pour l'équilibre de l'empire. Mouwattali ne devait espérer de son fils ni respect ni gratitude ; chez les Hittites, les liens familiaux n'avaient qu'une importance relative. D'après le législateur, l'inceste était une pratique acceptable, dans la mesure où elle ne causait de tort à personne ; quant au viol, il n'entraînait pas de lourdes peines et n'était même passible d'aucune sanction s'il existait une simple présomption de consentement de la femme agressée. Qu'un fils assassinât son père pour s'emparer du pouvoir ne heurtait guère la morale publique.

Confier le commandement en chef de l'armée à Ouri-Téchoup était une idée de génie ; le fils de l'empereur, occupé à asseoir son prestige, ne songerait plus, au moins dans l'immédiat, à supprimer son père. Mais, à terme, le danger resurgirait. À Hattousil d'exploiter cette période et de réduire la capacité de nuisance d'Ouri-Téchoup.

Une bise glaciale soufflait sur la ville haute, annonciatrice d'un hiver précoce. Les dignitaires furent invités à entrer à l'intérieur de la salle d'audience que réchauffaient des braseros.

L'atmosphère était lourde et tendue. Mouwattalli n'aimait ni les discours ni les assemblées; il préférait travailler dans l'ombre et manipuler ses subordonnés un par un, en évitant de s'encombrer de la présence d'un conseil.

Au premier rang, la cuirasse flambant neuf d'Ouri-Téchoup contrastait avec la mise modeste d'Hattousil. Poutouhépa, l'épouse de celui-ci, superbe dans sa robe rouge, avait la dignité d'une reine; elle était couverte de bijoux dont des bracelets en or provenant d'Égypte.

Mouwattali s'assit sur son trône, un siège en pierre fruste et dépouillé.

Lors de ses rares apparitions, chacun s'étonnait de ce que cet homme fade, d'apparence inoffensive, fût l'empereur d'une nation si belliqueuse; mais un observateur attentif percevait vite, dans son regard et dans ses attitudes, une agressivité contenue prête à s'exprimer avec la dernière violence. À la force brutale, Mouwattali ajoutait la ruse et savait frapper comme un scorpion.

– C'est à moi, et à nul autre, déclara l'empereur, que le dieu de l'orage et la déesse du soleil ont confié ce pays, sa capitale et ses villes. Moi, l'empereur, je les protégerai, car le pouvoir et le char de guerre m'ont été remis, à moi et à nul autre.

En utilisant de vieilles formules, Mouwattali venait de rappeler qu'il était seul à décider, et que son fils et son frère, quelle que fût leur influence, lui devaient une obéissance absolue. Au premier faux pas, ils seraient impitoyablement éliminés, et personne ne contesterait sa décision.

— Au nord, au sud, à l'est et à l'ouest, continua Mouwattali, le plateau d'Anatolie est bordé de montagnes qui nous protègent. Nos frontières sont inviolables. Mais la vocation de notre peuple n'est pas de rester enfermé sur son territoire. Mes prédécesseurs ont déclaré : « Que le pays hittite soit borné par la mer d'un côté comme de l'autre. » Et moi, je déclare : Que les rives du Nil nous appartiennent.

Mouwattali se leva, son discours était terminé.

En peu de mots, il venait d'annoncer la guerre.

La réception organisée par Ouri-Téchoup, pour fêter sa nomination, était brillante et appréciée. Gouverneurs de forteresses, officiers supérieurs et soldats d'élite évoquaient exploits passés et victoires futures. Le fils de l'empereur annonça une reprise en main de la charrerie qui serait dotée d'équipements neufs.

Le parfum enivrant d'un conflit brutal et intense flottait dans l'air.

Hattousil et son épouse quittèrent leur place lors de l'irruption d'une centaine de jeunes esclaves qu'Ouri-Téchoup offrait en dessert à ses hôtes. Elles avaient reçu l'ordre de se prêter à toutes leurs fantaisies, sous peine d'être fouettées et envoyées dans les mines de sel, l'une des richesses du Hatti.

— Vous partez déjà, mes amis ? s'étonna le fils de l'empereur.

— Nous avons, demain, une journée chargée, répondit Poutouhépa.

— Hattousil devrait se détendre un peu... Il y a dans ce lot des Asiatiques de seize ans, jolies comme des juments. Le vendeur m'a promis que leurs performances seraient exceptionnelles. Rentrez chez vous, chère Poutouhépa, et accordez à votre mari cette petite distraction.

— Tous les hommes ne sont pas des porcs, rétorqua-t-elle. À l'avenir, épargnez-nous de telles invitations.

Hattousil et Poutouhépa regagnèrent l'aile du palais où ils logeaient. Un cadre austère, qu'égayaient à peine des tapis de laine chamarrés. Aux murs, des trophées, des têtes d'ours et des lances croisées.

Nerveuse, Poutouhépa renvoya sa femme de chambre et se démaquilla elle-même.

— Cet Ouri-Téchoup est un fou dangereux, affirma-t-elle.

— Il est surtout le fils de l'empereur.

— Mais toi, tu es son frère !

— Aux yeux de beaucoup, Ouri-Téchoup apparaît comme le successeur désigné de Mouwattali.

— Désigné... L'empereur aurait-il commis une telle erreur ?

— Il ne s'agit encore que d'une rumeur.

— Pourquoi ne pas la contrecarrer ?

— Elle ne m'inquiète pas outre mesure.

— Ta sérénité n'est-elle pas artificielle ?

— Non, ma chère ; elle découle d'une analyse logique de la situation.

— Aurais-tu l'obligeance de m'éclairer ?

— Ouri-Téchoup a obtenu le poste dont il rêvait ; il n'a plus besoin de comploter contre l'empereur.

— Deviendrais-tu naïf ? C'est le trône qu'il désire !

— C'est l'évidence, Poutouhépa, mais en est-il capable ?

La prêtresse considéra son mari avec attention. Chétif et peu séduisant, Hattousil l'avait pourtant conquise par son intelligence et sa perspicacité. Il possédait l'étoffe d'un grand homme d'État.

— Ouri-Téchoup manque de lucidité, déclara Hattousil, et il n'a pas conscience de l'énormité de sa tâche. Commander l'armée hittite exige des compétences qu'il ne possède pas.

— N'est-il pas un excellent guerrier qui ignore la peur ?

— Certes, mais un général en chef doit savoir arbitrer entre des tendances diverses, voire contradictoires. Une telle démarche exige expérience et patience.

— Ce n'est pas le portrait d'Ouri-Téchoup que tu traces là !

– Quoi de plus réjouissant? Cet exalté ne tardera pas à commettre de lourdes erreurs en mécontentant tel ou tel général. Les factions actuelles se renforceront et se diviseront, des oppositions se manifesteront, et des fauves aux dents longues tenteront de dévorer un tyran incapable de s'imposer.

– L'empereur a annoncé la guerre... Il offre le premier rôle à Ouri-Téchoup!

– En apparence, seulement en apparence.

– En es-tu certain?

– Je te le répète, Ouri-Téchoup s'illusionne sur ses capacités. Il va découvrir un monde complexe et cruel. Ses rêves de guerrier se briseront contre les boucliers des fantassins et seront écrasés sous les roues des chars. Mais ce n'est pas tout...

– Me feras-tu languir, mon cher époux?

– Mouwattali est un grand empereur.

– Entendrait-il exploiter les défauts de son fils?

Hattousil sourit.

– L'empire est à la fois fort et fragile. Fort, parce que sa puissance militaire est considérable; fragile, parce qu'il est menacé par des voisins envieux, prêts à profiter de sa moindre faiblesse. Attaquer l'Égypte et s'en emparer est un bon projet, mais l'improvisation conduirait à un désastre. Des vautours en profiteraient pour se repaître de nos dépouilles.

– Mouwattali lui-même pourra-t-il contrôler un fou de guerre comme Ouri-Téchoup?

– Ouri-Téchoup ignore les véritables projets de son père et la manière dont il entend les réaliser. L'empereur lui en a assez dit pour le mettre en confiance, mais il n'a pas révélé l'essentiel.

– À toi... L'a-t-il révélé?

– J'ai cet honneur, Poutouhépa. Et l'empereur m'a également confié une mission : mettre en œuvre son plan d'action sans en avertir son fils.

De la terrasse de sa demeure de fonction, dans la ville haute, Ouri-Téchoup contemplait la nouvelle lune. En elle résidait le secret de l'avenir, de son avenir. Aussi lui parla-t-il longuement et lui confia-t-il son désir de mener l'armée hittite à la victoire en écrasant quiconque s'opposerait à sa progression.

Vers l'astre nocturne, le fils de l'empereur éleva une coupe remplie d'eau. Grâce à ce miroir, il espérait percer les secrets du ciel. Chez les Hittites, chacun pratiquait l'art de la divination ; mais s'adresser directement à la lune impliquait un risque que bien peu osaient courir.

Violée dans son silence, la lune devenait une épée recourbée qui tranchait la gorge de son agresseur dont on ramasserait le corps disloqué au bas des remparts. À ses amants, en revanche, elle accordait la chance au combat.

Ouri-Téchoup vénéra la reine de la nuit, insolente et infidèle.

Pendant plus d'une heure, elle demeura muette.

Puis l'eau se rida et bouillonna. La coupe devint brûlante, mais Ouri-Téchoup ne la lâcha pas.

L'eau se calma. Sur la surface plane se dessina le visage d'un homme, coiffé de la double couronne, de Haute et de Basse-Égypte.

Ramsès !

Tel était l'immense destin annoncé à Ouri-Téchoup : il tuerait Ramsès et ferait de l'Égypte une esclave docile.

32

La barbiche taillée à la perfection, vêtu d'une épaisse tunique, le marchand syrien Raia se présenta au bureau d'Améni. Le secrétaire particulier du Pharaon le reçut aussitôt.

— On m'a dit que vous me cherchiez dans toute la ville, déclara Raia d'une voix mal assurée.

— C'est exact. Serramanna avait pour mission de vous amener ici, de gré ou de force.

— De force... Mais pour quelle raison ?

— De graves soupçons pèsent sur vous.

Le Syrien parut effondré.

— Soupçons... sur moi...

— Où vous cachiez-vous ?

— Mais... Je ne me cachais pas ! Je me trouvais au port, dans un entrepôt, et je préparais un envoi de conserves de luxe. Dès que j'ai appris l'invraisemblable rumeur, j'ai accouru ! Je suis un honnête commerçant, installé en Égypte depuis plusieurs années, et je n'ai commis aucun délit d'aucune sorte. Interrogez mon entourage, mes clients... Sachez que je développe mon activité et que je suis sur le point d'acheter un nouveau bateau de transport. Mes conserves sont servies sur les meilleures tables et mes vases précieux sont des chefs-d'œuvre qui ornent les plus belles demeures de Thèbes, de Memphis et de Pi-

Ramsès... Je suis même fournisseur du palais!
Raia avait débité sa tirade d'une voix nerveuse.

— Je ne mets pas en doute vos qualités commerciales, dit Améni.

— Mais... De quoi m'accuse-t-on?

— Connaissez-vous une dénommée Nénofar, une femme légère résidant à Pi-Ramsès?

— Non.

— Vous n'êtes pas marié?

— Mon métier ne me laisserait pas le loisir de m'occuper d'une femme et d'une famille.

— Vous devez avoir des liaisons.

— Ma vie privée...

— Dans votre intérêt, répondez.
Raia hésita.

— J'ai des amies, ici et là... Pour être sincère, je travaille tant que le sommeil est ma distraction préférée.

— Vous niez donc avoir rencontré cette Nénofar?

— Je le nie.

— Reconnaissez-vous disposer d'un entrepôt à Pi-Ramsès?

— Bien entendu! Je loue un vaste entrepôt sur les quais, mais il sera bientôt trop exigu. Aussi ai-je décidé d'en louer un autre, dans la ville même. Je l'utiliserai à partir du mois prochain.

— Qui en est le propriétaire?

— Un collègue égyptien, Rénouf. Un brave homme et un honnête commerçant qui avait acheté ce local avec l'espoir de s'étendre; comme il n'en a pas l'usage, il me l'a proposé pour un prix raisonnable.

— Pour le moment, ce local est-il vide?

— Il l'est.

— Vous y rendez-vous souvent?

— Je n'y suis allé qu'une seule fois, en compagnie de Rénouf, pour y signer le contrat de location.

— C'est dans ce local, Raia, qu'a été découvert le cadavre de Nénofar.

Cette révélation parut assommer le marchand.

— Cette pauvre fille a été étranglée, poursuivit Améni, parce qu'elle était sur le point de révéler le nom de l'homme qui l'avait obligée à faire un faux témoignage.

Les mains de Raia tremblèrent, ses lèvres blanchirent.

— Un meurtre... Un meurtre, ici, dans la capitale! Quelle abomination... Cette violence... Je suis bouleversé.

— De quelle origine êtes-vous?

— Syrienne.

— Notre enquête nous a convaincus que le coupable était un Syrien.

— Il y en a des milliers, en Égypte!

— Vous êtes syrien, et c'est dans votre local que Nénofar a été assassinée. Troublantes coïncidences, non?

— Seulement des coïncidences, rien d'autre!

— Ce crime est lié à un autre délit d'une extrême gravité. C'est pourquoi le roi m'a demandé d'agir avec promptitude.

— Je ne suis qu'un marchand, un simple marchand! Est-ce ma fortune naissante qui suscite calomnies et jalousies? Si je m'enrichis, c'est grâce à un travail acharné! Je n'ai rien volé à personne.

« S'il est bien l'homme que nous recherchons, pensa Améni, ce Raia est un fameux comédien. »

— Lisez ceci, exigea le scribe, en remettant au Syrien le procès-verbal de la découverte du cadavre de Nénofar, comportant la date du crime.

— Où vous trouviez-vous ce jour et cette nuit-là?

— Laissez-moi réfléchir, je suis si troublé... Et avec tous mes voyages, je m'égare un peu... Voilà, j'y suis! Je faisais l'inventaire des marchandises dans mon magasin de Bubastis.

Bubastis, la jolie cité de la déesse chatte Bastet, située à 80 kilomètres de Pi-Ramsès. Avec un bateau rapide et un fort courant, elle n'était distante de la capitale que de cinq ou six heures.

— Quelqu'un vous a vu, là-bas?

— Oui, mon chef magasinier et mon directeur des ventes pour la région.

208

— Combien de temps êtes-vous resté à Bubastis?

— J'y étais arrivé la veille du drame et j'en suis reparti le lendemain pour Memphis.

— Un parfait alibi, Raia.

— Alibi... Mais ce n'est que la vérité!

— Le nom de ces deux hommes.

Raia les écrivit sur un morceau de papyrus usagé.

— Je vérifierai, promit Améni.

— Vous constaterez mon innocence!

— Je vous prie de ne pas quitter Pi-Ramsès.

— Vous... vous m'arrêtez?

— Il sera peut-être nécessaire de vous interroger de nouveau.

— Mais... mon commerce! Je dois me rendre en province pour y vendre des vases!

— Vos clients patienteront un peu.

Le marchand était au bord des larmes.

— Je risque de perdre la confiance de familles riches... Je livre toujours au jour dit.

— Cas de force majeure. Où logez-vous?

— Dans une petite maison, derrière mon entrepôt des quais... Combien de temps va durer cette persécution?

— Nous serons bientôt fixés, rassurez-vous.

Il fallut bien trois coupes de bière forte pour apaiser la colère du géant sarde, de retour de Bubastis après un voyage éclair.

— J'ai interrogé les employés de Raia, dit-il à Améni.

— Confirment-ils son alibi?

— Ils le confirment.

— Prêteront-ils serment devant un tribunal?

— Ce sont des Syriens, Améni! Que leur importe le jugement des morts? Ils mentiront sans vergogne, en échange d'une forte rétribution! Pour eux, la Règle ne compte pas. S'il m'était permis de les interroger à ma manière, comme à l'époque où j'étais pirate...

– Tu n'es plus pirate, et la justice est le bien le plus précieux de l'Égypte. Maltraiter un être humain est un délit.

– Et laisser en liberté un criminel doublé d'un espion, n'est-ce pas un délit?

L'intervention d'un planton mit fin au débat. Améni et Serramanna furent conviés à entrer dans le vaste bureau de Ramsès.

– Où en sommes-nous? demanda le roi.

– Serramanna est persuadé que le marchand syrien Raia est un espion et un assassin.

– Et toi?

– Moi aussi.

Le Sarde adressa un regard de gratitude au scribe. Entre eux, toute trace de dissension était effacée.

– Des preuves?

– Aucune, Majesté, avoua Serramanna.

– S'il est arrêté sur de simples présomptions, Raia demandera à être entendu par un tribunal, et il sera acquitté.

– Nous en sommes conscients, déplora Améni.

– Laissez-moi faire, Majesté, implora Serramanna.

– Dois-je rappeler au chef de ma garde personnelle que toute brutalité sur la personne d'un suspect entraîne une lourde condamnation... pour l'agresseur?

Serramanna soupira.

– Nous sommes dans une impasse, avoua Améni. Il est probable que ce Raia soit membre d'un réseau d'espionnage prohittite, peut-être même son chef. L'homme est intelligent, rusé et comédien. Il maîtrise ses réactions, sait larmoyer et s'indigner, et il se donne l'allure d'un marchand honnête et travailleur, dont l'existence est consacrée au labeur. Il n'en reste pas moins qu'il se déplace dans toute l'Égypte, va de ville en ville, et fréquente un grand nombre de gens; existe-t-il meilleure méthode pour observer ce qui se passe dans notre pays, afin de transmettre des renseignements précis à l'ennemi?

– Raia couchait avec Nénofar, affirma Serramanna, et il

l'a payée pour mentir. Il croyait qu'elle se tairait; ce fut là son erreur. Elle a voulu le faire chanter, il l'a tuée.

— D'après votre rapport, constata Ramsès, le Syrien aurait étranglé cette fille dans un local commercial qu'il louait. Pourquoi cette imprudence?

— Ce local n'était pas à son nom, rappela Améni. Remonter jusqu'au propriétaire, qui est hors de cause, puis jusqu'à Raia, ne fut pas facile.

— Raia a sûrement songé à supprimer le propriétaire, ajouta Serramanna, de peur qu'il ne révèle son nom; mais nous sommes intervenus à temps. Sinon, ce Syrien serait resté dans les ténèbres. À mon avis, Raia n'a pas prémédité le meurtre de Nénofar. En la rencontrant dans cet endroit discret, dans un quartier où personne ne le connaissait, il ne courait aucun risque. Un sévère avertissement aurait dû, d'après lui, suffire à la calmer. Mais la situation s'est envenimée; la fille a eu l'idée de lui extirper une petite fortune contre son silence. Sinon, elle le menaçait de tout révéler à la police. Raia l'a tuée et il s'est enfui, sans avoir eu la possibilité de déplacer le corps. Mais il s'est forgé un alibi, grâce à ses complices syriens.

— Si nous sommes à la veille d'un conflit direct avec les Hittites, estima Ramsès, la présence d'un réseau d'espionnage sur notre territoire est un lourd handicap. Votre reconstitution des faits est convaincante, mais le plus important est de savoir comment Raia transmet ses messages aux Hittites.

— Un bon interrogatoire... suggéra Serramanna.

— Un espion ne parlera pas.

— Que suggère Ta Majesté? demanda le scribe.

— Questionne-le de nouveau, puis relâche-le. Tente de le persuader que nous ne retenons aucune charge contre lui.

— Il ne sera pas dupe!

— Bien entendu, reconnut le roi; mais en sentant les mâchoires de l'étau se refermer sur lui, il sera contraint de communiquer avec le Hatti. Je veux savoir comment il s'y prend.

33

En cette fin du mois de novembre débutait la saison pendant laquelle les céréales commençaient à lever. Les graines semées proclamaient leur victoire sur les ténèbres et offraient au peuple égyptien la vie qu'elles portaient en elles.

Ramsès aida Homère à descendre de la chaise à porteurs et à s'asseoir sur un fauteuil, devant une table chargée de victuailles, à l'ombre des palmiers, en bordure d'un canal. Non loin, un gué permettait aux troupeaux de traverser. Le tendre soleil des premiers jours de l'hiver caressait le front du vieux poète.

— Ce déjeuner à la campagne vous séduit-il ? demanda le roi.

— Les dieux ont accordé de grandes faveurs à l'Égypte.

— Pharaon ne leur construit-il pas des demeures où ils sont vénérés ?

— Cette terre est un mystère, Majesté, et vous êtes vous-même un mystère. Ce calme, cette douceur de vivre, la beauté de ces palmes, la transparence de cet air lumineux, le goût exquis de ces nourritures... Il y a du surnaturel dans tout cela. Vous autres, Égyptiens, avez créé un miracle et vivez dans la magie. Mais combien de siècles durera-t-elle encore ?

— Aussi longtemps que la Règle de Maât sera notre valeur essentielle.

— Vous oubliez le monde extérieur, Ramsès ; il se moque

de cette Règle. Croyez-vous que Maât arrêtera l'armée hittite ?

– Elle sera notre meilleur rempart contre l'adversité.

– J'ai contemplé la guerre de mes yeux, j'ai vu la cruauté des hommes, la fureur se déchaîner, la folie meurtrière s'emparer d'êtres qui semblaient pondérés. La guerre... Elle est le vice caché dans le sang de l'homme, la tare qui détruira toute forme de civilisation. L'Égypte ne fera pas exception à cette règle-là.

– Si, Homère. Notre pays est un miracle, vous avez raison, mais un miracle que nous bâtissons chaque jour. Et je briserai l'invasion, d'où qu'elle vienne.

Le poète ferma les yeux.

– Je ne suis plus en exil, Majesté. Jamais je n'oublierai la Grèce, sa rudesse et son charme, mais c'est ici, sur cette terre noire et fertile, que mon esprit communie avec le ciel. Un ciel que la guerre va déchirer.

– Pourquoi ce pessimisme ?

– Les Hittites ne rêvent que de conquêtes ; combattre est leur raison d'être, comme elle était celle de nombreux Grecs acharnés à s'entre-égorger. Votre récente victoire ne les dissuadera pas.

– Mon armée sera prête à combattre.

– Vous êtes semblable à un grand fauve, Majesté ; c'est en songeant à vous que j'ai composé ces vers : *Une panthère qui affronte un chasseur ne tremble pas mais garde le cœur calme, même quand elle entend les hurlements d'une meute de chiens ; même blessée par un javelot, elle continue à lutter et attaque pour vivre ou mourir.*

Néfertari relut l'étonnante missive que venait de lui faire parvenir Chénar. Des messagers à cheval l'avaient apportée du Hatti jusqu'en Syrie du Sud, relayés par d'autres jusqu'en Égypte où elle avait été remise au ministre des Affaires étrangères.

À ma sœur, la très chère reine d'Égypte, Néfertari.

Moi, Poutouhépa, épouse d'Hattousil, frère de l'empereur des Hittites, j'adresse des pensées amicales. Nous sommes loin l'une de l'autre, nos pays et nos peuples sont très différents, mais n'aspirent-ils pas à une même paix ? Si toi et moi réussissons à faire progresser la bonne entente entre nos peuples, n'aurons-nous pas accompli une bonne action ? Pour ma part, je m'y emploierai. Puis-je prier ma vénérable sœur d'agir de même ?

Recevoir une lettre de sa main serait un plaisir et un honneur. Que les dieux te protègent.

— Que signifie ce curieux message ? demanda la reine à Ramsès.

— La forme des deux sceaux de boue séchée et l'écriture ne laissent aucun doute sur l'authenticité de cette lettre.

— Dois-je répondre à Poutouhépa ?

— Elle n'est pas reine, mais doit être considérée comme la première dame de l'empire hittite depuis la mort de l'épouse de Mouwattali.

— Son mari, Hattousil, sera-t-il le futur empereur ?

— La préférence de Mouwattali va à son fils Ouri-Téchoup, partisan acharné de la guerre contre l'Égypte.

— Cette missive n'a donc guère de sens.

— Elle révèle l'existence d'une autre tendance, encouragée par la caste des prêtres et celle des marchands, dont le pouvoir financier n'est pas négligeable, d'après Âcha. Eux redoutent un conflit qui réduirait leur volume d'affaires.

— Leur influence est-elle suffisante pour éviter l'affrontement ?

— Certes non.

— Si Poutouhépa est sincère, pourquoi ne l'aiderais-je pas ? Il reste un mince espoir d'éviter des milliers de morts.

Nerveux, le marchand syrien Raia tâta sa barbiche.

— Nous avons vérifié votre alibi, déclara Améni.

— Tant mieux !

— Tant mieux pour vous, en effet ; vos employés ont confirmé vos dires.

— J'ai dit la vérité et je n'ai rien à cacher.

Améni ne cessait de jouer avec un pinceau.

— Je dois vous avouer... que nous nous sommes peut-être trompés.

— Enfin, la voix de la raison !

— Reconnaissez que les circonstances vous accablaient ! Néanmoins, je vous présente mes excuses.

— La justice égyptienne n'est pas un vain mot.

— Nous nous en réjouissons tous.

— Suis-je libre d'aller où bon me plaît ?

— Vous pouvez reprendre votre travail en toute liberté.

— Suis-je lavé de toute accusation ?

— Vous l'êtes, Raia.

— J'apprécie votre honnêteté et j'espère que vous retrouverez au plus vite l'assassin de cette pauvre fille.

La tête ailleurs, Raia feignit de s'occuper des bordereaux de livraison et arpenta le quai entre son entrepôt et son bateau.

La comédie jouée par Améni ne l'avait pas abusé un seul instant. Le secrétaire particulier de Ramsès était beaucoup trop tenace pour lâcher prise si vite, en prêtant foi au témoignage de deux Syriens. Refusant d'employer la violence, le scribe lui tendait un piège. Il espérait que Raia, se croyant innocenté, reprendrait ses activités occultes et conduirait Serramanna jusqu'aux membres de son réseau.

À la réflexion, la situation était bien plus grave qu'il ne l'avait supposé. Quoi qu'il fasse, son réseau semblait condamné. Améni comprendrait vite que la quasi-totalité de ses employés travaillaient pour le Hatti et formaient une véritable armée des ombres, d'une redoutable efficacité. Une vague d'arrestations la détruirait.

Donner le change en commerçant selon ses habitudes...
Cette solution, provisoire, ne le mènerait pas loin.

Il lui fallait avertir Chénar au plus vite sans attirer sur lui le
moindre soupçon.

Raia livra des vases précieux à plusieurs notables de Pi-
Ramsès. Chénar, acheteur régulier, figurait sur la liste. Aussi
le Syrien se rendit-il à la villa du frère aîné du roi et ren-
contra-t-il son intendant.

— Le seigneur Chénar est absent.

— Ah... Rentrera-t-il bientôt?

— Je l'ignore.

— Je n'ai malheureusement pas le temps de l'attendre, car
je dois partir pour Memphis. Quelques incidents, ces derniers
jours, m'ont beaucoup retardé. Auriez-vous l'obligeance de
remettre cet objet au seigneur Chénar?

— Bien entendu.

— Saluez-le de ma part, je vous prie. Oh, j'oubliais... Le
prix est très élevé, mais la qualité de ce petit chef-d'œuvre le
justifie. Nous réglerons ce problème mineur à mon retour.

Raia rendit visite à trois autres clients réguliers avant de
s'embarquer sur son bateau à destination de Memphis.

Sa décision était prise : étant donné l'urgence, il lui fallait
contacter son chef et lui demander conseil, après avoir semé
les hommes de Serramanna qui l'avaient pris en filature.

Le scribe du ministère des Affaires étrangères, chargé de la
rédaction des dépêches, oubliant sa perruque et la dignité de
son office, courut jusqu'au bureau de Chénar sous l'œil critique de ses collègues. La première qualité d'un lettré n'était-
elle pas la maîtrise de soi?

Chénar était absent.

Affreux dilemme... Attendre le retour du ministre ou sauter un échelon hiérarchique et porter la missive au roi? Mal-

gré un blâme probable, le haut fonctionnaire opta pour la seconde solution.

Ébahis, ses collègues le virent quitter le ministère pendant les heures de service, toujours sans perruque, et bondir dans le char de fonction qui lui permettait de gagner le palais en quelques minutes.

Améni reçut le fonctionnaire et comprit son émoi.

La lettre, transmise par les services diplomatiques de Syrie du Sud, portait les sceaux de Mouwattali, l'empereur des Hittites.

— Mon ministre étant absent, j'ai cru bien faire...

— Tu as bien fait. Ne crains rien pour ta carrière : le roi appréciera cet esprit d'initiative.

Améni soupesa la missive, une tablette de bois enveloppée dans une étoffe maculée par plusieurs sceaux de boue séchée, couverts d'écriture hittite.

Le scribe ferma les yeux, espérant qu'il s'agissait d'un cauchemar. Quand il les rouvrit, le message n'avait pas disparu et continuait à lui brûler les doigts.

La gorge sèche, il parcourut à pas très lents la distance qui le séparait du bureau de Ramsès. Après avoir passé la journée en compagnie de son ministre de l'Agriculture et des responsables de l'irrigation, le roi était seul et préparait un décret visant à améliorer l'entretien des digues.

— Tu sembles bouleversé, Améni.

Les mains tendues du scribe présentèrent la missive officielle de l'empereur du Hatti destinée au pharaon.

— La déclaration de guerre, murmura Ramsès.

34

Sans hâte, Ramsès brisa les sceaux, déchira le tissu protecteur et parcourut le message.

De nouveau, Améni ferma les yeux, savourant les dernières secondes de paix avant l'enfer, avant que le pharaon ne lui dictât la réponse qui marquerait l'entrée en guerre de l'Égypte contre le Hatti.

— Es-tu toujours aussi sobre, Améni?

La question surprit le scribe.

— Moi, sobre? Oui, bien sûr!

— Dommage, nous aurions bu ensemble un vin exceptionnel. Lis.

Améni déchiffra la tablette.

De l'empereur du Hatti, Mouwattali, à son frère Ramsès, le Fils de la lumière, le pharaon d'Égypte.

Comment te portes-tu? J'espère que ta mère Touya, ton épouse Néfertari et tes enfants vont bien. Ton renom et celui de la grande épouse royale ne cessent de croître, et ta vaillance est connue de tous les habitants du Hatti.

Comment vont tes chevaux? Ici, nous prenons grand soin des nôtres. Ce sont des animaux splendides, les plus beaux de la création.

Que les dieux protègent le Hatti et l'Égypte.

Un large sourire illumina le visage d'Améni.

— C'est... c'est merveilleux !

— Je n'en suis pas convaincu.

— Ce sont les formules diplomatiques habituelles, et nous sommes loin d'une déclaration de guerre !

— Seul Âcha pourra nous le dire.

— Tu n'as aucune confiance en Mouwattali...

— Il a fondé son pouvoir sur l'alliance de la violence et de la ruse ; à ses yeux, la diplomatie n'est qu'une arme supplémentaire et non un chemin vers la paix.

— Et s'il était las de la guerre ? Ta reconquête de Canaan et de l'Amourrou lui a démontré qu'il fallait prendre l'armée égyptienne au sérieux !

— Mouwattali ne la méprise pas ; c'est pourquoi il se prépare au conflit et tente d'apaiser nos craintes avec quelques démonstrations d'amitié. Homère, dont le regard porte au loin, ne croit pas à une paix durable.

— Et s'il se trompait, si Mouwattali avait changé, si la caste des marchands l'emportait sur celle des guerriers ? La lettre de Poutouhépa va dans ce sens.

— L'économie de l'empire hittite est fondée sur la guerre, l'âme de son peuple aime la violence. Les marchands soutiendront les militaires et trouveront, dans un grand conflit, l'occasion de nouveaux profits.

— L'affrontement te semble donc inévitable.

— J'espère avoir tort. Si Âcha ne constate ni grandes manœuvres, ni surarmement, ni mobilisation générale, je reprendrai espoir.

Améni fut troublé ; une idée saugrenue lui traversa l'esprit.

— La mission officielle d'Âcha consiste à réorganiser le système de défense de nos protectorats ; pour obtenir les informations que tu désires, ne devra-t-il pas... entrer en territoire hittite ?

— Exact, reconnut Ramsès.

— C'est de la folie ! S'il se fait prendre...

— Âcha était libre d'accepter ou de refuser.

– Il est notre ami, Ramsès, notre ami d'enfance, il t'est fidèle comme je le suis moi-même, il...

– Je le sais, Améni, et j'apprécie son courage à sa juste mesure.

– Il n'a aucune chance de revenir vivant! Même s'il parvient à transmettre quelques messages, il sera capturé.

Pour la première fois, le scribe éprouva un ressentiment à l'égard de Ramsès. En privilégiant l'intérêt supérieur de l'Égypte, le pharaon ne commettait aucune faute. Mais il sacrifiait un ami, un être d'élite, un homme qui aurait mérité de vivre cent dix ans, comme les sages.

– Je dois te dicter une réponse, Améni; rassurons notre frère, l'empereur du Hatti, sur l'état de santé de mes proches et de mes chevaux.

En croquant une pomme à petits coups de dents, Chénar regardait le vase que son intendant avait posé devant lui.

– C'est bien le marchand Raia lui-même qui te l'a apporté?

– Oui, seigneur.

– Répète-moi ce qu'il t'a dit.

– Il a évoqué le prix élevé de ce chef-d'œuvre et pense que vous réglerez ce problème quand il reviendra dans la capitale.

– Donne-moi une autre pomme et que l'on ne me dérange plus.

– Seigneur, vous deviez recevoir une jeune personne...

– Renvoie-la.

Chénar gardait les yeux fixés sur le vase.

Une copie.

Une copie maladroite et laide qui ne valait même pas une paire de médiocres sandales. Même une petite bourgeoise de province aurait hésité à l'exposer dans sa pièce de réception.

Le message de Raia était clair. L'espion avait été démasqué et ne prendrait plus aucun contact avec Chénar. Un pan entier de la stratégie du frère aîné de Ramsès s'effondrait. Privé de contact avec les Hittites, comment manœuvrer ?

Deux éléments le rassurèrent.

D'abord, les Hittites ne renonceraient pas, en une période si cruciale, à entretenir un réseau d'espionnage sur le sol égyptien ; on remplacerait Raia, et son successeur entrerait en rapport avec Chénar.

Ensuite, la position privilégiée d'Âcha. Tout en désorganisant le système de défense des protectorats, il ne manquerait pas de nouer des liens avec les Hittites et d'en avertir Chénar.

Restait le mage Ofir, dont la technique d'envoûtement serait peut-être efficace.

Tout compte fait, la mésaventure de Raia ne le handicapait pas. L'espion syrien saurait se sortir de ce mauvais pas.

Une lumière ocre et chaude baignait les temples de Pi-Ramsès. Après avoir célébré les rites du couchant, Ramsès et Néfertari se rejoignirent devant le temple d'Amon dont la construction continuait. Chaque jour, la capitale s'embellissait, semblant vouée à la paix et au bonheur.

Le couple royal se promena dans le jardin planté devant le sanctuaire ; perséas, sycomores et jujubiers poussaient entre des massifs de lauriers-roses. Des jardiniers arrosaient les jeunes arbres auxquels ils adressaient de tendres paroles ; chacun savait que les plantes les appréciaient autant que l'eau nourricière.

— Que penses-tu des lettres que nous venons de recevoir ?

— Elles ne me rassurent pas, répondit Néfertari ; les Hittites cherchent à nous éblouir avec le mirage d'une trêve.

— J'espérais un avis plus réconfortant.

— T'abuser serait trahir notre amour. Je dois t'offrir ma vision, même si elle a les couleurs inquiétantes d'un ciel d'orage.

— Comment imaginer une guerre où tant de jeunes hommes perdront la vie, alors que nous goûtons la beauté de ce jardin ?

— Nous n'avons pas le droit de nous réfugier dans ce paradis et d'oublier la tempête qui menace de l'anéantir.

— Mon armée sera-t-elle capable de résister aux assauts hittites ? Trop de vétérans qui ne songent qu'à la retraite, trop de jeunes soldats inexpérimentés, trop de mercenaires uniquement préoccupés de leur solde... L'ennemi connaît nos faiblesses.

— Ignorons-nous les leurs ?

— Nos services de renseignements sont mal organisés ; il faudra des années d'effort pour les rendre efficaces. Nous avons cru que Mouwattali respecterait la frontière imposée par mon père, lorsqu'il était parvenu aux portes de Kadesh ; mais, comme ses prédécesseurs, l'empereur rêve d'expansion, et il n'existe pas de plus belle proie que l'Égypte.

— Âcha t'a-t-il adressé un rapport ?

— Je suis sans nouvelles.

— Tu crains pour sa vie, n'est-ce pas ?

— Je lui ai confié une mission périlleuse qui le contraint à pénétrer en territoire ennemi pour y recueillir un maximum d'informations. Améni ne me le pardonne pas.

— Qui a eu cette idée ?

— Jamais je ne te mentirai, Néfertari ; c'est moi, et non Âcha.

— Il aurait pu refuser.

— Refuse-t-on la proposition de Pharaon ?

— Âcha possède une forte personnalité, capable de choisir son destin.

— S'il échoue, je serai responsable de son arrestation et de sa mort.

— Âcha vit pour l'Égypte, comme toi ; en partant pour le Hatti, il a l'espoir de sauver notre pays du désastre.

— Nous avons parlé de cet idéal une nuit entière ; s'il me communique des renseignements significatifs sur les forces hittites et leur stratégie, nous parviendrons peut-être à repousser les envahisseurs.

— Et si tu attaquais le premier ?

— J'y songe... Mais je dois laisser Âcha manœuvrer.

— Les lettres que nous avons reçues prouvent que les Hittites cherchent à gagner du temps, sans doute à cause de dissensions internes. Il ne faudra pas laisser passer le moment juste.

De sa voix musicale et douce, Néfertari exprimait la rigueur et la volonté inflexible d'une reine d'Égypte. Comme Touya l'avait accompli aux côtés de Séthi, elle façonnait l'âme royale et nourrissait sa force.

— Souvent, je songe à Moïse. Comment réagirait-il, aujourd'hui, alors que l'existence même des Deux Terres est menacée? Malgré les étranges idées qui le hantaient, je suis persuadé qu'il lutterait avec nous pour sauver le pays des pharaons.

Le soleil s'était couché, Néfertari frissonna.

— Mon vieux châle me manque, il me réchauffait si bien.

35

À l'est du golfe d'Aqaba et au sud d'Édom, le pays de Madiân se satisfaisait d'une existence paisible et reculée, accueillant parfois des nomades qui parcouraient la péninsule du Sinaï. Les gens de Madiân, attachés à leur condition de pasteurs, se tenaient à l'écart des combats qui opposaient entre elles des tribus arabes du pays de Moab.

Un vieux prêtre, père de sept filles, régnait sur la petite communauté des Madiânites qui ne se plaignait ni de sa pauvreté ni de la rigueur du climat.

Le vieillard soignait la patte d'une brebis lorsqu'un bruit insolite frappa son oreille.

Des chevaux.

Des chevaux et des chars lancés à grande vitesse.

Une patrouille de l'armée égyptienne... Pourtant, elle ne venait jamais à Madiân, dont les habitants ne possédaient aucune arme et ne savaient pas se battre. En raison de leur dénuement, ils ne payaient pas d'impôt, et la police du désert savait qu'ils ne se risqueraient pas à abriter des bédouins pillards, sous peine de voir leur oasis détruite et d'être condamnés à la déportation.

Lorsque les chars égyptiens pénétrèrent dans le campement, hommes, femmes et enfants se réfugièrent dans leurs tentes en toile grossière. Le vieux prêtre se leva et fit face aux arrivants.

Le chef de la patrouille était un jeune officier arrogant.

— Qui es-tu?

— Le prêtre de Madiân.

— Es-tu à la tête de ce ramassis de pouilleux?

— J'ai cet honneur.

— De quoi vivez-vous, ici?

— De l'élevage des moutons, de la consommation des dattes et de l'eau de notre puits. Nos jardinets nous donnent quelques légumes.

— Possédez-vous des armes?

— Ce n'est pas notre coutume.

— J'ai reçu l'ordre de fouiller vos tentes.

— Elles vous sont ouvertes, nous n'avons rien à cacher.

— On dit que vous donnez asile à des bédouins criminels.

— Serions-nous assez fous pour déclencher la colère de Pharaon? Même si ce bout de terre est pauvre et oublié, il est le nôtre et nous y tenons. Violer la loi serait notre perte.

— Tu es un sage, vieil homme, mais je procéderai quand même à cette fouille.

— Je te le répète, nos tentes te sont ouvertes. Auparavant, acceptes-tu de prendre part à une modeste fête? L'une de mes filles vient de donner naissance à un garçon. Nous mangerons de l'agneau et nous boirons du vin de palme.

L'officier égyptien fut gêné.

— Ce n'est pas très réglementaire...

— Pendant que tes soldats feront leur devoir, viens t'asseoir à côté du feu.

Affolés, les Madiânites se regroupèrent autour du vieux prêtre qui les rassura et leur demanda de faciliter la tâche des Égyptiens.

Le chef de la patrouille accepta de s'asseoir et de partager le repas de fête. La mère était encore alitée, mais le père, un barbu au visage buriné, tassé sur lui-même, tenait son enfant dans ses bras et le berçait.

— Un berger qui craignait de ne pouvoir donner naissance, expliqua le vieux prêtre; cet enfant sera la lumière de sa vieillesse.

Les soldats ne découvrirent ni arme ni bédouin.

– Continue à faire respecter la loi, recommanda l'officier au prêtre de Madiân, et ton peuple n'aura aucun ennui.

Chars et chevaux s'éloignèrent dans le désert.

Lorsque le nuage de sable retomba, le père du nouveau-né se leva. L'officier eût été surpris de voir un berger rabougri se transformer en un colosse aux larges épaules.

– Nous sommes sauvés, Moïse, dit le vieux prêtre à son gendre. Ils ne reviendront pas.

Sur la rive occidentale de Thèbes, architectes, tailleurs de pierre et sculpteurs ne ménageaient pas leur peine pour bâtir le Ramesseum, le temple des millions d'années du Fils de la lumière. En application de la Règle, la construction avait débuté par le naos où résidait le dieu caché dont les humains ne connaîtraient jamais la forme. Une énorme quantité de blocs de grès, de granit gris et de basalte était entreposée sur le chantier que régissait une stricte organisation. Déjà s'élevaient les murs des salles à colonnes, déjà s'édifiait le futur palais royal. Comme l'avait exigé Ramsès, son temple serait un édifice fabuleux qui traverserait les siècles. C'est là que serait honorée la mémoire de son père, là que seraient célébrées sa mère et son épouse, là que serait transmise l'énergie invisible sans laquelle l'exercice d'un pouvoir juste était impossible.

Nébou, le grand prêtre de Karnak, avait le sourire. Certes, le vieil homme fatigué et rhumatisant avait reçu la charge d'administrer le plus vaste et le plus riche des sanctuaires égyptiens, et chacun avait estimé que le choix de Ramsès était cynique et stratégique; proche de la sénilité, Nébou ne serait qu'un homme de paille, vite remplacé par une autre créature du monarque, aussi âgée et servile.

Personne n'avait prévu que Nébou vieillirait à la manière du granit. Chauve, lent à se déplacer, la parole rare, il gouvernait sans partage. Fidèle à son roi, il ne songeait pas, comme certains de ses prédécesseurs, à mener une politique partisane. Servir Ramsès était sa cure de jouvence.

Mais aujourd'hui, Nébou oubliait l'immense temple, son personnel nombreux, sa hiérarchie, ses terres, ses villages, pour se pencher sur un petit arbre, l'acacia qu'avait planté Ramsès sur le site de son temple des millions d'années, en l'an 2 de son règne. Le grand prêtre de Karnak avait promis au monarque de veiller sur la croissance de cet arbre dont la vigueur était impressionnante. Bénéficiant de la magie du lieu, il s'élevait vers le ciel beaucoup plus vite que ses semblables.

— Es-tu satisfait de mon acacia, Nébou?

Le grand prêtre se retourna lentement.

— Majesté... On ne m'a pas averti de votre venue!

— Ne réprimande personne, mon voyage n'a pas été annoncé par le palais. Cet arbre est magnifique.

— Je ne crois pas en avoir jamais vu d'aussi surprenant; ne lui avez-vous pas communiqué votre vigueur? J'aurai eu le privilège de protéger son enfance, vous le contemplerez adulte.

— Je désirais revoir Thèbes, mon temple des millions d'années, ma tombe et cet acacia, avant d'entrer dans la tourmente.

— La guerre est-elle inévitable, Majesté?

— Les Hittites tentent de nous persuader du contraire, mais qui peut avoir foi en leurs déclarations lénifiantes?

— Ici, tout est en ordre. Les richesses de Karnak sont vôtres, et j'ai fait prospérer les domaines que vous m'avez confiés.

— Ta santé?

— Tant que les canaux du cœur ne seront pas bouchés, ma fonction sera remplie. Néanmoins, si Votre Majesté avait l'intention de me remplacer, je ne serais pas mécontent. Habiter près du lac sacré et méditer sur le vol des hirondelles est ma plus grande ambition.

— Au risque de te décevoir, je ne vois pas la nécessité de modifier la hiérarchie actuelle.

– Mes jambes se dérobent, mes oreilles se bouchent, mes os sont douloureux...

– Mais ta pensée demeure vive comme le vol d'un faucon et précise comme celui de l'ibis. Continue à travailler ainsi, Nébou, et à veiller sur cet acacia. Si je ne revenais pas, tu serais son tuteur.

– Vous reviendrez. Vous devez revenir.

Ramsès visita le chantier, se souvenant de son séjour parmi les tailleurs de pierre et les carriers. Lui bâtissait l'Égypte jour après jour, eux construisaient les temples et les demeures d'éternité sans lesquels le double pays aurait sombré dans l'anarchie et la bassesse, inhérentes à l'espèce humaine. Vénérer la puissance de la lumière et respecter la Règle de Maât, c'était enseigner à l'homme la droiture, tenter de le détourner de son égoïsme et de sa vanité.

Le rêve du monarque se réalisait. Le temple des millions d'années prenait corps, ce formidable producteur d'énergie magique commençait à fonctionner de lui-même, par la simple présence des hiéroglyphes et des scènes gravées sur les murs du sanctuaire. En parcourant les salles dont le tracé était délimité, en se recueillant dans les futures chapelles, Ramsès puisa la force du *ka,* née du mariage entre le ciel et la terre. Il l'assimila, non pour lui-même, mais pour être capable d'affronter les ténèbres dont les Hittites voulaient recouvrir la terre aimée des dieux.

Ramsès se sentit porteur de toutes les dynasties, de cette lignée de pharaons qui avaient façonné l'Égypte à l'image du cosmos.

Un instant, le jeune souverain de vingt-sept ans vacilla; mais le passé devint une force et non un fardeau. En ce temple des millions d'années, ses prédécesseurs lui tracèrent le chemin.

Raia livra des vases aux notables de Memphis. Si ses suiveurs interrogeaient ses employés, ils apprendraient que le marchand syrien avait l'intention de continuer à satisfaire sa clientèle et de rester le fournisseur attitré des familles nobles. Aussi Raia appliquait-il sa méthode de vente habituelle, faite de contacts directs, de palabres et de flatteries.

Puis il partit pour le grand harem de Mer-Our, qu'il n'avait pas démarché depuis deux ans, certain que cette visite rendrait perplexes les sbires d'Améni et de Serramanna. Ils croiraient que l'espion avait des complices dans cette noble et antique institution, et perdraient du temps et de l'énergie à explorer cette fausse piste.

Raia leur en offrit une autre en séjournant dans un petit village, proche du harem, où il discuta avec des paysans qu'il ne connaissait pas. De toute évidence d'autres complices, selon le point de vue des enquêteurs égyptiens.

Abandonnant ses suiveurs à leur perplexité, le marchand revint à Memphis afin de veiller aux conditions de transport de plusieurs chargements de conserves de luxe, les uns destinés à Pi-Ramsès, les autres à Thèbes.

Serramanna tempêtait.

— Cet espion se moque de nous ! Il sait que nous le suivons et il s'amuse à nous promener.

— Calme-toi, recommanda Améni. Il commettra forcément une faute.

— Quel genre de faute ?

— Les messages qu'il reçoit du Hatti sont dissimulés soit dans les conserves, soit dans les vases précieux. Je parie sur ces derniers, puisqu'ils proviennent, en grande partie, de Syrie du Sud et d'Asie.

— Eh bien, examinons-les !

— Ce serait un coup d'épée dans l'eau. L'important, c'est la manière dont il expédie ses messages et le réseau qu'il utilise. Étant donné la situation, il est contraint d'avertir les Hittites qu'il ne peut plus poursuivre son activité. Guettons le moment où il fera une expédition d'objets quelconques à destination de la Syrie.

– J'ai une autre idée, avoua Serramanna.

– Légale, j'espère ?

– Si je ne fais pas la moindre vague et si je te donne le moyen d'arrêter Raia en toute légalité, me permets-tu d'agir ?

Améni tritura son pinceau de scribe.

– Combien de temps réclames-tu ?

– Demain, j'aurai terminé.

36

À Bubastis, on célébrait la fête de l'ivresse. Pendant une semaine, jeunes filles et jeunes gens goûteraient aux premiers émois de l'amour sous le regard bienveillant de la déesse chatte Bastet, incarnation de la douceur de vivre. Dans la campagne, des tournois de lutte permettaient aux garçons de montrer leur force et de séduire les belles spectatrices par leur ardeur au combat.

Les employés de Raia avaient eu droit à deux jours de congé. Le chef magasinier, un Syrien maigre et voûté, avait verrouillé la porte de l'entrepôt qui contenait une dizaine de vases de valeur moyenne. Il n'était pas mécontent de se mêler à la foule et de tenter sa chance auprès d'une gaie luronne, fût-elle un peu âgée. Raia était un patron sévère, et il ne fallait pas manquer une occasion de se distraire.

L'eau à la bouche, imaginant le plaisir qu'il allait prendre, le magasinier s'engagea en chantonnant dans la ruelle qui menait à une petite place où s'assemblaient déjà les candidats aux réjouissances.

Une énorme poigne l'agrippa par les cheveux et le tira en arrière ; la main qui se plaqua sur ses lèvres étouffa son cri de douleur.

– Tiens-toi tranquille, ordonna Serramanna, ou je t'étrangle.

Terrorisé, le Syrien se laissa entraîner dans une remise où étaient entassés des articles de vannerie.

— Depuis quand travailles-tu pour Raia? demanda le Sarde.

— Quatre ans.

— Bon salaire?

— Il est plutôt avare.

— As-tu peur de lui?

— Plus ou moins...

— Raia va être arrêté, affirma Serramanna, et il sera condamné à mort pour espionnage au profit des Hittites. Ses complices subiront le même châtiment.

— Je ne suis que son employé!

— Mentir est une faute grave.

— Il m'emploie comme magasinier, pas comme espion!

— Tu as eu tort de mentir en prétendant qu'il se trouvait ici, à Bubastis, alors qu'il commettait un meurtre à Pi-Ramsès.

— Un meurtre... Non, ce n'est pas possible... Je ne savais pas!

— À présent, tu sais. Maintiens-tu ta déposition?

— Non... Oui, sinon il se vengera!

— Tu ne me laisses pas le choix, l'ami : si tu continues à taire la vérité, je te fracasse la tête contre le mur.

— Vous n'oserez pas!

— J'ai tué des dizaines de lâches dans ton genre.

— Raia... Il se vengera...

— Tu ne le reverras jamais.

— C'est sûr?

— Certain.

— Alors, d'accord... Il m'a payé pour dire qu'il était ici.

— Tu sais écrire?

— Pas très bien.

— Nous allons ensemble au bureau du scribe public. Il enregistrera ta déclaration. Après, tu pourras courir les filles.

Les yeux d'un vert piquant, les lèvres finement maquillées, gracieuse, vive et enjouée, Iset la belle, la mère du petit Khâ, n'avait rien perdu de sa jeunesse. En cette fraîche soirée d'hiver, la jeune femme avait couvert ses épaules d'un châle de laine.

Dans la campagne de Thèbes, le vent soufflait fort. Pourtant, Iset la belle se rendait au rendez-vous fixé par une étrange lettre : « La hutte de roseaux. Cherche la même qu'à Memphis, sur la rive ouest, en face du temple de Louxor, en bordure d'un champ de blé. »

Son écriture... Elle ne pouvait pas se tromper. Mais pourquoi cette curieuse invitation et le rappel d'un passé si intime ?

Iset la belle longea un canal d'irrigation, repéra le champ de blé que dorait le couchant et aperçut la hutte. Elle s'apprêtait à y pénétrer, lorsqu'un souffle de vent souleva le bas de sa robe qui s'accrocha dans un buisson.

Alors qu'elle se baissait pour éviter de déchirer le tissu, une main la libéra et la releva.

— Ramsès...

— Tu es toujours aussi ravissante, Iset. Je te remercie d'être venue.

— Ton message m'a bouleversée.

— Je désirais te voir loin du palais.

Le roi la fascinait.

Son corps d'athlète, la noblesse de ses attitudes, la puissance de son regard éveillaient en elle le même désir qu'autrefois. Jamais elle n'avait cessé de l'aimer, bien qu'elle s'estimât incapable de rivaliser avec Néfertari. La grande épouse royale avait empli le cœur de Ramsès où elle régnait sans partage. Iset la belle n'était ni jalouse ni envieuse ; elle acceptait le destin et se sentait fière d'avoir donné au roi un fils dont les qualités exceptionnelles s'affirmaient déjà.

Oui, elle avait haï Ramsès quand il avait épousé Néfertari,

mais ce sentiment violent n'était qu'une forme douloureuse de son amour. Iset s'était élevée contre le complot qui avait menacé le roi et auquel on avait voulu l'associer. Jamais elle ne trahirait l'homme qui lui avait donné tant de bonheur en illuminant son cœur et son corps.

— Pourquoi cette discrétion... et le rappel de nos premières rencontres, dans une hutte comme celle-ci?

— C'est Néfertari qui le veut ainsi.

— Néfertari... Je ne comprends pas.

— Elle exige que nous ayons un second fils pour assurer la pérennité du royaume, s'il arrivait malheur à Khâ.

Iset la belle chavira et tomba dans les bras de Ramsès.

— C'est un rêve, murmura-t-elle, un rêve merveilleux. Tu n'es pas le roi, je ne suis pas Iset, nous ne sommes pas à Thèbes, nous n'allons pas faire l'amour pour donner un frère à Khâ. Ce n'est qu'un rêve, mais je veux le vivre au plus profond de moi-même et le préserver pour l'éternité.

Ramsès ôta sa tunique et la posa sur le sol. Fiévreuse, Iset se laissa dévêtir.

Le bonheur fou d'un instant où son corps créait un enfant pour Ramsès, la fulgurance d'une joie qu'elle n'espérait plus.

Sur le bateau qui le ramenait à Pi-Ramsès, le roi, enfermé dans sa solitude, contemplait le Nil. Le visage de Néfertari ne le quittait pas. Oui, l'amour d'Iset était sincère et son charme intact; mais il n'éprouvait pas pour elle ce sentiment impérieux comme le soleil et vaste comme le désert qui avait envahi son être dès la première rencontre avec Néfertari, cet amour dont l'intensité ne cessait de croître au fil des jours. De même que le Ramesseum et la capitale grandissaient grâce à l'action incessante des bâtisseurs, de même la passion que Ramsès éprouvait pour son épouse ne cessait-elle de se construire et de se renforcer.

Le roi avait omis de confier à Iset les véritables exigences de Néfertari : la reine voulait qu'Iset remplît réellement la fonction d'épouse secondaire et donnât plusieurs enfants au monarque, dont la puissance et l'écrasante personnalité risquaient de décourager plusieurs successeurs potentiels. L'Égypte avait connu un grave précédent : Pépi le Second, mort à plus de cent ans, avait survécu à ses enfants et, lors de son décès, il avait laissé le pays en proie à un vide qui s'était transformé en crise aiguë. Si Ramsès vivait vieux, qu'adviendrait-il du royaume, si Khâ ou Méritamon, pour quelque raison que ce fût, étaient incapables de lui succéder ?

Il était impossible à un pharaon de mener l'existence d'un homme ordinaire. Même ses amours et sa famille devaient servir à la pérennité de l'institution qu'il incarnait.

Mais il y avait Néfertari, femme entre les femmes, et l'amour sublime qu'elle lui offrait. Ramsès ne voulait ni trahir sa fonction ni partager son désir avec une autre femme, fût-elle Iset la belle.

Et ce fut le Nil qui lui offrit la réponse, le Nil dont l'énergie fécondait les deux rives lors de l'inondation, avec une générosité inépuisable.

La cour était réunie dans la grande salle d'audience de Pi-Ramsès, et les rumeurs allaient bon train. À l'instar de son père Séthi, Ramsès était plutôt avare de ce genre de cérémonie ; il préférait le travail en tête à tête avec ses ministres aux discussions oiseuses avec une assemblée dont les membres ne songeaient qu'à l'encenser.

Lorsque le pharaon apparut, tenant dans la main droite un bâton autour duquel était enroulée une corde, beaucoup cessèrent quelques instants de respirer. Ce symbole indiquait que Ramsès allait prendre un décret qui aurait immédiatement force de loi. Le bâton symbolisait le Verbe, la corde le lien avec la réalité que le roi ferait naître en énonçant les termes d'une décision mûrement réfléchie.

Émotion et angoisse s'emparèrent de la cour. Nul n'en douta : Ramsès décréterait l'état de guerre avec les Hittites. Un ambassadeur serait envoyé au Hatti et remettrait à l'empereur le message de Pharaon, précisant la date du début du conflit.

— Les paroles que je prononce forment un décret royal, déclara Ramsès. Il sera gravé sur les stèles, les hérauts le proclameront dans les villes et dans les villages, chaque habitant des Deux Terres en sera informé. À partir de ce jour et jusqu'à mon dernier souffle, j'élèverai à la dignité de « fils royal » et de « fille royale » des enfants qui seront éduqués à l'école du palais et recevront le même enseignement que mon fils Khâ et ma fille Méritamon. Leur nombre est illimité, et c'est parmi eux que je choisirai mon successeur, sans qu'il en soit informé avant le moment opportun.

La cour fut stupéfaite et ravie. Chaque père et chaque mère eurent le secret espoir que leur enfant serait élevé à cette dignité ; déjà, certains songeaient à vanter les mérites des rejetons pour influencer le choix de Ramsès et de Néfertari.

Ramsès enveloppa dans un grand châle les épaules de Néfertari, qui se remettait d'un refroidissement.

— Il provient du meilleur atelier de Saïs ; la supérieure du temple l'a tissé de ses propres mains.

Le sourire de la reine illumina le ciel maussade du Delta.

— J'aurais tant aimé partir pour le Sud, mais je sais que c'est impossible.

— Je le déplore, Néfertari, mais je dois surveiller l'entraînement de mes troupes.

— Iset te donnera un nouveau fils, n'est-ce pas ?

— Les dieux en décideront.

— C'est bien ainsi. Quand la reverras-tu ?

— Je l'ignore.

— Mais... Tu m'avais promis...

— Je viens de prendre un décret.

— Quel rapport avec Iset ?

— Ta volonté a été exaucée, Néfertari : nous aurons plus d'une centaine de fils et de filles, et ma succession sera assurée.

37

— J'ai la preuve du mensonge de Raia, affirma Serramanna, enthousiaste.

Améni demeura impassible.

— M'as-tu bien entendu ?

— Oui, oui, répondit le secrétaire particulier du roi.

Le Sarde comprit la raison de la passivité d'Améni ; une fois de plus, le scribe n'avait dormi que deux ou trois heures et tardait à se réveiller.

— J'ai ici la déclaration du magasinier de Raia, signée et authentifiée par des témoins. L'employé indique clairement que son patron, qui ne se trouvait pas à Bubastis le jour du meurtre de Nénofar, l'a payé pour faire un faux témoignage.

— Félicitations, Serramanna, c'est du beau travail. Ton magasinier est-il... intact ?

— Quand il a quitté le bureau du scribe, il manifestait le désir ardent de participer à la grande fête de la ville et d'y rencontrer quelques jeunes femmes peu farouches.

— Du beau travail, vraiment...

— Tu ne saisis pas : l'alibi de Raia est détruit, nous pouvons l'arrêter et l'interroger !

— Impossible.

— Impossible ? Qui s'opposerait...

— Raia a échappé à ses suiveurs et disparu dans une ruelle de Memphis.

Chénar averti et hors de danger, Raia devait s'éclipser. Persuadé qu'Améni examinerait tout envoi à destination de la Syrie du Sud, même s'il ne s'agissait que d'une jarre de conserves, il n'était plus en mesure d'informer les Hittites. Confier un message à l'un des membres de son réseau lui paraissait trop risqué ; on trahissait si facilement un homme en fuite, recherché par la police de Pharaon ! Seule solution, envisagée dès le moment où il avait été soupçonné : entrer en contact avec son chef de réseau, malgré l'interdiction formelle.

Semer les policiers qui le filaient en permanence n'avait pas été une mince affaire ; grâce au dieu de l'orage qui s'était déclenché sur Memphis à la tombée du jour, il avait réussi à leur fausser compagnie en s'engouffrant dans un atelier qui possédait une double sortie.

En passant par les toits, il s'était introduit dans la demeure de son chef de réseau, au plus fort de la tourmente, alors que des éclairs zébraient le ciel et qu'un vent violent soulevait des nuages de poussière dans les rues désertes.

La maison était plongée dans les ténèbres et semblait abandonnée. Raia s'habitua au manque de clarté et s'aventura à pas comptés dans la salle d'hôte, sans faire le moindre bruit. Un gémissement parvint à son oreille.

Inquiet, le marchand avança.

Une nouvelle plainte, exprimant une douleur intense, mais contenue. Là-bas, un rai de lumière sous une porte.

Le chef du réseau avait-il été arrêté et torturé ? Non, c'était impossible ! Seul Raia le connaissait.

La porte s'ouvrit, la flamme d'une torche aveugla le Syrien qui recula en protégeant ses yeux de ses mains croisées.

– Raia... Que fais-tu ici ?

– Pardonnez-moi, mais je n'avais pas le choix.

Le marchand syrien n'avait rencontré son chef de réseau qu'une seule fois, à la cour de Mouwattali, mais il ne l'avait pas oublié : grand, maigre, les pommettes saillantes, les yeux vert sombre, l'allure d'un oiseau de proie.

Soudain, Raia craignit qu'Ofir ne le supprimât sur-le-champ. Mais le Libyen demeura d'un calme inquiétant.

Dans le laboratoire, la blonde Lita continuait à gémir.

— Je la préparais pour une expérience, précisa Ofir en refermant la porte.

La pénombre affola Raia ; n'était-elle pas le royaume du mage noir ?

— Ici, nous serons au calme pour parler. Tu as enfreint les consignes.

— Je sais, mais j'allais être arrêté par les hommes de Serramanna.

— Ils sont encore en ville, je suppose.

— Oui, mais je les ai semés.

— S'ils t'ont suivi, ils ne tarderont pas à faire irruption. En ce cas, je serai contraint de te tuer et d'affirmer que j'ai été agressé par un cambrioleur.

Dolente, qui dormait à l'étage sous l'effet d'un somnifère, cautionnerait la version d'Ofir.

— Je connais mon métier, ils ne m'ont pas suivi.

— Souhaitons-le, Raia. Que s'est-il passé ?

— Une succession de malchances.

— Ne serait-ce pas plutôt une série de maladresses ?

Le Syrien s'expliqua, sans omettre le moindre détail. Face à Ofir, il était préférable de ne pas biaiser ; le mage n'avait-il pas le pouvoir de lire dans les pensées ?

Un long silence succéda aux déclarations de Raia. Ofir réfléchissait avant de rendre son verdict.

— Tu n'as pas eu de chance, il est vrai ; mais il nous faut admettre que ton réseau est détruit.

— Mes magasins, mes stocks, la fortune que j'avais amassée...

— Tu les retrouveras quand le Hatti aura conquis l'Égypte.

— Les démons de la guerre vous entendent !

— Douterais-tu de notre victoire finale ?

— Pas un instant! L'armée égyptienne n'est pas prête. D'après mes dernières informations, son programme d'armement prend du retard, et les officiers supérieurs redoutent un affrontement direct avec les forces hittites. Des soldats qui ont peur sont déjà vaincus.

— Un excès de confiance peut conduire à la défaite, objecta Ofir; nous ne devons rien négliger pour entraîner Ramsès dans l'abîme.

— Continuerez-vous à manipuler Chénar?

— Pharaon le soupçonne-t-il?

— Il se méfie de son frère, mais ne peut supposer que Chénar soit devenu notre allié. Comment imaginer qu'un Égyptien, membre de la famille royale et ministre des Affaires étrangères, trahisse son pays? À mon sens, Chénar demeure, pour nous, un pion essentiel. Qui me remplacera?

— Tu n'as pas à le savoir.

— Vous êtes obligé de faire un rapport sur moi, Ofir...

— Il sera élogieux. Tu as fidèlement servi le Hatti, l'empereur en tiendra compte et saura te récompenser.

— Quelle sera ma nouvelle mission?

— Je soumettrai un projet à Mouwattali, il décidera.

— Ce parti atonien... Est-ce sérieux?

— Je me moque des partisans d'Aton comme des autres croyants; mais ce sont des moutons qu'il est facile de conduire à l'abattoir. Puisqu'ils mangent dans ma main, pourquoi se priver de leur crédulité?

— Cette fille qui est avec vous...

— Une illuminée et une demeurée, mais un excellent médium. Elle me permet d'obtenir de précieux renseignements qui, sans son concours, seraient hors d'atteinte. Et j'espère bien affaiblir les défenses de Ramsès.

Ofir songea à Moïse, un allié potentiel dont il avait regretté la fuite et la disparition. En interrogeant Lita, pendant une transe, il avait acquis la certitude que l'Hébreu était toujours vivant.

— Ne puis-je me reposer ici quelques jours? interrogea le Syrien. Mes nerfs ont été à rude épreuve.

– Trop risqué. Rends-toi au port immédiatement, à l'extrémité sud, et embarque sur le chaland qui part pour Pi-Ramsès.

Ofir donna au Syien les mots de passe et les contacts nécessaires pour sortir d'Égypte, traverser Canaan et la Syrie du Sud, et gagner la zone d'influence hittite.

Aussitôt après le départ de Raia, le mage vérifia que Lita s'était profondément endormie et quitta la villa.

Le mauvais temps persistant l'arrangeait ; il passerait inaperçu et regagnerait vite son antre après avoir ordonné au remplaçant de Raia d'entrer en scène.

Chénar dévorait. Bien que son raisonnement l'eût rassuré, il lui fallait calmer son angoisse en mangeant. Il avalait une caille rôtie lorsque son intendant lui annonça la visite de Méba, l'ex-ministre des Affaires étrangères dont il avait pris la place en lui faisant croire que seul Ramsès était responsable de sa déchéance.

Méba était l'un de ces hauts fonctionnaires dignes et compassés, scribes de père en fils, habitués à se mouvoir dans les méandres de l'administration, à éviter les soucis quotidiens et à ne se préoccuper que de promotion. En devenant ministre, Méba avait atteint un sommet où il espérait demeurer jusqu'à sa retraite ; mais l'intervention inopinée de Chénar, dont il ne saurait jamais rien, l'avait privé de son poste. Réduit au désœuvrement, le diplomate s'était retiré dans son vaste domaine de Memphis et se contentait de quelques apparitions à la cour de Pi-Ramsès.

Chénar se lava les mains et la bouche, se parfuma et vérifia sa coiffure. Il connaissait la coquetterie de son visiteur et ne lui serait pas inférieur.

– Mon cher Méba ! Quel plaisir de te revoir dans la capitale... Me feras-tu l'honneur d'être présent à la réception que je donne demain soir ?

– Avec joie.

242

– Je sais que le moment ne se prête guère aux réjouissances, mais il ne faut pas sombrer dans la morosité. Le roi lui-même tient à ne rien modifier aux habitudes du palais.

Le visage large et rassurant, Méba restait un séducteur aux gestes élégants et à la voix posée.

– Êtes-vous satisfait de votre fonction, Chénar ?

– Elle n'est pas facile, mais je m'en acquitte au mieux, pour la grandeur du pays.

– Connaissez-vous Raia, marchand syrien ?

Chénar se raidit.

– Il me vend des vases précieux, d'une remarquable qualité et d'un prix plutôt élevé.

– N'évoquez-vous pas d'autres sujets, lors de vos entretiens ?

– Qu'est-ce qui te prend, Méba ?

– Vous n'avez rien à craindre de moi, Chénar, au contraire.

– À craindre... que veux-tu dire ?

– Vous attendiez le successeur de Raia, n'est-ce pas ? Me voici.

– Toi, Méba...

– Je supporte mal l'inactivité. Lorsque le réseau hittite m'a contacté, j'ai saisi l'occasion de me venger de Ramsès. Que l'ennemi vous ait choisi pour lui succéder ne me choque pas, à condition que vous me redonniez le ministère des Affaires étrangères, lorsque vous prendrez le pouvoir.

Le frère aîné du roi semblait assommé.

– Votre parole, Chénar.

– Tu l'as, Méba, tu l'as...

– Je vous transmettrai les directives de nos amis. Si vous avez un message à leur adresser, vous passerez par moi. Puisque vous m'engagez dès aujourd'hui comme adjoint, à la place d'Âcha, nous aurons l'occasion de nous voir souvent. Personne ne se méfiera de moi.

38

Une pluie glaciale tombait sur Hattousa, la capitale de l'empire hittite. La température devenait négative, on brûlait de la tourbe et du bois pour se réchauffer. C'était l'époque où de nombreux enfants mouraient; les garçons survivants feraient d'excellents soldats. Quant aux filles, qui n'avaient pas le droit d'hériter, elles n'avaient d'autre espoir qu'un bon mariage.

En dépit de la rudesse du climat, Ouri-Téchoup, fils de l'empereur et nouveau général en chef, avait durci l'entraînement. Mécontent des performances physiques des fantassins, il les contraignait à marcher plusieurs heures, chargés d'armes et de nourriture, comme s'ils partaient sur les routes pour une longue campagne. Épuisés, plusieurs hommes avaient succombé. Ouri-Téchoup les avait abandonnés sur le bord du chemin, estimant que les incapables ne méritaient pas de sépultures. Les vautours se repaîtraient de leurs cadavres.

Le fils de l'empereur ne ménageait pas davantage les équipages des chars, leur enjoignant de pousser leurs chevaux et leurs véhicules à l'extrême limite de leurs possibilités. De nombreux accidents mortels l'avaient convaincu que certains charriers ne maîtrisaient pas le matériel récent et s'étaient empâtés au cours d'une trop longue période de paix.

Nulle protestation ne s'élevait dans les rangs des militaires.

Chacun pressentait qu'Ouri-Téchoup préparait les troupes à la guerre et que la victoire dépendrait de sa rigueur. Satisfait de sa popularité naissante, le général n'oubliait pas que le chef suprême de l'armée demeurait Mouwattali. Être ainsi éloigné de la cour, à diriger des manœuvres dans des coins perdus d'Anatolie, présentait un risque : aussi Ouri-Téchoup avait-il payé des courtisans chargés de lui procurer un maximum d'informations sur les agissements de son père et d'Hattousil.

En apprenant que ce dernier était parti en tournée d'inspection dans les pays voisins, soumis à l'influence hittite, Ouri-Téchoup fut à la fois étonné et rassuré. Étonné, parce que le frère de l'empereur sortait rarement de la capitale ; rassuré, parce que son absence l'empêchait de nuire en distillant ses conseils perfides, au bénéfice de la caste des marchands.

Ouri-Téchoup détestait les marchands. Après sa victoire sur Ramsès, il chasserait Mouwattali, monterait sur le trône du Hatti, enverrait Hattousil périr dans les mines de sel et enfermerait son épouse Poutouhépa, arrogante et comploteuse, dans un bordel de province ; quant aux marchands, ils seraient enrôlés de force dans l'armée.

L'avenir du Hatti était tracé : devenir une dictature militaire dont lui, Ouri-Téchoup, serait le maître absolu.

S'attaquer à l'empereur, dont le prestige demeurait intact, après plusieurs années d'un règne habile et cruel, eût été prématuré ; malgré son caractère bouillant, Ouri-Téchoup saurait se montrer patient et attendre la première faute de son père. Soit Mouwattali consentirait à abdiquer, soit son fils le supprimerait.

Engoncé dans un épais manteau de laine, l'empereur se tenait près d'une cheminée dont la chaleur le réchauffait à peine. L'âge venant, il supportait de plus en plus mal les rigueurs de l'hiver, mais n'aurait pu se passer du spectacle grandiose que lui offraient les montagnes couvertes de neige. Parfois, il était tenté de renoncer à la politique de conquête pour se contenter d'une exploitation des richesses naturelles de son pays; mais l'illusion se dissipait vite, car l'expansion était indispensable à la survie de son peuple. Conquérir l'Égypte revenait à posséder une corne d'abondance dont il confierait, dans un premier temps, la gestion au frère aîné de Ramsès, l'ambitieux Chénar, afin de rassurer la population. Ensuite, il se débarrasserait de ce traître et imposerait aux Deux Terres une administration hittite qui aurait tôt fait d'étouffer toute velléité de révolte.

Le principal danger, c'était son propre fils, Ouri-Téchoup. L'empereur avait besoin de lui pour redonner aux troupes vigueur et combativité, mais il devait l'empêcher d'exploiter à son avantage les résultats d'un triomphe. Guerrier intrépide, Ouri-Téchoup n'avait pas le sens de l'État et serait un déplorable administrateur.

Le cas d'Hattousil était différent. Quoique malingre et de santé fragile, le frère de l'empereur possédait les qualités d'un gouvernant et savait demeurer dans l'ombre, en faisant oublier son influence réelle. Que désirait-il vraiment? Mouwattali était incapable de répondre à cette question, et redoublait donc de méfiance.

Hattousil se présenta devant l'empereur.

— Heureux voyage, mon frère?

— Les résultats sont à la hauteur de nos espérances.

Hattousil éternua à plusieurs reprises.

— Un refroidissement?

— Les relais sont mal chauffés; mon épouse m'a préparé du vin chaud, et des bains de pieds brûlants viendront à bout de ce méchant rhume.

— Nos alliés t'ont-ils réservé un bon accueil?

— Ma visite les a surpris; ils redoutaient une levée d'impôts supplémentaires.

— Il est bon d'entretenir un climat de crainte chez nos vassaux. Lorsque l'échine manque de souplesse, la désobéissance approche.

246

— C'est pourquoi j'ai évoqué les errements passés de tel ou tel prince, et la mansuétude de l'empereur, avant d'entrer dans le vif du sujet.

— Le chantage demeure l'arme privilégiée de la diplomatie, Hattousil; il semble que tu la manies avec beaucoup de dextérité.

— Un art difficile dont la maîtrise n'est jamais acquise, mais dont les effets se révèlent positifs. Tous nos vassaux, sans exception, ont répondu à notre... invitation.

— Tu m'en vois fort satisfait, mon cher frère. Quand leurs préparatifs seront-ils achevés?

— Dans trois ou quatre mois.

— La rédaction de documents officiels sera-t-elle indispensable?

— Mieux vaut l'éviter, estima Hattousil; nous avons infiltré des espions sur le territoire ennemi, les Égyptiens en ont peut-être fait autant sur le nôtre.

— Peu probable, mais la prudence s'impose.

— Pour nos alliés, l'effondrement de l'Égypte est une priorité. En donnant leur parole au représentant officiel du Hatti, c'est à l'empereur qu'ils l'ont donnée. Ils garderont le silence jusqu'au déclenchement de l'action.

Les yeux brillant de fièvre, Hattousil appréciait la chaleur de la pièce dont les fenêtres avaient été fermées par des panneaux de bois recouverts d'étoffes.

— Comment se déroule la préparation de notre armée?

— Ouri-Téchoup s'acquitte parfaitement de sa tâche, répondit Mouwattali; l'efficacité de nos troupes sera bientôt à son maximum.

— Pensez-vous que votre lettre et celle de mon épouse aient endormi la méfiance du couple royal?

— Ramsès et Néfertari ont répondu de manière fort aimable, et nous poursuivrons cette correspondance. Au moins, elle les troublera. Qu'advient-il de notre réseau d'espionnage?

— Celui du marchand syrien Raia a été démantelé, et ses

membres se sont dispersés. Mais notre principal agent, le Libyen Ofir, continuera à nous transmettre de précieux renseignements.

— Que faire de ce Raia ?

— Une élimination brutale me semblait une bonne solution, mais Ofir a eu une meilleure idée.

— Prends un repos bien mérité auprès de ta délicieuse épouse.

Le vin chaud aux épices apaisa la fièvre et dégagea les sinus d'Hattousil, le bain de pieds bouillant lui procura une sensation de bien-être qui le récompensa des nombreuses heures de voyage sur les routes d'Asie. Une servante lui massa les épaules et le cou, et un barbier le rasa, sous la surveillance de Poutouhépa.

— Ta mission a-t-elle été remplie ? demanda-t-elle quand ils furent seuls.

— Je le crois, ma chère.

— De mon côté, j'ai rempli la mienne.

— Ta mission... De quoi parles-tu ?

— Rester inactive n'est pas dans mon tempérament.

— Explique-toi, je t'en prie !

— Toi dont l'esprit est si délié, n'as-tu pas encore compris ?

— Ne me dis pas...

— Mais si, très cher diplomate ! Pendant que tu exécutais les ordres de l'empereur, je m'occupais de ton rival, de ton seul rival.

— Ouri-Téchoup ?

— Qui d'autre freine ton ascension et tente de contrecarrer ton influence ? Sa nomination lui a tourné la tête. Il se voit déjà empereur !

— C'est Mouwattali qui le manipule, non l'inverse !

— Lui et toi sous-estimez le danger.

— Tu te trompes, Poutouhépa ; l'empereur est lucide. S'il a confié ce rôle à son fils, c'est pour dynamiser l'armée et lui donner sa pleine efficacité, le jour du combat. Mais Mouwattali ne pense pas qu'Ouri-Téchoup sera capable de gouverner le Hatti.

— Te l'a-t-il confié?

— Tel est mon sentiment.

— Il ne me suffit pas! Ouri-Téchoup est violent et dangereux, il nous hait, toi et moi, et rêve de nous écarter du pouvoir. Parce que tu es le frère de l'empereur, il n'ose pas t'attaquer de front, mais il te frappera dans le dos.

— Sois patiente, Ouri-Téchoup se condamnera de lui-même.

— Trop tard.

— Comment, trop tard?

— J'ai agi comme il fallait agir.

Hattousil redoutait de comprendre.

— Un représentant de la caste des marchands est en route pour le quartier général d'Ouri-Téchoup, révéla Poutouhépa. Il demandera à lui parler et, pour le mettre en confiance, lui confiera que plusieurs riches marchands verraient d'un bon œil la fin de Mouwattali et l'avènement de son fils. Notre homme poignardera Ouri-Téchoup, et nous serons enfin débarrassés de ce monstre.

— Le Hatti a besoin de lui... C'est trop tôt, beaucoup trop tôt! Il est indispensable qu'Ouri-Téchoup prépare nos troupes au combat.

— Tenteras-tu de le sauver? questionna Poutouhépa, ironique.

Endolori, fiévreux, les genoux raides, Hattousil se leva.

— Je repars sur-le-champ.

39

Il était impossible de reconnaître l'élégant et raffiné Âcha sous le manteau usé et grossier d'un postier qui parcourait à cheval les routes de Syrie du Nord. Juché sur un âne robuste qui guidait deux congénères, portant chacun une soixantaine de kilos de documents divers, Âcha venait de pénétrer dans la zone d'influence hittite.

Il avait passé plusieurs semaines en Canaan et en Amourrou pour examiner de près les systèmes défensifs des deux protectorats, discuté avec les officiers égyptiens chargés d'organiser la résistance contre un déferlement hittite et allongé sa liste de maîtresses d'une bonne dizaine de jeunes femmes inventives.

Benteshina, le prince d'Amourrou, avait beaucoup apprécié le comportement d'Âcha. Hôte délicat, amateur de bonne chère, l'Égyptien n'avait formulé aucune exigence désagréable, se contentant de demander au prince d'avertir Ramsès dès qu'il suspecterait une manœuvre agressive de la part des Hittites.

Puis Âcha avait repris le chemin de l'Égypte ; du moins l'avait-il laissé croire. Obéissant aux ordres, son escorte s'était engagée sur la route côtière, en direction du Sud, tandis que le diplomate détruisait ses vêtements égyptiens et, muni d'un accréditif hittite parfaitement imité, se glissait dans le costume d'un postier et partait pour le Nord.

De rapports contradictoires en relations imprécises, comment se former un jugement réaliste sur les véritables intentions du Hatti, sinon en explorant le pays? Puisque le désir de Ramsès correspondait au sien propre, Âcha avait accepté la mission sans rechigner; détenteur d'une information de première main, il mènerait le jeu à sa guise.

La grande force des Hittites ne consistait-elle pas à faire croire qu'ils étaient invulnérables et prêts à conquérir le monde? Voilà la question cruciale à laquelle il fallait répondre, à partir d'éléments concrets.

Le poste-frontière hittite était gardé par une trentaine de soldats en armes, aux mines patibulaires. Pendant de longues minutes, quatre fantassins tournèrent autour d'Âcha et de ses trois ânes. Le faux postier resta immobile, ahuri.

Le fer d'une lance toucha la joue gauche d'Âcha.

— Ton accréditif?

De son manteau, Âcha sortit une tablette rédigée en écriture hittite.

Le soldat la lut et la passa à un collègue qui la lut à son tour.

— Où vas-tu?

— Je dois apporter des lettres et des factures aux marchands d'Hattousa.

— Montre-les.

— C'est confidentiel.

— Il n'y a rien de confidentiel pour l'armée.

— Je ne voudrais pas avoir d'ennuis avec les destinataires.

— Si tu n'obéis pas, tu vas avoir beaucoup d'ennuis.

Les doigts gourds à cause du froid, Âcha ôta les ficelles qui fermaient les sacs contenant les tablettes.

— Du charabia commercial, constata le soldat. On va te fouiller.

Le facteur ne portait pas d'armes. Dépités, les Hittites n'avaient rien à lui reprocher.

— Avant d'entrer dans un village, présente-toi au poste de contrôle.

– C'est nouveau, ça.

– Tu n'as pas à poser de questions. Si tu ne te présentes pas à chaque poste de contrôle, tu seras considéré comme un ennemi et abattu.

– Il n'y a pas d'ennemis sur le territoire hittite !

– Tu obéis, c'est tout.

– Bon, bon...

– Déguerpis, on t'a assez vu !

Âcha s'éloigna, sans hâte, comme un homme paisible qui n'avait rien commis d'illégal. Marchant à côté de l'âne de tête, il se régla sur son pas tranquille, et prit la route menant à Hattousa, au cœur de l'Anatolie.

À plusieurs reprises, son regard chercha le Nil. Il n'était pas facile de s'accoutumer à un paysage tourmenté, dépourvu de la simplicité de la vallée qu'irriguait le fleuve divin. Âcha regrettait la séparation nette entre les cultures et le désert, le vert des champs et l'or du sable, les couchers de soleil aux mille couleurs. Mais il devait les oublier et ne se préoccuper que du Hatti, cette terre froide et hostile dont il percerait les secrets.

Le ciel était bas, de violentes averses se déclenchaient. Les ânes évitaient les flaques d'eau et s'arrêtaient, à leur gré, pour déguster de l'herbe mouillée.

Ce paysage n'était pas propice à la paix. Dans ses veines circulait une férocité qui poussait les habitants à concevoir l'existence comme une guerre et l'avenir comme l'anéantissement d'autrui. Combien de générations aurait-il fallu pour rendre fertiles ces vallées désolées, surveillées par de rigides montagnes, et transformer les soldats en paysans ? Ici, l'on naissait pour se battre, et l'on se battait toujours.

La mise en place de postes de contrôle, à l'entrée des villages, intrigua Âcha. Les Hittites redoutaient-ils la présence d'espions sur leur territoire, pourtant quadrillé par les forces de sécurité ? Cette mesure inhabituelle avait la valeur d'un indice. L'armée ne se livrait-elle pas à des manœuvres d'envergure qu'aucun œil curieux ne devait observer ?

À deux reprises, des patrouilles volantes vérifièrent les documents que transportait Âcha et l'interrogèrent sur sa destination. Ses réponses jugées satisfaisantes, il fut autorisé à poursuivre son chemin. Au poste de contrôle du premier village qu'il aborda, le postier subit une nouvelle fouille approfondie. Les soldats étaient nerveux et irritables ; aussi n'émit-il aucune protestation.

Après une nuit de sommeil dans une étable, il se nourrit de pain et de fromage, et continua son voyage, satisfait de constater que son personnage était tout à fait crédible. Au milieu de l'après-midi, il emprunta un sentier de traverse menant à un sous-bois où il se débarrasserait de quelques tablettes destinées à des marchands qui n'existaient pas. Au fur et à mesure de sa progression vers la capitale, il s'allégerait peu à peu de son fardeau.

Le sous-bois surplombait un ravin où gisaient des blocs énormes, dévalés du haut d'un pic que rongeaient les pluies et la neige. À la pente s'accrochaient les racines de chênes torturés.

En ouvrant l'un des sacs que portait l'âne de tête, Âcha eut la sensation d'être épié. Les animaux s'agitèrent. Dérangés, des rouges-gorges s'envolèrent.

L'Égyptien ramassa une pierre et un morceau de bois sec, armes dérisoires face à un éventuel agresseur. Lorsqu'il perçut nettement le bruit d'une cavalcade, Âcha se dissimula à plat ventre derrière une souche.

Quatre hommes à cheval sortirent du sous-bois et entourèrent les ânes. Ce n'étaient pas des soldats, mais des bandits équipés d'arcs et de poignards. Même au Hatti sévissaient des pilleurs de caravanes ; capturés, ils étaient exécutés sur place.

Âcha s'aplatit davantage dans la boue. Si les quatre voleurs le repéraient, ils lui trancheraient la gorge.

Leur chef, un barbu au visage grêlé, huma l'air à la manière d'un chien de chasse.

— Regarde, lui dit l'un de ses compagnons, c'est un maigre butin. Rien que des tablettes... Tu sais lire, toi ?

– Pas eu le temps d'apprendre.

– Ça vaut quelque chose ?

– Pas pour nous.

Rageur, le brigand brisa les tablettes et jeta les morceaux dans le ravin.

– Le propriétaire des ânes... Il ne doit pas être loin et a forcément de l'étain sur lui.

– Dispersons-nous, ordonna le chef. On va le trouver.

Transi de peur et de froid, Âcha ne perdit pas sa lucidité. Un seul bandit venait dans sa direction. L'Égyptien rampa en s'accrochant à une racine. Le chef des pillards le contourna, sans l'apercevoir.

Âcha lui fracassa la nuque avec une grosse pierre. L'homme tomba en avant, la bouche dans la boue.

– Là-bas ! hurla l'un de ses complices qui avait vu la scène.

S'emparant du poignard de sa victime, Âcha le lança avec force et précision. L'arme se planta dans la poitrine du voleur.

Les deux survivants bandèrent leurs arcs.

Âcha n'avait d'autre solution que la fuite. Une flèche siffla à ses oreilles alors qu'il dévalait la pente vers le fond du ravin. Courant à perdre haleine, il lui fallait atteindre un fouillis végétal, composé de buissons et d'épineux, où il serait à couvert.

Une autre flèche érafla son mollet droit, mais il parvint à se jeter dans son abri provisoire. Égratigné, les mains en sang, il progressa dans un énorme roncier, tomba, se releva et recommença à courir.

À bout de souffle, il piétina. Si ses poursuivants le rejoignaient, il n'aurait pas la force de lutter. Mais le silence enveloppa le ravin, à peine troublé par les croassements d'une compagnie de corbeaux se faufilant sous les nuages noirs.

Méfiant, Âcha demeura immobile jusqu'à la nuit. Puis il grimpa la pente et retourna vers l'endroit où il avait abandonné ses ânes, en longeant le bord du ravin.

Les animaux avaient disparu. Ne restaient que les cadavres des deux voleurs.

L'Égyptien souffrait de blessures superficielles, mais douloureuses. Il se lava dans l'eau d'une source, frotta ses chairs meurtries avec trois herbes prises au hasard, grimpa au sommet d'un chêne robuste et dormit étendu sur deux grosses branches presque parallèles.

Âcha rêva d'un lit confortable dans l'une des luxueuses villas que lui avait offertes Chénar, en échange de sa collaboration, d'un étang entouré de palmiers, d'une coupe de vin rare et d'une jolie joueuse de luth qui aurait charmé ses oreilles avant de lui offrir son corps.

Une pluie glacée le réveilla avant l'aube, et il reprit le chemin du Nord.

La perte des ânes et des tablettes le contraignait à changer de personnage. Un postier sans courrier et sans animaux de transport serait considéré comme suspect et arrêté. Aussi lui était-il impossible de se présenter au prochain poste de contrôle et d'entrer dans un village.

En passant par les forêts, il éviterait les patrouilles, mais échapperait-il aux ours, aux lynx et aux brigands qui s'y réfugiaient? L'eau abondait, la nourriture serait plus difficile à trouver. Avec un peu de chance, il piégerait un marchand ambulant et prendrait sa place.

Sa situation n'était guère reluisante, mais rien ne l'empêcherait d'atteindre Hattousa et de découvrir la véritable puissance de l'armée hittite.

40

Après une journée passée à chevaucher pour diriger les manœuvres de la charrerie, Ouri-Téchoup se lavait à l'eau froide. De plus en plus poussé, l'entraînement donnait de bons résultats, mais il ne satisfaisait pas encore le fils de l'empereur. L'armée hittite ne devait laisser aucune chance aux troupes égyptiennes et ne manifester aucune hésitation pendant les diverses phases de l'attaque.

Alors qu'il se séchait en plein vent, son aide de camp l'avertit qu'un marchand, venu d'Hattousa, désirait parler au général en chef.

— Qu'il patiente, dit Ouri-Téchoup, je le verrai demain à l'aube ; les marchands sont nés pour obéir. Quelle tête a celui-là ?

— D'après sa mise, un homme important.

— Il patientera quand même. Qu'il dorme sous la tente la moins confortable.

— Et s'il se plaint ?

— Laissez-le gémir.

Hattousil et son escorte avaient galopé à marches forcées. Le frère de l'empereur ne se préoccupait ni de son rhume ni de sa fièvre, en proie à une obsession : arriver au quartier général d'Ouri-Téchoup avant que l'irréparable ne fût commis.

Lorsque le camp militaire fut en vue, au milieu de la nuit, il paraissait calme. Hattousil se présenta aux gardes qui lui ouvrirent la porte de bois. Précédé de l'officier chargé d'assurer la sécurité, le frère de l'empereur fut admis dans la tente d'Ouri-Téchoup.

Ce dernier se réveilla de méchante humeur. Voir Hattousil ne lui procura aucun plaisir.

— Quelle est la raison de cette visite inattendue?

— Ta vie.

— Qu'est-ce que ça signifie?

— Un complot a été ourdi contre ta personne. On veut te tuer.

— Es-tu sérieux?

— Je reviens d'un voyage épuisant, j'ai la fièvre et n'ai d'autre désir que de me reposer... Crois-tu que j'aurais galopé aussi vite si ce n'était pas sérieux?

— Qui désire me tuer?

— Tu connais mes liens avec la caste des marchands... Pendant mon absence, l'un de ses représentants a confié à mon épouse qu'un fou avait décidé de te supprimer pour éviter la guerre contre l'Égypte et préserver ses bénéfices.

— Son nom?

— Je l'ignore, mais j'ai tenu à te mettre en garde sans délai.

— Cette guerre, tu aimerais bien l'éviter, toi aussi...

— Tu te trompes, Ouri-Téchoup, elle m'apparaît comme nécessaire. Grâce à ta victoire, l'expansion de notre empire se poursuivra. Si l'empereur te nomme à la tête de l'armée, c'est en raison de tes capacités de guerrier et de tes qualités de chef.

Le discours d'Hattousil étonna Ouri-Téchoup, sans dissiper sa méfiance. Le frère de l'empereur maniait la flatterie avec un art consommé.

Pourtant, c'était bien un marchand qui avait sollicité un entretien. Si Ouri-Téchoup l'avait reçu sur-le-champ, peut-être ne serait-il plus de ce monde. Il existait un moyen simple de connaître la vérité et d'apprécier la sincérité d'Hattousil.

Le marchand avait passé une nuit blanche, répétant sans cesse dans sa tête le geste qu'il allait accomplir. Il planterait son poignard dans la gorge d'Ouri-Téchoup afin de l'empêcher de crier, sortirait de la tente du général avec l'allure paisible d'un homme de bien, monterait à cheval et sortirait du camp au petit trot. Ensuite, il forcerait sa monture avant de sauter sur le dos d'un autre cheval, dissimulé dans un petit bois.

Le risque n'était pas mince, mais le marchand haïssait Ouri-Téchoup. Un an auparavant, ce foudre de guerre avait fait périr ses deux fils lors d'une manœuvre insensée au cours de laquelle vingt jeunes étaient morts d'épuisement. Lorsque Poutouhépa lui avait inspiré ce plan, il s'était montré enthousiaste. Peu lui importait la fortune que lui promettait l'épouse d'Hattousil. Même s'il était arrêté et exécuté, il aurait vengé ses fils et supprimé un monstre.

À l'aube, l'aide de camp d'Ouri-Téchoup vint chercher le marchand et le conduisit à la tente du général en chef. L'exécuteur devait contrôler son émotion et parler avec chaleur de ses amis, qui souhaitaient évincer l'empereur et aider son fils à conquérir le pouvoir.

L'aide de camp le fouilla et ne trouva aucune arme. Le poignard court, à double lame, était dissimulé sous l'anodin bonnet de laine qu'avaient coutume de porter les marchands pendant la saison froide.

— Entrez, le général vous attend.

Tournant le dos à son visiteur, Ouri-Téchoup était penché sur une carte.

— Merci de me recevoir, général.

— Sois bref.

— La caste des marchands est divisée. Les uns s'accrochent à la paix, les autres non. Moi, je fais partie de ceux qui souhaitent la conquête de l'Égypte.

— Continue.

L'occasion était trop belle : Ouri-Téchoup ne se retournait pas, occupé à tracer de petits cercles sur une carte.

Le marchand ôta son bonnet, saisit le manche du petit poignard et s'approcha du militaire sans cesser de parler.

— Moi et mes amis sommes persuadés que l'empereur n'est pas capable de nous mener au triomphe que nous espérons. Vous, en revanche, vous, le brillant guerrier, vous... Crève, crève, pour avoir tué mes fils !

Le général se retourna au moment où le marchand frappait. Dans la main gauche, il serrait, lui aussi, le manche d'un poignard. La lame du marchand s'enfonça dans le cou de sa victime, celle du général dans le cœur de son agresseur. Morts, ils tombèrent l'un sur l'autre et s'effondrèrent, les membres emmêlés.

Le véritable Ouri-Téchoup souleva un pan de sa tente.

Pour connaître la vérité, il avait dû sacrifier l'existence d'un simple soldat de même corpulence que lui. L'imbécile avait mal réagi en tuant le marchand que le général eût aimé interroger. Mais il en avait assez entendu pour savoir qu'Hattousil n'avait pas menti.

Le frère de l'empereur, réaliste et prudent, se rangeait donc sous sa bannière, avec l'espoir qu'Ouri-Téchoup, général victorieux et futur maître du Hatti, ne serait pas un ingrat.

Hattousil se trompait.

Âcha n'avait dévalisé ni marchand ni voyageur, car il avait déniché un bien meilleur comparse : une jeune femme d'une vingtaine d'années, veuve et pauvre. Son mari, fantassin à Kadesh, était mort accidentellement lors de la traversée de l'Oronte en crue. Seule, sans enfant, elle cultivait à grand-peine une terre pauvre et ingrate.

En tombant de fatigue sur le seuil de sa ferme, Âcha lui avait expliqué que des brigands l'avaient dévalisé et qu'il s'était enfui en s'écorchant à des ronces et à des épineux. Réduit à la misère, il l'avait suppliée de lui donner refuge au moins pendant une nuit.

Lorsqu'il s'était lavé avec de l'eau tiède, chauffée dans une bassine en terre placée dans l'âtre, les sentiments de la paysanne s'étaient brusquement modifiés. Sa réserve s'était transformée en désir impérieux de caresser ce corps d'homme racé. Privée d'amour depuis de nombreux mois, elle s'était dévêtue à la hâte. Lorsque la paysanne, aux formes épanouies, avait noué les bras autour du cou d'Âcha et appuyé ses seins contre son dos, l'Égyptien ne s'était pas dérobé.

Pendant deux jours, les amants n'étaient pas sortis de la ferme. La paysanne n'était guère expérimentée, mais ardente et généreuse ; elle serait l'une des rares maîtresses dont Âcha garderait un souvenir précis.

Dehors, il pleuvait.

Âcha et la paysanne étaient nus, près de l'âtre. La main du diplomate parcourait les sillons et les vallées de la jeune femme qui gémissait d'aise.

— Qui es-tu vraiment ?

— Je te l'ai dit, un marchand dévalisé et ruiné.

— Je ne te crois pas.

— Pourquoi ?

— Parce que tu es trop raffiné, trop élégant. Tes gestes et ton langage ne sont pas ceux d'un marchand.

Âcha retint la leçon. Les années passées à l'université de Memphis et dans les bureaux du ministère des Affaires étrangères semblaient avoir laissé des traces indélébiles.

— Tu n'es pas un Hittite, tu manques de brutalité. Quand tu fais l'amour, tu songes à l'autre ; mon mari ne prenait que son plaisir. Qui es-tu ?

— Me promets-tu de garder le secret ?

— Par le dieu de l'orage, je le jure !

Le regard de la paysanne brillait d'excitation.

— C'est difficile...

— Aie confiance en moi ! Ne t'ai-je pas donné des preuves de mon amour ?

Il embrassa la pointe de ses seins.

— Je suis le fils d'un noble syrien, expliqua Âcha, et je rêve de m'engager dans l'armée hittite. Mais mon père me l'a interdit, à cause de la rigueur de l'entraînement. Je me suis enfui de chez moi et j'ai voulu découvrir le Hatti, seul, sans escorte, et prouver ma valeur afin d'être recruté.

— C'est de la folie! Les militaires sont des brutes sanguinaires.

— J'ai envie de me battre contre les Égyptiens. Si je n'agis pas, ils s'empareront de mes terres et me dépouilleront de tous mes biens.

Elle posa la tête sur sa poitrine.

— Je déteste la guerre.

— N'est-elle pas inévitable?

— Tout le monde est persuadé qu'elle aura lieu.

— Connais-tu l'endroit où les soldats s'entraînent?

— C'est secret.

— As-tu remarqué des mouvements de troupes, par ici?

— Non, c'est un coin perdu.

— Accepterais-tu de m'accompagner à Hattousa?

— Moi, à la capitale... Je n'y suis jamais allée!

— C'est une bonne occasion. Là-bas, je rencontrerai des gradés et je pourrai m'engager.

— Renonce, je t'en prie! La mort est-elle si tentante?

— Si je n'agis pas, ma province sera détruite. Il faut combattre le mal, et le mal, c'est l'Égypte.

— C'est loin, la capitale...

— Dans la remise, il y a une belle quantité de pots en terre cuite. C'est ton mari qui les a fabriqués?

— Il était potier, avant d'être engagé de force.

— Nous les vendrons et nous résiderons à Hattousa. Il paraît que cette cité est inoubliable.

— Mon champ...

— C'est l'hiver, la terre se repose. Nous partons demain.

Elle s'allongea tout près de l'âtre et tendit les bras pour étreindre son amant.

41

La Maison de Vie d'Héliopolis, la plus ancienne du pays, travaillait à son rythme habituel. Les ritualistes vérifiaient les textes qui seraient utilisés lors de la célébration des mystères d'Osiris, les magiciens d'État s'évertuaient à juguler le mauvais sort et les puissances dangereuses, les astrologues affinaient leurs prévisions pour les mois à venir, les guérisseurs préparaient des potions. Détail insolite, la bibliothèque, comprenant des milliers de papyrus dont la version première des *Textes des Pyramides* et le Rituel de régénération de Pharaon, était inaccessible jusqu'au lendemain.

Elle abritait un lecteur d'exception, Ramsès en personne.

Arrivé pendant la nuit, le monarque s'était enfermé dans la grande bibliothèque aux murs de pierre, dont les armoires contenaient l'essentiel de la science égyptienne, relative au visible comme à l'invisible. Ramsès avait ressenti la nécessité de consulter les archives, en raison de l'état de santé de Néfertari.

La grande épouse royale dépérissait. Ni le médecin de la cour ni Sétaou n'avaient décelé la cause du mal. La reine mère avait formulé un diagnostic inquiétant : agression des forces des ténèbres, contre lesquelles les remèdes habituels de la médecine seraient insuffisants. C'est pourquoi le roi explorait les archives, que tant d'autres monarques avaient consultées avant lui.

Au terme d'une dizaine d'heures de recherche, il entrevit une solution et partit aussitôt pour Pi-Ramsès.

Néfertari avait présidé la réunion des tisserandes venues de tous les temples d'Égypte et donné les directives nécessaires à la fabrication des vêtements rituels jusqu'à la prochaine crue. La reine offrit aux dieux des bandes d'étoffe rouge, blanche, verte et bleue, et sortit du temple soutenue par deux prêtresses. Elle parvint à monter dans une chaise à porteurs qui la ramena au palais.

Le docteur Pariamakhou se précipita au chevet de la grande épouse royale et lui fit absorber une potion stimulante, sans grand espoir d'effacer la pesante fatigue qui l'accablait chaque jour davantage. Dès que Ramsès pénétra dans la chambre de son épouse, le praticien s'éclipsa.

Le roi embrassa le front et les mains de Néfertari.

— Je suis épuisée.

— Il faut alléger ton programme officiel.

— Ce n'est pas une faiblesse passagère... Je sens la vie sortir de moi et s'écouler comme un filet d'eau, de plus en plus mince.

— Touya estime qu'il ne s'agit pas d'une maladie normale.

— Elle a raison.

— Quelqu'un s'attaque à nous, dans l'ombre.

— Mon châle... Mon châle préféré! Un mage l'utilise contre moi.

— J'en suis arrivé à cette conclusion, moi aussi, et j'ai demandé à Serramanna de tout mettre en œuvre pour identifier le coupable.

— Qu'il se hâte, Ramsès, qu'il se hâte...

— Nous avons d'autres moyens de lutter, Néfertari; mais il nous faut quitter Pi-Ramsès dès demain.

— Où m'emmènes-tu?

— Dans un endroit où tu seras à l'abri de notre ennemi invisible.

Ramsès passa de longues heures avec Améni. Le porte-sandales et secrétaire particulier de Pharaon ne lui signala aucun incident notable dans la marche des affaires de l'État. Toujours angoissé à l'idée d'une absence prolongée du monarque, le scribe s'engagea à ne rien négliger afin d'éviter tout impair qui compromettrait le bien-être du pays. Ramsès constata qu'Améni suivait chaque dossier avec une vigueur exemplaire et rassemblait les informations essentielles avec un sens aigu du classement.

Le roi prit de nombreuses décisions et chargea Améni de les faire appliquer par ses ministres. Quant à Serramanna, il reçut confirmation de ses diverses missions, dont la moindre n'était pas de veiller sur l'entraînement des troupes d'élite casernées à Pi-Ramsès.

Le monarque se promena en compagnie de Touya, dans le jardin où sa mère aimait méditer. Les épaules couvertes d'une cape plissée, elle portait des boucles d'oreilles en forme de lotus et un collier d'améthystes qui adoucissaient son visage sévère.

— Je pars pour le Sud avec Néfertari, mère. Ici, elle court un trop grand danger.

— Tu as raison. Tant que nous ne pourrons éteindre l'action du démon qui se cache dans l'ombre, mieux vaut éloigner la reine.

— Veille sur le royaume ; en cas d'urgence, Améni exécutera tes ordres.

— Qu'en est-il de la menace de guerre ?

— Tout est calme, si calme... Les Hittites ne réagissent pas. Mouwattali se contente d'écrire des lettres creuses et protocolaires.

— Ne traduisent-elles pas des dissensions internes ? Mouwattali a éliminé beaucoup d'adversaires avant de s'emparer du pouvoir, certaines rancunes ne sont pas éteintes.

— Ce n'est guère rassurant, estima Ramsès ; quoi de plus efficace qu'une guerre pour effacer les discordes et refaire l'unité ?

— En ce cas, les Hittites préparent une offensive de grande envergure.

— Je souhaite me tromper... Peut-être Mouwattali est-il las des combats et du sang versé.

— Ne réfléchis pas à l'égyptienne, mon fils; le bonheur, la quiétude et la paix ne sont pas des valeurs hittites. Si l'empereur ne prône pas la conquête et l'expansion, il perdra son trône.

— Si l'attaque se déclenche en mon absence, n'attends pas mon retour pour ordonner à l'armée de partir en campagne.

Le petit menton carré de Touya se durcit.

— Aucun Hittite ne franchira la frontière du Delta.

Le temple de la déesse Mout, « la Mère », abritait trois cent soixante-cinq statues de la déesse lionne, Sekhmet, pour célébrer, chaque jour, les rites d'apaisement du matin, et trois cent soixante-cinq autres pour les rites du soir. C'était là que les grands médecins du royaume venaient quérir les secrets de la maladie et de la guérison.

Néfertari psalmodia le rituel qui transformait la fureur meurtrière de la lionne en puissance créatrice; de sa violence contrôlée naissait une capacité de maîtrise des éléments constituant la vie. Le collège des sept prêtresses de Sekhmet communia avec l'esprit de la reine qui, en devenant offrande, faisait jaillir la lumière dans les ténèbres de la chapelle où trônait la redoutable déesse.

La grande prêtresse versa de l'eau sur la tête de la lionne, sculptée dans la diorite, pierre dure et luisante. Le liquide s'écoula sur le corps de la déesse et fut recueilli dans une coupe par une assistante.

Néfertari but l'eau guérisseuse, absorba la magie de Sekhmet dont la formidable énergie l'aiderait à lutter contre la langueur qui s'était insinuée dans ses veines. Puis la grande épouse royale demeura seule avec la lionne à corps de femme pendant un jour et une nuit, dans le silence et les ténèbres.

Quand elle traversa le Nil, tendrement appuyée contre l'épaule de Ramsès, Néfertari se sentit moins oppressée que pendant les dernières semaines. De l'amour du roi naissait une autre magie, aussi efficace que celle de la déesse. Un char les emmena au « Sublime des sublimes », le temple en terrasses adossé à une falaise, œuvre de la reine Pharaon Hatchepsout. Il était précédé d'un jardin dont les plus beaux fleurons étaient des arbres à encens, importés du pays de Pount. Ici régnait la déesse Hathor, souveraine des étoiles, de la beauté et de l'amour. N'était-elle pas la transmutation de Sekhmet?

L'un des bâtiments du temple était un centre de convalescence où les malades prenaient plusieurs bains par jour et faisaient parfois une cure de sommeil. Sur les socles des cuves d'eau tiède, des textes hiéroglyphiques écartaient les maladies.

— Une période de repos est indispensable, Néfertari.

— Mes devoirs de reine...

— Ton premier devoir est de survivre pour que le couple royal demeure la pierre d'angle de l'Égypte. Ceux qui veulent nous abattre tentent de nous séparer afin d'affaiblir le pays.

Le jardin du temple de Deir el-Bahari semblait appartenir à un autre monde; le feuillage des arbres à encens luisait sous le tendre soleil d'hiver. Un réseau de canalisations enterrées à faible profondeur assurait une irrigation constante, modulable en fonction de la chaleur.

Néfertari eut le sentiment que son amour pour Ramsès grandissait encore, qu'il s'épanouissait comme un ciel sans limites; et le regard du roi lui prouva qu'il partageait cet éblouissement. Mais ce bonheur était fragile, si fragile...

— Ne sacrifie pas l'Égypte pour moi, Ramsès; si je disparaissais, prends Iset la belle pour grande épouse royale.

— Tu es vivante, Néfertari, et c'est toi que j'aime.

— Jure-le-moi, Ramsès! jure-moi que seule l'Égypte dictera ta conduite. C'est à elle que tu as voué ton existence, non à un être humain, quel qu'il soit. De ton engagement dépend la vie d'un peuple et, au-delà, la civilisation fondée par nos ancêtres. Sans elle, que deviendrait ce monde? Il serait livré aux hordes barbares, au règne du profit et de l'injustice. Je t'aime de toutes mes forces, et mon ultime pensée sera cet amour; mais je n'ai pas le droit de t'enchaîner, parce que tu es Pharaon.

Ils s'assirent sur un banc de pierre, Ramsès serra Néfertari contre lui.

— Tu es celle qui voit Horus et Seth dans le même être, lui rappela-t-il en utilisant la formule rituelle qui s'appliquait à la reine depuis la première dynastie. C'est par ton regard que Pharaon existe, qu'il est le réceptacle de la lumière et qu'il la répand sur les Deux Terres unifiées. Tous les règnes de mes prédécesseurs se sont nourris de la Règle de Maât, mais aucun ne fut semblable à l'autre, car les humains inventent sans cesse de nouveaux travers. Ton regard est unique, Néfertari; l'Égypte et Pharaon ont besoin de lui.

Au cœur de l'épreuve, elle découvrait un nouvel amour.

— En consultant les archives de la Maison de Vie d'Héliopolis, j'ai décelé des parades contre l'agresseur invisible. Par la double action de Sekhmet et d'Hathor, grâce au repos que tu prendras dans ce temple, ton énergie ne diminuera plus. Mais ce n'est pas suffisant.

— Repars-tu pour Pi-Ramsès?

— Non, Néfertari; il existe un remède peut-être décisif pour te guérir.

— Quel est-il?

— D'après les archives, c'est une pierre de Nubie placée sous la protection de la déesse Hathor, en un site perdu, oublié depuis des siècles.

— Connais-tu son emplacement?

— Je le trouverai.

— Ton voyage risque d'être long...

— Grâce à la force du courant, le retour sera rapide. Si j'ai la chance d'atteindre le site assez vite, mon absence sera brève.

– Les Hittites...

– Ma mère gouverne. En cas d'attaque, elle te préviendra aussitôt, et vous agirez.

Ils s'étreignirent longuement, sous le feuillage des arbres à encens. Elle aurait aimé le retenir, passer le reste de ses jours auprès de lui dans la quiétude du temple.

Mais elle était la grande épouse royale et lui, le pharaon d'Égypte.

42

Lita adressa un regard suppliant au mage Ofir.

– Il le faut, mon enfant.

– Non, j'ai trop mal...

– C'est la preuve que l'envoûtement est efficace. Nous devons continuer.

– Ma peau...

– La sœur du roi te soignera, il ne restera aucune trace de brûlure.

La descendante d'Akhénaton tourna le dos au mage.

– Non, je ne veux plus, je ne supporte plus cette souffrance !

Ofir la tira par les cheveux.

– Ça suffit, petite capricieuse ! Obéis-moi ou je t'enferme dans la cave.

– Pas ça, je vous en conjure, pas ça !

Claustrophobe, la blonde médium redoutait par-dessus tout ce châtiment.

– Viens dans mon laboratoire, dénude ta poitrine et allonge-toi sur le dos.

Dolente, la sœur de Ramsès, déplorait la rudesse du mage, mais lui donnait raison. Les dernières nouvelles de la cour étaient excellentes : Néfertari, souffrant d'une maladie mystérieuse et incurable, était partie pour Thèbes où elle s'éteindrait dans le domaine d'Hathor, à Deir el-Bahari. Sa lente agonie briserait le cœur de Ramsès, qui succomberait à son tour au chagrin.

Pour Chénar, la route du pouvoir serait grande ouverte.

Dès le départ de Ramsès, Serramanna s'était rendu dans chacune des quatre casernes de Pi-Ramsès et avait exigé des officiers supérieurs l'intensification de l'entraînement. Les mercenaires avaient aussitôt réclamé une augmentation, déclenchant une supplique identique de la part des soldats égyptiens.

Confronté à un problème qui le dépassait, le Sarde en avait référé à Améni, lequel avait fait appel à la reine mère dont la réponse avait été immédiate : ou bien soldats et mercenaires obéissaient, ou bien elle les remplaçait par de jeunes recrues. Si Serramanna se montrait satisfait des progrès réalisés lors des manœuvres, Touya envisagerait peut-être une prime spéciale.

Les militaires s'inclinèrent, le Sarde se consacra à son autre mission : tenter de retrouver le mage pour lequel l'intendant Romé avait volé le châle de Néfertari. Ramsès ne lui avait rien caché de ses soupçons, que corroboraient l'étrange mort de Romé et la non moins étrange maladie de la reine.

Si ce maudit intendant avait survécu, l'ex-pirate n'aurait eu aucune peine à le faire parler. Certes, la torture était interdite en Égypte, mais un attentat occulte contre le couple royal n'échappait-il pas à la loi commune ?

Romé était mort, emportant son secret dans un néant peuplé de démons, et la piste menant à son commanditaire semblait coupée. Et s'il ne s'agissait que d'une apparence ? Romé était expansif et bavard, il avait peut-être utilisé les services d'un complice... ou d'une complice.

Interroger ses proches et son personnel donnerait des résultats, à condition de leur poser des questions avec une certaine force de conviction... Serramanna se précipita chez Améni. Il persuaderait le scribe d'adopter sa stratégie.

Toute la domesticité du palais fut convoquée à la caserne du Nord. Lingères, chambrières, maquilleuses, coiffeuses, cuisiniers, balayeurs et autres serviteurs et servantes furent rassemblés dans une salle d'armes gardée par les archers de Serramanna, au visage fermé.

Lorsque le Sarde apparut, casqué et cuirassé, les cœurs se serrèrent.

— De nouveaux vols viennent d'être commis au palais, révéla-t-il. Nous savons que leur auteur est un complice de l'intendant Romé, cet être vil et méprisable que le ciel a châtié. Je vais vous interroger, un par un ; si je n'obtiens pas la vérité, vous serez tous déportés dans l'oasis de Khargeh et là, le coupable parlera.

Serramanna avait déployé beaucoup d'énergie pour convaincre Améni de lui laisser proférer un mensonge et des menaces dépourvues de tout fondement légal. N'importe lequel des domestiques pouvait contester la démarche du Sarde et s'adresser à un tribunal qui condamnerait Serramanna.

L'aspect redoutable du chef de la garde personnelle du roi, son ton impérieux, le caractère angoissant du lieu dissuadèrent quiconque de protester.

Serramanna eut de la chance : la troisième femme qui entra dans la pièce où il procédait à l'interrogatoire se montra loquace.

— Ma tâche consiste à remplacer les fleurs fanées par des bouquets fraîchement coupés, révéla-t-elle. Je détestais ce Romé.

— Pour quelle raison ?

— Il m'a mise dans son lit. Si j'avais refusé, il m'aurait chassée de mon poste.

— Si vous aviez porté plainte, il aurait été renvoyé.

— On dit ça, on dit ça... Et puis Romé m'avait promis une petite fortune si je l'épousais.

— Comment se serait-il enrichi?

— Il ne voulait pas trop en dire, mais au lit, j'ai réussi à le faire un peu causer.

— Que vous a-t-il confié?

— Qu'il vendrait à un prix d'or un objet rare.

— Où comptait-il se le procurer?

— Il l'obtiendrait grâce à une employée, une lingère remplaçante.

— Et quel était cet objet?

— Je l'ignore. Mais je sais que le gros Romé ne m'a jamais rien offert, pas même une amulette! Pour vous avoir dit tout ça, j'aurai une récompense?

« Une lingère remplaçante »... Serramanna se rua chez Améni qui fit venir le tableau de service correspondant à la semaine au cours de laquelle le châle de la reine avait été dérobé.

De fait, une certaine Nany avait bien effectué un remplacement en tant que lingère, sous la responsabilité d'une des femmes de chambre de la reine. Cette dernière la décrivit et confirma qu'elle avait pu avoir accès aux appartements privés de Sa Majesté et participer ainsi au vol du châle.

La femme de chambre indiqua l'adresse que Nany lui avait donnée, lors de son engagement.

— Interroge-la, dit Améni à Serramanna, mais sans nulle brutalité et en respectant la loi.

— Telle est bien mon intention, affirma le Sarde avec sérieux.

Une vieille femme sommeillait sur le seuil de sa demeure, dans le quartier est de la capitale. Serramanna lui toucha doucement l'épaule.

— Réveille-toi, grand-mère.

Elle ouvrit un œil et, de sa main calleuse, chassa une mouche.

— Qui es-tu, toi?

— Serramanna, le chef de la garde personnelle de Ramsès.

— J'ai entendu parler de toi... N'es-tu pas un ancien pirate?

— On ne change pas vraiment, grand-mère. Je suis resté aussi cruel qu'autrefois, surtout quand on me ment.

— Et pourquoi te mentirais-je?

— Parce que je vais te poser des questions.

— Bavarder est un péché.

— Ça dépend des circonstances. Aujourd'hui, bavarder est une obligation.

— Passe ton chemin, pirate; à mon âge, on n'a plus d'obligations.

— Es-tu la grand-mère de Nany?

— Pourquoi le serais-je?

— Parce qu'elle habite ici.

— Elle est partie.

— Quand on a la chance d'être engagée comme lingère au palais, pourquoi s'enfuit-on?

— Je n'ai pas dit qu'elle s'était enfuie, mais qu'elle était partie.

— Où est-elle allée?

— Je n'en sais rien.

— Je te rappelle que je déteste les mensonges.

— Frapperais-tu une vieille femme, pirate?

— Pour sauver Ramsès, oui.

Elle leva des yeux inquiets vers Serramanna.

— Je ne comprends pas... Pharaon serait-il en danger?

— Ta petite-fille est une voleuse, peut-être une criminelle. Si tu te tais, tu seras sa complice.

— Comment Nany serait-elle mêlée à un complot contre Pharaon?

— Elle l'est, j'en ai la preuve.

La mouche revint importuner la vieille femme; Serramanna écrasa l'insecte.

— La mort est joyeuse, pirate, lorsqu'elle soulage d'une

trop grande souffrance. J'avais un bon mari et un bon fils, mais ce dernier a eu le tort d'épouser une horrible femme qui lui a donné une horrible fille. Mon mari est mort, mon fils a divorcé, et c'est moi qui ai élevé son maudit rejeton... Des heures passées à l'éduquer, à la nourrir, à lui enseigner la morale, et tu me parles d'une voleuse et d'une criminelle !

La grand-mère reprit son souffle. Serramanna se tut, espérant qu'elle irait jusqu'au bout de ses confidences. Si elle se taisait, il s'en irait.

— Nany est partie pour Memphis. Elle m'a dit, avec fierté et dédain, qu'elle était capable d'habiter dans une belle villa, derrière l'école de médecine, alors que moi, je mourrai dans cette petite maison !

Serramanna offrit à Améni le résultat de ses investigations.

— Si tu as malmené cette vieille femme, elle portera plainte contre toi.

— Mes hommes sont témoins : je ne l'ai pas touchée.

— Que proposes-tu ?

— Elle m'a donné une description précise de Nany, qui correspond à celle de la femme de chambre de la reine. Dès que je la verrai, je la reconnaîtrai.

— Comment la trouveras-tu ?

— En fouillant chacune des villas du quartier de Memphis où elle réside.

— Et si la vieille t'a menti pour protéger Nany ?

— C'est un risque à courir.

— Memphis n'est pas loin, mais ta présence à Pi-Ramsès est indispensable.

— Tu le reconnais toi-même, Améni : Memphis n'est pas loin. Suppose que je mette la main sur cette Nany et qu'elle me conduise au mage : ne crois-tu pas que Ramsès serait satisfait ?

— « Satisfait » serait un terme faible.

— Alors, autorise-moi à agir.

43

Stupéfaits, Âcha et sa maîtresse découvrirent Hattousa.

Hattousa, la capitale de l'empire hittite, vouée au culte de la guerre et de la force. L'accès aux trois portes de la ville haute – celle du Roi, celle des Sphinx et celle des Lions – étant interdit aux marchands, le couple pénétra dans la cité par l'une des deux portes de la ville basse que surveillaient des soldats armés de lances.

Âcha montra ses pots de terre cuite et invita même un cerbère à en acheter un à bas prix. Le fantassin le repoussa d'un coup de coude et lui ordonna de déguerpir. Le couple, sans se presser, prit la direction du quartier des artisans et des petits commerçants.

Les pitons rocheux, les terrasses de pierre juxtaposées, les énormes blocs utilisés pour le temple du dieu de l'orage... La paysanne était aussi subjuguée que son compagnon. Mais Âcha déplorait le manque de charme et d'élégance de cette architecture rugueuse, dominée par un réseau de fortifications qui rendaient imprenable la capitale incluse dans la rude montagne d'Anatolie. Paix et douceur de vivre ne pouvaient s'épanouir en ce lieu où la violence sourdait de chaque pierre.

L'Égyptien chercha en vain jardins, arbres, plans d'eau, et frissonna, mordu par la bise. Il mesura à quel point son pays était un paradis.

À plusieurs reprises, lui et sa compagne se plaquèrent en hâte contre les murs de briques pour laisser passer une patrouille. Qui ne s'écartait pas à temps, femme, vieillard ou enfant, était bousculé, voire renversé, par des sections de fantassins se déplaçant au pas de course.

L'armée était omniprésente. À chaque coin de rue, des soldats en faction.

Âcha présenta un pot à un grossiste en ustensiles ménagers. Comme il se devait en pays hittite, sa femme se tint derrière lui et garda le silence.

– Du travail propre, estima le grossiste. Tu en produis combien par semaine ?

– J'ai un petit stock que j'ai fabriqué à la campagne. J'aimerais m'installer ici.

– As-tu un logement ?

– Pas encore.

– Je loue des locaux, dans la ville basse ; je t'échange ton stock contre un mois de loyer. Tu auras le temps d'organiser ton atelier.

– Entendu, si vous ajoutez trois morceaux d'étain.

– Tu es dur en affaires !

– Je dois acheter de la nourriture.

– Marché conclu.

Âcha et sa maîtresse emménagèrent dans une petite maison humide, mal aérée, au sol de terre battue.

– Je préférais ma ferme, avoua la paysanne. Au moins, nous avions chaud.

– Nous ne resterons pas longtemps ici. Prends un morceau d'étain, et va acheter des couvertures et de quoi manger.

– Et toi, où vas-tu ?

– Ne t'inquiète pas, je serai de retour dans la nuit.

Grâce à sa parfaite connaissance du hittite, Âcha put dialoguer avec les commerçants qui lui indiquèrent une taverne réputée, au pied d'une tour de guet. Enfumée par les lampes à huile, l'établissement accueillait marchands et artisans.

Âcha lia conversation avec deux hommes barbus et

bavards qui vendaient des pièces détachées pour les chars de combat. Menuisiers, ils avaient abandonné la fabrication des chaises pour s'adonner à cette activité beaucoup plus lucrative.

— Quelle superbe cité, s'extasia Âcha ; je ne l'imaginais pas si grandiose.

— C'est ta première visite, l'ami ?

— Oui, mais je compte ouvrir un atelier.

— Alors, travaille pour l'armée ! Sinon, tu mangeras mal et tu ne boiras que de l'eau.

— Des collègues m'ont dit que la guerre se préparait...
Les menuisiers éclatèrent de rire.

— Tu es le dernier informé ! À Hattousa, ce n'est un secret pour personne. Depuis qu'Ouri-Téchoup, le fils de l'empereur, a été nommé général en chef, les manœuvres sont ininterrompues. Et l'on murmure que nos troupes d'assaut ne feront pas de quartier... Cette fois, l'Égypte est fichue.

— Tant mieux !

— Ça se discute, du moins chez les marchands. Hattousil, le frère de l'empereur, n'était pas partisan d'un conflit, mais il a fini par se laisser convaincre et vient d'apporter son soutien à Ouri-Téchoup. Pour nous, c'est tout bénéfice, et on commence même à faire fortune ! Au rythme de la production actuelle, le Hatti va tripler le nombre de ses chars de combat. Il y en aura bientôt davantage que d'hommes pour les conduire !

Âcha vida son godet rempli d'un vin épais et joua l'homme ivre.

— Vive la guerre ! Le Hatti ne fera qu'une bouchée de l'Égypte... Et nous, nous ferons la fête !

— Il te faudra quand même patienter un peu, l'ami, car l'empereur ne semble pas pressé de déclencher l'offensive.

— Ah... Qu'est-ce qu'il attend ?

— Nous ne sommes pas dans le secret du palais ! Demande-le donc au capitaine Kenzor.

Les deux menuisiers rirent de leur propre plaisanterie.

– Qui c'est, ce Kenzor?

– L'officier de liaison entre le général en chef et l'empereur... Et surtout un chaud lapin, tu peux nous croire! Quand il séjourne à Hattousa, les jolies filles sont en émoi. C'est le gradé le plus populaire du pays.

– Vive la guerre et vive les femmes!

La conversation roula sur les charmes féminins et les bordels de la capitale. Trouvant Âcha sympathique, les menuisiers payèrent les consommations.

Âcha changea de taverne chaque soir. Il noua de nombreux contacts, abordant des sujets frivoles, et lança parfois le nom du capitaine Kenzor.

Enfin, il grappilla une information précieuse : l'officier de liaison venait de rentrer à Hattousa.

Interroger cet officier supérieur lui ferait gagner beaucoup de temps. Il fallait le localiser, trouver un moyen de l'aborder et de lui faire une proposition qu'il ne refuserait pas... Une idée s'imposa.

Âcha revint chez lui, porteur d'une robe, d'un manteau et de sandales.

La paysanne fut émerveillée.

– C'est pour moi?

– Ai-je une autre femme dans ma vie?

– Ce doit être cher!

– J'ai négocié.

Elle voulut toucher les vêtements.

– Non, pas tout de suite!

– Mais... quand?

– Lors d'une soirée spéciale au cours de laquelle je t'admirerai à loisir. Laisse-moi le temps de la préparer.

– Comme tu voudras.

Elle lui sauta au cou et l'embrassa avec fougue.

– Sais-tu que nue, tu es aussi très jolie...

Au fur et à mesure que le bateau royal progressait vers le sud, Sétaou semblait rajeunir. Serrant Lotus contre lui, il redécouvrait avec émerveillement les paysages de Nubie, baignés d'une lumière si pure que le Nil ressemblait à un fleuve céleste, au bleu brillant.

Avec sa hachette, Sétaou avait taillé un bâton fourchu afin de capturer quelques cobras dont il verserait le venin dans une gourde en cuivre. Les seins nus, à peine couverte d'un pagne court volant au vent, la jolie Lotus goûtait avec gourmandise l'air embaumé de son pays natal.

Ramsès dirigeait lui-même la navigation. Expérimenté, l'équipage manœuvrait avec rapidité et précision.

À l'heure des repas, le capitaine remplaçait le roi. Dans la cabine centrale, Ramsès, Sétaou et Lotus déjeunaient de bœuf séché, de salade épicée et de racines de papyrus sucrées, mélangées à de l'oignon doux.

— Tu es un véritable ami, Majesté, reconnut Sétaou ; nous emmener avec toi est un merveilleux cadeau.

— J'avais besoin de tes talents et de ceux de Lotus.

— Bien que nous soyons isolés dans notre laboratoire du palais, des rumeurs désagréables parviennent à nos oreilles. La guerre approche-t-elle vraiment ?

— Je le redoute.

— N'est-il pas dangereux de quitter Pi-Ramsès, en ces temps troublés ?

— La priorité est de sauver Néfertari.

— Je n'ai pas été plus brillant que le docteur Pariamakhou, déplora Sétaou.

— La Nubie recèle un remède miraculeux, n'est-ce pas ? interrogea Lotus.

— D'après les archives de la Maison de Vie, oui ; une pierre créée par la déesse Hathor, sur un site perdu.

— Des précisions, Majesté ?

— Une vague indication : « Au cœur de la Nubie, dans une crique au sable d'or, où la montagne se sépare et s'unit. »

279

– Une crique... donc, tout près du Nil!

– Il faut faire vite, indiqua Ramsès. Grâce à la puissance de Sekhmet et aux soins des spécialistes du temple de Deir el-Bahari, l'énergie ne disparaîtra pas complètement du corps de Néfertari. Mais l'action des forces des ténèbres n'est pas dissipée. Notre espoir réside dans cette pierre.

Lotus contempla le lointain.

– Cette contrée vous aime comme vous l'aimez, Majesté. Parlez-lui et elle vous parlera.

Un pélican survola le bateau royal. Le magnifique oiseau aux grandes ailes n'était-il pas l'une des incarnations d'Osiris, vainqueur de la mort?

44

Le capitaine Kenzor avait trop bu.

Trois jours de permission dans la capitale, c'était l'occasion d'oublier les rigueurs de la vie militaire et de s'étourdir en s'enivrant de vin et de femmes. Grand, moustachu, la voix rauque, il méprisait les filles et ne les jugeait bonnes qu'à donner du plaisir.

Lorsque le vin embrumait son cerveau, Kenzor éprouvait l'envie irrésistible de faire l'amour. Et ce soir-là, à cause d'un cru corsé, il lui fallait des sensations fortes et immédiates. En sortant de la taverne, il tituba et prit la direction d'un bordel.

Le capitaine ne sentit même pas la morsure du froid. Il espérait qu'une vierge serait disponible et qu'elle serait bien effarouchée. La déflorer ne serait que plus amusant.

Un homme l'aborda avec respect.

— Puis-je vous parler, capitaine?

— Qu'est-ce que tu veux, toi?

— Vous proposer une merveille, répondit Âcha.

Kenzor sourit.

— Tu vends quoi?

— Une jeune vierge.

L'œil du capitaine Kenzor s'alluma.

— Combien?

— Dix morceaux d'étain de première qualité.

— C'est cher!

— La marchandise est exceptionnelle.

— Je la veux tout de suite.

— Elle est disponible.

— Je n'ai que cinq morceaux d'étain sur moi.

— Vous me paierez le solde demain matin.

— Tu me fais confiance?

— Après celle-là, j'aurai d'autres vierges à vous proposer.

— Tu es un homme précieux, toi... Allons-y, je suis pressé.

Kenzor était si excité que les deux hommes marchèrent d'un bon pas.

Dans les ruelles endormies de la ville basse, pas âme qui vive.

Âcha poussa la porte de la modeste demeure.

Bien coiffée, la paysanne s'était vêtue avec les habits neufs que lui avait achetés Âcha. Émoustillé, le capitaine Kenzor la détailla du regard.

— Dis donc, marchand... Elle n'est pas un peu trop âgée pour être vierge?

D'une violente ruade, Âcha poussa Kenzor contre un mur; à demi assommé, l'officier perdit presque conscience. L'Égyptien en profita pour lui subtiliser son épée courte dont il planta la pointe dans la nuque de Kenzor.

— Qui... qui es-tu? bredouilla le Hittite.

— Toi, tu es officier de liaison entre l'armée et le palais. Ou bien tu réponds à mes questions, ou bien je te tue.

Kenzor essaya de se dégager, la pointe de l'épée s'enfonça dans sa chair et fit jaillir du sang. L'excès de vin privait le capitaine de ses forces, il était à la merci de son agresseur.

Épouvantée, la paysanne se réfugia dans un angle de la pièce.

— Quand l'attaque contre l'Égypte aura-t-elle lieu, interrogea Âcha, et pourquoi les Hittites fabriquent-ils autant de chars?

Kenzor grimaça. L'homme disposait déjà d'informations sérieuses.

— L'attaque... Secret militaire.

282

— Si tu te tais, tu emporteras ce secret dans ta tombe.

— Tu n'oseras pas...

— Tu te trompes, Kenzor. Je n'hésiterai pas à te supprimer et je tuerai autant de gradés qu'il le faudra pour obtenir la vérité.

La pointe de l'épée s'enfonça davantage, arrachant un cri de douleur à l'officier. La paysanne détourna le regard.

— La date de l'attaque, seul l'empereur la connaît... Moi, je ne suis pas informé.

— Mais tu connais la raison pour laquelle l'armée hittite aura besoin d'un si grand nombre de chars.

La nuque douloureuse, embrumé par l'ivresse, le capitaine Kenzor murmura quelques mots, comme s'il se parlait à lui-même.

Âcha eut l'ouïe assez fine pour les entendre et n'eut pas besoin de lui faire répéter son effarante déclaration.

— Es-tu devenu fou ? demanda-t-il, rageur, à Kenzor.

— Non, c'est la vérité...

— Impossible !

— C'est la vérité.

Âcha était abasourdi. Il venait d'obtenir un renseignement d'une importance capitale, un renseignement qui pouvait changer le sort du monde.

D'un geste précis et violent, l'Égyptien enfonça la pointe de l'épée dans la nuque du capitaine Kenzor, qui mourut sur le coup.

— Retourne-toi, ordonna Âcha à la paysanne.

— Non, laisse-moi, va-t'en !

L'épée tendue, il s'approcha de sa maîtresse.

— Désolé, ma belle, il m'est impossible de te laisser vivre.

— Je n'ai rien vu, rien entendu !

— En es-tu bien sûre ?

— Il marmonnait, je n'ai rien entendu, je te jure !

Elle se mit à genoux.

— Ne me tue pas, je t'en supplie ! Je te serai utile, pour sortir de la ville !

Âcha hésita. La paysanne n'avait pas tort. Les portes de la capitale étant fermées pendant la nuit, il lui fallait attendre le petit matin pour les franchir en compagnie de son épouse. Elle lui servirait à passer inaperçu, et il la supprimerait au détour d'un chemin creux.

Âcha s'assit auprès du cadavre. Incapable de dormir, il ne songeait qu'à prendre au plus tôt la route de l'Égypte et à tirer profit de sa découverte.

L'hiver nubien, passé la fraîcheur du petit jour, était enchanteur. Sur la berge, Ramsès avait aperçu un lion et ses femelles. Des singes, grimpés au sommet des palmiers doums, avaient salué le passage du bateau royal de leurs cris perçants.

Lors d'une escale, les villageois avaient offert au monarque et à sa suite des bananes sauvages et du lait ; à l'occasion de la fête improvisée, Ramsès s'était entretenu avec le chef de la tribu, un vieux sorcier à la chevelure blanchie par quatre-vingt-dix années d'une existence paisible, occupée à soigner les siens.

Lorsque le vieillard voulut s'agenouiller, Ramsès l'en empêcha en le prenant par le bras.

— Ma vieillesse est illuminée... Les dieux m'auront permis de voir Pharaon ! Mon devoir n'est-il pas de m'incliner devant lui et de lui rendre hommage ?

— C'est à moi de vénérer ta sagesse.

— Je ne suis qu'un sorcier de village !

— Quiconque a respecté la Règle de Maât le temps de sa vie est plus digne de respect qu'un faux sage, menteur et injuste.

— N'êtes-vous pas le maître des Deux Terres et de la Nubie ? Moi, je ne règne que sur quelques familles.

— J'ai pourtant besoin de ta mémoire.

Pharaon et le sorcier s'assirent sous le palmier qui servait de parasol au vieillard, lorsque le soleil se faisait trop ardent.

– Ma mémoire... Elle est remplie de ciels bleus, de jeux d'enfants, de sourires de femmes, de bonds de gazelles et de crues bienfaisantes. Tout cela, Pharaon, vous en êtes responsable, à présent! Sans vous, mes souvenirs n'existeraient plus, et les générations futures ne produiraient que des êtres sans cœur.

– Te souviens-tu d'un lieu béni où la déesse de l'amour a créé une pierre miraculeuse, un lieu perdu au cœur de la Nubie?

Avec sa canne, le sorcier dessina une sorte de carte sur le sable.

– Le père de mon père avait rapporté une pierre comme celle-là dans mon village. En la touchant, les femmes retrouvaient la santé. Malheureusement, des nomades l'ont emportée.

– De quel endroit provenait-elle?

La canne désigna un point précis, sur le cours du Nil.

– De cet endroit mystérieux, à la naissance de la province de Koush.

– Que souhaites-tu pour ton village?

– Rien d'autre que ce qui est. Mais n'est-ce pas une grande exigence? Protégez-nous, Pharaon, et gardez la Nubie intacte.

– La Nubie a parlé par ta voix, et je l'ai entendue.

Le bateau royal sortit de la province d'Ouaouat et pénétra dans celle de Koush où, grâce aux interventions de Séthi et de Ramsès, régnait une paix que ne contestaient plus les tribus, toujours prêtes à s'affronter mais redoutant la réaction des soldats de Pharaon.

Ici naissait une terre sauvage et grandiose, dont seul le Nil assurait la survie. De part et d'autre du fleuve, la bande de terre cultivée était mince, mais palmiers et palmiers doums donnaient de l'ombre aux cultivateurs qui luttaient contre le désert.

Soudain, des falaises.

Ramsès eut la sensation que le Nil repoussait toute présence humaine et que la nature s'enfermait en elle-même, dans un espace grandiose.

Une envoûtante odeur de mimosa atténua cette impression de fin du monde.

Deux saillies montagneuses, aux ondulations presque parallèles, s'avançaient vers le fleuve, séparées par un vallon rempli de sable. Au pied des avancées de grès, des acacias en fleur. « Une crique au sable d'or, là où la montagne se sépare et s'unit... »

Comme s'il sortait d'un long sommeil, comme s'il s'arrachait à un envoûtement qui avait trop longtemps obscurci son regard, Ramsès reconnut enfin le site. Pourquoi n'y avait-il pas songé plus tôt?

— Accostons, ordonna-t-il. C'est ici, ce ne peut être qu'ici...

Nue, Lotus plongea dans le fleuve et nagea jusqu'à la berge. Le corps scintillant de gouttelettes argentées, elle courut, avec la souplesse d'une gazelle, jusqu'à un Nubien endormi à l'ombre des arbres. Elle le réveilla, le questionna, courut de nouveau en direction de la montagne, ramassa un morceau de roche et retourna vers le bateau.

Ramsès avait les yeux fixés sur la falaise.

Abou Simbel... C'était bien Abou Simbel, l'union de la puissance et de la magie, le site où il avait décidé de bâtir des temples, le domaine d'Hathor qu'il avait négligé et oublié.

Sétaou aida Lotus à monter à bord. Elle tenait un morceau de grès dans la main droite.

— C'est bien la pierre magique de la déesse. Mais personne, aujourd'hui, ne sait plus utiliser son pouvoir de guérir.

45

Un mince rayon de lumière pénétra par l'étroite fenêtre de la maison humide et froide. Le bruit de pas d'une patrouille réveilla la paysanne; elle sursauta en voyant le cadavre du capitaine.

— Il est là... Il est toujours là!

— Sors de ton cauchemar, recommanda Âcha; cet officier ne témoignera pas contre nous.

— Moi, je n'ai rien fait!

— Tu es ma femme. Si je suis pris, tu seras exécutée, comme moi.

La paysanne se rua sur Âcha et lui martela la poitrine, de ses poings serrés.

— Cette nuit, dit-il, j'ai réfléchi.

Elle s'interrompit, affolée. Dans le regard glacé de son amant, elle vit sa mort.

— Non, tu n'as pas le droit...

— J'ai réfléchi, répéta-t-il. Ou je te tue tout de suite, ou tu m'aides.

— T'aider... mais comment?

— Je suis égyptien.

La Hittite regarda Âcha comme s'il était une créature de l'autre monde.

— Je suis égyptien et je dois retourner dans mon pays au plus vite. Si j'en étais empêché, je veux que tu passes la frontière et que tu préviennes celui qui m'emploie.

— Pourquoi courrais-je un tel risque ?

— En échange du bien-être. Grâce à la tablette que je te remettrai, tu bénéficieras d'un logement en ville, d'une ser vante et d'une rente à vie. Mon maître se montrera généreux

Même dans ses rêves les plus fous, la paysanne n'avait osé imaginer pareille aisance.

— Entendu.

— Nous allons sortir chacun par une porte de la ville, exi gea Âcha.

— Et si tu arrives avant moi en Égypte ? s'inquiéta-t-elle.

— Remplis ta mission et ne te préoccupe de rien d'autre.

Âcha rédigea un court texte en hiératique, forme abrégée de l'écriture hiéroglyphique, et remit la mince tablette de bois à sa maîtresse.

Quand il l'embrassa, elle n'eut pas le courage de le repousser.

— Nous nous reverrons à Pi-Ramsès, lui promit-il.

Lorsque Âcha parvint aux abords de la ville basse, il fut pris dans une cohue de marchands qui, comme lui, tentaient de sortir de la capitale.

Partout, des soldats nerveux.

Impossible de rebrousser chemin, à cause d'une escouade d'archers qui séparaient les civils en plusieurs groupes et les obligeaient à se soumettre à un contrôle.

On vérifiait, on se plaignait, on se bousculait, ânes et mules protestaient, mais cette agitation n'atténuait pas la rudesse des sentinelles gardant la porte.

— Qu'est-ce qui se passe ? demanda Âcha à un commer çant.

— Il est interdit d'entrer dans la ville et difficile d'en sor tir... On recherche un officier qui aurait disparu.

— En quoi sommes-nous responsables ?

— Un officier hittite ne disparaît pas. Quelqu'un l'aura

agressé, voire tué... Sans doute une querelle de palais. On recherche le coupable.

— Des soupçons ?

— Un autre militaire, c'est certain... Encore un résultat de la querelle entre le fils et le frère de l'empereur. L'un finira par éliminer l'autre.

— Les sentinelles fouillent tout le monde...

— Elles s'assurent que l'assassin, un soldat armé, ne tente pas de sortir de la ville sous les habits d'un marchand.

Âcha se détendit.

La fouille était lente et minutieuse. Un homme d'une trentaine d'années fut jeté à terre ; ses amis protestèrent, affirmant qu'il vendait des étoffes et n'avait jamais appartenu à l'armée. Le négociant fut relâché.

Vint le tour d'Âcha.

Un militaire au visage anguleux lui mit la main sur l'épaule.

— Tu es qui, toi ?

— Un potier.

— Pourquoi quittes-tu la ville ?

— Je vais chercher un stock dans ma ferme.

Le soldat s'assura que l'artisan ne portait pas d'arme.

— Je peux partir ?

Le militaire fit un geste dédaigneux.

À quelques mètres d'Âcha, la porte de la capitale hittite, la liberté, la route de l'Égypte...

— Un instant.

Quelqu'un avait parlé, sur la gauche d'Âcha.

Un homme de taille moyenne, aux yeux fureteurs, dont le visage de fouine s'ornait d'une petite barbe en pointe. Il était vêtu d'une robe de laine rouge à rayures noires.

— Arrêtez cet homme, ordonna-t-il aux sentinelles.

Un officier le prit de haut.

— C'est moi qui donne les ordres, ici.

— Mon nom est Raia, dit le personnage à la barbiche. J'appartiens à la police du palais.

– Quel délit a commis ce marchand?

– Il n'est ni hittite, ni potier. Il est égyptien, se nomme Âcha et occupe de hautes fonctions à la cour de Ramsès.

Grâce à la puissance du courant et au profil de son bateau, Ramsès parcourut en deux jours les trois cents kilomètres qui séparaient Abou Simbel d'Éléphantine, la tête de l'Égypte et sa cité la plus méridionale. Deux jours supplémentaires furent nécessaires pour atteindre Thèbes. Les marins avaient fait preuve d'une efficacité extraordinaire, comme si chacun était persuadé de la gravité de la situation.

Pendant le voyage, Sétaou et Lotus n'avaient cessé de travailler sur des échantillons de la pierre de la déesse, un grès d'une qualité unique. À l'approche du débarcadère de Karnak, ils ne cachèrent par leur déception.

– Je ne comprends pas les réactions de cette pierre, avoua Sétaou. Ses propriétés sont anormales, elle résiste aux acides, prend des teintes stupéfiantes et semble animée d'une énergie que je ne parviens pas à mesurer. Comment soigner la reine, si nous ne connaissons pas la formule dans laquelle ce remède entrera en composition et le dosage exact à utiliser?

L'arrivée du monarque surprit le personnel du temple et perturba le protocole. Pressé, Ramsès se rendit au laboratoire principal de Karnak, en compagnie de Sétaou et de Lotus qui livrèrent aux chimistes et aux pharmaciens le résultat de leurs propres expériences.

Le travail de recherche débuta sous la surveillance du roi. Grâce à la bibliothèque scientifique relative aux produits de la Nubie, les experts établirent une liste de substances à mettre en contact avec la pierre de la déesse d'Abou Simbel, afin de chasser les démons qui rongeaient le sang d'un être et le conduisaient à la mort par épuisement.

Restait à choisir les bons ingrédients et à établir le dosage des constituants : plusieurs mois seraient nécessaires pour y parvenir. Navré, le chef du laboratoire ne dissimula pas sa perplexité.

— Disposez les substances sur une table de pierre et laissez-moi seul, exigea Ramsès.

Le roi se concentra et saisit les branches de la baguette de sourcier avec laquelle son père et lui-même avaient découvert de l'eau dans le désert.

Ramsès passa la baguette au-dessus de chaque substance et, lorsqu'elle se manifesta par un soubresaut, isola le produit. Le choix vérifié par un nouveau passage de la baguette, le monarque effectua les dosages selon la même méthode.

La gomme d'acacia, de l'anis, des extraits de fruits entaillés du sycomore, de la coloquinte, du cuivre et des parcelles de la pierre de la déesse furent les composants de la formule.

Maquillée avec art, Néfertari était souriante et joyeuse. Quand Ramsès vint vers elle, la reine lisait le célèbre roman de Sinouhé, dans une version écrite par un scribe à la main particulièrement habile. Elle roula le papyrus, se leva et se blottit dans les bras du roi. Longue et passionnée fut leur étreinte, bercée par les chants des huppes et des rossignols, embaumée par le parfum des arbres à encens.

— J'ai trouvé la pierre de la déesse, dit Ramsès, et le laboratoire de Karnak a préparé un remède.

— Sera-t-il efficace ?

— J'ai utilisé la baguette de radiesthésiste de mon père pour reconstituer une formule oubliée.

— Décris-moi le site de la déesse nubienne.

— Une crique au sable d'or, deux falaises qui s'unissent... Abou Simbel, que j'avais oublié. Abou Simbel, où j'ai décidé de célébrer à jamais notre amour.

La chaleur du corps puissant de Ramsès ramenait la vie qui, peu à peu, la fuyait.

— Un maître d'œuvre et une équipe de tailleurs de pierre partent dès aujourd'hui pour Abou Simbel, poursuivit le roi. Ces falaises deviendront deux temples, indissociables pour l'éternité, comme toi et moi.

– Verrai-je cette merveille ?

– Oui, tu la verras !

– Puisse la volonté de Pharaon s'accomplir.

– S'il en était autrement, serais-je encore digne de régner ?

Ramsès et Néfertari traversèrent le Nil en direction de Karnak. Ils célébrèrent ensemble les rites dans le sanctuaire du dieu Amon, puis la reine se recueillit dans la chapelle de la déesse Sekhmet dont le sourire de pierre lui parut apaisé.

Pharaon donna lui-même à la grande épouse royale la coupe contenant le seul remède qui pourrait vaincre le mal magique dont elle était atteinte.

La potion était tiède et sucrée.

Prise d'un vertige, Néfertari s'allongea et ferma les yeux. Ramsès ne quitterait pas son chevet, luttant avec elle pendant l'interminable nuit au cours de laquelle la pierre de la déesse tenterait de repousser le démon qui buvait le sang de la reine.

46

Échevelé, très pâle, la parole embarrassée, Améni s'embrouillait dans ses explications.

— Calme-toi, recommanda la reine mère Touya.

— La guerre, Majesté, c'est la guerre !

— Nous n'avons reçu aucun document officiel.

— Les généraux s'affolent, les casernes sont en ébullition, des ordres contradictoires fusent en tous sens.

— Quelle est la cause de ce désordre ?

— Je l'ignore, Majesté, mais je suis incapable de maîtriser la situation... Les militaires ne m'écoutent plus !

Touya convoqua le ritualiste en chef et deux coiffeuses du palais. Pour souligner le caractère sacré de sa fonction, ils ornèrent son visage d'une perruque ressemblant à la dépouille d'un vautour dont les ailes descendaient en biais du milieu du front vers les épaules. Le vautour femelle étant le symbole de la mère attentive par excellence, Touya apparaissait ainsi comme la protectrice des Deux Terres.

À ses poignets et à ses chevilles, des bracelets d'or ; à son cou, un collier de pierres semi-précieuses à sept rangs. Dans sa longue robe de lin plissée, serrée à la taille par une ceinture à larges pans, elle incarnait l'autorité suprême.

— Accompagne-moi à la caserne du Nord, demanda-t-elle à Améni.

— N'y allez pas, Majesté! Attendez que cette agitation se calme.

— Le mal et le chaos ne se détruisent jamais d'eux-mêmes. Dépêchons-nous.

Pi-Ramsès n'était plus que bruit et discussions. Certains affirmaient que les Hittites approchaient du Delta, d'autres décrivaient déjà les combats, d'autres encore se préparaient à fuir vers le Sud.

La porte de la caserne du Nord n'était plus gardée. Le char transportant Améni et la reine mère pénétra dans la grande cour où toute discipline avait disparu.

Les chevaux s'immobilisèrent au centre du vaste espace.

Un officier de la charrerie aperçut la reine mère, prévint des collègues, lesquels alertèrent d'autres soldats. En moins de dix minutes, des centaines d'hommes se rassemblèrent afin d'écouter les paroles de Touya.

Touya, petite et frêle, au milieu de colosses armés, capables de la piétiner en quelques secondes... Améni tremblait, jugeant suicidaire l'intervention de la reine mère. Elle aurait dû rester au palais, sous la protection de la garde d'élite. Peut-être des paroles rassurantes apaiseraient-elles un peu la tension, à condition que Touya se montrât diplomate.

Le silence se fit.

La reine mère regarda avec dédain autour d'elle.

— Je ne vois que des lâches et des incapables, déclara-t-elle d'une voix sèche qui résonna aux oreilles d'Améni comme un coup de tonnerre. Des lâches et des imbéciles, inaptes à défendre leur pays puisqu'ils prêtent foi à la première rumeur venue.

Améni ferma les yeux. Ni Touya ni lui-même n'échapperaient à la fureur des soldats.

— Pourquoi nous insultez-vous, Majesté? interrogea un lieutenant de charrerie.

— Décrire la réalité, est-ce insulter? Votre comportement est ridicule et méprisable, les officiers sont plus à blâmer que les hommes de troupe. Qui décidera de notre engagement dans la guerre contre les Hittites, sinon Pharaon et, en son absence, moi-même ?

Le silence s'épaissit. Ce qu'allait dire la reine mère ne serait pas une rumeur et révélerait le destin de la nation entière.

– Je n'ai reçu aucune déclaration de guerre de l'empereur du Hatti, affirma-t-elle.

Des hourras saluèrent ces paroles ; Touya n'avait jamais menti. Les soldats se congratulèrent.

La reine mère demeurant immobile sur son char, l'assistance comprit que son discours n'était pas terminé. Le silence revint.

– Il m'est impossible de prétendre que la paix sera durable, et je suis même persuadée que les Hittites n'ont d'autre but qu'un impitoyable conflit. Son issue dépendra de vos efforts. Quand Ramsès sera de nouveau dans sa capitale, et son retour est proche, je veux qu'il soit fier de son armée et confiant dans ses possibilités de vaincre l'ennemi.

La reine mère fut acclamée.

Améni rouvrit les yeux, lui aussi subjugué par la force de persuasion que déployait la veuve de Séthi.

Le char s'ébranla, les soldats s'écartèrent, scandant le nom de Touya.

– Rentrons-nous au palais, Majesté ?

– Non, Améni. Je suppose que les ouvriers de la fonderie ont cessé le travail ?

Le secrétaire particulier du roi baissa les yeux.

Sous l'impulsion de Touya, la manufacture d'armes de Pi-Ramsès se remit au travail et tourna bientôt à plein régime, produisant lances, arcs, pointes de flèches, épées, cuirasses, harnais et pièces de char. Nul ne doutait plus de l'imminence du conflit, mais une nouvelle exigence était née : disposer d'un équipement supérieur à celui des Hittites.

La reine mère visita les casernes et discuta tant avec les officiers qu'avec les simples soldats ; et elle ne manqua pas de se rendre à l'atelier où l'on assemblait les chars sortant de la fabrique et de féliciter les artisans.

La capitale avait oublié la peur et découvert le goût du combat.

Comme elle était douce, cette main élégante aux longs doigts fins, presque irréels, que Ramsès embrassa un à un, avant de les serrer dans sa propre main pour ne jamais les perdre. Il n'était pas une partie du corps de Néfertari qui n'inspirât l'amour ; les dieux qui avaient posé sur les épaules de Ramsès la plus lourde des charges lui avaient aussi offert la femme la plus sublime.

— Comment te sens-tu, ce matin ?

— Mieux, beaucoup mieux... Le sang circule de nouveau dans mes veines.

— As-tu envie d'une promenade dans la campagne ?

— J'en rêvais.

Ramsès choisit deux vieux chevaux, très calmes, qu'il attela lui-même à son char. Ils avancèrent d'un pas lent, sur les chemins de la rive d'Occident, le long des canaux d'irrigation.

Néfertari emplit son regard de la vigueur des palmiers et de la verdeur renaissante des champs. Communiant avec les forces de la terre, elle acheva, par sa propre volonté, de chasser le mal qui l'avait affaiblie. Quand elle descendit du char et marcha au bord du Nil, les cheveux au vent, Ramsès sut que la pierre de la déesse avait sauvé la grande épouse royale et qu'elle verrait les deux temples d'Abou Simbel, bâtis pour célébrer leur amour éternel.

La blonde Lita offrit un pauvre sourire à Dolente, la sœur de Ramsès, qui ôtait la compresse enduite de miel, de résine d'acacia desséchée et de coloquinte broyée. Les traces de brûlure avaient presque disparu.

— Je souffre, se plaignit la descendante d'Akhénaton.

— Tes blessures guérissent.

— Ne mens pas, Dolente... Elles ne s'effaceront pas.

— Tu te trompes, notre médecine est efficace.

— Demande à Ofir de cesser cette expérience... Je n'en peux plus !

— Grâce à ton sacrifice, nous vaincrons Néfertari et Ramsès ; encore un peu de courage, et ton épreuve prendra fin.

Lita renonça à convaincre la sœur de Ramsès, aussi fanatique que le mage libyen. Malgré sa gentillesse apparente, Dolente ne vivait que pour sa vengeance. En elle, la haine avait pris le pas sur tout autre sentiment.

— J'irai jusqu'au bout, promit la jeune médium.

— J'en étais sûre ! Repose-toi, avant qu'Ofir ne t'emmène au laboratoire. Nany va t'apporter à manger.

Nany, la seule domestique autorisée à entrer dans la chambre de Lita, était sa dernière chance. Quand la servante apporta une écuelle contenant une purée de figues et des morceaux de bœuf rôtis, la médium agrippa la ceinture de sa robe.

— Aide-moi, Nany !

— Que veux-tu ?

— Sortir d'ici, m'enfuir !

La servante fit la moue.

— C'est dangereux.

— Ouvre la porte qui donne sur la rue.

— Je risque ma place.

— Aide-moi, je t'en supplie !

— Combien me paieras-tu ?

Lita mentit.

— Mes partisans ont de l'or... Je serai généreuse.

— Ofir est rancunier.

— Les adeptes d'Aton nous protégeront, toi et moi.

— Je veux une villa et un troupeau de vaches laitières.

— Tu les auras.

Cupide, Nany avait déjà extorqué une belle récompense, lorsqu'elle avait procuré au mage le châle de Néfertari ; mais ce que lui promettait Lita dépassait ses espérances.

– Quand veux-tu partir ?

– À la nuit tombée.

– Je vais essayer.

– Tu dois réussir ! Ta fortune est à ce prix, Nany.

– C'est vraiment un très grand risque... Je veux aussi vingt pièces d'étoffe de première qualité.

– Tu as ma parole.

Depuis le matin, Lita était obsédée par une vision : une femme d'une sublime beauté, souriante, radieuse, marchant le long du Nil, et tendant la main vers un homme grand et athlétique.

La médium savait que le maléfice d'Ofir avait échoué et que le Libyen la torturait en vain.

Serramanna et ses hommes exploraient le quartier situé derrière l'école de médecine et questionnaient sans relâche les habitants. Le Sarde leur montrait un dessin du visage de Nany et les menaçait de terribles sanctions s'ils mentaient. Précaution superflue, car la seule vue du géant provoquait d'abondantes confessions, malheureusement dépourvues d'intérêt.

Mais l'ex-pirate était obstiné et, grâce à son flair, sentait que sa proie n'était guère éloignée. Quand on lui amena un vendeur ambulant de petits pains ronds, Serramanna ressentit une crispation au creux de l'estomac, annonciatrice d'un moment décisif.

Le Sarde brandit le dessin.

– Connais-tu cette fille ?

– Je l'ai vue dans le quartier... C'est une domestique. Elle n'est pas dans le coin depuis longtemps.

– Dans quelle villa travaille-t-elle ?

– Dans l'une des grandes, près du vieux puits.

Cent policiers encerclèrent aussitôt les maisons suspectes ; personne ne pourrait sortir de la nasse.

Le mage coupable de tentative de meurtre sur la personne de la reine d'Égypte n'échapperait pas à Serramanna.

47

Le soleil baissait sur l'horizon.

Lita n'avait plus beaucoup de temps pour s'enfuir, avant que le mage Ofir ne l'enfermât dans son laboratoire. Pourquoi Nany tardait-elle tant ?

Le visage d'une belle femme, heureuse et rayonnante, continuait à hanter la médium... Le visage de la reine d'Égypte. Lita se sentait une dette envers elle, une dette dont elle devait s'acquitter avant de recouvrer la liberté.

La jeune femme blonde se déplaça sans bruit dans la maison silencieuse ; Ofir, selon son habitude, consultait des grimoires. Fatiguée, Dolente dormait.

Lita souleva le couvercle d'un coffre en bois dans lequel se trouvait l'ultime lambeau du châle de Néfertari. Encore deux ou trois séances, et il serait complètement calciné. Lita tenta de le déchirer, mais les fibres étaient trop serrées, et elle manquait de force.

Du bruit, dans la cuisine.

Lita cacha le morceau d'étoffe dans une manche de sa robe ; aussitôt, il brûla sa peau.

— C'est toi, Nany ?
— Tu es prête ?
— Je te suis... Juste un instant.
— Dépêche-toi.

Lita plaça le reste du châle au-dessus de la flamme d'une lampe à huile.

Un grésillement, suivi d'une dernière volute de fumée noire, marqua l'anéantissement du maléfice destiné à détruire les défenses magiques du couple royal.

— Comme c'est beau, comme c'est beau!

Lita leva les bras au ciel, implorant Aton, qui lui donnerait une vie nouvelle.

— Partons, exigea Nany, qui avait volé toutes les plaques de cuivre qu'elle avait pu trouver dans la maison.

Les deux femmes coururent vers la porte de derrière qui donnait sur une ruelle.

Nany se heurta à Ofir, immobile, les bras croisés.

— Où vas-tu?

Nany recula. Derrière elle, Lita, épouvantée.

— Lita... Que fait-elle avec toi?

— Elle... elle est malade, répondit Nany.

— Tentiez-vous de vous enfuir?

— C'est elle, c'est Lita qui m'a obligée...

— Que t'a-t-elle révélé, Nany?

— Rien, rien du tout!

— Tu mens, petite.

Les doigts d'Ofir crochèrent le cou de la servante. Ils le serrèrent si fort que ses protestations demeurèrent au fond de sa gorge et que l'air lui manqua. Nany tenta en vain de se libérer, incapable de desserrer l'étau. Les yeux révulsés, elle mourut étouffée et s'effondra sur le bas de la robe du mage qui écarta le cadavre d'un coup de pied.

— Lita... Que t'arrive-t-il, mon enfant?

Près d'une lampe à huile, Ofir aperçut les restes d'un morceau de tissu calciné.

— Lita! Quelle folie as-tu commise?

Le mage saisit le manche d'un couteau servant à découper la viande.

— Tu as osé détruire le châle de Néfertari, tu as osé ruiner notre travail!

300

La jeune femme essaya de s'enfuir. Elle heurta une lampe à huile et perdit l'équilibre ; vif comme un oiseau de proie, le mage fondit sur elle et l'agrippa par les cheveux.

— Tu m'as trahi, Lita ; je ne peux plus avoir confiance en toi. Demain, tu me trahirais encore.

— Vous êtes un monstre !

— Dommage... Tu étais une excellente médium.

Agenouillée, Lita supplia.

— Aton crée la vie et repousse la mort, il...

— Je me moque d'Aton, petite imbécile. À cause de toi, mon plan a échoué.

D'une main sûre, Ofir trancha la gorge de Lita.

La chevelure en désordre, le visage fripé, Dolente fit irruption dans la pièce.

— Il y a des policiers dans la ruelle... Oh, Lita ! Lita...

— Elle a perdu l'esprit et m'a agressé avec un couteau, expliqua Ofir ; j'ai été contraint de me défendre et l'ai tuée malgré moi. Des policiers, dis-tu ?

— Je les ai entendus par la fenêtre de ma chambre.

— Quittons cette maison.

Ofir entraîna Dolente vers une trappe dissimulée sous une natte. Elle donnait accès à un couloir qui débouchait dans un entrepôt. Désormais, ni Lita ni Nany ne bavarderaient plus.

— Il ne reste qu'une seule villa, dit un policier à Serramanna ; nous avons frappé, personne ne répond.

— Enfonçons la porte.

— C'est illégal !

— Cas de force majeure.

— Il faudrait prévenir le propriétaire et demander son autorisation.

— L'autorisation, c'est moi !

— Il me faut une décharge, je ne veux pas d'ennuis.

Serramanna perdit une bonne heure à régulariser la situation, selon les exigences de la police de Memphis. Enfin, quatre hommes robustes brisèrent les verrous et forcèrent l'entrée de la villa.

Le Sarde fut le premier à y pénétrer. Il découvrit le corps sans vie d'une jeune femme blonde, puis celui de la servante Nany.

— Un véritable massacre, murmura un policier, bouleversé.

— Deux crimes exécutés avec sang-froid, nota le Sarde. Fouillez partout.

L'examen du laboratoire prouva qu'il s'agissait bien du repaire du mage. Bien qu'il fût arrivé trop tard, une pauvre trouvaille rassura Serramanna : des débris d'étoffe calcinés, sans doute ceux du châle de la reine.

Ramsès et Néfertari firent leur entrée dans une capitale affairée, moins rieuse qu'à l'ordinaire. L'atmosphère était empreinte de discipline militaire, la production d'armes et de chars devenait le but de la majeure partie de la population. Vouée au plaisir de vivre, la ville s'était transformée en une machine de guerre trépidante et anxieuse.

Le couple royal se rendit aussitôt auprès de Touya, qui consultait un rapport de la fonderie.

— Les Hittites ont-ils ouvert officiellement les hostilités ?

— Non, mon fils, mais je suis certaine que ce silence ne cache rien de bon. Néfertari... Es-tu guérie ?

— Ce mal n'est plus qu'un mauvais souvenir.

— Cet intérim m'a épuisée... Je n'ai plus la force de gouverner ce grand pays. Parlez à la cour et à l'armée, elles ont besoin de votre souffle.

Ramsès s'entretint longuement avec Améni, puis reçut Serramanna, de retour de Memphis. Ce qu'il lui apprit semblait écarter de manière définitive la menace magique qui avait mis en péril le couple royal ; le monarque demanda pourtant au Sarde de poursuivre son enquête et d'identifier le véritable propriétaire de la sinistre villa. Et qui était la jeune femme blonde, égorgée avec férocité ?

Le pharaon avait d'autres soucis. Sur son bureau s'accumulaient des dépêches alarmistes en provenance de Canaan et d'Amourrou; les commandants des forteresses égyptiennes ne signalaient aucun incident sérieux, mais faisaient état de rumeurs persistantes à propos de grandes manœuvres de l'armée hittite.

Hélas, Âcha n'avait expédié aucun rapport, même succinct, qui aurait aidé Ramsès à y voir clair. Du lieu de l'affrontement direct avec les Hittites dépendrait l'issue du conflit. Sans informations précises, le roi hésitait entre le renforcement de ses lignes de défense et une attitude offensive qui le conduirait à livrer bataille plus au nord. Dans ce dernier cas, c'était à lui de prendre l'initiative; mais devait-il obéir à son instinct et prendre un tel risque en aveugle?

La présence du couple royal donnait confiance et énergie aux forces armées, du général au simple soldat. Puisqu'il avait vaincu un ennemi invisible, Ramsès ne triompherait-il pas des barbares hittites? En voyant s'accumuler les armes neuves, les militaires prenaient conscience de leur potentiel et redoutaient moins le choc frontal avec l'adversaire. En présence de l'élite de la charrerie, Ramsès avait essayé lui-même plusieurs chars de guerre, légers, maniables et rapides. Grâce au talent des menuisiers, bien des détails techniques avaient été améliorés. Les armes défensives, telles que boucliers et cuirasses, faisaient également l'objet de l'attention du souverain, car elles sauveraient bien des vies.

En reprenant ses multiples activités, la reine avait rassuré la cour. Ceux qui avaient déjà enterré Néfertari ne manquaient pas de la féliciter pour son courage et de lui assurer que résister à si dure épreuve était un gage de longévité.

Les commérages laissaient la grande épouse royale indifférente; elle se préoccupait de la production intensive de vêtements pour les soldats, et réglait mille et un détails relatifs au bien-être économique du pays, en se fondant sur les rapports pointilleux d'Améni.

Chenar salua le roi.

— Tu as grossi, observa Ramsès.

— Ce n'est pas faute d'activité, protesta le ministre des Affaires étrangères; l'angoisse ne me réussit pas. Ces bruits de guerre, cette soldatesque omniprésente... Est-ce cela, l'Égypte?

— Les Hittites ne tarderont plus à nous attaquer, Chénar.

— Tu as probablement raison, mais mon ministère ne dispose d'aucun fait précis pour étayer cette crainte. Ne continues-tu pas à recevoir des lettres aimables de Mouwattali?

— Des leurres.

— Si nous préservons la paix, des milliers de vies seront épargnées.

— Crois-tu que tel n'est pas mon vœu le plus cher?

— La modération et la prudence ne sont-elles pas les meilleures conseillères?

— Prêcherais-tu la passivité, Chénar?

— Certes pas, mais je redoute une initiative dangereuse de la part d'un général avide de gloire.

— Rassure-toi, mon frère, je tiens mon armée en main; aucun incident de ce genre ne se produira.

— Je suis heureux de te l'entendre dire.

— Es-tu satisfait des services de Méba, ton nouvel adjoint?

— Il est si heureux d'avoir retrouvé une fonction au ministère qu'il se comporte comme un débutant docile et zélé. Je ne regrette pas de l'avoir sorti de son oisiveté; parfois, il faut accorder une chance à un bon professionnel. La générosité n'est-elle pas la plus belle des vertus?

48

Chénar s'enferma dans son bureau avec Méba. Son distingué adjoint avait pris soin d'apporter des papyrus afin de faire croire à une séance de travail habituelle.

— J'ai vu le roi, déclara Chénar; il hésite encore sur la conduite à tenir, à cause du manque d'informations fiables.

— Excellent, jugea Méba.

Chénar ne pouvait avouer à son complice que le silence d'Âcha le surprenait; pourquoi le jeune diplomate ne lui rendait-il pas compte de son action, essentielle pour précipiter la défaite de Ramsès? Sans doute un malheur lui était-il arrivé. En raison de cet inquiétant mutisme, Chénar, lui aussi, manquait de points de repère.

— Où en sommes-nous, Méba?

— Notre réseau d'espionnage a reçu l'ordre de ne plus prendre aucune initiative et de se mettre en sommeil. Autrement dit, l'heure approche. Quoi qu'entreprenne Pharaon, il n'a plus aucune chance de vaincre.

— D'où te vient cette certitude?

— La puissance hittite sera à son maximum, j'en suis persuadé. Chaque heure qui passe vous rapproche du pouvoir suprême. Ne faudrait-il pas mettre cette période à profit pour développer votre réseau d'amitiés dans les différentes administrations?

— Ce maudit Améni a l'œil sur tout... La prudence s'impose.

— Envisageriez-vous une solution... radicale?

— Trop tôt, Méba. La colère de mon frère serait terrible.

— N'oubliez pas mon conseil : les semaines vont s'écouler vite, et il vous faudra être prêt à régner, avec l'accord de nos amis hittites.

— J'attends ce moment depuis si longtemps... Sois tranquille, je serai prêt.

Désorientée, Dolente avait suivi le mage Ofir. La mort horrible de la blonde Lita, la police, cette fuite précipitée... Elle n'avait plus la capacité de raisonner, ne savait plus où aller. Quand Ofir lui avait demandé de se présenter comme son épouse et continuer la lutte pour restaurer la religion d'Aton, le dieu unique, Dolente avait accepté d'enthousiasme.

Le couple avait évité le port de Memphis, quadrillé par la police, et acheté un âne. Vêtus comme des paysans, Ofir, qui s'était rasé, et la sœur de Ramsès, dépourvue de maquillage, avaient pris la direction du sud. L'espion savait qu'on les rechercherait au nord de Memphis et du côté de la frontière ; ils avaient peu de chances d'échapper aux barrages établis sur les routes et à la police fluviale, sauf en se comportant de manière imprévisible.

Ne convenait-il pas de demander asile aux fervents partisans d'Akhénaton, le roi hérétique, dont la plupart s'étaient regroupés en Moyenne-Égypte, près de sa capitale, la cité du soleil *, laissée à l'abandon? Ofir ne regrettait pas d'avoir joué une comédie qui, à présent, se révélait fort utile. En faisant croire à Dolente que sa raison de vivre était l'amour du dieu unique, Ofir gardait une alliée inconditionnelle et bénéficierait d'un abri sûr, au milieu d'un cercle d'illuminés, jusqu'à ce que les Hittites envahissent l'Égypte.

---

* Akhet-Aton, « La contrée lumineuse du disque solaire ».

Par bonheur, avant de s'éclipser, Ofir avait reçu un message capital dont il avait transmis la teneur à Méba : le plan conçu par Mouwattali était en voie d'exécution. Il ne restait plus qu'à attendre l'affrontement final.

Dès l'annonce de la mort de Ramsès, Chénar évincerait Néfertari et Touya, puis monterait sur le trône afin d'accueillir dignement les Hittites. Chénar ignorait que Mouwattali n'avait pas pour habitude de partager le pouvoir. Le frère aîné de Ramsès ne serait qu'un pharaon éphémère, et les Deux Terres deviendraient le grenier à blé des Hittites.

Détendu, Ofir goûta la beauté tranquille de la campagne égyptienne.

Étant donné son rang et sa qualité, Âcha n'avait pas été enfermé dans l'un des cachots obscurs et humides de la ville basse, où la durée moyenne de vie n'excédait pas un an, mais dans une geôle en pierre de taille de la ville haute, réservée aux prisonniers de marque. La nourriture était grossière et la literie médiocre, mais le jeune diplomate s'en accommodait et entretenait sa condition physique grâce à plusieurs séries d'exercices quotidiens.

Depuis son arrestation, aucun interrogatoire. Sa détention pouvait se terminer par une exécution brutale.

Enfin, la porte de sa cellule s'ouvrit.

— Comment vous portez-vous ? demanda Raia.

— Au mieux.

— Les dieux vous furent défavorables, Âcha ; sans moi, vous vous échappiez.

— Je ne m'enfuyais pas.

— Difficile de nier les faits !

— L'apparence est parfois trompeuse.

— Vous êtes bien Âcha, ami d'enfance de Ramsès ! Je vous ai vu, à Memphis et à Pi-Ramsès, et j'ai même vendu des vases rares à votre famille. Le roi vous a confié une mission d'espionnage particulièrement audacieuse, et vous n'avez manqué ni de courage ni d'habileté.

— Sur un point essentiel, vous vous trompez. Ramsès m'a effectivement confié cette mission, mais je sers un autre maître. C'est à lui, et non au pharaon, que j'aurais donné les véritables résultats de mes investigations.

— De qui voulez-vous parler ?

— Du frère aîné de Ramsès, Chénar, le futur pharaon d'Égypte.

Raia tritura sa barbiche, au risque de troubler la parfaite ordonnance des poils que le barbier avait taillés avec art. Ainsi, Âcha serait l'allié des Hittites... Non, un détail décisif démentait ses affirmations.

— En ce cas, pourquoi vous cacher sous l'habit d'un potier ?

Le jeune diplomate sourit.

— Comme si vous ne le saviez pas !

— Éclairez-moi quand même.

— Mouwattali règne, certes, mais sur quelle faction s'appuie-t-il, et quelle est l'étendue réelle de son pouvoir ? Son fils et son frère s'entre-déchirent-ils, ou la guerre de succession est-elle déjà réglée ?

— Taisez-vous !

— Voilà les questions essentielles auxquelles je devais répondre... Vous comprenez la raison de mon anonymat. À propos... Ne pourriez-vous me fournir les réponses ?

Troublé, Raia claqua la porte de la cellule.

Âcha avait peut-être eu tort de provoquer le Syrien ; mais, en révélant son secret, il espérait avoir sauvé sa tête.

En costume d'apparat, l'empereur Mouwattali sortit de son palais sous la protection d'une escorte qui le cachait à la vue des passants et le mettait à l'abri d'un archer embusqué sur le toit d'un édifice. Grâce aux annonces des hérauts, chacun savait que le maître du Hatti devait se rendre au grand temple de la ville basse pour y implorer les faveurs du dieu de l'orage.

Il n'était pas de manière plus solennelle de mettre le Hatti en état de guerre et de mobiliser ses énergies en vue du triomphe final.

De sa cellule, Âcha entendit les clameurs qui saluaient le passage de l'empereur. Lui aussi comprit qu'une décision capitale avait été prise.

L'ensemble des divinités hittites s'était placé sous l'autorité du dieu de l'orage. Les prêtres lavèrent les statues, de manière à éviter la colère du ciel. Plus aucun Hittite ne devait émettre doute ou critique; le temps de l'action était venu.

La prêtresse Poutouhépa prononça les paroles qui transformaient les déesses de la fécondité en guerrières redoutables. Puis elle planta dans un porc sept clous en fer, sept en bronze et sept en cuivre, afin que l'avenir obéisse aux vœux de l'empereur.

Pendant la récitation des litanies, le regard de Mouwattali se posa sur son fils, Ouri-Téchoup, casqué et cuirassé, fou de joie à l'idée de guerroyer et de massacrer l'adversaire. Hattousil demeurait calme et indéchiffrable.

Ces deux-là avaient peu à peu éliminé leurs concurrents et formaient, avec Poutouhépa, le petit cercle proche de l'empereur. Mais Ouri-Téchoup détestait Hattousil et Poutouhépa, qui le lui rendaient bien.

La guerre contre l'Égypte permettrait à Mouwattali de résoudre des dissensions internes, d'étendre son territoire et d'affirmer sa souveraineté sur l'Orient et l'Asie, avant de s'attaquer à d'autres contrées; ne bénéficiait-il pas de la faveur céleste?

La cérémonie achevée, l'empereur invita généraux et officiers supérieurs à un banquet qui commença par l'offrande de quatre portions de nourriture; l'échanson du palais déposa la première sur le trône royal, la deuxième près du foyer, la troisième sur la table d'honneur et la quatrième sur le seuil de la salle à manger. Ensuite, les convives se gavèrent et s'enivrèrent, comme s'ils prenaient leur dernier repas.

Quand Mouwattali se leva, rires et conversations cessèrent. Les plus éméchés retrouvèrent un semblant de dignité.

Un événement, un seul, pouvait encore retarder le conflit.

L'empereur et sa suite sortirent de la capitale par l'une des portes de la ville haute, celle des Sphinx, et se dirigèrent vers une butte rocailleuse au sommet de laquelle grimpèrent Mouwattali, Ouri-Téchoup et Poutouhépa.

Ils demeurèrent immobiles, les yeux fixés vers les nuages.

– Les voilà ! s'exclama Ouri-Téchoup.

Le fils de l'empereur banda son arc et visa l'un des vautours qui survolaient la capitale. Précise, la flèche transperça la gorge du rapace.

Un officier apporta le cadavre au général en chef qui lui ouvrit le ventre avec un couteau et, à pleines mains, en sortit les entrailles fumantes.

– Déchiffrez-les, demanda Mouwattali à Poutouhépa, et dites-nous si le destin nous est favorable.

L'odorat agressé, la prêtresse remplit néanmoins son office en examinant la disposition des entrailles du vautour.

– Favorable.

Le cri de guerre d'Ouri-Téchoup fit trembler les montagnes d'Anatolie.

49

Le grand conseil de Pharaon, auquel avaient été associées de nombreuses personnalités de la cour, s'annonçait houleux. Les ministres faisaient grise mine, les hauts fonctionnaires déploraient l'absence de directives claires, les augures prévoyaient un désastre militaire. Le rempart que formaient Améni et son service ne suffisait plus à protéger Ramsès, dont chacun attendait les explications.

Quand le pharaon s'assit sur son trône, la salle d'audience était comble. Il revenait au doyen des dignitaires de poser les questions qu'il avait collectées, afin que ne s'installât aucun tohu-bohu et que la dignité millénaire de l'institution pharaonique fût préservée. Les barbares polémiquaient, criaient et se coupaient la parole ; en revanche, à la cour d'Égypte, on prenait la parole tour à tour et l'on écoutait autrui.

— Majesté, déclara le doyen, le pays est inquiet et veut savoir si la guerre avec les Hittites est imminente.

— Elle l'est, répondit Ramsès.

Un long silence succéda à cette brève et terrifiante révélation.

— Est-elle inévitable ?

— Inévitable.

— Notre armée est-elle prête à combattre ?

— Les artisans ont travaillé avec ardeur et poursuivent

leurs efforts ; quelques mois supplémentaires eussent été bien-venus, mais nous n'en disposerons pas.

– Pour quelle raison, Majesté ?

– Parce que notre armée doit partir pour le Nord, dans les plus brefs délais. L'affrontement aura lieu loin de l'Égypte ; nos protectorats de Canaan et d'Amourrou ayant été pacifiés, nous les traverserons sans aucun danger.

– Qui nommez-vous général en chef ?

– J'assumerai moi-même ce commandement. Pendant mon absence, la grande épouse royale Néfertari gouvernera les Deux Terres, assistée de la reine mère Touya.

Le doyen oublia les autres questions ; elles ne présentaient plus d'intérêt.

Homère fumait des feuilles de sauge, bourrées dans la grosse coquille d'escargot qui lui servait de fourneau de pipe. Assis sous son citronnier, il goûtait le soleil printanier dont la chaleur soulageait ses rhumatismes. Sa longue barbe blanche, parfumée par le barbier, anoblissait son visage buriné et ridé. Sur les genoux du poète, Hector, le chat noir et blanc, ron-ronnait.

– J'espérais vous voir avant votre départ, Majesté ; c'est la grande guerre, n'est-ce pas ?

– La survie de l'Égypte est en jeu, Homère.

– *Grâce aux soins de l'homme*, ai-je écrit, *on peut voir croître, même dans un lieu solitaire, un olivier magnifique rempli de sève qu'arrose une eau abondante et que les vents font se courber, un arbre qui se couvre de fleurs blanches. Mais, soudain, souffle une tornade qui le déracine et l'abat sur le sol.*

– Et si l'arbre tenait bon dans la tempête ?

Homère offrit au roi une coupe de vin rouge, à l'anis et à la coriandre, et en absorba lui-même une longue rasade.

– J'écrirai votre épopée, Ramsès.

– Votre œuvre vous laissera-t-elle quelque loisir ?

– Je suis voué à chanter la guerre et les voyages, et j'aime les héros. Vainqueur, vous deviendrez immortel.

– Et si je suis vaincu ?

– Imaginez-vous les Hittites envahir mon jardin, couper mon citronnier, briser mon écritoire, effrayer Hector ? Les dieux ne sauraient tolérer un tel désastre. Où livrerez-vous la bataille décisive ?

– C'est un secret militaire, mais à vous, je peux le confier : ce sera à Kadesh.

– La bataille de Kadesh... C'est un bon titre. Bien des œuvrettes disparaîtront, croyez-moi, mais cette œuvre-là survivra dans la mémoire de l'humanité. J'y mettrai tout mon art. Un détail, Majesté : j'aimerais une fin heureuse.

– Je tâcherai de ne pas vous décevoir.

Améni était désemparé. Il avait mille questions à poser à Ramsès, cent dossiers à lui montrer, dix cas de conscience à lui soumettre... Et seul Pharaon pouvait trancher. Pâle, le souffle court, les mains tremblantes, le secrétaire particulier semblait à bout de forces.

– Tu devrais te reposer, recommanda le roi.

– Mais... tu vas partir ! Et pour combien de temps ? Je risque de commettre des erreurs et d'affaiblir le royaume.

– Tu as ma confiance, Améni, et la reine t'aidera à prendre les bonnes décisions.

– Dis-moi la vérité, Majesté : as-tu une chance, une seule, de vaincre les Hittites ?

– Mènerais-je mes hommes au combat, si j'étais battu d'avance ?

– On prétend que ces barbares sont invincibles.

– Lorsque l'ennemi est identifié, il est possible de le terrasser. Prends soin de notre pays, Améni.

Chénar dégustait des côtes d'agneau grillées, agrémentées de persil et de céleri ; jugeant le goût un peu fade, il étala des épices sur sa viande. Le vin rouge, pourtant remarquable, lui parut médiocre. Chénar appela son maître d'hôtel, mais ce fut un hôte inattendu qui entra dans la salle à manger.

— Ramsès! Désires-tu partager mon repas?

— Franchement, non.

La sécheresse du ton coupa l'appétit de Chénar qui jugea préférable de quitter la table.

— Allons sous la treille, veux-tu?

— À ta guise.

Souffrant d'une légère indigestion, Chénar s'assit sur un fauteuil de jardin. Ramsès, debout, regardait le Nil.

— Ta Majesté semble irritée... L'imminence du conflit?

— J'ai d'autres motifs de mécontentement.

— Me concerneraient-ils?

— En effet, Chénar.

— Aurais-tu à te plaindre de mon travail, au ministère?

— Tu m'as toujours détesté, n'est-il pas vrai?

— Ramsès! Il a existé des motifs de discorde entre nous, mais cette période est révolue.

— Crois-tu?

— Sois-en certain!

— Ton unique but, Chénar, est de t'emparer du pouvoir, même au prix de la plus vile des trahisons.

Chénar eut l'impression de recevoir un coup de poing dans l'estomac.

— Qui m'a calomnié?

— Je n'écoute pas les ragots. Mon opinion est fondée sur des faits.

— Impossible!

— Dans une demeure de Memphis, Serramanna a découvert deux cadavres de femmes et le laboratoire d'un mage qui a tenté d'envoûter la reine.

— Pourquoi serais-je impliqué dans ces drames abominables?

— Parce que cette demeure t'appartient, bien que tu aies pris la précaution de la mettre au nom de notre sœur. Les services du cadastre sont formels.

– Je possède tellement de maisons, surtout à Memphis, que je n'en connais même pas le nombre exact! Comment saurais-je ce qui s'y passe?

– L'un de tes amis n'était-il pas un marchand syrien nommé Raia?

– Pas un ami, mais un fournisseur de vases exotiques.

– En réalité, un espion à la solde des Hittites.

– C'est... C'est effarant! Comment l'aurais-je su? Il fréquentait des centaines de personnalités!

– Ton système de défense est habile, mais je sais que ton ambition démesurée t'a conduit à trahir ton pays et à collaborer avec nos ennemis. Les Hittites avaient besoin de complices sur notre territoire, et leur principal allié, ce fut toi, mon propre frère.

– Quelle folie te traverse l'esprit, Ramsès? Seul un être abject pourrait se comporter ainsi!

– Tu es cet être abject, Chénar.

– Tu prends plaisir à m'injurier sans raison.

– Tu as commis une erreur fatale : penser que n'importe qui est corruptible. Tu n'as pas hésité à t'attaquer à mon entourage et à mes amis d'enfance, mais tu ignorais qu'une amitié peut être aussi solide que le granit. C'est pourquoi tu es tombé dans le piège que je t'avais tendu.

Le regard de Chénar chavira.

– Âcha ne m'a pas trahi, Chénar, et il n'a jamais travaillé pour toi.

Le frère aîné du roi s'accrocha aux accoudoirs de son fauteuil.

– Mon ami Âcha m'a tenu au courant de tes projets et de tes agissements, poursuivit Ramsès. Tu es un être foncièrement mauvais, Chénar, et tu ne changeras pas.

– J'ai... J'ai droit à un jugement!

– Il aura lieu, et tu seras condamné à mort pour haute trahison. Comme nous sommes en temps de guerre, tu seras enfermé à la grande prison de Memphis, puis au bagne de Khargeh dans l'attente du procès. En conformité avec la loi,

Pharaon doit juguler les ennemis de l'intérieur avant de partir pour le front.

Un rictus déforma la bouche de Chénar.

– Tu n'oses pas me tuer parce que je suis ton frère... Les Hittites te vaincront! Quand tu seras mort, c'est à moi qu'ils donneront le pouvoir!

– Il est salutaire, pour un roi, d'avoir rencontré le mal et de connaître son visage. Grâce à toi, Chénar, je serai un meilleur guerrier.

50

La paysanne hittite avait raconté à Ramsès les péripéties vécues en compagnie d'Âcha et son voyage vers l'Égypte où, grâce au message du diplomate, elle avait été bien accueillie et menée rapidement auprès du pharaon.

Conformément aux promesses d'Âcha, Ramsès avait offert à la Hittite un logement à Pi-Ramsès et une rente à vie qui lui permettrait de se nourrir, de se vêtir et de payer les services d'une domestique. Éperdue de reconnaissance, la paysanne eût aimé renseigner le monarque sur le sort d'Âcha, mais elle ignorait ce qui lui était advenu.

Ramsès se rendit à l'évidence : son ami avait été arrêté et, sans doute, exécuté. Certes, Âcha pouvait utiliser sa dernière ruse : faire croire qu'il travaillait pour Chénar, donc pour les Hittites ; mais lui avait-on laissé le loisir de s'exprimer et de convaincre ?

Quel que fût son sort, Âcha avait rempli au mieux sa mission. Son bref message ne comprenait que trois mots, mais ils avaient décidé Ramsès à entrer en guerre :

Kadesh. Vite. Danger.

Âcha n'en avait pas écrit davantage, de peur de voir son message intercepté, et il ne s'était pas confié à la paysanne, par crainte d'être trahi. Mais ces trois mots en disaient assez.

Quand Méba fut convoqué au grand conseil, il se précipita dans son cabinet de toilette et vomit. Il eut recours aux parfums les plus entêtants, à base de rose d'Asie, pour masquer sa mauvaise haleine. Depuis l'arrestation de Chénar, qui avait laissé la cour désemparée, l'adjoint de l'ex-ministre des Affaires étrangères s'attendait à être jeté en prison. S'enfuir serait avouer sa complicité avec Chénar, et Méba ne pouvait même plus alerter Ofir, en fuite.

Sur le chemin du palais, Méba tenta de réfléchir. Et si Ramsès ne le soupçonnait pas ? Il ne passait pas pour être un ami de Chénar, qui avait pris sa place de ministre, l'avait tenu longtemps à l'écart et rappelé auprès de lui avec l'unique et évidente intention de l'humilier. C'était l'opinion de la cour, ce serait peut-être celle du roi. Méba n'apparaissait-il pas comme une victime à laquelle le destin rendait justice en châtiant son persécuteur, Chénar ?

Méba devait adopter un comportement discret et ne pas réclamer le poste devenu vacant. L'attitude juste consistait à se confiner dans sa dignité de haut fonctionnaire, à se faire oublier et à attendre le moment où le destin se prononcerait en faveur de Ramsès ou des Hittites. Dans ce dernier cas, il saurait tirer profit de la situation.

La totalité des généraux et des officiers supérieurs était présente au grand conseil. Pharaon et la grande épouse royale prirent place sur leur trône, côte à côte.

– En raison des informations qui nous sont parvenues, déclara Ramsès, l'Égypte déclare la guerre au Hatti. Sous mon commandement, nos troupes prendront la route du Nord dès demain matin. Nous venons d'envoyer à l'empereur Mouwattali une dépêche pour lui annoncer l'ouverture officielle des hostilités. Puissions-nous vaincre les ténèbres et maintenir la présence de la Règle de Maât sur notre terre.

Le grand conseil le plus bref depuis le début du règne de Ramsès ne fut suivi d'aucun débat. Courtisans et militaires se dispersèrent en silence.

Serramanna passa devant Méba sans le voir.

De retour dans son bureau, le diplomate but une pleine jarre de vin blanc des oasis.

Ramsès embrassa ses enfants, Khâ et Méritamon, qui se lancèrent dans une course folle en compagnie de Veilleur, le chien du roi. Sous la gouverne de Nedjem, jardinier devenu ministre de l'Agriculture, ils se perfectionnaient dans la pratique des hiéroglyphes et jouaient au jeu du serpent, où il fallait éviter les cases des ténèbres afin d'atteindre la contrée de lumière. Pour le garçonnet et la fillette, cette journée serait semblable aux autres ; joyeux, ils suivirent le doux Nedjem qui serait contraint de leur lire un conte.

Assis sur l'herbe, Ramsès et Néfertari goûtèrent un moment d'intimité, contemplant les acacias, les grenadiers, les tamaris, les saules et les jujubiers qui dominaient des parterres de bleuets, d'iris et de pieds-d'alouette. Le soleil du printemps ressuscitait les énergies cachées de la terre. Le roi ne portait qu'un pagne, la reine une robe courte à bretelles laissant les seins apparents.

— Comment supportes-tu la trahison de ton frère ?

— C'est sa loyauté qui m'aurait étonné. J'espère avoir tranché la tête du monstre, grâce au courage et à l'habileté d'Âcha, mais il demeure des zones d'ombre. Nous n'avons pas retrouvé le mage, et Chénar avait probablement d'autres alliés, égyptiens ou étrangers. Sois très prudente, Néfertari.

— Je songerai au royaume, non à moi-même, pendant que tu exposeras ta propre existence pour le défendre.

— J'ai ordonné à Serramanna de rester à Pi-Ramsès et d'assurer ta protection. Lui qui désirait tant massacrer du Hittite ne décolère pas.

Néfertari posa la tête sur l'épaule de Ramsès, ses cheveux dénoués caressèrent les bras du roi.

— À peine suis-je sortie du gouffre que tu t'exposes à ton tour au danger... Connaîtrons-nous quelques années de paix et de bonheur, comme ton père et ta mère ?

— Peut-être, à condition de vaincre les Hittites ; ne pas mener ce combat condamnerait l'Égypte à disparaître. Si je ne reviens pas, Néfertari, deviens Pharaon, gouverne et résiste à l'adversité. Des peuples qu'il a vaincus, Mouwattali a fait des esclaves. Que jamais les habitants des Deux Terres ne soient réduits à cette condition.

— Quel que soit notre destin, nous aurons connu le bonheur, ce bonheur qui se crée à chaque instant, volatil comme le parfum ou le murmure du vent dans les feuilles d'un arbre. Je suis à toi, Ramsès, telle une vague sur la mer, telle une fleur épanouie dans un champ ensoleillé.

La bretelle gauche de la robe de Néfertari glissa d'elle-même sur son épaule. Les lèvres du roi embrassèrent la peau chaude et parfumée, tandis qu'il achevait de dénuder lentement le corps abandonné de la reine.

Un vol d'oies sauvages survola le jardin du palais de Pi-Ramsès, tandis que Ramsès et Néfertari s'unissaient dans le feu de leur désir.

Peu avant l'aube, Ramsès se vêtit dans la « place pure » du temple d'Amon et sacralisa les nourritures liquides et solides qui seraient utilisées lors de la célébration des rituels. Puis le pharaon sortit de la place pure et contempla la naissance du soleil, son protecteur, que la déesse du ciel avait avalé au couchant pour le faire renaître au levant, après un rude combat contre les forces des ténèbres. N'était-ce pas ce même combat que le fils de Séthi s'apprêtait à livrer contre les hordes hittites ? L'astre ressuscité apparut entre les deux collines de l'horizon sur lesquelles, d'après les anciennes légendes, poussaient deux immenses arbres de turquoise qui s'écartaient pour laisser passer la lumière.

Ramsès prononça la prière que chacun de ses prédécesseurs avait prononcée :

— Salut à toi, lumière qui naît des eaux primordiales, qui apparaît sur le dos de la terre, qui illumine les Deux Terres de sa beauté ; tu es l'âme vivante qui vient à l'existence d'elle-même, sans que personne connaisse son origine. Tu traverses le ciel sous la forme d'un faucon au plumage bigarré et tu écartes le mal. La barque de la nuit est à ta droite, la barque du jour à ta gauche, l'équipage de la barque de lumière est en joie.

Peut-être Ramsès ne transmettrait-il plus jamais ce message, si la mort l'attendait à Kadesh ; mais une autre voix lui succéderait et les paroles de lumière ne seraient pas perdues.

Dans les quatre casernes de la capitale, on procédait aux dernières vérifications avant le départ. Grâce à la présence permanente du monarque pendant les semaines précédentes, le moral était élevé, en dépit de la violence prévisible de l'affrontement. La qualité et la quantité de l'armement rassuraient les plus inquiets.

Alors que les troupes sortaient des casernes en direction de la porte principale de la capitale, Ramsès se rendit en char du temple d'Amon à celui de Seth, érigé dans la plus ancienne partie de la ville où s'étaient établis, bien des siècles auparavant, les envahisseurs hyksôs. Afin d'exorciser le malheur, les pharaons avaient entretenu là un sanctuaire dédié à la force la plus puissante de l'univers. Séthi, l'homme du dieu Seth, était parvenu à la maîtriser et en avait transmis le secret à son fils.

Aujourd'hui, Ramsès ne venait pas affronter le dieu Seth mais accomplir un acte magique consistant à l'identifier au dieu de l'orage syrien et hittite, afin de s'approprier l'énergie de la foudre et d'en frapper ses ennemis.

La confrontation fut rapide et intense.

Le regard de Ramsès se planta dans les yeux rouges de la statue, représentant un homme debout dont la tête était celle d'une sorte de canidé au long museau et aux grandes oreilles.

Le socle trembla, les jambes du dieu semblèrent avancer.

– Seth, toi qui es la puissance, associe-moi à ton *ka*, et donne-moi ta force.

La lueur animant les yeux rouges s'apaisa. Seth avait accepté la requête du pharaon.

Le prêtre de Madiân et sa fille étaient inquiets. Moïse, qui menait paître le principal troupeau de moutons de la tribu, aurait dû être de retour depuis deux jours. Solitaire et farouche, le gendre du vieillard méditait dans la montagne, évoquait parfois d'étranges visions, mais refusait de répondre aux questions que lui posait son épouse et ne songeait guère à jouer avec son fils auquel il avait donné le nom d' « Exilé ».

Le prêtre savait que Moïse songeait sans cesse à l'Égypte, à ce pays prodigieux où il était né et où il avait rempli d'importantes fonctions.

— Repartira-t-il là-bas ? lui demanda sa fille, soucieuse.

— Je ne crois pas.

— Pourquoi s'est-il réfugié à Madiân ?

— Je l'ignore et veux continuer à l'ignorer. Moïse est un homme honnête et travailleur ; qu'exiger de plus ?

— Mon mari me paraît si lointain, si secret...

— Accepte-le ainsi, ma fille, et tu seras heureuse.

— S'il revient, père.

— Sois confiante et occupe-toi du petit.

Moïse revint, mais son visage avait changé. Des rides le marquaient, ses cheveux avaient blanchi.

Sa femme sauta à son cou.

— Que s'est-il passé, Moïse ?

— J'ai vu une flamme jaillir d'un buisson. Il était embrasé, mais ne se consumait pas. Du milieu du buisson, Dieu m'a appelé. Il a révélé Son nom et m'a confié une mission. Dieu est Celui qui est, et je dois lui obéir.

— Lui obéir... Cela signifie-t-il que tu vas nous quitter, moi et mon enfant ?

— J'accomplirai ma mission, car nul ne doit désobéir à Dieu. Ses commandements nous dépassent, toi et moi ; qui sommes-nous, sinon des instruments au service de Sa volonté ?

— Quelle est cette mission, Moïse ?

— Tu le sauras le moment venu.

L'Hébreu s'isola sous sa tente, revécut sa rencontre avec l'ange de Yahvé, le dieu d'Abraham, d'Isaac et de Jacob.

Des cris troublèrent sa méditation. Un homme à cheval venait de faire irruption dans le campement et racontait, avec un débit précipité, qu'une immense armée, commandée par Pharaon en personne, partait pour le Nord afin d'affronter les Hittites.

Moïse songea à Ramsès, à son ami d'enfance, à la formidable énergie qui l'animait. En cet instant, il souhaita sa victoire.

51

L'armée hittite se déploya devant les remparts de la capitale. Du haut d'une tour de guet, la prêtresse Poutouhépa regarda s'aligner les chars, puis les archers et les fantassins. Avec une parfaite discipline, ils incarnaient l'invincible puissance de l'empire grâce à laquelle l'Égypte de Ramsès serait bientôt une province soumise.

Comme il se devait, Mouwattali avait répondu à la déclaration de guerre de Ramsès par une lettre identique, rédigée en termes protocolaires.

Poutouhépa eût préféré garder son mari auprès d'elle, mais l'empereur avait exigé qu'Hattousil, son principal conseiller, fût présent sur le champ de bataille.

Le général en chef Ouri-Téchoup marcha vers ses soldats, une torche à la main. Il alluma un grand brasier et fit venir près du feu un char qui n'avait jamais servi. Avec une masse, il le mit en pièces et brûla les débris.

— Ainsi sera détruit tout soldat qui reculerait devant l'ennemi, ainsi le dieu de l'orage l'anéantira-t-il par le feu !

Par cette cérémonie magique, Ouri-Téchoup donnait à ses troupes une cohésion qu'aucun affrontement, si violent fût-il, n'affaiblirait.

Le fils de l'empereur tendit son épée vers Mouwattali, en signe de soumission.

Le char impérial prit la direction de Kadesh, qui serait le cimetière de l'armée égyptienne.

« Victoire dans Thèbes » et « La déesse Mout est satisfaite », les deux superbes chevaux de Ramsès, tiraient le char royal, en tête d'une armée comprenant quatre divisions de cinq mille hommes placés sous la protection des dieux Amon, Râ, Ptah et Seth. Les généraux de division avaient sous leurs ordres des chefs de troupe, des lieutenants généraux et des porte-enseigne. Quant aux cinq cents chars, ils étaient divisés en cinq régiments. L'équipement des soldats comprenait tuniques, chemises, cuirasses, jambières de cuir, casques, petites haches à double tranchant, sans compter les nombreuses armes dont la distribution, le moment venu, serait assurée par les scribes de l'intendance.

L'écuyer de Ramsès, Menna, était un soldat expérimenté qui connaissait bien la Syrie ; il n'appréciait guère la présence de Massacreur, l'énorme lion de Nubie, qui cheminait crinière au vent à côté du char.

Malgré les mises en garde de Ramsès, Sétaou et Lotus avaient tenu à diriger l'antenne médicale, même au plus fort de la bataille. Comme ils ne connaissaient pas le site de Kadesh, ils espéraient y découvrir quelques serpents insolites.

L'armée avait quitté la capitale à la fin du mois d'avril de la cinquième année du règne de Ramsès. Le temps s'était montré clément, nul incident n'avait retardé sa progression. Après avoir passé la frontière à Silé, Ramsès avait suivi la route de la côte, jalonnée de points d'eau que gardaient des fortins, puis traversé Canaan et l'Amourrou.

Au lieu-dit « La demeure de la vallée des cèdres », près de Byblos, le roi avait ordonné à trois mille hommes, stationnés là pour verrouiller l'accès aux protectorats, de continuer vers le nord, jusqu'à la hauteur de Kadesh, et de gagner le lieu du combat par le nord-est. Les généraux s'étaient opposés à cette stratégie, arguant que l'armée auxiliaire se heurterait à une forte résistance et se trouverait bloquée sur la côte ; mais Ramsès avait écarté leurs arguments.

L'itinéraire que le roi avait choisi pour atteindre Kadesh traversait la plaine de la Bekaa, une dépression entre les chaînes du Liban et de l'Anti-Liban, dans un paysage inquiétant et farouche qui impressionna les soldats égyptiens. Certains savaient que les cours d'eau boueux pullulaient de crocodiles et que les montagnes couvertes d'épaisses forêts étaient le repaire d'ours, d'hyènes, de chats sauvages et de loups.

Le feuillage des cyprès, des sapins et des cèdres était si dense que, lors de la traversée d'une zone boisée, les soldats ne virent plus le soleil et s'affolèrent. Un général intervint pour faire cesser la panique naissante et persuader les fantassins qu'ils ne mourraient pas étouffés.

La division d'Amon marchait en tête, suivie de celles de Râ et de Ptah ; la division de Seth fermait la marche. Un mois après leur départ, les troupes égyptiennes approchèrent de la colossale forteresse de Kadesh, bâtie sur la rive gauche de l'Oronte, au débouché de la plaine de la Bekaa. La place forte marquait la frontière de l'empire hittite et servait de base aux commandos chargés de déstabiliser les provinces d'Amourrou et de Canaan.

La fin du mois de mai devint pluvieuse, les soldats se plaignirent de l'humidité. Comme la nourriture se révélait abondante et de bonne qualité, les estomacs pleins firent oublier ce désagrément.

À quelques kilomètres de Kadesh, juste avant l'épaisse et sombre forêt de Labwi, Ramsès fit stopper son armée. L'endroit se révélait propice à un guet-apens, les chars seraient immobilisés, l'infanterie ne pourrait pas manœuvrer. Gardant sans cesse présent à l'esprit le message d'Âcha, « Kadesh. Vite. Danger », le roi évita de céder à la précipitation.

N'autorisant qu'un campement sommaire, sous la protection d'une première ligne de chars et d'archers, il réunit son conseil de guerre auquel assista Sétaou, très populaire parmi les soldats qu'il guérissait de leurs mille et un petits maux, avec l'aide de Lotus.

Ramsès appela l'écuyer Menna.

— Déploie la grande carte.

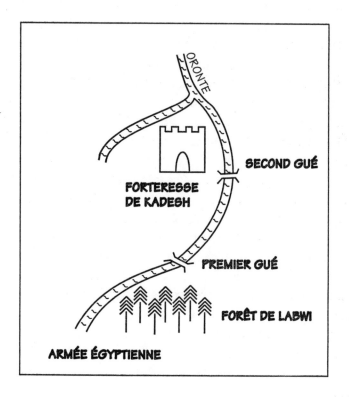

— Nous sommes ici, précisa Ramsès, à l'orée de la forêt de Labwi, sur la rive est de l'Oronte. Au sortir du bois, il existe un premier gué qui nous permettra de franchir le fleuve, hors de portée des archers hittites postés sur les tours de la forteresse. Le second gué, plus au nord, en est beaucoup trop proche. Nous passerons au large de la place forte et établirons notre camp au nord-est, afin de la prendre à revers. Ce plan vous satisfait-il ?

Les généraux opinèrent du chef.

L'œil du roi flamboya.

— Seriez-vous devenus stupides ?

— Il y a bien cette forêt quelque peu gênante, avança le général de la division d'Amon.

— Belle perspicacité ! Et croyez-vous que les Hittites nous laisseront tranquillement emprunter le gué, nous déployer devant la forteresse et installer notre camp ? Ce plan est celui que vous, mes généraux, m'avez remis, et il n'omet qu'un détail : la présence de l'armée hittite.

— Elle devrait rester enfermée dans la forteresse, à l'abri de ses murailles, objecta le général de la division de Ptah.

— Si Mouwattali était un guerrier médiocre, c'est ainsi qu'il agirait, en effet. Mais il est l'empereur du Hatti ! Il nous attaquera à la fois dans la forêt, sur le gué et devant la place forte, isolera nos corps d'armée et nous empêchera de riposter. Les Hittites ne commettront pas l'erreur de rester en position défensive ; eux, bloquer leur potentiel offensif dans une forteresse ? Admettez que cette décision serait aberrante !

— Le choix du terrain est décisif, argumenta le général de la division de Seth. Le combat en forêt n'est pas notre spécialité, loin s'en faut ; un endroit plat et dégagé nous conviendra mieux. Traversons donc l'Oronte avant le bois de Labwi.

— Impossible, il n'existe aucun gué.

— Eh bien, incendions cette maudite forêt !

— D'une part, les vents pourraient se retourner contre nous ; d'autre part, les troncs calcinés et abattus empêcheraient notre progression.

— Il eût été préférable de suivre la route côtière, estima le général de la division de Râ, n'hésitant pas à se contredire, et d'attaquer Kadesh par le nord.

— Inepte, estima son collègue de la division de Ptah. Sauf le respect que je dois à Sa Majesté, l'armée auxiliaire n'a aucune chance d'établir sa jonction avec nous. Les Hittites sont méfiants, ils auront posté de nombreux soldats au débouché de la route côtière afin de repousser une éventuelle attaque. La meilleure stratégie est bien celle que nous avons adoptée.

— Certes, ironisa le général de la division de Seth, mais nous n'avons plus la possibilité d'avancer! Je propose d'envoyer un millier de fantassins dans la forêt de Labwi et d'observer la réaction des Hittites.

— Que nous apprendront un millier de morts? demanda Ramsès.

Le général de la division de Râ était effondré.

— Faut-il reculer avant d'avoir combattu? Les Hittites riront de nous, et le prestige de Votre Majesté sera gravement atteint.

— Qu'adviendra-t-il de mon renom, si je conduis mon armée à l'anéantissement? C'est l'Égypte qu'il faut sauver, non ma propre gloire.

— Que décidez-vous, Majesté?

Sétaou sortit de sa réserve.

— En tant que charmeur de serpents, j'aime agir seul ou avec ma compagne. Si je me promenais en compagnie d'une centaine de soldats, je ne verrais pas un seul cobra.

— Allez au fait, exigea le général de la division de Seth.

— Envoyons un petit groupe dans cette forêt, proposa Sétaou; s'il parvient à la traverser, qu'il repère les forces ennemies. Nous saurons alors comment les attaquer.

Sétaou prit lui-même la tête d'un commando formé d'une dizaine de soldats jeunes et bien entraînés, armés de frondes, d'arcs et de poignards. Tous savaient se déplacer sans bruit.

Dès qu'ils pénétrèrent dans la forêt de Labwi, où régnait la pénombre en plein midi, ils se dispersèrent, levant souvent les yeux vers la cime des arbres pour repérer d'éventuels archers couchés à plat ventre sur les branches hautes.

Les sens aux aguets, Sétaou ne perçut aucune présence hostile. Il sortit le premier de la forêt et s'accroupit dans l'herbe grasse, bientôt rejoint par ses compagnons, surpris d'avoir effectué une paisible promenade.

Le premier gué était en vue.

Aucun soldat hittite dans les parages.

Au loin, la forteresse de Kadesh, bâtie sur une éminence. Devant la place forte, une plaine déserte. Les Égyptiens se regardèrent, stupéfaits.

Incrédules, ils restèrent immobiles plus d'une heure et furent contraints de se rendre à l'évidence : l'armée hittite ne se trouvait pas sur le site de Kadesh.

– Là-bas, indiqua Sétaou, en désignant trois chênes proches du gué. On a bougé.

Les membres du commando procédèrent à un encerclement rapide. L'un d'eux demeura en retrait ; si ses camarades tombaient dans un piège, il battrait en retraite afin de prévenir Ramsès. Mais l'opération se déroula sans anicroche, et les Égyptiens firent prisonniers deux hommes qui, d'après leur mise, étaient des chefs de clan bédouins.

52

Les deux prisonniers étaient terrifiés.

L'un était grand et maigre ; l'autre, de taille moyenne, chauve et barbu. Ni l'un ni l'autre n'osaient lever les yeux vers le pharaon d'Égypte.

— Vos noms ?

— Moi, c'est Amos, répondit le chauve ; mon ami s'appelle Baduch.

— Qui êtes-vous ?

— Des chefs de tribus bédouines.

— Comment expliquez-vous votre présence dans cette contrée ?

— Nous devions rencontrer un dignitaire hittite, à Kadesh.

— Pour quel motif ?

Amos se mordit les lèvres, Baduch baissa davantage la tête.

— Réponds ! exigea Ramsès.

— Les Hittites nous proposaient une alliance contre l'Égypte, dans le Sinaï, pour attaquer les caravanes.

— Et vous avez accepté.

— Non, nous souhaitions discuter !

— Quel fut le résultat de ces négociations ?

— Il n'y eut pas de négociations, Majesté, parce qu'aucun dignitaire hittite ne se trouve à Kadesh. Dans la forteresse, il n'y a plus que des Syriens.

— Où se trouve l'armée hittite ?

– Elle a quitté Kadesh depuis plus de quinze jours. D'après le commandant de la place forte, elle s'est déployée devant la cité d'Alep, à plus de cent cinquante kilomètres d'ici, afin de faire manœuvrer ses centaines de nouveaux chars. Nous hésitions, mon camarade et moi, à entreprendre ce voyage.

– Les Hittites ne nous attendaient-ils pas ici, à Kadesh ?

– Si, Majesté... Mais des nomades, comme nous, leur ont signalé l'énormité de vos troupes. Ils n'avaient pas prévu que vous disposeriez d'une force si imposante et ont préféré vous affronter sur un terrain plus propice.

– Toi et d'autres bédouins avez donc annoncé notre arrivée !

– Nous implorons votre pardon, Majesté ! Comme tant d'autres, je croyais à la supériorité hittite... Et vous savez que ces barbares ne nous laissent pas le choix : ou nous leur obéissons, ou ils nous massacrent.

– Combien d'hommes, dans la forteresse ?

– Au moins un millier de Syriens, persuadés que Kadesh est imprenable.

Le conseil de guerre fut réuni. Aux yeux des généraux, Sétaou était devenu un personnage respectable, digne d'une décoration.

– L'armée des Hittites a reculé, déclara fièrement le général de la division de Râ; n'est-ce pas une victoire, Majesté ?

– Un avantage bien fragile. Une question se pose : devons-nous assiéger Kadesh ?

Les avis furent partagés, mais la majorité prôna une avance rapide en direction d'Alep.

– Si les Hittites ont renoncé à nous affronter ici, estima Sétaou, c'est pour mieux nous attirer sur leur terrain. Ne serait-il pas judicieux de nous emparer de cette place forte et d'en faire notre base arrière, au lieu de lancer toutes nos divisions dans la bataille et d'entrer ainsi dans le jeu de l'adversaire ?

– Nous risquons de perdre un temps précieux, objecta le général de la division d'Amon.

– Ce n'est pas mon avis ; puisque l'armée hittite ne défend plus Kadesh, nous nous en emparerons rapidement. Peut-être même réussirons-nous à persuader les Syriens de se rendre, en échange de la vie sauve.

– Nous assiégerons Kadesh et nous la prendrons, décida Ramsès ; désormais, cette contrée sera placée sous l'autorité de Pharaon.

Conduite par le roi, la division d'Amon traversa la forêt de Labwi, passa le premier gué, s'engagea dans la plaine et s'arrêta au nord-ouest de l'imposante forteresse aux murailles crénelées et aux cinq tours garnies de Syriens qui regardèrent la division de Râ s'installer en face de la place forte. La division de Ptah campa près du gué, celle de Seth demeura à l'orée du bois. Le lendemain, après une nuit et une matinée de repos, les troupes égyptiennes établiraient leur jonction avant d'encercler Kadesh et de lancer leur premier assaut.

Les hommes du génie dressèrent le camp de Pharaon avec célérité. Après avoir formé un rectangle avec de hauts boucliers, ils montèrent la vaste tente du souverain qui bénéficiait d'une chambre, d'un bureau et d'une salle d'audience. Quantité d'autres tentes, plus modestes, étaient réservées aux officiers ; les hommes de troupe dormiraient à la belle étoile ou, en cas de pluie, sous des abris de toile. À l'entrée du camp, une porte de bois flanquée de deux statues de lions et donnant accès à une allée centrale qui aboutissait à une chapelle où le roi rendrait un culte au dieu Amon.

Dès que le général de division donna l'autorisation de déposer les armes, les soldats vaquèrent aux diverses occupations prévues, en fonction des sections auxquelles ils appartenaient. On soigna les chevaux, les ânes et les bœufs, on lava les vêtements, on répara les roues détériorées par la piste, on affûta les poignards et les lances, on distribua les rations et l'on prépara le repas. Le fumet des plats fit oublier Kadesh, les Hittites et la guerre, et l'on commença à plaisanter, à raconter des histoires et à jouer en pariant la solde. Les plus excités organisèrent un concours de lutte à mains nues.

Ramsès nourrit lui-même ses chevaux et son lion, dont l'appétit demeurait intact. Le camp s'endormit, les étoiles prirent possession du ciel, le roi garda les yeux fixés sur la monstrueuse place forte que son père avait jugé bon de ne pas annexer. S'en emparer porterait un coup sévère à l'empire hittite ; en y installant une garnison d'élite, Ramsès protégerait son pays d'une invasion.

Ramsès s'allongea sur son lit dont les quatre pieds avaient la forme de pattes de lion et posa la tête sur un coussin au tissu décoré de papyrus et de lotus. La délicatesse de cette ornementation le fit sourire ; comme elle était loin, la douceur des Deux Terres !

Lorsque le roi ferma les yeux, apparut le sublime visage de Néfertari.

— Debout, Chénar.

— Sais-tu à qui tu parles, geôlier ?

— À un traître qui mérite la mort.

— Je suis le frère aîné du roi !

— Tu n'es plus rien, ton nom disparaîtra à jamais. Lève-toi, ou tu connaîtras la brûlure de mon fouet.

— Tu n'as pas le droit de maltraiter un prisonnier.

— Un prisonnier, non... Mais toi !

Prenant la menace au sérieux, Chénar se leva.

À la grande prison de Memphis, il n'avait subi aucuns sévices. Contrairement aux autres condamnés qui accomplissaient des corvées dans les champs ou réparaient les digues, le frère aîné du roi avait été enfermé dans une cellule et nourri deux fois par jour.

Le geôlier le poussa dans un couloir. Chénar pensait monter dans un chariot à destination des oasis, mais des gardiens bourrus l'obligèrent à entrer dans un bureau où se trouvait l'homme qu'il haïssait le plus après Ramsès et Âcha, Améni, le scribe fidèle, l'incorruptible par excellence !

— Tu as choisi la mauvaise voie, Améni, celle des vaincus ; ton triomphe ne sera que momentané.

— La hargne quittera-t-elle ton cœur ?

— Pas avant d'avoir planté un poignard dans le tien ! Les Hittites terrasseront Ramsès et me délivreront.

— Ton emprisonnement t'a fait perdre la raison, mais peut-être pas la mémoire.

Chénar se renfrogna.

— Que me veux-tu, Améni ?

— Tu avais forcément des complices.

— Des complices... Oui, j'en ai, et beaucoup ! La cour entière est complice, le pays entier est complice ! Quand je monterai sur le trône, on se prosternera à mes pieds et je châtierai mes ennemis.

— Donne-moi les noms de tes complices, Chénar.

— Tu es curieux, petit scribe, trop curieux... Et ne crois-tu pas que j'étais assez fort pour agir seul ?

— Tu as été manipulé, Chénar, et tes amis t'ont abandonné.

— Tu te trompes, Améni ; Ramsès vit ses derniers jours.

— Si tu parles, Chénar tes conditions de détention seront moins pénibles.

— Je ne resterai pas longtemps prisonnier. À ta place, petit scribe, je prendrais la fuite ! Ma vengeance n'épargnera personne, et surtout pas toi.

— Une dernière fois, Chénar, acceptes-tu de révéler le nom de tes complices ?

— Que les démons de l'enfer lacèrent ton visage et déchirent tes entrailles !

— Le bagne te déliera la langue.

— Tu ramperas à mes pieds, Améni.

— Emmenez-le.

Les gardiens poussèrent Chénar dans un chariot que

tiraient deux bœufs ; un policier tenait les rênes. Quatre collègues à cheval l'accompagneraient jusqu'au bagne.

Chénar était assis sur un plancher mal équarri et ressentait chaque cahot de la piste. Mais douleur et inconfort l'indifféraient ; avoir été si proche du pouvoir suprême et tomber si bas entretenait en lui un insatiable désir de revanche.

Jusqu'au milieu du trajet, Chénar somnola, rêvant de lendemains triomphants.

Des grains de sable lui fouettèrent le visage. Étonné, il s'agenouilla et regarda à l'extérieur.

Un immense nuage ocre cachait le ciel et emplissait le désert. La tempête se développait avec une rapidité incroyable.

Affolés, deux chevaux désarçonnèrent leurs cavaliers ; pendant que leurs camarades tentaient de leur porter secours, Chénar assomma le conducteur du char, le jeta sur la piste, prit sa place et fonça droit vers le tourbillon.

53

La matinée était brumeuse et la forteresse de Kadesh tardait à sortir du brouillard. Sa masse imposante continuait à défier l'armée égyptienne; protégée à la fois par l'Oronte et des collines boisées, elle semblait inexpugnable. De la hauteur où le roi et la division d'Amon avaient pris position, Ramsès voyait la division de Râ dans la plaine qui s'étendait devant la place forte, et celle de Ptah, entre la forêt de Labwi et le premier gué. Bientôt, elle le franchirait, suivie de la division de Seth.

Alors, les quatre corps d'armée lanceraient un assaut victorieux contre la forteresse.

Les soldats vérifièrent leurs armes; dagues, lances, épées, sabres courbes, massues, haches et arcs leur brûlaient les doigts. À l'approche du combat, les chevaux devenaient nerveux. Sur l'ordre du scribe de l'intendance, on nettoya le campement et on lava à grande eau les ustensiles de cuisine. Les officiers passèrent les troupes en revue et envoyèrent chez le barbier ceux qui étaient mal rasés. Ils ne tolérèrent pas davantage les tenues négligées et infligèrent plusieurs journées de corvée aux fautifs.

Peu avant midi, sous un chaud soleil qui s'imposait enfin, Ramsès fit donner l'ordre, par signal optique, de mettre en mouvement la division de Ptah; cette dernière s'ébranla et commença à passer le gué. Prévenue par un messager, celle de Seth s'engagerait sous peu dans la forêt de Labwi.

Soudain, le tonnerre.

Ramsès leva les yeux au ciel, mais n'y discerna aucun nuage.

Des hurlements montèrent de la plaine. Incrédule, le pharaon découvrit la véritable cause du bruit terrifiant qui emplissait le site de Kadesh.

Une marée de chars hittites venait de traverser le second gué, proche de la citadelle, et s'enfonçait dans le flanc de la division de Râ; une autre vague, rapide et gigantesque, attaquait la division de Ptah. Derrière les chars couraient des milliers de fantassins, couvrant les monts et la vallée, telle une nuée de sauterelles.

Cette immense armée s'était dissimulée dans la forêt, à l'est et à l'ouest de la place forte, et se ruait sur les troupes égyptiennes au moment où elles étaient les plus vulnérables.

Le nombre des ennemis stupéfia Ramsès. Quand apparut Mouwattali, le pharaon comprit.

Autour de l'empereur du Hatti, debout sur son char, les princes de Syrie, du Mitanni, d'Alep, d'Ougarit, de Karkémish, d'Arzawa et les chefs de plusieurs petites principautés qu'Hattousil, sur l'ordre de l'empereur, avait convaincus de se joindre aux Hittites pour écraser l'armée égyptienne.

Une coalition... Mouwattali avait réuni, dans la plus vaste coalition qui ait jamais existé, tous les pays barbares jusqu'aux rivages de la mer, en leur distribuant d'énormes quantités d'or et d'argent.

Quarante mille hommes et trois mille cinq cents chars déferlaient sur les forces égyptiennes mal disposées et frappées de stupeur.

Des centaines de fantassins de la division de Ptah tombèrent sous les flèches ennemies, les chars furent renversés et obstruèrent le gué. Les survivants coururent vers la forêt de Labwi pour s'y réfugier, empêchant toute intervention de la division de Seth. Cette partie-là de l'armée égyptienne ne pouvait plus participer au combat, sous peine de devenir une proie facile pour les archers coalisés.

La quasi-totalité des chars de la division de Ptah était détruite, ceux de la division de Seth restaient cloués au sol. Dans la plaine, la situation devenait catastrophique. Coupée en deux, la division de Râ avait été réduite à l'impuissance, ses hommes se débandaient. Les coalisés massacraient les Égyptiens, le fer de leurs armes brisait les os et traversait les chairs, les lances s'enfonçaient dans les flancs, les poignards perforaient les ventres.

Les princes coalisés acclamèrent Mouwattali.

La stratégie de l'empereur se révélait d'une parfaite efficacité. Qui aurait supposé que l'arrogante armée de Ramsès fût ainsi exterminée, sans même avoir combattu ? Les survivants prenaient la fuite, tels des lièvres affolés, et ne devraient leur survie qu'à la rapidité de leur course.

Restait à frapper le coup final.

La division d'Amon et le camp du pharaon, encore intacts, ne résisteraient pas longtemps aux hordes hurlantes qui se précipitaient vers eux. La victoire de Mouwattali serait alors totale ; avec la mort de Ramsès, l'Égypte des pharaons courberait enfin la tête et deviendrait l'esclave du Hatti.

Contrairement à son père, Ramsès était tombé dans le piège de Kadesh et paierait cette erreur de sa vie.

Un guerrier échevelé bouscula deux princes et fit face à l'empereur.

— Mon père, que se passe-t-il ? demanda Ouri-Téchoup. Pourquoi n'ai-je pas été averti de l'heure de l'offensive, moi, le général en chef de notre armée ?

— Je t'ai confié un rôle précis : la défense de Kadesh avec nos bataillons de réserve.

— Mais la forteresse n'est pas en péril !

— Ce sont mes ordres, Ouri-Téchoup, et tu oublies un fait essentiel : je ne t'ai pas confié le commandement de l'armée coalisée.

– Mais qui donc...

– Qui d'autre que mon frère Hattousil pouvait remplir cette difficile fonction? C'est lui qui a mené de longues et patientes négociations pour convaincre nos alliés d'accepter un effort de guerre exceptionnel, c'est donc à lui que revenait l'honneur de commander la coalition.

Ouri-Téchoup jeta un regard haineux à Hattousil et porta la main au pommeau de son épée.

– Regagne ton poste, mon fils, ordonna sèchement Mouwattali.

Les cavaliers hittites renversèrent le rempart de boucliers qui protégeait le camp de Pharaon. Les quelques soldats égyptiens qui tentèrent de résister s'effondrèrent, le corps transpercé par des lances. Un lieutenant de charrerie hurla, enjoignant les fuyards de résister; la flèche d'un archer hittite pénétra dans sa bouche, et l'officier mourut en mordant vainement le trait qui lui ôtait la vie.

Plus de deux mille chars s'apprêtaient à foncer vers la tente royale.

– Mon maître, s'exclama l'écuyer Menna, vous qui protégez l'Égypte le jour du combat, vous qui êtes le seigneur de la vaillance, regardez! Nous serons bientôt seuls au milieu de milliers d'ennemis! Ne restons pas là... Fuyons!

Ramsès jeta un regard méprisant sur son écuyer.

– Puisque la lâcheté s'est emparée de ton cœur, disparais de ma vue.

– Majesté, je vous en supplie! Ce n'est pas du courage, mais de la folie. Sauvez votre vie, le pays a besoin de vous.

- L'Égypte n'a pas besoin d'un vaincu. Je me battrai, Menna.

Ramsès se coiffa de la couronne bleue et se vêtit d'une cuirasse courte, combinant un pagne et un corselet couvert de petites plaques de métal. À ses poignets, des bracelets d'or dont les fermetures représentaient des canards en lapis-lazuli et à la queue en or.

Avec calme, comme si la journée s'annonçait tranquille, le monarque caparaçonna ses deux chevaux avec des couvertures de coton rouge, bleu et vert. La tête de « Victoire dans Thèbes », le mâle, et celle de « La déesse Mout est satisfaite », la femelle, s'ornaient d'un magnifique panache de plumes rouges, à l'extrémité bleue.

Ramsès monta sur son char en bois plaqué d'or, long de trois mètres, dont le caisson s'appuyait sur un essieu et un timon. Les pièces avaient été courbées au feu, recouvertes de feuilles d'or et assemblées par des tenons. Les parties exposées au frottement étaient garnies de cuir. L'armature du caisson, ouvert à l'arrière, était faite de planches plaquées d'or, le sol de lanières entrelacées.

Sur les flancs du char, des figures d'Asiatiques et de Nubiens agenouillés et soumis. Le rêve d'un royaume en train de se fracasser, l'ultime affirmation symbolique de la puissance de l'Égypte, de sa domination sur le Nord et le Sud.

Le char était équipé de deux carquois, l'un pour les flèches, l'autre pour les arcs et les épées. Avec ces armes dérisoires, Pharaon s'apprêtait à combattre une armée entière.

Ramsès noua les rênes autour de sa taille, afin d'avoir les mains libres ; les deux chevaux étaient intelligents et courageux, ils fonceraient droit dans la mêlée. Un feulement grave réconforta le roi ; son lion, Massacreur, lui demeurait fidèle et se battrait avec lui jusqu'à la mort.

Un lion et un couple de chevaux : tels étaient les trois derniers alliés du roi d'Égypte. Les chars et les fantassins de la division d'Amon se dispersaient devant l'ennemi.

« Si tu commets une faute, avait dit Séthi, n'accuse personne d'autre que toi-même et rectifie ton erreur. Bats-toi comme un taureau, un lion et un faucon, sois fulgurant comme l'orage. Sinon, tu seras vaincu. »

Dans un bruit assourdissant, soulevant un nuage de poussière, les chars des coalisés montèrent à l'assaut de l'éminence sur laquelle trônait le pharaon d'Égypte, debout sur son char.

Un profond sentiment d'injustice avait envahi Ramsès. Pourquoi le destin lui devenait-il défavorable, pourquoi l'Égypte devait-elle périr sous les coups des barbares ?

Dans la plaine, il ne restait plus rien de la division de Râ, dont les rescapés avaient fui vers le sud. Les forces rescapées de la division de Ptah et celle de Seth étaient bloquées sur la rive est de l'Oronte. Quant à la division d'Amon, qui comptait pourtant dans ses rangs l'élite de la charrerie, elle s'était comportée avec une lâcheté écœurante. Dès la première charge des coalisés, elle s'était effondrée. Il ne restait plus aucun officier supérieur, aucun porteur de bouclier, aucun archer prêt à combattre. Quel que fût leur grade, les soldats n'avaient songé qu'à sauver leur vie en oubliant l'Égypte. Menna, l'écuyer du roi, était à genoux, la tête dans les mains, pour ne pas voir l'ennemi fondre sur lui.

Cinq années de règne, cinq années pendant lesquelles Ramsès avait tenté d'être fidèle à l'esprit de Séthi et de poursuivre l'édification d'un pays riche et heureux, cinq années qui s'achevaient par un désastre, prélude à l'invasion des Deux Terres et à l'asservissement de sa population. Néfertari et Touya n'offriraient qu'une brève résistance à la nuée de prédateurs qui s'engouffrerait dans le Delta, puis dévasterait la vallée du Nil.

Comme s'ils percevaient les pensées de leur maître, les chevaux pleurèrent.

Alors, Ramsès se révolta.

Levant les yeux vers le soleil, il s'adressa à Amon, le dieu caché dans la lumière, dont nul être ne connaîtrait jamais la véritable forme.

— Je t'appelle, mon père Amon ! Un père peut-il oublier son fils, seul, au milieu d'une foule d'adversaires ? Qu'arrive-t-il pour que tu te comportes ainsi, t'ai-je désobéi une seule fois ? Tous les pays étrangers se sont ligués contre moi ; mes soldats, pourtant nombreux, ont pris la fuite, et me voici seul, sans aide. Mais qui sont ces barbares, sinon des êtres cruels qui ne pratiquent pas la Règle de Maât ? Pour toi, mon père, j'ai bâti des temples, vers toi j'ai fait monter chaque jour des offrandes. Tu as goûté les essences des fleurs les plus subtiles, j'ai érigé pour toi de grands pylônes, j'ai dressé les mâts à oriflamme pour annoncer ta présence dans les sanctuaires, j'ai fait extraire des carrières d'Éléphantine des obélisques qui furent dressés à ta gloire. Je t'appelle, mon père Amon, parce que je suis seul, absolument seul. J'ai agi pour toi avec un cœur aimant; en ce moment de détresse, agis pour celui qui agit. Amon vaudra mieux pour moi que des millions de soldats et des centaines de milliers de chars. La vaillance d'une multitude est dérisoire, Amon est plus efficace qu'une armée.

La palissade qui protégeait l'accès au centre du camp céda, laissant la voie libre à la charge des chars. Dans moins d'une minute, Ramsès aurait cessé de vivre.

– Mon père, clama Pharaon, pourquoi m'as-tu abandonné ?

54

Mouwattali, Hattousil et les princes coalisés admirèrent l'attitude du pharaon.

— Il mourra en guerrier, dit l'empereur. Un souverain de cette trempe eût mérité d'être hittite. Notre victoire est d'abord la tienne, Hattousil.

— Les deux bédouins ont joué leur rôle à la perfection. Ce sont leurs mensonges qui ont convaincu Ramsès que nos troupes se trouvaient loin de Kadesh.

— Ouri-Téchoup a eu tort de s'opposer à ton plan et de préconiser une bataille devant la place forte. Je tiendrai compte de son erreur.

— L'essentiel n'est-il pas de voir triompher la coalition? La conquête de l'Égypte nous offrira la prospérité pendant plusieurs siècles.

— Assistons à la fin de Ramsès, trahi par ses propres troupes.

Le soleil doubla brusquement d'intensité, aveuglant les Hittites et leurs alliés. Dans le ciel bleu, le tonnerre gronda.

Chacun se crut victime d'une hallucination... Une voix vaste comme le cosmos ne provenait-elle pas de l'azur? Une voix dont seul Ramsès perçut le message : « Je suis ton père Amon, ma main est dans la tienne; je suis ton père, moi, le maître de la victoire. »

Un rayon de lumière enveloppa le pharaon, rendant son

corps rayonnant comme de l'or illuminé par le soleil. Ramsès, fils de Râ, acquit la puissance de l'astre du jour et s'élança vers les assaillants, frappés de stupeur.

Ce n'était plus un chef vaincu et solitaire qui livrait son dernier combat, mais un roi à la force sans égale et au bras infatigable, une flamme dévastatrice, une étoile scintillante, un vent violent, un taureau sauvage aux cornes acérées, un faucon qui lacérait de ses serres quiconque s'opposait à lui. Ramsès décochait flèche sur flèche, tuant les conducteurs des chars hittites. Privés de contrôle, les chevaux se cabraient, tombant les uns sur les autres; les chars se renversèrent, formant une mêlée confuse.

Massacreur, le lion nubien, fit un carnage. Jetant ses trois cents kilos dans la bataille, il déchiqueta tous ses adversaires à coups de griffes et planta dans les cous et les crânes ses crocs longs de dix centimètres. Sa superbe crinière flamboyait, ses pattes frappaient avec autant de violence que de précision.

Ramsès et Massacreur brisèrent l'élan adverse et percèrent les lignes ennemies. Le chef des fantassins hittites brandit sa lance, mais il n'eut pas le temps d'achever son geste : la flèche de Pharaon se ficha dans son œil gauche. Au même instant, la mâchoire du lion se referma sur le visage épouvanté du chef de la charrerie impériale.

Malgré leur nombre, les coalisés battirent en retraite et dévalèrent la butte en direction de la plaine.

Mouwattali blêmit.

— Ce n'est pas un homme, s'exclama-t-il, mais le dieu Seth en personne, un être unique qui possède le pouvoir de vaincre des milliers de guerriers! Voyez, quand on veut l'attaquer, la main devient faible, le corps se paralyse, on ne sait plus manier la lance et l'arc!

Hattousil lui-même, au sang-froid imperturbable, était frappé de stupeur. On aurait juré qu'un feu jaillissait de Ramsès et brûlait quiconque essayait de l'atteindre.

Un colosse hittite parvint à agripper le rebord de la caisse du char et à brandir une dague; mais sa cotte de mailles sembla se calciner, et il mourut en hurlant, les chairs brûlées. Ni Ramsès ni le lion ne ralentissaient leur allure ; Pharaon sentait que la main d'Amon guidait la sienne, que le dieu des victoires se tenait juste derrière lui et lui donnait plus de puissance qu'à une armée entière. Semblable à une tempête, le roi d'Égypte renversait ses adversaires comme fétus de paille.

— Il faut l'empêcher de continuer ! hurla Hattousil.

— La panique s'est emparée de nos hommes, lui répondit le prince d'Alep.

— Reprenez-les en main, ordonna Mouwattali.

— Ramsès est un dieu...

— Ce n'est qu'un homme, même si son courage paraît surhumain. Agissez, prince, redonnez confiance à nos soldats, et cette bataille sera terminée.

Hésitant, le prince d'Alep aiguillonna son cheval et descendit du promontoire sur lequel se tenait l'état-major coalisé. Il était décidé à mettre fin à la folle équipée de Ramsès et de son lion.

Hattousil fixa les collines de l'ouest. Ce qu'il crut voir le pétrifia.

— Majesté, là-bas, on dirait... Des chars égyptiens à grande allure !

— D'où viennent-ils ?

— Ils auront suivi la route côtière.

— Comment ont-ils forcé le passage ?

— Ouri-Téchoup a refusé de bloquer cet accès, sous prétexte qu'aucun Égyptien ne se serait risqué à l'emprunter.

L'armée de secours avala l'espace libre et, ne rencontrant aucune opposition, se déploya sur toute la largeur de la plaine, s'engouffrant dans la brèche créée par Ramsès.

— Ne fuyez pas ! hurla le prince d'Alep. Tuez Ramsès !

Quelques soldats obéirent ; à peine faisaient-ils volte-face que les griffes du lion leur labourèrent le visage et la poitrine.

Quand le prince d'Alep vit fondre sur lui le char d'or de Ramsès, il ouvrit de grands yeux ébahis et rompit le combat à son tour. Son cheval piétina ses alliés hittites pour tenter d'échapper au pharaon. Paniqué, le prince lâcha les rênes; l'animal s'emballa et se jeta dans l'Oronte où de nombreux chars s'étaient déjà engloutis, s'empilant les uns sur les autres, avant de disparaître sous la surface de l'eau ou d'être emportés par le courant. Des soldats étouffaient dans la boue, certains se noyaient, d'autres essayaient de nager; tous préféraient plonger dans le fleuve plutôt que d'affronter la terrifiante divinité semblable au feu céleste.

L'armée de secours paracheva l'œuvre de Ramsès en exterminant nombre de coalisés, et en obligeant les fuyards à se précipiter dans l'Oronte. Un lieutenant de charrerie souleva par les pieds le prince d'Alep qui cracha l'eau qu'il venait d'absorber.

Le char de Ramsès approchait du monticule occupé par l'état-major ennemi.

— Reculons, conseilla Hattousil à l'empereur.

— Il nous reste les forces de la rive ouest.

— Elles seront insuffisantes... Ramsès est capable de dégager le gué et de libérer les divisions de Ptah et de Seth.

D'un revers de main, l'empereur s'épongea le front.

— Que se passe-t-il, Hattousil... Un seul homme est-il capable de terrasser une armée entière?

— Si cet homme est Pharaon, s'il est Ramsès...

— L'unité qui maîtrise la multiplicité... Ce n'est qu'un mythe, et nous sommes sur un champ de bataille!

— Nous sommes vaincus, Majesté, il faut nous replier.

— Un Hittite ne recule pas.

— Songeons à préserver votre existence et à poursuivre le combat d'une autre manière.

— Que proposes-tu?

— Réfugions-nous à l'intérieur de la citadelle.

— Nous y serons pris au piège!

— Nous n'avons pas le choix, estima Hattousil. Si nous fuyons vers le nord, Ramsès et ses troupes nous poursuivront.

— Souhaitons que Kadesh soit réellement imprenable.

— Ce n'est pas une forteresse comme les autres, Majesté; Séthi lui-même avait renoncé à en prendre possession.

347

– Ce ne sera pas le cas de son fils !

– Hâtons-nous, Majesté !

À contrecœur, Mouwattali leva la main droite et garda cette posture pendant d'interminables secondes, ordonnant ainsi la retraite.

Se mordant les lèvres au sang, Ouri-Téchoup assista, impuissant, à la débâcle. Le bataillon qui bloquait l'accès au premier gué, sur la rive est de l'Oronte, recula jusqu'au second. Les survivants de la division de Ptah n'osèrent pas le suivre, de peur de tomber dans un nouveau piège ; le général préféra assurer ses arrières en dépêchant un messager à la division de Seth pour lui annoncer que le chemin était libre et qu'elle pouvait traverser la forêt de Labwi.

Le prince d'Alep, reprenant ses esprits, échappa au soldat qui l'avait sauvé, traversa le fleuve à la nage et rejoignit ses alliés en marche vers Kadesh. Les archers de l'armée de secours abattirent les fuyards par centaines.

Les Égyptiens marchaient sur les cadavres et leur coupaient une main à chacun afin de procéder à un décompte macabre dont le résultat entrerait dans les archives officielles.

Personne n'osait s'approcher du pharaon ; Massacreur s'était couché en sphinx devant les chevaux. Taché de sang, Ramsès descendit du char doré, caressa longuement son lion et ses deux chevaux, et n'accorda pas le moindre regard aux soldats qui s'immobilisèrent, dans l'attente de la réaction du monarque.

Menna fut le premier à venir vers le roi. L'écuyer tremblait et mettait avec peine un pied devant l'autre.

Au-delà du second gué, l'armée hittite et les coalisés survivants se dirigeaient à vive allure vers la grande porte de la forteresse de Kadesh ; les Égyptiens n'avaient plus le temps d'intervenir pour empêcher Mouwattali et les siens de se mettre à l'abri.

– Majesté, dit Menna d'une petite voix, Majesté... Nous sommes vainqueurs.

Le regard fixé sur la place forte, Ramsès ressemblait à une statue de granit.

— Le grand chef hittite a cédé devant Votre Majesté, continua Menna, il a pris la fuite; à vous seul, vous avez tué des milliers d'hommes! Qui saura chanter votre gloire?

Ramsès se tourna vers son écuyer.

Affolé, Menna se prosterna, craignant d'être foudroyé par la puissance qui émanait du souverain.

— Est-ce toi, Menna?

— Oui, Majesté, c'est bien moi, votre écuyer, votre fidèle serviteur! Pardonnez-moi, pardonnez à votre armée; la victoire ne doit-elle pas faire oublier nos fautes?

— Un pharaon ne pardonne pas, fidèle serviteur; il gouverne et il agit.

55

Les divisions d'Amon et de Râ avaient été décimées, celle de Ptah était affaiblie, celle de Seth intacte. Des milliers d'Égyptiens étaient morts, davantage de Hittites et de coalisés avaient perdu la vie, mais une seule réalité s'imposait : Ramsès avait gagné la bataille de Kadesh.

Certes, Mouwattali, Hattousil, Ouri-Téchoup et quelques-uns de leurs alliés, comme le prince d'Alep, étaient vivants et enfermés dans la forteresse ; mais le mythe de l'invincibilité hittite avait vécu. Nombre de princes, engagés aux côtés de l'empereur du Hatti, avaient péri noyés ou percés de flèches. Désormais, les principautés, grandes ou petites, sauraient que le bouclier de Mouwattali ne suffisait pas à les protéger de la colère de Ramsès.

Le pharaon avait convoqué, sous sa tente, la totalité des officiers survivants, dont les généraux des divisions de Ptah et de Seth.

Malgré la joie de la victoire, personne ne souriait. Sur son trône en bois doré, Ramsès avait le visage d'un faucon courroucé. On le sentait prêt à bondir sur ses proies.

– Tous ici, déclara-t-il, vous aviez la responsabilité d'un commandement. Tous, vous avez tiré avantage de votre grade. Tous, vous vous êtes comportés comme des lâches ! Bien nourris, bien logés, exemptés d'impôts, respectés et enviés, vous, les chefs de mon armée, vous vous êtes dérobés au moment du combat, réunis dans une semblable couardise.

Le général de la division de Seth fit un pas en avant.

— Majesté...

— Désires-tu me contredire ?

Le général rentra dans le rang.

— Je ne peux plus vous faire confiance. Demain, vous fuirez de nouveau et vous vous éparpillerez comme des moineaux à l'approche du danger. C'est pourquoi je vous démets de vos fonctions. Soyez heureux de rester dans l'armée comme soldats, de servir votre pays, de toucher une solde et de bénéficier d'une retraite.

Personne ne protesta. La plupart redoutaient un châtiment plus sévère.

Le jour même, le roi nomma de nouveaux officiers, choisis parmi les hommes de l'armée de secours.

Dès le lendemain de sa victoire, Ramsès lança le premier assaut contre la forteresse de Kadesh. Au sommet des tours flottaient des fanions hittites.

Le tir des archers égyptiens fut inefficace ; les flèches se brisèrent contre les créneaux derrière lesquels s'abritaient les assiégés. À la différence des autres forteresses syriennes, le sommet des tours de Kadesh était hors de portée.

Désireux de prouver leur valeur, les fantassins escaladèrent l'éperon rocheux sur lequel était bâtie la place forte et plaquèrent les échelles de bois contre ses murs ; mais les archers hittites les décimèrent, et les survivants furent contraints de renoncer. Trois autres tentatives, autant d'échecs.

Le lendemain, et le surlendemain, quelques audacieux réussirent à grimper à mi-mur, mais des jets de pierres les firent passer de vie à trépas.

Kadesh semblait imprenable.

Sombre, Ramsès avait réuni son nouveau conseil de guerre dont les membres rivalisaient d'ardeur pour briller aux yeux du roi. Las de leur bavardage, il les avait congédiés, ne gardant auprès de lui que Sétaou.

— Lotus et moi sauverons des dizaines de vies, affirma-t-il, à condition de ne pas mourir nous-mêmes d'épuisement. Au rythme où nous travaillons, nous manquerons bientôt de remèdes.

— Ne te cache pas derrière des mots.

— Rentrons en Égypte, Ramsès.

— En oubliant la forteresse de Kadesh?

— La victoire est acquise.

— Tant que Kadesh ne sera pas égyptienne, la menace hittite perdurera.

— Cette conquête-là exigerait trop d'efforts et trop de morts; retournons en Égypte pour y soigner les blessés et reconstituer nos forces.

— Cette forteresse doit tomber, comme les autres.

— Et si tu t'acharnais à tort?

— La nature qui nous entoure est d'une grande richesse; Lotus et toi y trouverez les substances nécessaires pour préparer des remèdes.

— Et si Âcha était enfermé dans cette place forte?

— Raison de plus pour s'en emparer et le délivrer.

L'écuyer Menna accourut et se prosterna.

— Majesté, Majesté! Une lance a été jetée du haut des remparts... Ficelé à sa pointe métallique, un message!

— Donne-le-moi.

Ramsès déchiffra le texte.

À Ramsès, le pharaon d'Égypte, de la part de son frère Mouwattali, l'empereur du Hatti.

Avant de continuer à nous affronter, ne serait-il pas bon de nous rencontrer et de parlementer? Qu'une tente soit dressée dans la plaine, à mi-distance entre ton armée et la forteresse.

Je m'y rendrai seul, mon frère s'y rendra seul, demain, lorsque le soleil sera au plus haut.

Sous la tente, deux trônes, face à face. Entre les sièges, une table basse sur laquelle avaient été posées deux coupes et une petite jarre d'eau fraîche.

Les deux souverains s'assirent en même temps, sans se quitter des yeux. Malgré la chaleur, Mouwattali était vêtu d'un long manteau de laine rouge et noir.

— Je suis heureux de rencontrer mon frère le pharaon d'Égypte, dont la gloire ne cesse de grandir.

— La réputation de l'empereur du Hatti répand l'effroi dans de nombreux pays.

— Dans ce domaine, mon frère Ramsès n'a plus rien à m'envier. J'avais formé une coalition invincible, tu l'as vaincue. De quelle protection divine as-tu bénéficié?

— De celle de mon père Amon, dont le bras a suppléé le mien.

— Je ne pouvais croire qu'une telle puissance habiterait un homme, fût-il Pharaon.

— Tu n'as pas hésité à employer le mensonge et la ruse.

— Des armes de guerre comme les autres! Elles t'auraient vaincu, si une force surnaturelle ne t'avait pas animé. C'est l'âme de ton père Séthi qui a nourri ton courage insensé, c'est elle qui t'a fait oublier la peur et la défaite.

— Es-tu prêt à te rendre, mon frère Mouwattali?

— Est-ce l'habitude de mon frère Ramsès de se montrer si brutal?

— Des milliers d'hommes sont morts, à cause de la politique expansionniste du Hatti; l'heure n'est donc plus aux conversations vaines. Es-tu prêt à te rendre?

— Mon frère sait-il qui je suis?

— L'empereur du Hatti, pris au piège dans sa forteresse de Kadesh.

— Avec moi se trouvent mon frère Hattousil, mon fils Ouri-Téchoup, mes vassaux et mes alliés. Nous rendre, ce serait décapiter l'empire.

– Un vaincu doit tirer les conséquences de sa défaite.

– Tu as remporté la bataille de Kadesh, il est vrai, mais la forteresse demeure intacte.

– Tôt ou tard, elle tombera.

– Tes premiers assauts ont été inefficaces ; en continuant ainsi, tu perdras beaucoup d'hommes, sans même égratigner les murs de Kadesh.

– C'est pourquoi j'ai décidé d'adopter une autre stratégie.

– Puisque nous sommes entre frères, me la dévoileras-tu ?

– Ne l'as-tu pas devinée ? Elle reposera sur la patience. Vous êtes nombreux, à l'intérieur de la place forte ; nous attendrons que les vivres manquent. Une reddition immédiate ne serait-elle pas préférable à de longues souffrances ?

– Mon frère Ramsès connaît mal cette forteresse. Ses vastes entrepôts contiennent une grande quantité de nourriture qui nous permettra de tenir le siège pendant plusieurs mois. Aussi bénéficierons-nous de conditions plus favorables que l'armée égyptienne.

– Forfanterie.

– Certes pas, mon frère, certes pas ! Vous autres, Égyptiens, êtes à grande distance de vos bases et connaîtrez des journées de plus en plus pénibles. Chacun sait que vous détestez résider loin de votre pays et que l'Égypte n'aime guère être longtemps privée de son pharaon. L'automne viendra, puis l'hiver, avec le froid et les maladies. Il y aura aussi le désenchantement et la lassitude. Sois-en sûr, mon frère Ramsès : nous serons privilégiés par rapport à vous. Et ne compte pas sur le manque d'eau : les citernes de Kadesh sont bien remplies, et nous bénéficions d'un puits creusé au centre de la place forte.

Ramsès but un peu d'eau, non parce qu'il avait soif, mais afin d'interrompre l'entretien pour réfléchir. Les arguments de Mouwattali n'étaient pas dépourvus de valeur.

– Mon frère désire-t-il se désaltérer ?

– Non, je supporte bien la chaleur.

– Redouterais-tu le poison, si souvent utilisé à la cour du Hatti ?

— Cette coutume s'est perdue ; mais je préfère que mon échanson goûte les plats qui me sont destinés. Mon frère Ramsès doit savoir que l'un de ses amis d'enfance, le jeune et brillant diplomate Âcha, a été arrêté alors qu'il remplissait une mission d'espionnage sous l'habit d'un marchand. Si j'avais appliqué nos lois, il serait mort ; mais j'ai supposé que tu serais heureux de sauver un être cher.

— Tu te trompes, Mouwattali ; en moi, le roi a dévoré l'homme.

— Âcha n'est pas seulement ton ami, mais aussi le chef véritable de la diplomatie égyptienne et le meilleur connaisseur de l'Asie. Si l'homme demeure insensible, le monarque ne sacrifiera pas l'une des pièces maîtresses de son jeu.

— Que proposes-tu ?

— La paix, même temporaire, n'est-elle pas meilleure qu'un combat désastreux ?

— La paix... Impossible !

— Réfléchis, mon frère Ramsès : je n'ai pas engagé la totalité de l'armée hittite dans cette bataille. Des forces de secours ne tarderont pas à me venir en aide, et tu auras d'autres combats à livrer, tout en maintenant le siège. De tels efforts dépassent tes possibilités en hommes et en armement, et ta victoire se transformera en désastre.

— Tu as perdu la bataille de Kadesh, Mouwattali, et tu oses demander la paix !

— Je suis prêt à reconnaître ma défaite en rédigeant un document officiel. Lorsqu'il sera en ta possession, tu lèveras le siège, et la frontière de mon empire sera définitivement fixée à Kadesh. Jamais mon armée ne s'emparera de l'Égypte.

56

La porte de la cellule d'Âcha s'ouvrit.

Malgré son sang-froid, le jeune diplomate sursauta ; le visage fermé des deux gardes ne présageait rien de bon. Depuis son incarcération, Âcha s'attendait chaque jour à être exécuté. Les Hittites ne manifestaient aucune indulgence à l'égard des espions.

La hache, le poignard ou un saut forcé du haut d'une falaise ? L'Égyptien souhaitait que sa mort fût brutale et rapide, sans être l'occasion d'une mise en scène cruelle.

Âcha fut introduit dans une salle froide et austère, décorée de boucliers et de lances. Comme toujours, au Hatti, la guerre rappelait sa présence.

— Comment vous portez-vous ? demanda la prêtresse Pou-touhépa.

— Je manque d'exercice et n'apprécie pas votre nourriture, mais je suis encore vivant. N'est-ce pas un miracle ?

— D'une certaine manière, si.

— J'ai le sentiment que ma réserve de chance s'épuise... Pourtant, votre présence me rassure : une femme serait-elle si impitoyable ?

— Ne comptez pas sur la faiblesse d'une Hittite.

— Mon charme serait-il inopérant ?

La fureur anima le visage de la prêtresse.

— Êtes-vous bien conscient de votre situation ?

– Un diplomate égyptien sait mourir avec le sourire, même s'il tremble de tous ses membres.

Âcha songea à la colère de Ramsès qui lui reprocherait, même dans l'autre monde, de ne pas avoir réussi à sortir du Hatti pour lui décrire l'énorme coalition rassemblée par l'empereur. La paysanne avait-elle transmis son bref message de trois mots? Il n'y croyait guère mais, si c'était le cas, le pharaon était assez intuitif pour en percevoir le sens.

Sans informations, l'armée égyptienne avait été détruite à Kadesh et Chénar était monté sur le trône d'Égypte. Tout bien pesé, il valait mieux mourir que de subir la tyrannie d'un tel despote.

– Vous n'avez pas trahi Ramsès, dit Poutouhépa, et vous n'avez jamais été aux ordres de Chénar.

– Je vous laisse juge.

– La bataille de Kadesh a eu lieu, révéla-t-elle. Ramsès a vaincu les troupes coalisées.

Âcha fut comme ivre.

– Vous vous moquez de moi...

– Je ne suis pas d'humeur à plaisanter.

– Vaincu les troupes coalisées... répéta Âcha, stupéfait.

– Notre empereur est vivant et libre, ajouta Poutouhépa, et la forteresse de Kadesh est intacte.

L'humeur du diplomate s'assombrit.

– Quel sort me réservez-vous?

– Je vous aurais volontiers fait brûler comme espion, mais vous êtes devenu l'un des enjeux des négociations.

L'armée égyptienne campait devant la forteresse dont les murs demeuraient gris, malgré le chaud soleil de début juin. Depuis l'entrevue entre Ramsès et Mouwattali, les soldats de Pharaon n'avaient lancé aucun nouvel assaut contre Kadesh. Du sommet des remparts, Ouri-Téchoup et les archers hittites observaient leurs adversaires qui se livraient à de pacifiques occupations. On soignait chevaux, ânes et bœufs, on se perfectionnait dans les jeux de société, on organisait des concours de lutte à mains nues et l'on mangeait une belle variété de plats que les cuisiniers des régiments préparaient en s'apostrophant.

Aux officiers supérieurs, Ramsès n'avait donné qu'un seul ordre : faire respecter la discipline. Aucun n'avait obtenu la moindre confidence sur le pacte passé avec Mouwattali.

Le nouveau général de la division de Seth prit le risque d'interroger le monarque.

— Majesté, nous sommes désemparés.

— Avoir remporté une grande victoire ne vous comble-t-il pas d'aise?

— Nous sommes conscients que vous seul êtes le vainqueur de Kadesh, Majesté, mais pourquoi n'attaquons-nous pas cette forteresse?

— Parce que nous n'avons aucune chance de nous en emparer. Il faudrait sacrifier au moins la moitié de nos troupes sans être assurés du succès.

— Combien de temps faudra-t-il rester immobiles, à regarder cette maudite forteresse?

— J'ai conclu un accord avec Mouwattali.

— Voulez-vous dire... la paix?

— Des conditions ont été posées; si elles ne sont pas remplies, nous reprendrons les hostilités.

— Quel délai avez-vous prévu, Majesté?

— Il expire à la fin de cette semaine; je saurai si la parole de l'empereur hittite a une valeur.

Au loin, sur la route venant du nord, un nuage de poussière. Plusieurs chars hittites s'approchaient de Kadesh, plusieurs chars qui formaient peut-être l'avant-garde d'une armée de secours, accourue pour délivrer Mouwattali et les siens.

Ramsès calma l'effervescence qui s'emparait du camp égyptien. Montant sur son char que tiraient « Victoire dans

Thèbes » et « La déesse Mout est satisfaite », le roi, accompagné de son lion, alla au-devant du bataillon hittite.

Les archers hittites gardèrent les mains sur les rênes. La réputation de Ramsès et de Massacreur s'était déjà répandue dans tout le Hatti.

Un homme descendit d'un char et avança en direction du pharaon.

Élégant, la démarche souple, le visage racé, une moustache fine et soignée, Âcha oublia le protocole et courut vers Ramsès.

Le roi et son ami se donnèrent l'accolade.

— Mon message a-t-il été utile, Majesté ?

— Oui et non. Je n'ai pas su tenir compte de ton avertissement, mais la magie du destin a joué en faveur de l'Égypte. Et grâce à toi, je suis intervenu rapidement. C'est Amon qui a remporté la victoire.

— J'ai cru ne jamais revoir l'Égypte ; les prisons hittites sont sinistres. J'ai bien tenté de convaincre l'adversaire que j'étais le complice de Chénar, ce qui a dû me sauver la vie ; puis les événements se sont précipités. Mourir là-bas eût été une inexcusable faute de goût.

— Nous devons décider d'une trêve ou de la poursuite des hostilités ; ton avis me sera utile.

Sous sa tente, Ramsès montra à Âcha le document que lui avait fait parvenir l'empereur hittite.

Moi, Mouwattali, je suis ton serviteur, Ramsès, et je te reconnais comme le Fils de la lumière, issu d'elle, réellement issu d'elle. Mon pays est ton serviteur, il est à tes pieds. Mais n'abuse pas de ton pouvoir !

Ton autorité est implacable, tu l'as prouvé en remportant une grande victoire. Mais pourquoi continuerais-tu d'exterminer le peuple de ton serviteur, pourquoi la hargne t'animerait-elle ?

Puisque tu es victorieux, admets que la paix est meilleure que la guerre, et donne aux Hittites le souffle de vie.

— Beau style diplomatique, apprécia Âcha.

— Le message te paraît-il suffisamment explicite pour l'ensemble des pays de la région ?

– Un véritable chef-d'œuvre ! Qu'un souverain hittite soit vaincu au combat est une innovation, qu'il reconnaisse sa défaite est un nouveau miracle à porter à ton crédit.

– Je n'ai pas réussi à m'emparer de Kadesh.

– Qu'importe cette place forte ! Tu as remporté une bataille décisive. Mouwattali l'invincible se considère à présent comme ton vassal, au moins en paroles... Cet accès d'humilité forcée servira ton prestige avec une extraordinaire efficacité.

Mouwattali avait tenu parole en rédigeant un texte acceptable et en libérant Âcha. Aussi Ramsès donna-t-il l'ordre à son armée de lever le camp et de prendre le chemin du retour vers l'Égypte.

Avant de quitter le site où tant de ses compatriotes avaient perdu la vie, Ramsès se retourna vers la forteresse d'où sortiraient, libres et indemnes, Mouwattali, son frère et son fils. Le pharaon n'était pas parvenu à détruire ce symbole de la puissance hittite, mais qu'en resterait-il après la cuisante défaite de la coalition ? Mouwattali, se déclarant serviteur de Ramsès... Qui aurait osé imaginer un tel succès ? Jamais le roi n'oublierait que seule l'aide de son père céleste, qu'il avait appelé à l'aide, lui avait permis de transformer un désastre en triomphe.

– Il ne reste plus un seul Égyptien dans la plaine de Kadesh, déclara le chef des guetteurs.

– Envoie des éclaireurs vers le sud, l'est et l'ouest, ordonna Mouwattali à son fils, Ouri-Téchoup. Ramsès a peut-être retenu la leçon et dissimulé ses troupes dans les bois pour nous attaquer dès que nous sortirons de la forteresse.

– Combien de temps continuerons-nous à fuir ?

– Nous devons rentrer à Hattousa, estima Hattousil, reconstituer nos forces et reconsidérer notre stratégie.

– Ce n'est pas à un général vaincu que je m'adresse, s'enflamma Ouri-Téchoup, mais à l'empereur des Hittites.

— Calme-toi, mon fils, intervint Mouwattali. Je considère que le général en chef de l'armée coalisée n'a pas démérité. Nous avons tous sous-estimé la puissance personnelle de Ramsès.

— Si vous m'aviez laissé agir, nous aurions vaincu !

— Tu te trompes. L'armement égyptien est d'excellente qualité, les chars de Pharaon valent les nôtres. Le choc frontal dans la plaine, que tu préconisais, aurait tourné en notre défaveur, et nos troupes auraient subi de très lourdes pertes.

— Et vous vous contentez de cette humiliante défaite...

— Nous conservons cette forteresse, le Hatti n'est pas envahi, la guerre contre l'Égypte continuera.

— Comment se poursuivrait-elle, après le document infamant que vous avez signé !

— Il ne s'agit pas d'un traité de paix, précisa Hattousil, mais d'une simple lettre d'un monarque à un autre. Que Ramsès s'en satisfasse démontre son inexpérience.

— Mouwattali déclare bel et bien qu'il se considère comme le vassal de Pharaon !

Hattousil sourit.

— Lorsqu'un vassal dispose des troupes nécessaires, rien ne lui interdit de se révolter.

Ouri-Téchoup affronta Mouwattali du regard.

— N'écoutez plus cet incapable, mon père, et donnez-moi les pleins pouvoirs militaires ! Les finesses diplomatiques et la ruse ne conduiront à rien. Moi, et moi seul, suis capable d'écraser Ramsès.

— Rentrons à Hattousa, trancha l'empereur ; l'air de nos montagnes sera propice à la réflexion.

57

D'un bond puissant, Ramsès plongea dans le bassin de plaisance où se baignait Néfertari. Le roi nagea sous l'eau et saisit son épouse par la taille. Feignant la surprise, elle se laissa couler, et ils remontèrent lentement à la surface, enlacés. Veilleur, le chien jaune or, courait en aboyant autour du bassin pendant que Massacreur dormait à l'ombre d'un sycomore, le cou orné d'un fin collier d'or qu'il avait reçu en récompense de sa bravoure.

Ramsès ne pouvait contempler Néfertari sans être envoûté par sa beauté. Au-delà de l'attrait des sens et de la communion des corps, un lien mystérieux les unissait, plus fort que le temps et la mort. Le doux soleil d'automne inondait leur visage de sa clarté bienfaisante, tandis qu'ils glissaient dans l'onde bleu-vert du bassin. Lorsqu'ils en sortirent, Veilleur cessa d'aboyer et leur lécha les jambes. Le chien du roi détestait l'eau et ne comprenait pas pour quelle raison son maître prenait plaisir à se mouiller de la sorte. Gavé de caresses par le couple royal, Veilleur se nicha entre les pattes de l'énorme lion et prit un nécessaire repos.

Néfertari était si désirable que les mains de Ramsès se firent ardentes ; elles parcoururent le corps épanoui de la jeune femme avec la fougue d'un explorateur pénétrant dans un pays inconnu. D'abord passive, heureuse d'être conquise, elle répondit aux invites de son amant.

Dans le pays entier, Ramsès était devenu Ramsès le grand. Lors de son retour à Pi-Ramsès, une foule nombreuse avait acclamé le vainqueur de la bataille de Kadesh, le pharaon qui avait réussi à provoquer la déroute des Hittites et à les repousser sur leur territoire. Plusieurs semaines de festivités, dans les villages comme dans les villes, avaient permis de célébrer dignement cette formidable victoire ; le spectre d'une invasion dissipé, l'Égypte s'adonnait à son instinctive joie de vivre, couronnée par une crue excellente, promesse d'abondantes récoltes.

La cinquième année de règne du fils de Séthi s'achevait par un triomphe. La nouvelle hiérarchie militaire était à sa dévotion et la cour, subjuguée, s'inclinait devant le monarque. La jeunesse de Ramsès s'achevait ; l'homme de vingt-huit ans qui gouvernait les Deux Terres avait l'envergure des plus grands souverains et marquait déjà son époque d'un sceau indélébile.

S'appuyant sur une canne, Homère alla au-devant de Ramsès.

— J'ai terminé, Majesté.

— Désirez-vous vous appuyer sur mon bras et marcher un peu, ou bien vous asseoir sous votre citronnier ?

— Marchons un peu. Ma tête et ma main ont beaucoup travaillé, ces temps derniers ; au tour de mes jambes, à présent.

— Ce nouveau travail vous a contraint à interrompre la rédaction de l'*Iliade*.

— Certes, mais vous m'avez offert un magnifique sujet !

— Comment l'avez-vous traité ?

— En respectant la vérité, Majesté ; je n'ai caché ni la lâcheté de votre armée, ni votre combat solitaire et désespéré, ni l'appel à votre père divin. Les circonstances de cette extraordinaire victoire m'ont enflammé, comme si j'étais un jeune poète écrivant sa première œuvre ! Les vers chantaient sur mes lèvres, les scènes s'ordonnaient d'elles-mêmes. Votre ami Améni m'a beaucoup aidé en m'évitant quelques erreurs de grammaire ; l'égyptien n'est pas une langue facile, mais sa souplesse et sa précision sont un bonheur pour un poète.

— Le récit de la bataille de Kadesh sera gravé sur le mur extérieur sud de la grande salle à colonnes du temple de Karnak, révéla Ramsès, sur les murs extérieurs de la cour du temple de Louxor et sur la façade de son pylône, sur les murs extérieurs du temple d'Abydos et dans la future avant-cour de mon temple des millions d'années.

— Ainsi, la pierre d'éternité gardera-t-elle à jamais le souvenir de la bataille de Kadesh.

— C'est le dieu caché que je veux ainsi honorer, Homère, et la victoire de l'ordre sur le désordre, la capacité de la Règle à repousser le chaos.

— Vous m'étonnez, Majesté, et votre pays m'étonne un peu plus chaque jour ; je ne croyais pas que votre fameuse Règle vous aiderait à vaincre un ennemi déterminé à vous détruire.

— Si l'amour de Maât cessait d'animer ma pensée et ma volonté, mon règne ne tarderait pas à se terminer, et l'Égypte se trouverait un autre époux.

Malgré les énormes quantités de nourriture qu'il absorbait, Améni ne grossissait pas. Toujours aussi fluet, pâle et maladif, le secrétaire particulier du roi ne sortait plus de son bureau et, avec une équipe restreinte, traitait un impressionnant volume de dossiers. Dialoguant de manière très directe avec le vizir et les ministres, Améni n'ignorait rien de ce qui se passait dans le pays et veillait à ce que chaque haut fonctionnaire s'acquittât de façon impeccable de la tâche qui lui avait été confiée. Pour l'ami d'enfance de Ramsès, une saine administration se résumait à un précepte simple : plus le poste était élevé, plus les responsabilités étaient étendues, et plus le châtiment devait être sévère en cas d'erreur ou d'insuffisance.

Du ministre au chef de service, chacun assumait les fautes de ses subordonnés et en payait le prix. Les ministres révoqués et les fonctionnaires rétrogradés avaient expérimenté, à leurs dépens, la rigueur d'Améni.

Lorsqu'il résidait à Pi-Ramsès, l'éminence grise du souverain le voyait chaque jour. Quand le monarque partait pour Thèbes ou pour Memphis, Améni préparait des rapports détaillés que le roi lisait avec grande attention. C'était lui qui tranchait et décidait.

Le scribe achevait d'exposer au roi son plan de renforcement des digues pour l'année à venir, lorsque Serramanna fut autorisé à entrer dans le bureau aux étagères chargées de papyrus classés avec un soin extrême. Le géant sarde s'inclina devant le souverain.

— Es-tu encore courroucé contre moi ? demanda Ramsès.

— Moi, je ne vous aurais pas abandonné dans la mêlée.

— Veiller sur mon épouse et sur ma mère était une mission de la plus haute importance.

— Je n'en disconviens pas, mais j'aurais aimé être auprès de vous et massacrer du Hittite. L'arrogance de ces gens-là m'exaspère ; quand on prétend représenter l'élite des guerriers, on ne se réfugie pas dans une forteresse !

— Notre temps est précieux, intervint Améni ; quels sont les résultats de tes investigations ?

— Néant, répondit Serramanna.

— Aucune trace ?

— J'ai retrouvé le chariot et les cadavres des policiers égyptiens, mais pas celui de Chénar. D'après les témoignages de marchands qui s'étaient réfugiés dans une hutte de pierre, la tempête de sable fut d'une extrême violence et d'une durée inhabituelle. Je suis allé jusqu'à l'oasis de Khargeh et je puis vous assurer que mes hommes et moi avons fouillé le désert.

— En marchant à l'aveuglette, estima Améni, Chénar sera tombé dans le lit d'un oued à sec, et son corps aura été enseveli sous une tonne de sable.

— C'est l'avis général, admit Serramanna.

— Ce n'est pas le mien, déclara Ramsès.

— Il n'avait aucune chance de sortir de cet enfer, Majesté ; en quittant la piste principale, il s'est perdu et n'a pu lutter longtemps contre la tempête, le sable et la soif.

— Sa haine est si intense qu'elle lui aura servi de boisson et de nourriture. Chénar n'est pas mort.

Le roi se recueillit devant la statue de Thot, à l'entrée du ministère des Affaires étrangères, après avoir déposé un bouquet de lys et de papyrus sur l'autel des offrandes. Incarné dans la statue d'un babouin assis, portant le croissant lunaire sur la tête, le dieu de la connaissance avait le regard levé vers le ciel, au-delà des contingences humaines.

Sur le passage de Ramsès, les fonctionnaires du ministère se levèrent et s'inclinèrent. Âcha, le nouveau ministre, ouvrit lui-même la porte de son bureau ; le roi et son ami, devenu un héros aux yeux de la cour, se donnèrent l'accolade. La venue du souverain était une éclatante marque d'estime qui confortait Âcha dans son rôle de chef de la diplomatie égyptienne.

Son bureau était bien différent de celui d'Améni. Des bouquets de roses importées de Syrie, des compositions florales associant narcisses et soucis, des vases d'albâtre aux formes élancées posés sur des guéridons, des lampes sur pied, des coffres en acacia et des tentures colorées formaient un décor coloré et raffiné, faisant davantage songer aux appartements privés d'une somptueuse villa qu'à un lieu de travail.

Les yeux brillants d'intelligence, élégant, coiffé d'une perruque légère et parfumée, Âcha ressemblait à l'invité d'un banquet, frivole, mondain et quelque peu dédaigneux. Qui aurait supposé que ce personnage de la meilleure société fût capable de se transformer en espion, dissimulé sous les hardes d'un marchand, et de parcourir les routes hostiles du pays hittite ? Aucune accumulation de dossiers ne troublait l'atmosphère luxueuse du nouveau ministre, qui préférait conserver les informations essentielles dans sa prodigieuse mémoire.

— Je crains d'être acculé à la démission, Majesté.

— Quelle faute grave as-tu commise ?

— Inefficacité. Mes services n'ont pourtant pas ménagé leurs efforts, mais Moïse demeure introuvable. C'est curieux... D'ordinaire, les langues se délient. Une seule solution, à mon avis : il s'est réfugié dans un endroit perdu et n'en a pas bougé. S'il a changé de nom et s'est intégré à une famille de bédouins, l'identifier sera très difficile, voire impossible.

— Continue tes recherches. Et le réseau d'espionnage hittite implanté sur notre territoire ?

— Le corps de la jeune blonde a été inhumé sans avoir été identifié ; quant au mage, il a disparu. Sans doute a-t-il réussi à sortir d'Égypte. Là encore, aucun bavardage, comme si tous les membres du réseau s'étaient évanouis en quelques jours. Nous avons échappé à un terrible danger, Ramsès.

— Est-il vraiment dissipé ?

— L'affirmer serait présomptueux, reconnut Âcha.

— Ne relâche pas ta surveillance.

— Je m'interroge sur la capacité de réaction des Hittites, avoua Âcha ; leur défaite les a humiliés, et leurs dissensions internes sont profondes. Ils ne se cantonneront pas dans la paix, mais il leur faudra plusieurs mois, voire quelques années, pour reprendre leur souffle.

— Comment se comporte Méba ?

— Mon auguste prédécesseur est un adjoint zélé, qui sait demeurer à sa place.

— Méfie-toi de lui ; en tant qu'ancien ministre, il ne peut que te jalouser. Quelles sont les observations de nos chefs de garnisons, en Syrie du Sud ?

— Calme plat, mais je n'ai qu'une confiance limitée dans leur lucidité. C'est pourquoi je pars demain pour la province d'Amourrou. C'est là que nous devons organiser une force d'intervention immédiate destinée à freiner une invasion.

58

Pour calmer sa fureur, la prêtresse Poutouhépa s'enferma dans le lieu le plus sacré de la capitale hittite, la chambre souterraine de la ville haute, creusée dans la roche, près de l'acropole sur laquelle se dressait la résidence de l'empereur. Mouwattali, après la défaite de Kadesh, avait décidé de tenir à égale distance son frère et son fils, et il renforçait son pouvoir personnel, en s'affirmant comme seul capable de maintenir un équilibre entre les factions rivales.

Le plafond de la chambre souterraine était voûté et les murs s'ornaient de reliefs représentant l'empereur en guerrier et en prêtre, surmonté d'un soleil ailé. Poutouhépa se dirigea vers l'autel des Enfers où était posée une épée maculée de sang.

C'était là qu'elle venait chercher l'inspiration nécessaire pour sauver son mari des foudres de Mouwattali et lui permettre de regagner ses faveurs. De son côté, Ouri-Téchoup, qui gardait l'oreille de la caste militaire la plus belliqueuse, ne demeurerait pas inactif et tenterait de supprimer Hattousil, voire d'éliminer Mouwattali.

Poutouhépa médita jusqu'au milieu de la nuit, ne songeant qu'à son mari.

Le dieu des Enfers lui donna la réponse.

Réunissant l'empereur Mouwattali, son fils Ouri-Téchoup et son frère Hattousil, le conseil restreint fut l'occasion d'un violent affrontement.

— Hattousil est le seul responsable de notre défaite, affirma Ouri-Téchoup. Si j'avais commandé les troupes coalisées, nous aurions écrasé l'armée égyptienne.

— Nous l'avons écrasée, rappela Hattousil, mais qui aurait pu prévoir l'intervention de Ramsès?

— Moi, je l'aurais vaincu!

— Ne te vante pas, intervint l'empereur; nul n'aurait maîtrisé la force qui l'animait, le jour de la bataille. Lorsque les dieux parlent, il faut savoir entendre leur voix.

La déclaration de Mouwattali empêchait son fils de poursuivre dans la voie qu'il avait choisie; aussi lança-t-il une offensive sur un autre terrain.

— Que prévoyez-vous pour l'avenir, mon père?

— Je réfléchis.

— Le temps n'est plus à la réflexion! Nous avons été ridiculisés à Kadesh, il importe de réagir au plus vite. Confiez-moi le commandement de ce qui reste des troupes coalisées, et j'envahirai l'Égypte.

— Absurde, jugea Hattousil; notre premier souci doit être de conserver nos alliances. Les coalisés ont perdu beaucoup d'hommes, le trône de plusieurs princes risque de vaciller si nous ne les soutenons pas financièrement.

— Bavardage de vaincu! rétorqua Ouri-Téchoup; Hattousil cherche à gagner du temps pour masquer sa couardise et sa médiocrité.

— Modère ton langage, exigea Mouwattali; les invectives sont inutiles.

— Assez d'hésitations, mon père : j'exige les pleins pouvoirs.

— Je suis l'empereur, Ouri-Téchoup, et tu n'as pas à me dicter ma conduite.

— Restez avec votre mauvais conseiller, si vous le désirez; moi, je me retire dans mes appartements jusqu'à ce que vous m'ordonniez de conduire nos troupes à la victoire.

À pas nerveux, Ouri-Téchoup sortit de la salle d'audience.

— Il n'a pas tout à fait tort, reconnut Hattousil.

— Que veux-tu dire ?

— Poutouhépa a consulté les divinités des Enfers.

— Leur réponse ?

— Nous devons effacer l'échec de Kadesh.

— As-tu un plan ?

— Il présente des risques que j'assumerai.

— Tu es mon frère, Hattousil, et ta vie m'est précieuse.

— Je ne crois pas avoir commis d'erreur à Kadesh, et la grandeur de l'empire est mon souci le plus ardent. Ce que les dieux infernaux exigent, je l'accomplirai.

Nedjem, jardinier devenu ministre de l'Agriculture de Ramsès le grand, était aussi le précepteur de son fils Khâ ; fasciné par les dons de l'enfant pour l'écriture et la lecture, il lui avait permis de satisfaire son goût de l'étude et de la recherche.

Le ministre et le fils du roi s'entendaient à merveille, et Ramsès se félicitait de ce mode d'éducation. Mais, pour la première fois, le paisible Nedjem se sentait obligé de s'opposer à un ordre de Ramsès, sachant que cet irrespect entraînerait sa déchéance.

— Majesté...

— Je t'écoute, mon bon Nedjem.

— Il s'agit de votre fils.

— Est-il prêt ?

— Oui, mais...

— Serait-il souffrant ?

— Non, Majesté, mais...

— Alors, qu'il vienne immédiatement.

— Sauf votre respect, Majesté, je ne suis pas persuadé qu'un enfant si jeune soit capable d'affronter le péril auquel vous souhaitez l'exposer.

— Laisse-m'en juge, Nedjem.

– Le danger... Le danger est considérable !

– Khâ doit rencontrer son destin, quel qu'il soit. Il n'est pas un enfant comme les autres.

Le ministre comprit que sa lutte serait vaine.

– Je le regrette parfois, Majesté.

La bise soufflait sur le Delta, mais elle ne parvenait pas à chasser de gros nuages noirs chargés de pluie. Assis derrière son père, qui montait un superbe cheval gris, le petit Khâ grelottait.

– J'ai froid, père ; on ne pourrait pas aller moins vite ?

– Nous sommes pressés.

– Où m'emmènes-tu ?

– Voir la mort.

– La belle déesse de l'Occident, au sourire si doux ?

– Non, cette mort-là est celle des justes. Et tu n'en es pas encore un.

– Je veux le devenir !

– Eh bien, franchis la première étape.

Khâ serra les dents. Jamais il ne décevrait son père.

Ramsès s'arrêta près d'un canal dont l'embranchement avec un bras du Nil était marqué par un petit sanctuaire en granit. L'endroit semblait tranquille.

– Elle est ici, la mort ?

– À l'intérieur de ce monument ; si tu en as peur, n'y va pas.

Khâ sauta à terre et se remémora les formules magiques apprises dans les contes et destinées à conjurer les périls. Il se retourna vers son père, Ramsès resta immobile. Khâ comprit qu'il n'avait aucune aide à attendre de Pharaon ; aller jusqu'au sanctuaire était sa seule issue.

Un nuage cacha le soleil, le ciel s'obscurcit. L'enfant avança, hésitant, et se figea à mi-chemin de son but. Sur le sentier, un cobra noir d'encre, à la tête large et de plus d'un mètre de long, semblait décidé à l'attaquer.

Pétrifié, l'enfant n'osait pas s'enfuir.

Le cobra s'enhardit et progressa vers lui.

Bientôt, le reptile frapperait. Marmonnant les vieilles formules, butant sur les mots, le garçonnet ferma les yeux au moment où le cobra se détendit.

Un bâton fourchu le cloua au sol.

— Cette mort-là n'était pas pour toi, déclara Sétaou ; va rejoindre ton père, petit.

Khâ regarda Ramsès droit dans les yeux.

— C'est parce que j'ai récité les bonnes formules que le cobra ne m'a pas mordu... Je deviendrai un juste, n'est-ce pas ?

Installée dans un confortable fauteuil et savourant la douce chaleur d'un soleil d'hiver qui nimbait d'or les arbres de son jardin privé, Touya devisait avec une grande femme brune, lorsque Ramsès rendit visite à sa mère.

— Dolente ! s'exclama le roi en reconnaissant sa sœur.

— Ne sois pas sévère, recommanda Touya ; elle a beaucoup à te dire.

Le visage fatigué, alanguie, pâle, Dolente se jeta aux pieds de Ramsès.

— Pardonne-moi, je t'en prie !

— Te sens-tu coupable, Dolente ?

— Ce maudit mage m'avait envoûtée... J'avais cru qu'il était un homme de bien.

— Et qui est-ce ?

— Un Libyen, expert en sorcellerie. Il m'a séquestrée, dans une demeure de Memphis, et m'a forcée à le suivre, quand il s'est enfui. Si je n'obéissais pas, il me coupait la gorge.

— Pourquoi tant de brutalité ?

— Parce que... Parce que...

Dolente éclata en sanglots, Ramsès la releva et l'aida à s'asseoir.

— Explique-toi.

— Le mage... Le mage a tué une servante et une jeune femme blonde qui lui servait de médium. Il les a supprimées parce qu'elles refusaient de lui obéir et de l'aider.

— As-tu assisté au crime ?

— Non, j'étais enfermée... Mais j'ai vu les cadavres quand nous sommes sortis de la maison.

— Pourquoi ce mage te retenait-il prisonnière ?

— Il croyait en mes qualités de médium et comptait se servir de moi contre toi, mon frère ! Il me droguait et me posait des questions sur tes habitudes... Mais je fus incapable de répondre. Lorsqu'il s'est dirigé vers la Libye, il m'a relâchée. J'ai vécu d'affreux moments, Ramsès, j'étais convaincue qu'il ne m'épargnerait pas !

— N'as-tu pas été imprudente ?

— Je regrette, si tu savais comme je regrette !

— Ne quitte pas la cour de Pi-Ramsès.

59

Âcha connaissait bien Benteshina, le prince de la province d'Amourrou. Peu sensible à la parole des dieux, il lui préférait l'or, les femmes et le vin. Ce n'était qu'un homme corrompu et vénal, uniquement préoccupé de son bien-être et de ses plaisirs.

Comme l'Amourrou était appelé à jouer un rôle stratégique de premier plan, le chef de la diplomatie égyptienne n'avait pas lésiné sur les moyens de s'assurer le concours actif de Benteshina. D'abord, Âcha se déplaçait lui-même, au nom de Pharaon, témoignant ainsi de l'estime qu'il portait au prince ; ensuite, il lui apportait quantité de richesses appréciables, notamment des étoffes de luxe, des jarres de grands crus, de la vaisselle en albâtre, des armes d'apparat et des meubles dignes de la cour royale.

La plupart des soldats égyptiens stationnés en Amourrou avaient été mobilisés dans l'armée de secours dont l'intervention, à Kadesh, s'était révélée décisive ; de retour en Égypte, ils bénéficiaient d'un long congé avant de reprendre du service. Aussi Âcha conduisait-il un détachement de cinquante officiers instructeurs chargés d'encadrer les troupes locales, avant l'arrivée d'un millier de fantassins et d'archers de Pi-Ramsès qui feraient de l'Amourrou une solide base militaire.

Âcha s'était embarqué à Péluse et avait pris la direction du nord ; des vents favorables et une mer calme avaient rendu son voyage agréable. La présence à bord d'une jeune Syrienne avait ajouté au charme de la navigation.

Lorsque le bateau égyptien entra dans le port de Beyrouth, le prince Benteshina, entouré de ses courtisans, l'attendait sur le quai. Quinquagénaire jovial et enveloppé, arborant une moustache noire et luisante, il embrassa Âcha sur les joues et se répandit en louanges sur la prodigieuse victoire que Ramsès le grand avait remportée à Kadesh, modifiant de manière radicale l'équilibre du monde.

– Quelle superbe carrière, cher Âcha ! Si jeune, ministre des Affaires étrangères de la puissante Égypte... Je m'incline devant vous.

– Ce ne sera pas nécessaire, je suis venu en ami.

– Vous serez logé dans mon palais, tous vos désirs seront comblés.

L'œil de Benthesina s'alluma.

– Souhaiteriez-vous... une jeune vierge ?

– Qui serait assez fou pour dédaigner les merveilles de la nature ? Regarde ces modestes cadeaux, Benteshina, et dis-moi s'ils te plaisent.

Les marins déchargèrent la cargaison.

Benteshina, volubile, ne cacha pas sa satisfaction ; la vision d'un lit d'une remarquable délicatesse lui arracha une exclamation proche de la béatitude.

– Vous autres, Égyptiens, vous savez l'art de vivre ! J'ai hâte d'essayer cette merveille... Et pas seul !

Comme le prince était dans d'excellentes dispositions, Âcha en profita pour lui présenter les officiers instructeurs.

– En tant que fidèle allié de l'Égypte, tu dois nous aider à bâtir un front défensif qui protégera l'Amourrou et dissuadera les Hittites de t'agresser.

– C'est mon vœu le plus cher, affirma Benteshina ; je suis las des conflits qui nuisent au commerce. Mon peuple veut être protégé.

– Dans quelques semaines, Ramsès enverra une armée ; d'ici là, ces instructeurs formeront tes propres soldats.

– Excellent, excellent... Le Hatti a subi une lourde défaite, Mouwattali doit faire face à une lutte interne entre son fils Ouri-Téchoup et son frère Hattousil.

– Où vont les préférences de la caste des guerriers ?

– Elle-même semble divisée ; l'un et l'autre ont leurs partisans. Pour le moment, l'empereur maintient un semblant de cohésion, mais un coup d'État n'est pas à exclure. Et puis certains membres de la coalition de Kadesh regrettent d'avoir été entraînés dans une aventure désastreuse, si coûteuse en hommes et en matériel... Certains chercheraient un nouveau maître qui pourrait bien être Pharaon.

– Superbes perspectives.

– Et je vous promets une inoubliable soirée !

La jeune Libanaise, aux seins lourds et aux cuisses épanouies, s'allongea sur Âcha et le massa doucement, d'un mouvement de tout son corps, d'avant en arrière. Chaque parcelle de sa peau était parfumée, et la forêt de son sexe blond était un paysage enchanteur.

Bien qu'il eût déjà livré plusieurs joutes victorieuses, Âcha ne demeura pas passif. Dès que le massage de la jeune Libanaise eut produit l'effet escompté, il la fit rouler sur le côté. Trouvant aussitôt le délicieux chemin de son intimité, il partagea avec elle un nouveau moment de plaisir intense. Vierge, elle ne l'était plus depuis longtemps ; mais sa science des caresses comblait avantageusement cette irrémédiable lacune. Ni lui ni elle n'avaient prononcé un seul mot.

– Laisse-moi, dit-il, j'ai sommeil.

La fille se leva et sortit de la vaste chambre donnant sur un jardin. Âcha l'avait déjà oubliée, songeant aux révélations de Benteshina à propos de la coalition rassemblée par Mouwattali, coalition prête à se déchirer. Bien manœuvrer serait difficile, mais excitant.

Vers quelle autre grande puissance se tourneraient les dissidents, s'ils perdaient confiance en l'empereur du Hatti ?

Sûrement pas l'Égypte. Le pays des pharaons était trop éloigné, sa mentalité trop différente de celle des petites principautés d'Asie, belliqueuses et instables. Une idée s'imposa au diplomate, une idée si inquiétante qu'il eut envie de consulter sans délai une carte de la région.

La porte de la chambre s'ouvrit.

Entra un homme petit, chétif, les cheveux retenus par un bandeau, le cou orné d'un discret collier d'argent, un bracelet au coude gauche, et vêtu d'une pièce d'étoffe multicolore laissant les épaules découvertes.

— Mon nom est Hattousil, et je suis le frère de Mouwattali, l'empereur du Hatti.

Âcha perdit contenance quelques instants. La fatigue du voyage et ses ébats amoureux provoquaient-ils une hallucination ?

— Vous ne rêvez pas, Âcha ; je suis heureux de faire la connaissance du chef de la diplomatie égyptienne et d'un ami très proche de Ramsès le grand.

— Vous, en Amourrou...

— Vous êtes mon prisonnier, Âcha. Toute tentative d'évasion serait vouée à l'échec. Mes hommes ont capturé les officiers égyptiens, votre équipage et votre bateau. Le Hatti est de nouveau maître de la province d'Amourrou. Ramsès a eu le tort de sous-estimer notre capacité de réaction ; en tant que chef de la coalition vaincue à Kadesh, j'ai subi une insupportable humiliation. Sans la formidable colère de Ramsès et son courage insensé, j'aurais exterminé l'armée égyptienne. C'est pourquoi je devais, au plus vite, prouver ma véritable valeur et intervenir avec efficacité pendant que vous vous reposiez sur votre victoire.

— Le prince d'Amourrou nous a trahis, une fois de plus.

— Benteshina se vend au plus offrant, c'est dans son caractère. Jamais plus cette province ne reviendra dans le giron de l'Égypte.

— Vous oubliez la fureur de Ramsès !

— Au contraire, je la redoute ; aussi éviterai-je de la provoquer.

— Dès qu'il apprendra que les forces hittites occupent l'Amourrou, il interviendra. Et je suis persuadé que vous n'avez pas eu le temps de reformer une armée capable de lui résister.

Hattousil sourit.

— Votre perspicacité est redoutable, mais elle sera vaine, car Ramsès ne connaîtra la vérité que beaucoup trop tard.

— Mon silence sera éloquent.

— Vous ne vous tairez pas, Âcha, car vous allez écrire à Ramsès une lettre rassurante, lui expliquant que votre mission se déroule comme prévu et que vos instructeurs effectuent un bon travail.

— Autrement dit, notre armée avancera en toute confiance vers l'Amourrou et tombera dans un guet-apens.

— C'est une partie de mon plan, en effet.

Âcha tenta de lire dans la pensée d'Hattousil. Il n'ignorait rien des qualités et des défauts des peuples de la région, de leurs aspirations et de leurs rancœurs. La vérité apparut à l'Égyptien.

— Encore une sordide alliance avec les bédouins !

— Il n'existe pas de meilleure solution, approuva Hattousil.

— Ce sont des pillards et des assassins.

— Je ne l'ignore pas, mais ils me seront utiles pour semer le trouble chez les alliés de l'Égypte.

— N'est-il pas imprudent de me confier de tels secrets ?

— Bientôt, il ne s'agira plus de secrets, mais de réalités. Habillez-vous, Âcha, et suivez-moi ; j'ai une lettre à vous dicter.

— Et si je refuse de l'écrire ?

— Vous mourrez.

— Je suis prêt.

— Non, vous ne l'êtes pas. Un homme qui aime les femmes comme vous les aimez n'est pas prêt à renoncer aux plaisirs de l'existence pour une cause perdue d'avance. Vous écrirez cette lettre, Âcha, parce que vous voulez vivre.

L'Égyptien hésita.

– Et si j'obéis ?

– Vous serez enfermé dans une prison que j'espère confortable, et vous survivrez.

– Pourquoi ne pas me supprimer ?

– Dans le cadre d'une négociation ponctuelle, le chef de la diplomatie égyptienne sera une bonne monnaie d'échange. Ce fut déjà le cas à Kadesh, n'est-il pas vrai ?

– Vous me demandez de trahir Ramsès.

– Vous agissez sous la contrainte... Ce n'est pas vraiment une trahison.

– La vie sauve... N'est-ce pas une trop belle promesse ?

– Vous avez ma parole, devant les dieux du Hatti, par le nom de l'empereur.

– J'écrirai cette lettre, Hattousil.

60

Les sept filles du prêtre de Madiân, au nombre desquelles figurait l'épouse de Moïse, puisaient l'eau et remplissaient les auges pour abreuver les moutons de leur père lorsqu'une dizaine de bédouins à cheval firent irruption dans l'oasis. Barbus, armés d'arcs et de poignards, ils semblaient animés des pires intentions.

Les moutons se dispersèrent, les sept filles coururent se cacher sous les tentes, le vieillard s'appuya sur sa canne et fit face aux arrivants.

— Es-tu le chef de cette communauté?

— Je le suis.

— Combien d'hommes valides, ici?

— Moi et un gardien de troupeau.

— Canaan va se révolter contre Pharaon, avec l'appui des Hittites; grâce à eux, nous disposerons d'une terre. Toutes les tribus doivent nous aider à combattre les Égyptiens.

— Nous ne sommes pas une tribu, mais une famille qui réside ici, en paix, depuis plusieurs générations.

— Amène-nous ton gardien de troupeau.

— Il se trouve dans la montagne.

Les bédouins se concertèrent.

— Nous reviendrons, déclara leur porte-parole. Ce jour-là, nous l'emmènerons avec nous et il combattra. Sinon, nous comblerons ton puits et brûlerons tes tentes.

Moïse pénétra sous sa tente à la tombée de la nuit. Son épouse et son beau-père se levèrent.

— Où étais-tu ? demanda-t-elle.

— Sur la montagne sainte, là où le Dieu de nos pères révèle sa présence. Il m'a parlé de la misère des Hébreux en Égypte, de mon peuple soumis à l'autorité de Pharaon, de mes frères qui se lamentent et désirent se libérer de l'oppression.

— Il y a beaucoup plus grave, révéla le prêtre de Madiân ; des bédouins sont venus ici et veulent t'enrôler, pour que tu participes à la révolte de Canaan contre Pharaon, comme tous les hommes valides de la région.

— C'est une folie. Ramsès écrasera cette sédition.

— Même si les Hittites sont aux côtés des insurgés ?

— N'ont-ils pas été vaincus à Kadesh ?

— C'est ce qu'ont raconté les caravaniers, reconnut le prêtre ; mais peut-on leur faire confiance ? Il faut te cacher, Moïse.

— Les bédouins t'ont-ils menacé ?

— Si tu ne combats pas avec eux, ils nous massacreront.

Cippora, l'épouse de Moïse, se suspendit à son cou.

— Tu vas partir, n'est-ce pas ?

— Dieu m'a ordonné de retourner en Égypte.

— Tu y seras jugé et condamné ! rappela le vieux prêtre.

— Je pars avec toi, décida Cippora, et nous emmenons notre fils.

— Ce voyage risque d'être dangereux.

— Je m'en moque. Tu es mon mari, je suis ta femme.

Le vieux prêtre se rassit, accablé.

— Rassure-toi, prédit Moïse : Dieu veillera sur ton oasis. Les bédouins ne reviendront pas.

— Qu'importe, puisque je ne vous reverrai jamais, toi, ma fille et votre enfant !

— Tu dis vrai. Donne-nous le baiser d'adieu, et confions nos âmes au Seigneur.

À Pi-Ramsès, les temples préparaient les fêtes du cœur de l'hiver, au cours desquelles l'énergie secrète de l'univers régénérerait les statues et les objets utilisés pendant les rituels. La force qui les animait étant épuisée, le couple royal se devait de communier avec la lumière et de faire monter les offrandes vers Maât, cohérence de l'univers.

La victoire de Kadesh avait rassuré les Égyptiens. Plus personne ne considérait l'armée hittite comme invincible, chacun savait que Ramsès était capable de repousser l'ennemi et de préserver le bonheur quotidien.

La capitale s'embellissait ; les temples principaux, ceux d'Amon, de Ptah, de Râ et de Seth croissaient au rythme des maillets et des ciseaux des tailleurs de pierre, les villas des nobles et des hauts fonctionnaires rivalisaient de beauté avec celles de Thèbes et de Memphis, l'activité du port était incessante, les entrepôts regorgeaient de richesses, et l'atelier spécialisé produisait les tuiles vernissées bleues qui ornaient les façades des maisons de Pi-Ramsès, justifiant sa réputation de « cité de turquoise ».

L'un des loisirs favoris des habitants de la capitale consistait à parcourir en barque les canaux poissonneux et de s'adonner à la pêche à la ligne ; croquant des pommes au goût de miel provenant de l'un des vergers d'une luxuriante campagne, les pêcheurs se laissaient aller au fil du courant, admiraient les jardins fleuris en bordure du canal, les vols d'ibis, de flamants roses et de pélicans, et oubliaient souvent le poisson qui mordait à l'hameçon.

Maniant lui-même les avirons, Ramsès avait emmené sa fille Méritamon et son fils Khâ, qui n'avait pas manqué de raconter à sa petite sœur sa rencontre avec le cobra. Le garçonnet s'était exprimé en termes posés, sans exagération. Après ces quelques heures de détente, Ramsès comptait retrouver Néfertari et Iset la belle, que la grande épouse royale avait invitée à dîner.

Au débarcadère, Améni.

Pour faire sortir le scribe de son bureau, il fallait un motif sérieux.

— Une lettre d'Âcha.

— Inquiétante?

— Lis toi-même.

Ramsès confia ses enfants à Nedjem, qui redoutait les incidents lors des voyages en barque, et même lors des promenades en dehors des jardins du palais; le ministre de l'Agriculture prit les enfants par la main pendant que Ramsès déroulait le papyrus que lui tendait Améni.

Au pharaon d'Égypte, de la part d'Âcha, ministre des Affaires étrangères.

Conformément aux ordres de Sa Majesté, j'ai rencontré le prince d'Amourrou, Benteshina, qui m'a réservé le meilleur accueil. Nos officiers instructeurs, avec à leur tête un scribe royal éduqué, comme toi et moi, à l'université de Thèbes, ont commencé à former l'armée libanaise. Comme nous le supposions, les Hittites se sont retirés plus au nord, après leur défaite de Kadesh. Néanmoins, il ne faut pas relâcher notre vigilance. Les forces locales ne seront pas suffisantes si, dans l'avenir, se produisait une tentative d'invasion. Aussi est-il indispensable d'envoyer, sans délai, un régiment bien armé afin d'implanter une base défensive qui garantira une paix durable et la sécurité de notre pays.

Puisse la santé de Pharaon demeurer excellente.

Le roi roula le document.

— C'est bien l'écriture d'Âcha.

— J'en conviens, mais...

— C'est bien Âcha qui a écrit ce texte, mais sous la contrainte.

— Tel est aussi mon avis, approuva Améni; jamais il n'aurait écrit que lui et toi aviez fait vos études à l'université de Thèbes!

— Non, puisqu'il s'agit de celle de Memphis. Et Âcha a une excellente mémoire.

— Que signifie cette erreur ?

— Qu'il est prisonnier en Amourrou.

— Le prince Benteshina serait-il devenu fou ?

— Non, lui aussi agit sous la contrainte, sans doute après avoir négocié son appui.

— Devons-nous comprendre...

— La contre-attaque des Hittites a été fulgurante, jugea Ramsès. Ils se sont emparés de l'Amourrou et nous tendent un nouveau piège. Sans la finesse d'Âcha, Mouwattali aurait pris sa revanche.

— Crois-tu Âcha toujours en vie ?

— Je l'ignore, Améni. Avec l'aide de Serramanna, je prépare immédiatement l'envoi d'un commando d'élite. Si notre ami est prisonnier, nous le délivrerons.

Quand Pharaon donna l'ordre au contremaître principal de la fonderie de reprendre la production intensive d'armes offensives et défensives, l'information se répandit dans la capitale en quelques heures et dans l'Égypte entière en quelques jours.

À quoi bon se voiler la face ? La victoire de Kadesh n'avait pas suffi à briser la volonté de conquête des Hittites. Les quatre casernes de Pi-Ramsès furent mises en état d'alerte, et les soldats comprirent qu'ils ne tarderaient pas à repartir vers le nord pour de nouveaux combats.

Toute une journée et toute une nuit, Ramsès demeura seul, enfermé dans son bureau. Au petit matin, il monta sur la terrasse du palais afin de contempler son astre protecteur, renaissant après les combats acharnés contre le dragon des ténèbres.

À l'angle oriental de la terrasse, assise sur le muret, Néfertari, si pure et si belle dans la clarté rose de l'aube.

Ramsès la serra contre lui.

— Je croyais que la victoire de Kadesh aurait ouvert une ère de paix, mais j'ai été présomptueux. Autour de nous, des ombres rôdent : celles de Mouwattali, de Chénar qui est peut-être vivant, de ce mage libyen qui nous a échappé, de Moïse dont je ne parviens pas à retrouver la trace, d'Âcha prisonnier ou mort en Amourrou... Serons-nous assez forts pour résister à la tempête ?

— Ton rôle consiste à manier le gouvernail du navire, quelle que soit la force du vent. Tu n'as ni le temps ni le droit de douter. Si le courant est contraire, tu l'affronteras, nous l'affronterons.

Jaillissant de l'horizon, le soleil illumina de ses premiers rayons la grande épouse royale et Ramsès, le Fils de la lumière.

Cet ouvrage a été réalisé par la
SOCIÉTÉ NOUVELLE FIRMIN-DIDOT
Mesnil-sur-l'Estrée
pour le compte des Éditions Robert Laffont
24, avenue Marceau, 75008 Paris
en avril 1996

Imprimé en France
Dépôt légal : mars 1996
N° d'édition : 36943 - N° d'impression : 34500